CLARICE LISPECTOR

FORMAS DA ALEGRIA

Dados Internacionais de Catalogação na Publicação (CIP)

Lopes, Luiz
Clarice Lispector : formas da alegria / Luiz Lopes.
— 1. ed. — Belo Horizonte, MG : Quixote Do, 2020.
Bibliografia
ISBN 978-65-86942-08-8
1. Lispector, Clarice, 1920–1977 — Crítica e interpretação
I. Título.
20-46783 CDD-869.909

Aline Graziele Benitez - Bibliotecária – CRB-1/3129

Revisão Valter Braga
Supervisão Alencar Fráguas Perdigão
Coordenação editorial Luciana Fonseca Tanure de Castro
Assistência editorial Jasmin Paixão, João Camilo Torres, Sofia Rossi
Capa, projeto gráfico e diagramação Caroline Gischewski
Foto de capa Jiang Xulei
Comunicação Claudia Brandão, Sandra Nascimento
Comercial Cláudia Masini Tonioni
Tecnologia de informação Alessandro Guerra

QUIXOTE+DO EDITORAS ASSOCIADAS
WWW.QUIXOTE-DO.COM.BR

Luiz Lopes

CLARICE LISPECTOR
FORMAS DA ALEGRIA

EDITORAS ASSOCIADAS

À minha mãe, por ter me ensinado que é possível se alegrar
a cada instante e que o amor é uma forma de alegria.

AGRADECIMENTOS

A escrita deste trabalho impôs a mim um afastamento de muitas coisas e de algumas pessoas. No entanto, ainda que, durante o processo de escrita, eu tivesse que me ausentar de diferentes formas, muitas pessoas estabeleceram diálogos amigos, sem os quais esta tese não viria à luz. Diálogos claricianos e nietzschianos que me permitiram olhar com muitos olhos e assim ter uma visão mais aberta de meu objeto. Por esses diálogos, provocativos e intensos, uso este espaço para registrar meus agradecimentos. Agradeço ao Wander Melo Miranda, pela acolhida do projeto e pelo rigor das leituras dos originais. Agradeço aos professores João Santiago, Nádia Battella Gotlib, Reinaldo Marques e Vera Casa Nova pelas contribuições na leitura do texto original da tese de doutorado quando de sua defesa. No âmbito familiar, agradeço aos meus pais e às minhas irmãs, pelo incentivo constante, pelo respeito às minhas escolhas e, principalmente, por acreditarem em cada novo projeto. Pelas mais diversas formas de contribuição a este trabalho, que vão de sugestões de leituras a palavras de encorajamento, agradeço a Claudia Maia, Pedro Pires Bessa e Vívien Gonzaga, amigos de percurso na vida acadêmica e para além dela. Aos amigos não nomeados aqui, mas que ainda assim imprimiram e contaminaram as páginas deste livro com a *força* que atravessa o que está escrito. Àqueles que estiveram presentes na ausência ou na distância. Toda tentativa de agradecimento é irrisória a Mariana Thiengo, que segurou minhas mãos quando tudo ainda estava escuro e que *deu ao caos a forma da alegria*, transfigurando o vazio em um caminho possível. Ao Tiago, porque, de certa forma, este livro também foi escrito por ele, já que ele chegou depois para dizer que apesar de tudo, há presente e futuro. Agradeço o apoio dado pelo CEFET-MG e pela FAPEMIG pela bolsa de estudos durante o doutorado. A Clarice, que me enviou *as mais belas cartas de amor* que eu poderia receber um dia.

A tragédia de viver existe sim e nós a sentimos. Mas isso não impede que tenhamos uma profunda aproximação da alegria com essa mesma vida.

Clarice Lispector

SIM, ALEGRIA

Muito se tem escrito sobre a literatura de Clarice Lispector desde os primeiros textos críticos, que surgiram logo após a publicação do seu romance inaugural, *Perto do coração selvagem*, no final do ano de 1943.

O caráter inovador desse romance, principalmente no que se refere ao desbravamento da intimidade das personagens, numa linguagem revigorada pela soltura fragmentária das frases e pelo inusitado de fortes sensações e sutis percepções, abriu novas frentes de leitura que haveriam de se desdobrar, na medida em que demais romances e contos foram sendo publicados, ao longo daquela e das três décadas seguintes.

Dentre tantos modos de se ler Clarice, ressalte-se, apenas a título de exemplo, e de uma perspectiva filosófica, leituras que recorreram a Sartre e Heidegger, Wittgenstein e Deleuze, Foucault e Derrida. É, pois, a um repertório vasto e diferenciado, que se acrescenta, no momento, a contribuição valiosa de Luiz Lopes, no seu livro *Clarice Lispector:* formas da alegria, em leitura pautada na obra de Nietzsche e nas relações, pois, entre filosofia e ficção.

Para bem conduzir sua reflexão, o autor constrói uma boa fundamentação teórica, atenta aos alicerces que garantam uma argumentação segura do trágico – não propriamente da "poética da tragédia", mas da "filosofia do trágico", em que a alegria ocupa o protagonismo: a alegria trágica.

Sim, alegria. Eis um dado que marca a originalidade dessa leitura: ao introduzir um 'novo olhar' que, de certa forma, reavalia as forças estruturais que desenham as linhas narrativas, Luiz Lopes rompe com uma tradição equivocada de leituras da obra de Clarice, centrada no caráter apenas "depressivo" e "negativo", tão propagado ao longo da sua fortuna crítica.

De fato, alerta ao movimento que caracteriza a narrativa de Clarice, o autor detecta a energia que se instaura no jogo de contrários, observado entre o apolíneo e o dionisíaco, e na proposta firme do enfrentamento – força que move as personagens (sobretudo G.H. em *A paixão segundo G.H.*) num fluxo de experimentações vitais possíveis, que poderiam se resumir no termo paixão e que incluem até a morte: o enfrentar a morte em vida.

Eis então o papel da arte nesse percurso, papel fundamental na transmutação da dor, ao se constatar, numa incessante busca, a falácia da verdade e a consequente necessidade do ato de invenção ficcional. Por isso o autor se apoia num dos pilares do pensamento nietzschiano: o desejo de criar usado como um instrumento eficiente para se encarar a nossa própria tragédia e a tragédia do mundo.

Mas nem só de G.H. se compõe o repertório de Luiz Lopes. Ao se deter na personagem Martim, de *A maçã no escuro*, recorre à "força plástica do esquecimento", que viabiliza o ajuste no tempo do instante presente, regado a silêncio e solidão. Mais uma vez a arte salva, mediante a linguagem que viabiliza uma reconstrução de si mesmo, ou "as relações de si para consigo". Remonta-se a Nietzsche de *A gaia ciência*: "Como fenômeno estético a existência ainda nos é suportável". Eis uma veemente proclamação da vida como uma obra de arte.

O autor vai além. Propõe comparação entre os dois narradores: Martim e Clarice, reconhecendo aí aspectos de uma linguagem do inacabado, do resíduo, do informe e do transitório. Daí a importância do neutro, um dos pilares da construção reflexiva do autor em questão, e aí considerado como o que não é nomeado e precisa ser decifrado, habitante do campo enigmático e do que precisa ser descoberto. Segundo Maffesoli, citado pelo autor deste livro, "um saber que, ao mesmo tempo, revela e oculta a própria coisa descrita".

Tais constatações surgem a partir da leitura da ficção de *Água viva*, em que o já citado movimento da linguagem leva a uma ruptura das fronteiras entre as artes: a pintura, a música, a dança. E a presença do corpo ganha o protagonismo do discurso. É nesse território movediço que se instaura o neutro, quando os pares do bem ou mal, e outros pares, perdem sua atuação, cedendo a uma relação de complementaridade e não de exclusão.

A tendência à expansão das forças dessa "alegria trágica" possibilita a integração de vidas múltiplas, no sentido o mais amplo possível, em que cabe não apenas o humano, mas o animal, o vegetal, o mineral. E o não humano, o ser vivo, para além das fronteiras culturais que dele nos separam.

Além de G.H., de Martim, e da personagem narradora de *Água viva*, é o romance *A hora da estrela* que constitui o quarto tópico na sequência da leitura feita por Luiz Lopes. A dor, nesse caso, impossível de ser nomeada, é problematizada a partir de duas personagens: Rodrigo, o escritor que escreve a história de Macabéa, e a própria Macabéa, a alagoana pobre que mora no Rio de Janeiro.

A narrativa de Rodrigo S. M. aparece atravessada pela dor de querer, tentar, insistir, mas não conseguir traduzir sua personagem, que permanece envolvida pelo enigma e por uma série de questões sem resposta. Mais uma vez o autor nos traz o impulso de uma personagem, Rodrigo S. M., o escritor narrador, em direção a sua personagem, Macabéa. Também Rodrigo S. M. mergulha na coragem do enfrentamento e acaba enfrentando a morte de Macabéa. E também a morte sua, enquanto escritor.

Nessa altura da exposição, o autor Luiz Lopes atinge um dos pontos mais elucidativos da sua reflexão, iluminada pelas considerações teóricas de Didi-Huberman. É quando discorre sobre o ato de olhar e que leva a personagem Rodrigo S. M. a ver o que nos olha. Ou seja, a reconhecer o abismo da sua própria dor da existência: na ferida alheia, a sua própria ferida.

Soma-se a tantas remissões a um elenco de teóricos e a um painel de situações narrativas diversas, um recurso recorrente nas narrativas trágicas: o riso, que adensa o teor trágico dos textos. Nesse caso, afirma o autor, valoriza-se a capacidade de rir em meio à dor e a de transformar a dor em alegria. E conclui: “É por isso que ele [Rodrigo S. M.] nos estimula a pensar também nas nossas vidas; vivê-las e realizar nossa própria afirmação, mesmo diante de um mundo que se descortina cheio de nada".

A alegria difícil estaria nessa capacidade de se aproximar do objeto outro, do mundo, e dele se inteirar – no sentido de tentar incorporá-lo ou "ser" esse outro. E na capacidade final de desistência, no seu sentido também afirmativo – o de aceitar a nossa condição humana.

Trata-se, pois, de um percurso reflexivo que se propõe, a nós, como afirmativo, na medida em que o autor detecta nos narradores e nos personagens o reconhecimento e o uso de uma força revigoradora a partir da dor, força essa que lhe chega graças ao poder tonificador da própria linguagem ficcional que constitui o seu objeto crítico.

Ressalto a presteza com que o autor desenvolve assunto de conteúdo denso e por vezes complexo, ao distribuir em tópicos específicos a matéria ficcional examinada. Ora se detém na linguagem que procura abolir o passado, mediante o esquecimento e a imersão no instante-já. Ora aborda a criação de um espaço neutro da linguagem, a língua *it*, pura invenção, suspensa no tempo. Ora destaca os modos de personagens se afirmarem diante da morte, ao aceitarem esse desfecho da condição humana e assim se recomporem diante de seu próprio destino.

Este livro é uma afirmação oportuna de uma vertente significativa na literatura de Clarice – a do veemente hino à Vida – mas que ainda aguardava uma merecida leitura crítica.

Eis que nos chega então este livro, acompanhado de bagagem teórica sólida e movido pela sensibilidade aguda e pela perspicácia crítica do Luiz Lopes.

Nada mais oportuno, nos tempos de hoje – em que a destruição emerge, afrontando os limites do suportável no campo social, ético, político –, do que a leitura deste livro de Luiz Lopes, que, pela via de Clarice Lispector, nos coloca diante do necessário e urgente enfrentamento. E com alegria. Alegria trágica. Por isso, alegria difícil. Mas alegria.

NÁDIA BATTELLA GOTLIB

1 RESÍDUOS DO TRÁGICO

> *E que eu não esqueça, nessa minha fina luta travada, que o mais difícil de se entender é a alegria. Que eu não esqueça que a subida mais escarpada, e mais à mercê dos ventos, é sorrir de alegria.*
>
> Clarice Lispector

A literatura de Clarice Lispector convida aquele que se aproxima de seu universo, o leitor, para um ritual de descoberta do mistério[1]. Essa escrita que se constrói pelo segredo, pelo enigma, pelo campo aberto da significação, exige, portanto, um olhar interpretativo que também saiba se perder. É a própria escritora quem diz que aquilo que ela escreve nem sempre é uma consumação, mas se configura como um experimento que falha. "Nem tudo o que escrevo resulta numa realização, resulta mais numa tentativa. O que também é um prazer. Pois nem em tudo eu quero pegar. Às vezes quero apenas tocar."[2] Seus textos são objetos delicados e só podem ser captados, não no sentido de serem entendidos, mas de serem, por outro lado, sentidos, se aquele que se aventura a lê-los

1 "Quando comecei a escrever, que desejava eu atingir? Queria escrever alguma coisa que fosse tranquila e sem modas, alguma coisa como a lembrança de um alto monumento que parece mais alto porque é lembrança. Mais, queria, de passagem, ter realmente tocado no monumento. Sinceramente não sei o que simbolizava para mim a palavra *monumento*. E terminei escrevendo coisas inteiramente diferentes." (LISPECTOR, 1999a, p. 134).

2 LISPECTOR, 1999a, p. 143.

percebe que nada se quis dizer, e, com isso, tudo pode ser dito. "Depois o que toco às vezes floresce e os outros podem pegar com as duas mãos."[3] Pegar aquilo que foi dito com as duas mãos pode significar que os textos claricianos, como abertura e potencialidade, se transformam a cada instante, e que não pretendem, assim, revelar uma verdade, mas arquitetar inverdades[4]. Mais que isso, trata-se de uma literatura que pretende, sobretudo, deixar que o leitor crie junto, de mãos dadas com o escritor[5], sabendo que todo texto é a possibilidade de um jogo, de um sim, de uma alegria, de um começo.

Esse jogo, a leitura de Clarice, precisa começar então com um *Sim* que é dito por um leitor que se sente *alegre* em entrar nesse universo de abertura e potência. Abertura e potência porque a obra clariciana é possibilidade de afirmação da vida e da arte, da arte de estar vivo e da vida que pulsa em cada objeto de arte. Maurice Blanchot, em *O espaço literário*, afirma que ler exige "um saber que investe uma imensa ignorância e um dom que não é dado de antemão"[6]. Essa imagem do ato de leitura parece dizer muito sobre o movimento de aproximação à literatura de Clarice. Aliás, ela está presente, de certa forma, no texto "Felicidade clandestina", quando a escritora brasileira fala da leitura como um gesto livre e

3 LISPECTOR, 1999a, p. 143.

4 "Ele matava em mim pela primeira vez a minha fé nos adultos: também ele, um homem, acreditava como eu nas grandes mentiras." (LISPECTOR, 1999d, p. 24).

5 "Enquanto escrever e falar vou ter que fingir que alguém está segurando minha mão." (LISPECTOR, 1964, p. 17).

6 BLANCHOT, 2011b, p. 208.

alegre[7], como um permanecer com um livro por quanto tempo se quiser, lendo e relendo; tocando o objeto, adivinhando e vivendo, ao mesmo tempo[8]. A leitura surge como um acesso a outro mundo, preenchido por uma "iluminação de alegria"[9]. Trata-se de se entregar a um ato que não exige um saber, mas antes um *não saber*, uma ignorância que reproduz, de certa forma, nossa fragilidade diante da vida e do mundo e o entendimento de que o que quer que seja não passa pela inteligência apenas, mas também pelo sentir e pelo entrar em contato[10]. É exatamente essa falta de saber diante de um texto que pode fazer do leitor um sujeito que enlaça as contradições[11] e as forças do que está sendo dito e adentra na estância de abertura inerente ao universo que começa a se descortinar.

---

7 Cf. o fragmento "Fidelidade", inserido em *A descoberta do mundo*, no qual Clarice Lispector (1999a, p. 142) fala de suas leituras de Monteiro Lobato.

8 "Acho que eu não disse nada. Peguei o livro. Não, não saí pulando como sempre, saí andando bem devagar. Sei que segurava o livro grosso com as duas mãos, comprimindo-o contra o peito. Quanto tempo levei até chegar em casa, também pouco importa. Meu peito estava quente, meu coração pensativo. Chegando em casa, não comecei a ler. Fingia que não o tinha só para depois ter o susto de o ter. Horas depois fui passear pela casa, adiei ainda mais indo comer pão com manteiga, fingi que não sabia onde guardara o livro, achava-o, abria-o por alguns instantes. Criava as mais falsas dificuldades para aquela coisa clandestina que era a felicidade. A felicidade sempre iria ser clandestina para mim." (LISPECTOR, 1998f, p. 12).

9 LISPECTOR, 1999a, p. 142.

10 "Quer dizer, eu suponho que entender não é uma questão de inteligência e sim de sentir e entrar em contato." (LISPECTOR *apud* ROCHA, 2011, p. 182-183).

11 Cf. o ensaio "No caminho de Nietzsche", de Maurice Blanchot (2011a, p. 299), no qual o autor, na esteira de Japers, diz que ler Nietzsche – e estendemos o que ele diz sobre o filósofo para a obra de Clarice Lispector – significa ler na contradição. Usando as próprias palavras de Blanchot: "toda interpretação de Nietzsche será falha se não buscar a contradição. Contradizer-se é o movimento essencial de tal pensamento".

A aproximação ao mundo ficcional de Clarice se faz por essa atitude, por esse gesto de leitura leve, inocente, descompromissado, poderia se dizer ainda, distraído, mas que, ao mesmo tempo, obedece a determinadas forças que atribuem uma recomendação que se faz pelo "movimento puro"[12] e pelos deslocamentos contínuos. Ler Clarice significa entrar numa zona intempestiva em que o ar falta e o chão escapa, sendo ainda um lugar onde se pronuncia um "*Sim* silencioso que está no centro de toda a tempestade"[13]. Adentrar nesses textos claricianos é perder o chão e o ar, ter que fabricá-los novamente para sobreviver e, sobretudo, para se reinventar. Essa literatura é, como toda ficção desconcertante, aquela que faz da experiência de leitura um evento único e singular, no sentido de demolir aquilo que havia antes. O leitor sai demudado porque ele também experimenta seu poder de transformação, de criação, de deformação. Aquele que se arrisca no universo clariciano sabe, ou deveria saber que, diante da obra de Clarice, só podemos dizer sim, e, não podendo dizer senão sim, abrimos espaço para a afirmação do que há de desconcertante e estrangeiro[14] na obra, "a afirmação de que ela é – e nada mais"[15].

Existe em cada texto e, de modo singular, nos textos de Clarice, um apelo mudo que se dirige ao leitor que pretende ler de modo afirmativo sua obra. Ler um escritor de modo afirmativo

---

12 "Quero escrever movimento puro." (LISPECTOR, 1999b, p. 9).

13 BLANCHOT, 2011a, p. 213.

14 "O problema de *escrever*: o escritor, como diz Proust, inventa na língua, uma nova língua, uma língua de algum modo estrangeira. Ele traz à luz novas potências gramaticais ou sintáticas. Arrasta a língua para fora de seus sulcos costumeiros, leva-a a *delirar*". (DELEUZE, 1997, p. 9. Grifos do autor).

15 BLANCHOT, 2011a, p. 210.

significa trazer à tona a própria obra, trazer para o cerne interpretativo as possibilidades abertas desse texto, não determinando para ele uma única direção ou uma essência, mas se deixando estar indeciso na rede de signos[16]. Significa aproximar-se das verdades que vão sendo tecidas e destecidas e que desse modo são lampejos no escuro. Essas verdades só podem chegar como um sentido secreto do próprio texto[17]. Mas ler de modo afirmativo também significa deformar a partir de si mesmo, arriscando dizer o contrário do que se está vendo[18]. A literatura de Clarice permite essa postura de se dizer sempre o oposto, de num determinado instante ser o contrário do que se foi antes. "Eu quero a verdade que só me é dada através do seu oposto, de sua inverdade."[19] Essa talvez seja a maior potencialidade de sua obra, o fato de se constituir como uma escrita que não aponta uma única direção, mas que incita o leitor-jogador a avançar por si mesmo, a tomar uma decisão, a arriscar a jogada, a retroceder e a desistir quando quiser[20].

16 "Tenho medo de escrever. É tão perigoso. Quem tentou, sabe. Perigo de mexer no que está oculto – e o mundo não está à tona, está oculto em suas raízes submersas em profundidades do mar. Para escrever tenho que me colocar no vazio. Nesse vazio é que existo intuitivamente. Mas é um vazio terrivelmente perigoso: dele arranco sangue. Sou um escritor que tem medo das palavras: as palavras que digo escondem outras – quais? talvez as diga. Escrever é uma pedra lançada no poço fundo." (LISPECTOR, 1999b, p. 15).

17 "O bom é que a verdade chega a nós como um sentido secreto das coisas." (LISPECTOR, 1999a, p. 155).

18 "Um leitor também é aquele que lê mal, distorce, percebe confusamente. Na clínica da arte de ler, nem sempre o que tem melhor visão lê melhor." (PIGLIA, 2006, p. 19).

19 LISPECTOR, 1999b, p. 18.

20 "Saber desistir. Abandonar ou não abandonar – esta é muitas vezes a questão de um jogador. A arte de abandonar não é ensinada a ninguém." (LISPECTOR, 1999b, p. 14).

Nesse sentido, ler Clarice é acolher sua obra: a leitura se torna acolhimento. Trata-se de entender a obra, não mais movido, o leitor-intérprete, pelo desejo de um entendimento racional, mas por um entender que significa, antes, aproximação afetiva, vivência, comunhão, partilha. Esse leitor, seja ele um *leitor crítico* ou apenas o que chamamos de *leitor comum*, tanto saberá dos textos quanto mais se colocar nesse lugar de risco que é a leitura de Clarice. Acercar-se de seus textos é estar em perigo, já que literatura e vida se coadunam nessa escritora[21]. Foi Guimarães Rosa quem disse, certa vez, que lia Clarice não para a literatura, mas para a vida[22]. Talvez seja essa relação tão estreita entre literatura e vida o que faz de Clarice Lispector uma escritora com fortuna crítica das mais extensas, que não para de crescer, além de muito amada e apreciada pelo público. Hoje, passados mais de 70 anos de seu surgimento na cena literária brasileira, continuamos – todos nós, críticos e leitores – a nos perguntar que mistérios tem Clarice[23].

Quando surgiu, em 1943, com a publicação de *Perto do coração selvagem*, a escritora foi recebida pelos críticos que a leram por duas perspectivas. A primeira delas ressaltava a questão da ficção incompleta e vaga, o que levou Álvaro Lins a afirmar que

21 "Tanto o ato de escrever como o ato de ler são questionados, na ficção de Clarice, em agoniado confronto com o ser e o viver. Se bem que a tarefa de escrever lhe seja essencial à vida, porque ela, Clarice, nasceu 'incumbida'." (SÁ, 1993, p. 16).

22 "Guimarães Rosa então me disse uma coisa que jamais esquecerei, tão feliz me senti na hora: disse que me lia, 'não para a literatura, mas para a vida'." (LISPECTOR, 1999a, p. 136).

23 "Clarice/ veio de um mistério, partiu para outro./ Ficamos sem saber a essência do mistério./ Ou o mistério não era essencial./ Essencial era Clarice viajando nele." (ANDRADE *apud* GOTLIB, 2009, p. 605).

seus romances eram "mutilados e incompletos"[24]. Por outro lado, essa mesma "incompletude" foi vista numa segunda perspectiva por outros críticos, como é o caso de Antonio Candido e Sérgio Milliet, que a percebiam como o resultado de um projeto literário cuja escrita "penetra até o fundo a complexidade da alma moderna"[25], ou ainda como a criação de "um mundo partindo das suas próprias emoções, da sua própria capacidade de interpretação"[26]. Para Candido, Clarice ainda teria conseguido com esse projeto "levar nossa língua canhestra a domínios pouco explorados"[27]. Desse modo, durante as duas primeiras décadas da produção clariciana, as décadas de 1940 e de 1950, a crítica se divide entre caracterizar a escrita de Clarice como algo *informe*, no sentido de falta de expressão, ou como algo que tem na experiência do *incompleto* sua potência expressiva.

Posteriormente, nas décadas de 1960 e 1970, sua literatura seria revisitada por dois críticos: Benedito Nunes, que leu sua obra por uma perspectiva filosófica, tentando também ressaltar um estilo que caracterizava "o movimento próprio de sua escritura"[28], e acabou se tornando uma das maiores referências críticas sobre a ficção clariciana; e Olga de Sá, que, por meio de leituras de viés estruturalista, abordou a questão da epifania, que se tornou também, a seu modo, um tema de grande recorrência na fortuna crítica de Clarice. Essa última crítica ressalta ainda que o universo clariciano

24 LINS, 1963, p. 192.
25 MILLIET, 1981, p. 32.
26 CANDIDO, 1977, p. 128.
27 CANDIDO, 1977, p. 127.
28 NUNES, 1995, p. 15.

está marcado por uma "escritura metafórico-metafísica, dilacerada pelo dilema entre existir e escrever, entre razão e sensibilidade"[29]. Em relação à questão da epifania, vale conferir o ensaio de João Penna, intitulado "O nu em Clarice Lispector", que revisita a abordagem de Olga de Sá de modo bastante complexo[30].

Avançando um pouco mais, na década de 1980, surgem críticas que se debruçam sobre a escrita feminina de Clarice, articulando-a ao pensamento filosófico de Foucault, Nietzsche e Derrida. Desses estudos, merece destaque o nome de Hélène Cixous[31]. A década de 1990, por sua vez, é marcada por estudos de viés crítico-biográfico, tais como os de Teresa Cristina Montero Ferreira[32], Berta Waldman[33], Clare Varin[34] e Nádia Battella Gotlib[35]. De diferentes formas, cada uma dessas críticas estabelece estudos que tocam em aspectos autobiográficos. Ganha proeminência o trabalho de Nádia Gotlib, pela complexidade e abrangência, revelando a literatura de Clarice a partir da também "complexa alquimia criativa em que ferve o líquido de mutações, metamorfoses, transfigurações, cujo segredo, em última instância, parece inviolável"[36]. Ainda cabe citar o livro de Elisa Lispector, *No exílio*, romance de

29 SÁ, 1979, p. 20.

30 Cf. PENNA, 2010.

31 De Hélène Cixous, cf. *A hora de Clarice Lispector* (1999).

32 De Teresa Cristina Montero Ferreira, cf. *Eu sou uma pergunta*: uma biografia de Clarice Lispector (1999).

33 De Berta Waldman, cf. Clarice Lispector: a paixão segundo C.L. (1993).

34 De Clare Varin, cf. *Línguas e fogo*: ensaio sobre Clarice Lispector (2002).

35 De Nádia Battella Gotlib, cf. *Clarice: uma vida que se conta* (2009), *Clarice fotobiografia* (2008) e *Retratos antigos (esboços a serem ampliados)* (2012).

36 GOTLIB, 2009, p. 19.

memórias da família Lispector que, mesmo não sendo um texto de natureza crítica, pode servir como mais uma versão de alguns dados biográficos da escritora e de sua família[37].

A partir do final do século XX e do início do XXI, a literatura de Clarice continua sendo revisitada por *inúmeras perspectivas*, sendo a crítico-biográfica e a de viés filosófico aquelas de maior destaque. Vale citar os trabalhos de Edgar Cézar Nolasco[38], que se debruça sobre as relações entre literatura e autobiografia; Ricardo Iannace[39], que investiga as relações entre literatura, leitura e outras expressões artísticas; Evando Nascimento[40], que aproxima a literatura de Clarice do universo derridiano; Carlos Mendes de Sousa[41], que estabelece um diálogo entre a literatura de Clarice e a filosofia de Deleuze; Gabriela Lírio[42], que investiga a linguagem clariciana apoiada em nomes como Nietzsche e Deleuze; Bia Albernaz[43], que pesquisa a representação da cidade na obra da escritora brasileira tendo como ponto de partida também um viés filosófico; Maria Aparecida Nunes[44], que estuda as relações entre literatura e jor-

37 Cf. Lispector, 2004.

38 De Edgar Cézar Nolasco, cf. *Restos de ficção*: a criação biográfica-literária de Clarice Lispector (2004).

39 De Ricardo Iannace, cf. *A leitora Clarice Lispector* (2001) e *Retratos em Clarice Lispector*: literatura, pintura e fotografia (2009).

40 De Evando Nascimento, cf. *Clarice Lispector*: uma literatura pensante (2012).

41 De Carlos Mendes de Sousa, cf. *Clarice Lispector*: figuras da escrita (2011).

42 De Gabriela Lírio, cf. *A procura da palavra no escuro*: uma análise da criação de uma linguagem na obra de Clarice Lispector (2001).

43 De Bia Albernaz, cf. *Claricidade*: a cidade segundo Clarice (2008).

44 De Maria Aparecida Nunes, cf. *Clarice Lispector jornalista:* páginas femininas e outras páginas (2006).

nalismo na produção clariciana; Yudith Rosenbaum[45], que elabora uma leitura pelo prisma da psicanálise; Regina Pontieri[46], que averigua a questão do olhar como um estruturador da linguagem; Silviano Santiago[47], que possui um ensaio sobre as relações entre a literatura e a questão do animal e outro ensaio sobre o surgimento de Clarice como uma ruptura de linguagem; e, por fim, Vilma Arêas[48], que se dedica, entre outras coisas, a estabelecer comparações entre a literatura de Clarice e outros escritores e artistas brasileiros ou estrangeiros. Todos esses trabalhos, assim como outros não citados aqui, revelam um interesse crescente pelo corpo literário chamado Clarice Lispector, que continua aberto para inúmeros olhares.

Esses inúmeros olhares apontam para o fato de que os textos de Clarice possuem um teor de dissimulação, não podendo se fechar em um único olhar[49]. Essa abertura é que faz dos textos de Clarice objetos que não podem ser percebidos, que não se deixam capturar mais que por instantes. Isso permite, sempre, elaborar novas leituras que, ainda que sejam assemelhadas em suas propostas, muitas vezes possuem o esforço de, pela repetição do enigma, "alcançar" o enigma. A repetição aqui ganha um estatuto afirma-

45 De Yudith Rosenbaum, cf. *Metamorfoses do mal*: uma leitura de Clarice Lispector (1999) e *Clarice Lispector* (2002).

46 De Regina Pontieri, cf. *Clarice Lispector*: uma poética do olhar (2001).

47 De Silviano Santiago, cf. os ensaios "Bestiário" (2004) e "A aula inaugural de Clarice Lispector" (2005).

48 De Vilma Arêas, cf. *Clarice Lispector*: com a ponta dos dedos (2005).

49 "Um texto só é um texto se ele oculta ao primeiro olhar, ao primeiro encontro, a lei de sua composição e a regra de seu jogo. Um texto permanece, aliás, sempre imperceptível." (DERRIDA, 2005, p. 7).

tivo no sentido de que ela não significa mais do mesmo, mas, antes, significa olhar novamente, às vezes na mesma direção e, ainda assim, vislumbrar algo de novo, de inusitado, que se apresenta a partir de uma nova máscara. Este estudo situa-se nesse lugar de mais uma vez falar do enigma Clarice, tentando olhar os textos claricianos a partir de certo pensamento trágico. Não se trata de justapor esses dois campos do saber, mas antes de friccioná-los, e dessa fricção criar relações, ou arriscar acrescentar a esses textos algum novo fio condutor.

Assim, o texto que aqui se apresenta se insere dentro de uma perspectiva comparativa que pretende ler a obra de Clarice a partir do diálogo com a filosofia. Tomamos como ponto de partida de nosso estudo o fato de que a literatura de Clarice, como texto potencialmente aberto, se deixa apreender, assim como escapa, quando friccionada com outros textos que pensam. Sua literatura é um *texto pensante* e que provoca o pensamento. Dito isso, não cabe tentar classificar os textos de Clarice: eles seriam literatura, filosofia, magia? Pouco importam as classificações; antes, parece salutar dizer que sua obra é um modo de pensar com palavras, de erguer um pensamento outro: "O pensamento com palavras tem cores outras. O pré-pensamento é o pré-instante. [...] Às vezes a sensação de pré-pensar é agônica: é a tortuosa criação que se debate nas trevas e que só se liberta depois de pensar com palavras"[50]. A literatura se faz como uma extensão de um pensamento, como a materialização daquilo que foi pré-pensado. Escrever, para Clarice, é pensar uma

50 LISPECTOR, 1999b, p. 18.

segunda vez, materializar um pensamento outro, que anteriormente havia sido pensado em estado puro, antes das palavras[51].

Antoine Compagnon observa que "há um pensamento da literatura. A literatura é um exercício de pensamento; a leitura, uma experimentação de possíveis"[52]. Tanto a *escrita* dos textos de Clarice quanto sua *recepção* – e é claro que nesse segundo termo cabe, sobretudo, a percepção e a *perspectiva* singular do produtor deste texto – são experimentos com a *alegria*, com a dimensão afirmativa de viver e de escrever, e, por extensão, de ler e de interpretar o próprio mundo. O esforço interpretativo que se esboça aqui é uma tentativa de ler alguns textos de Clarice Lispector a partir da filosofia, a partir de um pensamento trágico, a saber, o pensamento do filósofo alemão Friedrich Nietzsche, cujas obras empreendem a defesa da *alegria*[53]. Nessa leitura, aproximamos esses dois pensamentos que se assemelham, mesmo estando separados por tempos, espaços e línguas distintas. Tanto a obra de Clarice quanto a de Nietzsche tentam, no entanto, falar *da* alegria e se expressar *com* alegria. São textos que se engendram e crescem pautados por um *teor afirmativo*, que significa, sobretudo, afirmar o mundo, o real, a vida, a existência terrena, e fazê-lo de modo absoluto, elegendo a

51 "Na verdade o pré-pensar é o que nos guia, pois está intimamente ligado à minha muda inconsciência. O pré-pensar não é racional. É quase virgem." (LISPECTOR, 1999b, p. 18).

52 COMPAGNON, 2009, p. 156.

53 Cf. o ensaio "A alegria e o trágico", de Roberto Machado (2011, p. 239), no qual o crítico observa que "um dos principais objetivos de Nietzsche, ao criar uma filosofia trágica, filosofia que tem como ideia mais importante a afirmação do eterno retorno, é possibilitar uma 'gaia ciência', um saber alegre, um pensamento que defende a alegria de viver, uma alegria incondicional com a vida, com a realidade, uma aprovação jubilatória da existência".

dor e a alegria de cada evento, produzindo o que chamamos de um *saber trágico*.

Ler Clarice a partir dessa *perspectiva*, a da filosofia trágica de Nietzsche, possibilita olhar seus textos não buscando verdades, mas tentando criá-las. É como se fosse ler quase no escuro[54], com pouca luz; ler observando as zonas de obscuridade que não podem se tornar manifestas. Antes de falar mais sobre o que significa ler a obra de Clarice como uma escrita trágica, afirmativa, como uma forma da alegria, cabe dizer que o interesse por essa pesquisa surgiu e ressurgiu em muitos momentos. De qualquer modo, a leitura do ensaio "Da literatura brasileira como rasura do trágico", de Eduardo Lourenço, parece ser o marco inicial deste estudo. Nesse ensaio, o crítico português fala que a literatura brasileira possui "uma espécie de estratégia (sem dúvida, inconsciente) destinada a contornar os aspectos mais trágicos da condição humana"[55]. Além disso, Lourenço cita, dentre vários escritores, o nome de Clarice Lispector como sendo um representante dessa ficção que rasura o trágico quando diz que, em sua obra, "nenhuma tragédia é possível"[56].

Ora, partindo do texto de Eduardo Lourenço, pergunta-se se a literatura de Clarice seria ou não uma literatura trágica. O texto do crítico português era uma provocação. E dessa provocação surge este texto, que tenta dizer que a literatura de Clarice é trágica, que ela faz circular *resíduos/restos*[57] do trágico, por falar sobre

54 "Eu tenho que ser legível quase no escuro." (LISPECTOR, 1999b, p. 25).

55 LOURENÇO, 2001, p. 197.

56 LOURENÇO, 2001, p. 205.

57 Tomamos o conceito de *resíduo/resto* como ferramenta operatória para ler o trágico em Clarice Lispector. Ao falarmos de resíduos do trágico em sua escritura,

e se expressar com alegria. Nesse momento, Clarice se encontra com uma concepção do trágico[58] que parece ser aquela com a qual sua literatura possui maior afinidade, a concepção nietzschiana do trágico[59], que consiste em afirmar a vida, o sofrimento e as adver-

---

entendemos que seus textos são elaborados a partir de resquícios, de restos, de resíduos que não permitem uma sistematização nem uma apropriação, fazendo de sua escrita um texto que não se esgota e impedindo sua fixação. Além disso, *resíduo* aponta para aquilo que não apenas permanece, mas para o que está/existe antes, impedindo uma totalidade perfeita. É nesse sentido primeiro que o *residual* deve ser compreendido em Clarice, como uma abertura para a multiplicação de perspectivas. Nesse sentido, vale conferir o ensaio de Mónica Cragnolini, intitulado "Nietzsche como pensador do resto: uma travessia pelos cinco prefácios para cinco livros *já* escritos". Nesse estudo, Cragnolini observa que a filosofia nietzschiana se expressa pelo *resto*, tal como acreditamos ser também o universo da ficção clariciana. Nas palavras de Cragnolini (2011, p. 108), retomando o célebre estudo de Derrida, *Eperons*, "mais que manter horizontes e fechá-los, o pensamento de Nietzsche os faz explodir, erradicando toda pérfida segurança e certeza do saber". No mesmo ensaio, Mónica Cragnolini (2011, p. 108) também afirma que "com o termo *restance*, derivado do verbo *rester*, permanecer, Derrida referiu-se a algo próximo, na língua alemã, ao *Rest*, o resíduo que se caracteriza por não ocorrer no modo da permanência (significada pelo verbo *bleiben*). Se a metafísica da presença é a história do permanentemente presente, o resto é o que 'não é'".

58 Cf. Szondi (2004, p. 23-24). É importante dizer que o estudo sobre a obra de Clarice parte da perspectiva da *filosofia do trágico* e não de uma *poética da tragédia*. Sobre essa questão, pode ser conferido o estudo de Peter Szondi, *Ensaio sobre o trágico*, no qual o autor diz que "desde Aristóteles há uma poética da tragédia; apenas desde Schelling, uma filosofia do trágico. Sendo um ensinamento acerca da criação poética, o escrito de Aristóteles pretende determinar os elementos da arte trágica; seu objetivo é a tragédia, não a ideia de tragédia". E ainda acrescenta que "dessa poderosa zona de influência de Aristóteles, que não possui fronteiras nacionais ou temporais, sobressai como uma ilha a filosofia do trágico. Fundada por Schelling de maneira inteiramente não-programática, ela atravessa o pensamento dos períodos idealista e pós-idealista, assumindo sempre uma nova forma".

59 O conceito de trágico é extremamente elástico, uma vez que vários pensadores a partir de Schelling discorreram sobre ele, elaborando as mais diversas configurações. Assim, sobre o trágico, pode ser conferido: *O cômico e o trágico* (2008), organizado por Imaculada Kangussu, Olímpio Pimenta, Pedro Süssekind e Romero Freitas; *Os destinos do trágico* (2007), organizado por Douglas Garcia Alves Júnior; e *Filosofia e literatura: o trágico* (2001), organizado por Kathrin

sidades. Roberto Machado, em *O nascimento do trágico*, observa que para Nietzsche o trágico estaria associado ao impulso *dionisíaco* e à *alegria*. Além disso, Nietzsche é o filósofo que, "pensando o conteúdo trágico sem referência à forma da tragédia, grega ou moderna, [foi] o primeiro a se intitular filósofo trágico"[60]. Para Machado, "essa postura radicalmente nova em relação a tudo o que o antecedeu dá à ideia de trágico o máximo de sua expressão, ao contrapô-la à razão e à moralidade"[61].

É exatamente nessa leitura da razão e nessa recusa à moralidade que se situa a literatura clariciana. Assim, essa perspectiva de leitura, que aproxima Clarice do pensamento de Nietzsche, propõe ver resíduos do trágico nos textos da escritora brasileira. A perspectiva do resíduo significa que os textos claricianos são, na verdade, fragmentos utilizados e reutilizados por ela mesma, são

---

Rosenfield. Além desses livros, que trabalham com um panorama das diferentes perspectivas do trágico, há dois livros publicados no Brasil nos quais a discussão do conceito de trágico é contemplada a partir de uma aproximação à filosofia benjaminiana: *Formas e mediações do trágico moderno* (2004), organizado por Ettore Finazzi-Agrò e Roberto Vecchi, e *Travessias do pós-trágico: os dilemas de uma leitura do Brasil* (2006), organizado por Ettore Finazzi-Agrò, Roberto Vecchi e Maria Betânia Amoroso. Por fim, existem inúmeras publicações sobre a filosofia trágica de Nietzsche, cujas referências serão contempladas no decorrer deste estudo. De qualquer modo, podem ser conferidos os livros *O nascimento do trágico*: de Schiller a Nietzsche (2006), de Roberto Machado, e *Nietzsche e a polêmica sobre O nascimento da tragédia* (2005), organizado por Roberto Machado, cujas discussões dão os contornos iniciais do conceito de trágico nietzschiano, a partir do qual pretendemos ler a obra de Clarice Lispector. Além disso, há o estudo *Mundanos fabulistas: Guimarães Rosa e Nietzsche* (2011), de João Batista Santiago Sobrinho, no qual o autor aproxima a literatura do escritor mineiro à filosofia trágica nietzschiana, numa leitura em que o trágico passa a ser pensado nessa confluência entre ficção e filosofia, tal como será realizado em nosso estudo.

60 MACHADO, 2006, p. 202.

61 MACHADO, 2006, p. 202.

"achados e perdidos", palavras que podem ser aproveitadas, reaproveitadas, quando for o caso, por quem quer que seja. Em *Um sopro de vida*, há um trecho que aponta para esse processo de escrita, quando o narrador diz: "O que está escrito aqui, meu ou de Ângela, são restos de uma demolição de alma, são cortes laterais de uma realidade que se me foge continuamente. Esses fragmentos de livro querem dizer que eu trabalho em ruínas"[62]. É como se a escritora brasileira soubesse que não tem nada a dizer, que apenas quisesse mostrar os rastros da alegria[63] a partir de uma literatura que é fragmentada, incompleta, inconclusa e, sobretudo, residual: "o resto – o resto eram sempre as organizações de mim mesma, agora sei, ah, agora sei. O resto era o modo como pouco a pouco eu havia me transformado na pessoa que tem meu nome. E acabei sendo meu nome. É suficiente ver no couro de minhas valises as iniciais G.H., e eis-me"[64]. Também pensando nos restos, Walter Benjamin, certa vez, ao falar do "método literário", disse: "não surrupiarei coisas valiosas, nem me apropriarei de formulações espirituosas. Porém, os farrapos, os resíduos: não quero inventariá-los, e sim fazer-lhes justiça da única maneira possível: utilizando-os"[65].

Parece que Clarice, como todo escritor, é aquela que recolhe os farrapos, exuma os vestígios, e os utiliza e reinventa, fazendo com que eles recebam novas configurações, não os inventariando. Os textos de Clarice colocam em cena esses *resíduos/restos* da

---

62 LISPECTOR, 1999b, p. 20.
63 Cf. BENJAMIN, 2006, p. 502.
64 LISPECTOR, 1964, p. 24.
65 BENJAMIN, 2006, p. 502.

modernidade: bichos, objetos, detritos, refugos, coisas e pessoas, relegados e mortificados pelos mais diversos discursos reativos. Mas a escritora coloca também em cena a potência desses farrapos. Do mesmo modo, as próprias palavras gastas e relegadas são novamente trazidas para a cena literária, e esses resíduos ganham outra dimensão: a do *afirmativo*. Não se trata, portanto, de negar esse mundo, tal como ele se apresenta, mas de afirmá-lo em sua potência, recusando os elementos reativos. Trata-se de uma escritura que rompe com qualquer tentativa de síntese[66]. Ao contrário de qualquer contenção, nessa afirmação volta a alegria, ressurge desses farrapos a força, e aquilo que estava soterrado explode e vem à tona. Esse gesto de escrita demonstra que a literatura de Clarice coloca tudo em movimento: como com as próprias ondas do mar, aquilo que estava no fundo chega à superfície, e o que era superfície vai para o fundo. Não existe um estado de imobilidade para os valores (palavras), pois aquilo que está dado logo será colocado em movimento.

É esse movimento, feito com palavras-ondas, que permite aproximar a literatura de Clarice de certo pensamento filosófico considerado trágico. O que tanto esse pensamento quanto a ficção de Clarice têm em comum é, antes de qualquer coisa, a dimensão do *afirmativo*, a qual poderia ser dita também como a alegria, força revolucionária por excelência[67]. Para tentar demonstrar esse teor afirmativo que perpassa a escrita de Clarice e que configura essa

66 "O resto é o que permite a constante partida e despedida." (CRAGNOLINI, 2011, p. 111).

67 Cf. LINS, 2008.

presença do trágico em sua literatura, empenhamo-nos em ler de modo mais concentrado quatro obras da autora. Ainda que vários textos sejam analisados e/ou comparados com os demais livros, o esforço interpretativo se concentra em *A paixão segundo G.H.*, *A maçã no escuro*, *Água viva* e *A hora da estrela*. Em cada um dos quatro capítulos do livro nos ocupamos de um livro, tentando demonstrar uma configuração trágica que se constitui pelo caráter afirmativo, quer seja pela presença da *alegria*, pela *força* plástica da escritura, pelo *neutro* que caracteriza o movimento dos textos, ou, ainda, pela *dor* que é afirmada e transfigurada na literatura clariciana. Desse modo, cada texto de Clarice se revela uma faceta, um disfarce da alegria, uma máscara da própria vida.

Para tocar o universo clariciano, escolhemos então os quatro conceitos acima indicados e que perpassam sua escrita – a *alegria*, a *força*, o *neutro* e a *dor*. Essas palavras se misturam e reverberam em cada capítulo, pois falar do trágico ou do afirmativo só é possível pelo aparecimento da multiplicidade de sua expressão. De todo modo, cada texto de Clarice foi visto e lido pelo grifo de um desses termos. Nesse sentido, arriscamos uma leitura que parte do princípio de que ler pode ser cometer um crime, como diz Ricardo Piglia em *O último leitor*. Uma leitura crítica pode ser aquela que se constrói pelo "leitor como criminoso, que utiliza os textos em seu benefício próprio e faz deles um uso indevido. Esse leitor lê mal, mas apenas no sentido moral"[68]. Se a crítica literária pode ser, em alguma medida, essa leitura criminosa[69], tratamos de ler

68 PIGLIA, 2006, p. 34.

69 "Poderíamos pensar na crítica literária como um exercício desse tipo de

Clarice desse modo, ficcionalizando, engendrando leituras contra outros leitores, elaborando interpretações que servem ao nosso crime maior que, de certa forma, foi incitado pela própria escritora, o crime de nos arriscarmos a inventar[70], a errar[71], a esquecer[72], a deformar[73], e, portanto, a ler com alegria.

leitura criminosa. Lê-se um livro contra outro leitor. Lê-se a leitura inimiga. O livro é um objeto transacional, uma superfície sobre a qual se deslocam as interpretações." (PIGLIA, 2006, p. 34).

70 "Afinal consegui o que quis. Criei o que já existe". (LISPECTOR, 1999c, p. 324).

71 "O erro é um dos meus modos fatais de trabalho". (LISPECTOR, 1964, p. 112).

72 "Sim, e é quando o eu passa a não existir mais, a não reivindicar nada, passa a fazer parte da árvore da vida – e é por isso que luto para alcançar. Esquecer-se de si mesmo e no entanto viver tão intensamente." (LISPECTOR, 1999b, p. 15).

73 "A vida – a partir do momento em que se nasce – é guiada, idealizada pelo sonho". (LISPECTOR, 1999b, p. 89).

2 A PARTILHA DA ALEGRIA

A alegria verdadeira não tem explicação possível, não tem a possibilidade de ser compreendida – e se parece com o início de uma perdição irrecuperável.

Clarice Lispector

A alegria é um dos sentimentos mais plenos e pode aproximar a experiência humana do sagrado. Contudo, ela aparece muitas vezes rasurada pela humanidade. Em seu livro *A história da alegria*, Adam Potkay aborda as várias configurações pelas quais o homem vislumbrou a face da alegria, transitando pelas obras de filósofos, escritores e artistas, desde os primórdios da literatura ocidental até o Romantismo tardio. No último capítulo, Potkay analisa a alegria no pensamento de Nietzsche, que em suas obras filosóficas enfatizou a tragicidade desse sentimento, chegando a discorrer sobre a categoria da *alegria trágica*[74].

74 O conceito de alegria é uma das mais importantes e complexas categorias do pensamento de Nietzsche. Segundo o filósofo alemão, ela está vinculada a uma interpretação trágica do mundo. A alegria aparece já em seu primeiro trabalho, *O nascimento da tragédia* (1872). Nesse primeiro livro, Nietzsche destaca em várias seções que o trágico se constitui pela alegria, o que aponta para uma postura de afirmação incondicional de tudo o que há na realidade, desde seus aspectos mais belos até aqueles mais sombrios. Em trabalhos posteriores do autor, como *A gaia ciência* e *Assim falou Zaratustra*, a alegria ressurge, agora com outros traços e a partir de novas relações.

Potkay inicia seu percurso definindo esse afeto: "a alegria é a paixão originária da infância, que nos reconecta, com felicidade absoluta, a um estágio da vida anterior ao nosso nascimento. Sendo nossa fonte, a alegria também é nosso objetivo ou fim: é o que queremos e o que às vezes clamamos recobrar"[75]. Segundo o autor, a alegria ou sua busca passa, portanto, por um gesto natural, que marca uma tentativa humana de adesão ao mundo. A alegria está intimamente ligada a uma força que impele o homem à vida, ao desejo de afirmar a existência mundana. Essa paixão originária atravessa as obras de artistas e escritores, por meio das quais é possível pensar o sentido trágico que toda existência encerra.

Na literatura, vários autores trazem em suas obras a presença marcante desse afeto e o transfiguraram em linguagem. A obra de Clarice Lispector é um exemplo dessa escrita perpassada pela alegria, que "emerge como uma preocupação vocalizada naqueles momentos biográficos ou culturais em que o eu parece um fardo ou em que um grupo precisa de consolidação"[76]. A escritora desenvolve uma estética/ética da alegria, que faz de suas obras, especialmente em seus matizes trágicos, formações simbólicas que registram um substrato filosófico também trágico. Dessa maneira, sua escrita pode ser aproximada à reflexão filosófica, por ser perpassada pela concepção nietzschiana da alegria e de sua filosofia trágica. O objetivo deste capítulo é ler a obra de Clarice a partir do viés da *alegria trágica*, que se inscreve como ponto de contato entre

75 POTKAY, 2010, p. 20.
76 POTKAY, 2010, p. 20.

o universo da literatura e o da filosofia, evidenciando a abertura ficcional da escritora a esses dois campos do saber[77].

2.1 A alegria como fatalidade

Repito por pura alegria de viver: a salvação é pelo risco, sem o qual a vida não vale a pena!

Clarice Lispector

Em seu primeiro livro, *O nascimento da tragédia*, Nietzsche discorre sobre os sofrimentos de Dioniso, que são encenados nas tragédias gregas, e afirma que esse deus está presente também nos sofrimentos de cada herói trágico. A miragem do deus, que é despedaçado e que renasce para afirmar o poder indestrutível da vida, anuncia o que o pensador alemão marca como um dos principais aspectos da filosofia do trágico. Ele afirma que a esperança do ressurgimento de Dioniso faz com que se espalhe "um raio de alegria pelo semblante do mundo dilacerado, destroçado em indivíduos"[78]. Ainda nesse livro, o conceito de alegria aparece como traço central da concepção do pensamento trágico, que ressurge reformulado e ampliado em toda a obra posterior de Nietzsche. Para o autor, um dos aspectos

77 Eneida Maria de Souza (2002), em "O espaço nômade do saber", marca o aspecto interdisciplinar da Faculdade de Letras da UFMG, que sempre esteve associada ao curso de Filosofia. A tentativa de ler a obra de Clarice por meio de um diálogo com Nietzsche reforça esse caráter nômade de um saber que assume uma perspectiva pluralista e aberta aos campos do conhecimento.

78 NIETZSCHE, 1992a, p. 70.

constitutivos do trágico seria a ideia de afirmação alegre da existência. Diante da face mais assombrosa da realidade, o trágico se impõe como a capacidade de júbilo por aquilo que existe.

Clarice Lispector, como foi sugerido por grande parte de sua fortuna crítica, escreveu obras cujos elementos comportam sentidos trágicos, que podem ser observados, por exemplo, na presença da alegria trágica, componente que perpassa seus romances, contos e crônicas. Nesse sentido, *A paixão segundo G.H.*, romance publicado em 1964, vinte anos depois de sua obra inaugural *Perto do coração selvagem*, marca um ápice da escrita trágica da escritora, se tomarmos como conceito operatório de leitura a perspectiva da alegria. O romance possui uma história aparentemente corriqueira. G.H. é uma artista que mora num apartamento confortável no Rio de Janeiro e leva uma vida sofisticada. Depois que sua empregada Janair vai embora, G.H. decide fazer uma faxina no quarto que aquela ocupava e se depara com uma barata. Tomada por uma multiplicidade de sensações, acaba esmagando o inseto contra a porta de um armário. A partir daí há uma espécie de ascese invertida por meio da qual a protagonista prova da barata, de sua massa insossa.

O relato da experiência "mística" se confunde com a própria vivência dos eventos. Tanto o relato quanto a experiência são marcados essencialmente pela alegria na dor, um dos aspectos centrais do romance e da própria concepção de trágico que perpassa a ficção clariciana. Numa nota explicativa introdutória, intitulada "A possíveis leitores", a escritora diz que "a mim, por exemplo, o personagem G.H. foi dando pouco a pouco uma alegria difícil; mas chama-se alegria"[79]. Esse trecho evidencia um traço constitutivo da escritura de Clarice, a alegria trágica, à qual a autora se refere como *alegria difícil*, e que pelo seu caráter problemático e múltiplo se aproxima do conceito de alegria trágica nietzschiano. Essa alegria que encontramos nos textos claricianos, especialmente em *A paixão*, funciona como um mecanismo que desencadeia uma postura afirmativa diante da vida, fazendo com que personagens, narradores e a própria escritora experimentem "lidar com o lado terrível da vida, com seus aspectos mais cruéis e enigmáticos"[80], afirmando-os e transfigurando-os para que a vida se torne desejável.

Assim, antes de iniciar o romance, a escritora deixa aos leitores uma chave de leitura. Ela espera que percebam, que sintam o percurso de G.H. ao longo do romance, a partir da alegria da personagem, tanto no momento de viver os acontecimentos, como no processo de relatar o que foi vivido. O que existiu se mistura ao que é criado como artefato do universo ficcional. A própria personagem explica que está procurando no relato uma forma de entender o que viveu: "Estou tentando entender. Tentando dar a alguém o que vivi e não sei a quem, mas não quero ficar com o que vivi. Não sei o que fazer do que vivi, tenho medo dessa desorganização profunda."[81] "Mas é que também não sei que forma dar ao que me aconteceu."[82]

A narradora relata, já na abertura do romance, que está entrando em contato com duas forças antitéticas, a primeira associa-

79 LISPECTOR, 1964, p. 5.
80 MACEDO, 2006, p. 127.
81 LISPECTOR, 1964, p. 9.
82 LISPECTOR, 1964, p. 12.

da a uma desorganização profunda da vida, do que existe e está em movimento, e outra, que transforma as visões e experiências fragmentadas da personagem em uma forma possível de ser apreciada e encarada como bela. Essas duas forças podem ser associadas aos instintos estéticos dionisíaco e apolíneo, respectivamente, cujo contraponto, como aponta Nietzsche na abertura de *O nascimento da tragédia*, formaria a base constitutiva do trágico.

> Teremos ganho muito a favor da ciência estética se chegarmos não apenas à intelecção lógica mas à certeza imediata da introvisão [*anschauung*] de que o contínuo desenvolvimento da arte está ligado à duplicidade do apolíneo e do dionisíaco, da mesma maneira como a procriação depende da dualidade dos sexos, em que a luta é incessante e onde intervêm periódicas reconciliações.[83]

Enquanto o apolíneo[84] estaria ligado ao universo da bela aparência, do *sonho*, por meio do qual se pode colher "uma experiên-

83 NIETZSCHE, 1992a, p. 27.

84 Cf. WOTLING, 2011. O conceito de apolíneo é introduzido ainda nas primeiras linhas de *O nascimento da tragédia* e é caracterizado como uma das duas pulsões da natureza, forças artísticas que brotam da própria natureza sem a mediação do artista. A elucidação do apolíneo e do dionisíaco se dá a partir de um duplo modelo fisiológico: o do sonho (Apolo) e o da embriaguez (Dioniso). Com relação ao apolíneo e ao modelo analógico do sonho, algumas características devem ser colocadas em primeiro plano segundo Nietzsche, quais sejam, a produção de belas aparências, de imagens idealizadas, com contornos bem definidos, ou seja, ainda individuadas; o distanciamento, que significa a percepção do caráter onírico do sonho, e por fim, o prazer resultante dessa contemplação de belas aparências.

cia de profundo prazer e jubilosa necessidade"[85], o dionisíaco[86] é representado por analogia à *embriaguez*, da qual "todos os homens e povos primitivos falam em seus hinos"[87]. A escrita de Clarice Lispector evidencia, pois, a tensão entre esses dois impulsos estéticos. Em *A paixão segundo G.H.*, podemos identificar a presença da força apolínea no universo do sonho e do sono, por meio do qual a personagem-narradora consegue transfigurar o que viveu em imagens passíveis de serem vistas sem horror. Em determinadas passagens, a personagem ressalta esse caráter apolíneo de sua narração, mas que vem paradoxalmente contaminado por marcas também dionisíacas, ressaltando a tensão, o paradoxo próprio da constituição do trágico:

> Dar a mão a alguém sempre foi o que esperei da alegria. Muitas vezes antes de adormecer – nessa pequena luta por não perder a consciência e entrar no mundo maior – muitas vezes, antes de ter a coragem de ir para a grandeza do sono, finjo que alguém está me dando a mão e então vou, vou para

85 NIETZSCHE, 1992a, p. 29.

86 Cf. WOTLING, 2011. O conceito de dionisíaco, assim como o de apolíneo, remete a uma pulsão da natureza. Essa pulsão se liga às artes não plásticas e, sobretudo, à música. Nietzsche caracteriza o dionisíaco a partir do modelo fisiológico da embriaguez, particularmente da embriaguez sexual, orgiástica. Alguns elementos entram em destaque nessa classificação, a saber, a ruptura das fronteiras, notadamente a ruptura da individuação, a abolição da personalidade. Essa pulsão também se caracteriza por um misto de horror e êxtase devido à perda da humanidade do indivíduo e sua reconciliação simultânea com a totalidade. Por fim, percorrido por essa pulsão, o homem se torna obra de arte, ritmo, expressão simbólica da essência da natureza, pois o dionisíaco tem a peculiaridade de criar imagens simbólicas e não imagens idealizadas.

87 NIETZSCHE, 1992a, p. 30.

a enorme ausência de forma que é o sono. E quando mesmo assim não tenho coragem, então eu sonho.[88]

O sonho serve como mecanismo de bem-estar, já que ele faz com que o sujeito entre em contato com imagens que lhe permitem se excitar com a vida. Além disso, ele atua como uma metáfora do processo de criação. Nietzsche observa que essas imagens não são as únicas, mas mesmo diante de outras, sombrias, tristes e obscuras, o sujeito que vive a vida pela ótica da criação pode dizer que aquilo é apenas um sonho e que quer continuar a sonhá-lo. Junto a esses elementos oníricos, que remetem ao instinto apolíneo, aparecem na escrita de Clarice outros elementos relacionados ao instinto dionisíaco, como a embriaguez, e que mostram o fundo terrível da existência. Além disso, o próprio sonho pode ser pensado no romance de Clarice como uma imagem que remete também ao dionisíaco, uma vez que ele se constitui como uma possibilidade de ir para um *mundo maior*. G.H. percorre um caminho que é o de tentar reconstruir por meio da narrativa aquilo que foi vivido. Em meio a essa reconstrução, ela se sente obrigada a contornar o caos. "Quem sabe nada existiu! Quem sabe me aconteceu apenas uma lenta e grande dissolução? E que minha luta contra essa desintegração está sendo esta: a de tentar agora dar-lhe uma forma? Uma forma contorna o caos, uma forma dá construção à substância amorfa."[89] Para conseguir expressar o horror da vida e da experiência, a personagem precisa dar forma ao caos. Ela diz

88 LISPECTOR, 1964, p. 16.
89 LISPECTOR, 1964, p. 12.

que deseja, não "a claridade que nasce de um desejo de beleza e moralismo, como antes mesmo sem saber eu me propunha; mas a claridade natural do que existe, e é essa claridade natural o que me aterroriza. Embora eu saiba que o horror – o horror sou eu diante das coisas"[90].

A personagem narra para tentar alcançar e experimentar novamente a alegria que lhe proporciona essa claridade do real – o real visto numa proporção de luz exata que não faz com que nos afastemos dele, mas que também impede que sua imagem apenas dionisíaca nos destrua. Dito de outro modo, G.H. trava uma luta contra a desintegração – princípio apolíneo –, já que ela tenta dar uma forma ao caos, mas ao mesmo tempo as substâncias esquivas à forma – princípio dionisíaco – se impõem a ela. Depois que sua empregada vai embora, G.H. entra em seu quarto e se depara com uma imagem que de algum modo a faz pensar sua existência. "Na parede caiada, contígua à porta – e por isso eu ainda não tinha visto – estava quase em tamanho natural o contorno a carvão de um homem nu, de uma mulher nua, e de um cão que era mais nu do que um cão"[91]. A partir dessa visão, o real e a vida começam a se apresentar de outro modo para a personagem-narradora. É como se G.H. entrasse definitivamente em contato com uma realidade que até agora ela não queria ver. Ela sai de seu apartamento bem ordenado e chega ao lugar onde Janair, "aquela mulher invisível"[92],

90 LISPECTOR, 1964, p. 17.

91 LISPECTOR, 1964, p. 38-39.

92 Cf. LISPECTOR, 1964. G.H. se refere a Janair dizendo "aquela mulher era uma invisível". Possivelmente, a escultora se refere à classe profissional de Janair, que a coloca em posição de anônima. De qualquer forma, ela também representa

deixou seus vestígios. Essas marcas permitem ver o feio, o desarranjado, mas também a vida e suas alegrias, que vêm emaranhadas à dor própria da existência. "O quarto era o oposto do que eu criara em minha casa, o oposto da suave beleza que resultara de meu talento de arrumar, de meu talento de viver, o oposto de minha ironia serena, [...] era uma violentação das minhas aspas, [...] o retrato de um estômago vazio."[93]

Esse retrato faz com que a personagem se queira livre para afirmar a vida, mesmo naqueles aspectos mais primários que ela preferia não ver ou conhecer. G.H. passa a experimentar a alegria trágica que consiste numa aprovação integral da vida. A alegria que a personagem começa a vivenciar pode ser pensada a partir das reflexões do filósofo francês Clément Rosset em sua obra *Alegria*: a força maior. Para Rosset, "o regime da alegria é o do tudo ou nada: não há alegria senão total ou nula"[94]. Isso demonstra que ela é um afeto a partir do qual tudo passa a ser afirmado ou em sua ausência tudo deixa de ser aprovado, o que significa que aprovar uma alegria qualquer também requer aceitar os sofrimentos sem os quais a vida não poderia ofertar tal sentimento. Em *Uma aprendizagem ou o livro dos prazeres* (1969), a personagem Ulisses, um professor de filosofia, fala para sua amada Lóri: "uma das coisas que aprendi é que se deve viver apesar de. Apesar de, se deve comer, apesar de, se deve amar. Apesar de, se deve morrer. Inclusive muitas vezes é o próprio apesar

---

a vida e o que há de mais primário na existência, aquilo que muitos preferem denegar.

93 LISPECTOR, 1964, p. 42-43.

94 ROSSET, 2000, p. 7.

de que nos empurra para frente"[95]. Toda a narrativa desse romance publicado depois de *A paixão segundo G.H.* consiste no aprendizado de Lóri, em sua busca por afirmar a vida, mesmo diante do "apesar de", ainda que o cotidiano seja atravessado pelo inóspito.

Em *A paixão segundo G.H.*, esse "apesar de" se constitui de um nojo que precisa ser superado. A barata representa, dentre outras coisas, a própria vida e sua força. G.H. passa por uma metamorfose que vai de seu moralismo, de sua vida organizada, apolínea, para uma atitude de adesão ao real, ao horror do mundo, ao dionisíaco, e à vida em todas as suas dimensões, além do bem e do mal. Charles Feitosa, em um ensaio intitulado "A escrita sonâmbula de Clarice Lispector", afirma que "a descrição da metamorfose vivida por G.H. parece corresponder a diversos elementos das filosofias da existência. Poder-se-ia dizer que *A paixão* é a história da descoberta do absurdo. A barata é, a princípio, uma imagem da própria vida, na sua força irresistível"[96]. Por meio do contato com o inseto, a personagem se vê próxima ao núcleo da vida, que significa estar mediada pelos aspectos múltiplos que a vida encerra: dor e alegria, medo e coragem, repulsa e desejo, amor e ódio. É nesse centro sem eixo que a personagem vai experimentar a alegria de viver e seu "mecanismo aprovador que tende a ir além do objeto particular que a suscitou, para afetar indiferentemente qualquer objeto e chegar a uma afirmação do caráter jubiloso da existência em geral"[97]. Assim, a própria experiência da personagem demonstra

95 LISPECTOR, 1998a, p. 26.
96 FEITOSA, 2007, p. 63.
97 ROSSET, 2000, p. 7.

o absurdo da alegria, já que esse afeto permanece estranhamente sempre suspenso em nada e "privado de qualquer base"[98].

A alegria no romance de Clarice surge desse absurdo e se fortalece pelo fato de G.H. não saber como explicar a sua existência. Em várias passagens a protagonista tenta evidenciar seu silêncio ou a impossibilidade de expressar as razões pelas quais ela é tomada pela alegria. Benedito Nunes, em *O dorso do tigre*, observa que a mensagem de G.H. passa pela compreensão de que "toda linguagem tem no silêncio a sua origem e seu fim"[99]. Do mesmo modo como "o homem alegre é incapaz de dizer o motivo de sua alegria e a natureza daquilo que o enleva, o melancólico não sabe precisar o motivo de sua tristeza nem a natureza daquilo que lhe falta, exceto que [...] o que lhe falta não figura no registro das coisas existentes"[100]. A alegria, portanto, é uma disposição que dispensa qualquer razão de ser, "talvez seja na situação mais adversa, na ausência de qualquer motivo racional de regozijo, que a essência da alegria se deixará melhor apreender"[101]. Nos momentos de maior adversidade, por exemplo, é que a protagonista de *A paixão segundo G.H.* se sente inundada por um contentamento que a toma e a faz afirmar a vida em seu valor trágico. Esse aparente paradoxo marca o fato de que a alegria possui um caráter ilógico, irracional, que faz dela uma espécie de loucura. Todo sujeito que se alegra é, a seu modo, um sujeito tomado pelo desatino. Em *A paixão*, tal irracionalidade

98 ROSSET, 2000, p. 8.
99 NUNES, 1976, p. 139.
100 ROSSET, 2000, p. 10.
101 ROSSET, 2000, p. 11.

se anuncia pelo silêncio que se dissemina ao longo do relato e que revela a dificuldade de expressão da alegria.

Clément Rosset também chama a atenção para o fato de que há uma prerrogativa da alegria que se relaciona à sua desvinculação de qualquer base: "É esse o extraordinário privilégio da alegria: essa aptidão para perseverar quando sua causa é ouvida e condenada, essa arte quase feminina de não se render a razão alguma, de ignorar alegremente tanto a adversidade mais manifesta quanto a contradição mais flagrante"[102]. Se a alegria é a arte de não se render às orlas da razão, o homem alegre também é aquele que consegue ignorar qualquer objeção ao seu estado. Isso parece ser o que ocorre com as personagens claricianas, como G.H., Ana, Joana, Lóri e Macabéa, que de formas variáveis desconfiam da razão e vivem como indivíduos entregues à alegria trágica da vida, sentindo a natureza daquilo que as enleva. Além disso, essas personagens lutam para preservar a todo custo a alegria de viver, o júbilo da existência e de suas vidas que mostram toda a potência, inclusive pela fragilidade.

Há, na literatura de Clarice, uma galeria de personagens que passa por um desatino, que rompe a individuação e as obriga a entrar em contato com uma espécie de exultação que não necessariamente passa pelo aspecto racional, mas que, ao contrário, evidencia "a emoção de um homem que, tendo se preparado à eventualidade de certa felicidade, encontra-se subitamente confrontado a algo muito diferente e também mais intenso"[103]. Basta pensarmos, por

102 ROSSET, 2000, p. 8.
103 ROSSET, 2000, p. 14.

exemplo, na menina do conto "Felicidade clandestina", que vive a alegria de receber o livro que deseja para ficar com ele o tempo que quiser; Ana, a personagem do conto "Amor", que passa por uma experiência de adesão ao real ao ver um cego mascando chicletes; ou ainda Macabéa, a protagonista de *A hora da estrela* (1977) que, diante das mais diversas situações hostis, continua confiando na existência. Do mesmo modo, G.H. se sente em estado de júbilo ao se deparar com aquilo que lhe era mais estranho, o quarto da empregada, os fundos de sua casa, o Outro, personificado pelo não-humano, o animal, o inseto[104]. Sua alegria não decorre do critério da racionalidade, mas se justifica pelo próprio prazer de se sentir em comunhão com o real, ou, como ela mesma diz, por estar "ao nível da natureza"[105].

> E estremeci de extremo gozo como se enfim eu estivesse atentando à grandeza de um instinto que era ruim, total e infinitamente doce – como se enfim eu experimentasse, e em mim mesma, uma grandeza maior do que eu. Eu me embriagava pela primeira vez de um ódio tão límpido como de uma fonte, eu me embriagava com o desejo, justificado ou não, de matar.[106]

Nessa passagem, a personagem experimenta o impulso dionisíaco, sente-se embriagada por se colocar num plano de maior

---

104 A questão do animal na ficção de Clarice e suas relações com o universo trágico de sua escritura serão abordadas no segundo capítulo desta tese, oportunidade na qual essa discussão será aprofundada.

105 LISPECTOR, 1964, p. 53.

106 LISPECTOR, 1964, p. 52-53.

contato com o mundo, ou, numa dimensão não metafísica dos eventos. Existe em *A paixão segundo G.H.* uma espécie de *pathos* da alegria[107], que direciona a personagem, bem como a narrativa, para o núcleo selvagem da vida, para a "recorrência de sentimentos fortes – cólera, ira, raiva, ódio, nojo, náusea, alternando-se com o amor e a alegria"[108]. Esses afetos amalgamados esboçam as motivações da protagonista diante do "real" e também registram seus sentimentos durante o processo de relato do que foi vivido, sentimentos que se constituem de ressonâncias do que G.H. experimentou ao entrar em contato com o inseto. O que importa assinalar é que a alegria da existência se mantém como afeto fortemente presente, ainda que não exclua aqueles outros ligados ao horror da vida, como nojo, náusea e repulsa, pois a alegria trágica não exclui a multiplicidade, mas antes a afirma. Além disso, a tensão entre tais afetos evidencia o próprio movimento vital, a estruturação orgânica do mundo, que, sob uma lógica conjuntiva[109], se baseia no choque e na integração de disposições contrárias.

107 Benedito Nunes (2009) enfatiza o fato de que *A paixão segundo G.H.* consiste, assim como outras obras de Clarice, numa forma literária marcada pelo *pathos*, que se configura pela presença de afetos fortes. Menciono o termo *pathos da alegria* a fim de ressaltar a alegria como afeto-força central da escrita trágica de Clarice Lispector.

108 NUNES, 2009, p. 222-223.

109 Michel Maffesoli (2003), em seu livro *O instante eterno*: o retorno do trágico nas sociedades pós-modernas, afirma que o trágico se faz presente por meio de uma lógica da conjunção, e não da disjunção. Isso significa que o trágico se constitui antes pela integração dos contrários, que por sua exclusão. A existência é, portanto, marcada pelo jogo de opostos, pelo par Apolo-Dioniso, deuses do sonho e da embriaguez, que se digladiam e se fundem.

Outro aspecto característico da alegria vivida por G.H. é sua conotação sexual, já que o prazer que ocasiona os eventos experienciados pela personagem se associa muitas vezes a imagens de orgia. "No inferno, essa fé demoníaca de que não sou responsável. E que é fé na vida orgíaca. A orgia do inferno é a apoteose do neutro. A alegria do sabá é a alegria de perder-se no atonal."[110] Depois de experimentar uma forma de prazer por desejar matar a barata, a personagem se vê num inferno no qual vivencia uma "alegria sexual", por assim dizer. Rosset enfatiza que a alegria que parte de um objeto particular em direção ao geral, "de uma felicidade simples a uma espécie de bem-estar cósmico, é muito sensível naquilo que, por excelência, é o regozijo das espécies vivas: a sexualidade"[111]. A alegria de viver se liga ao prazer sexual, já que tanto na primeira como no segundo existe um gozo que não se esgota no objeto particular, mas que, ao contrário, possui uma força de irradiação que contamina e se amplia para outros objetos. Em muitas passagens de *A paixão segundo G.H.* os impulsos dionisíacos se fazem presentes pelas metáforas da sexualidade, da orgia e do prazer sexual. Marcel Detienne interroga se Dioniso não se faria presente, sobretudo, na "forma inquietante de um grande sexo ereto"[112]. Esse impulso sexual, que a presença do dionisíaco atesta, toma a personagem-narradora de maneira que ela começa a gozar as coisas, num modo de perder sua identidade e se colocar não mais contra o mundo, mas no próprio mundo. A própria citação que

110 LISPECTOR, 1964, p. 122.

111 ROSSET, 2000, p. 14.

112 DETIENNE, 1997, p. 69. "forma turbadora de un gran sexo erecto". (Tradução minha).

Clarice faz de Bernard Berenson, antes da abertura do romance, já assinala essa concepção de perda da identidade individual, que se dá pela integração plena com esferas externas ao eu: "A complete life may be one ending in so full identificacion with the non-self that there is no self to die"[113].

> Eu entrara na orgia do sabá. Agora sei o que se faz no escuro das montanhas em noites de orgia. Eu sei! sei com horror: gozam-se as coisas. Frui-se a coisa de que são feitas as coisas – esta é a alegria crua da magia negra. Foi desse neutro que vivi – o neutro era o meu caldo de cultura. Eu ia avançando e sentia a alegria do inferno.
> E o inferno não é a tortura da dor! é a tortura de uma alegria.[114]

Essa tortura alegre faz com que a personagem G.H. experimente um orgasmo, um estado de ser que "pode ser descrito como uma passagem do singular ao geral, passagem da busca de um prazer particular para a obtenção de um gozo, se não universal, pelo menos sentido como tal"[115].

A alegria difícil/trágica, ou, enunciando de outra maneira, a vivência da aporia, que aparece em Clarice mostra o caráter fundamentalmente paradoxal da alegria para a autora em questão. Na literatura dessa escritora brasileira o mundo se constitui pelo seu caráter de tensão constante entre os opostos. Entender essa

113 LISPECTOR, 1964, p. 7. "Uma vida completa talvez seja a que termine em tal plena identificação com o não-eu, que não resta nenhum eu para morrer". (Tradução da autora).

114 LISPECTOR, 1964, p. 102.

115 ROSSET, 2000, p. 15.

escritura em que os paradoxos sempre se acirram significa quase sempre apontar como seus textos e aquilo que eles falam sobre o mundo se constroem pela presença da contradição. A alegria trágica que perpassa as obras de Clarice também se situa sob o signo do paradoxo. É necessário dizer que existe um paradoxo central da alegria: "a alegria é um regozijo incondicional da existência e a propósito da existência; ora, não há nada menos regozijador do que a existência, considerando esta última com toda frieza e lucidez de espírito"[116]. A existência seria algo contrário ao prazer, uma vez que viver implica grande carga de sofrimento. Esse paradoxo nos leva a pensar a vida pelo viés da alegria, mas também da dor e é exatamente nessa tensão entre os dois polos que a escrita de Clarice se inscreve.

Assim, a escritora brasileira imprimiu em seus textos essa concepção do sofrimento como parte inerente da condição humana, ressaltando as configurações trágicas nas quais vive o homem. Essa postura de afirmar o sofrimento não significa, contudo, excluir a alegria própria de toda existência, uma vez que, se pensarmos na alegria como um afeto que só existe no paradoxo, as possibilidades de leitura se expandem. Em Clarice interessa pensar numa alegria trágica, complexa e que pode ser entrevista quando refletimos que "só há verdadeira alegria se ela é ao mesmo tempo contrariada e se está em contradição com ela mesma: a alegria é paradoxal ou não é alegria"[117].

116 ROSSET, 2000, p. 22.
117 ROSSET, 2000, p. 25.

O paradoxo, que constitui uma característica fundamental da alegria trágica representada em diversos textos do universo ficcional clariciano, pode ser interpretado como um elemento comum recorrente na filosofia de Nietzsche[118] e na literatura de Clarice[119]. Numa das epígrafes de *Uma aprendizagem ou o livro dos prazeres*, a escritora brasileira cita de Augusto dos Anjos os seguintes versos:

> Provo...
> Que a mais alta expressão
> da dor..........
> Consiste essencialmente
> na alegria........[120]

A epígrafe do romance marca esse pensamento trágico que não exclui da experiência da alegria a dor. A vivência das personagens claricianas, assim como as epígrafes e notas preliminares de algumas obras, aponta para um dos traços fundamentais do trágico a partir da concepção de Nietzsche, a saber, a alegria na dor. No prefácio do livro *O nascimento da tragédia*, intitulado "Tentativa de autocrítica", o filósofo relata que uma das questões centrais de seu interesse pelos gregos é a relação deles com "a dor, seu grau de

118 Rogério Miranda de Almeida (2005), em seu livro *Nietzsche e o paradoxo*, realiza uma pesquisa na qual assinala o caráter eminentemente paradoxal da filosofia nietzschiana, seja no que ela enuncia, seja na forma/expressão como ela o faz.

119 Cf. ROSENBAUM (2004) sobre a questão do paradoxo na obra de Clarice Lispector. Yudith Rosenbaum, num ensaio intitulado "No território das pulsões", menciona o fato de que a escrita do romance *A paixão segundo G.H.* expressa a tentativa de narrar o inenarrável, o que faz a personagem-narradora esbarrar no limite intransponível das palavras. Para a crítica, esse paradoxo funda, na verdade, toda a literatura clariciana.

120 LISPECTOR, 1998a, p. 7.

sensibilidade"[121]. Segundo Macedo (2008), os gregos teriam construído um ideal de civilização tendo por base o "ensinamento de gratidão pela existência, de afirmação incondicional e festiva da vida e nos teriam mostrado que, quando transfigurada em beleza, a dor não conta como objeção à vida, mas, ao contrário, serve de estimulante e torna a existência ainda mais fecunda"[122]. Em *A paixão segundo G.H.*, essa concepção de alegria na dor é expressa claramente pela personagem-narradora quando esta percebe que viver significa também sair de si, entregar-se ao universo dionisíaco. Ela diz que é preciso aceitar e "amar mais o ritual da vida que a si próprio – esse era o inferno, onde quem comia a cara viva do outro espojava-se na alegria da dor"[123].

Clarice escreve textos que, salvas as particularidades, sugerem o pensamento de que a experiência da alegria de viver não exclui a dor, que, antes, é um fator imprescindível daquela. No aforismo 318 de *A gaia ciência*, Nietzsche afirma: "Na dor há tanta sabedoria como no prazer: como este, ela está entre as forças de primeira ordem"[124]. Se "a alegria constitui a força por excelência"[125], a dor também faz parte de um mecanismo de fortalecimento do homem. É por atravessar e por se deixar atravessar pela dor que G.H. consegue atingir a alegria que busca desde o início de seu percurso, que, dessa forma, se constitui em um processo de dor e alegria por viver-escrever. No romance, tanto a vida como a escrita ocorrem sob

121 NIETZSCHE, 1992a, p. 17.
122 MACEDO, 2008, p. 191.
123 LISPECTOR, 1964, p. 121.
124 NIETZSCHE, 2001, p. 212.
125 ROSSET, 2000, p. 29.

o signo de uma alegria difícil, que reivindica o sofrimento como aspecto indispensável. Isso faz que a personagem-narradora afirme que é preciso não temer a dor. Diz que a vida acontece sempre num plano em que a dor não é experimentada em estado puro, mas dissimulada em outro tipo de sentimento.

> Não tenhas medo da dor. Tenho agora tanta certeza assim como a certeza de que naquele quarto eu estava viva e a barata estava viva: tenho a certeza disto: de que as coisas todas se passam acima ou abaixo da dor. A dor não é o nome verdadeiro disso que a gente chama de dor. Ouve: estou tendo a certeza disso.[126]

G.H. convida o leitor, aquele com quem ela pode compartilhar sua experiência, a aceitar a dor que se imprime em toda existência. Para tanto, ela incita esse sujeito a ter coragem para aderir à "orgânica infernalidade cheia de prazer"[127]. A travessia de G.H. é, em certa medida, essa adesão, um movimento que faz com que ela passe pelo oposto daquilo que pretende alcançar. Ela precisa atravessar o sofrimento para encontrar o júbilo existencial e estético. Essa travessia da personagem-narradora é anunciada logo na abertura do romance e sua busca pode ser também a do leitor que, junto a ela, se permita sentir o fluxo da vida e da escrita.

Em *A paixão*, a dor da existência é enfatizada pela relação da personagem com o próprio tempo. Uma das reflexões que atravessam toda a escritura de Clarice Lispector consiste na ideia de que

126 LISPECTOR, 1964, p. 117.
127 LISPECTOR, 1964, p. 121.

viver é se relacionar com o tempo, principalmente com o instante presente[128]. Em *A hora da estrela*, por exemplo, o narrador Rodrigo S. M. diz que "até um bicho lida com o tempo. E esta é também a minha primeira condição: a de caminhar paulatinamente"[129]. Essa preocupação do narrador também é vivenciada por Macabéa, que gosta de ouvir a Rádio Relógio e perceber, nos minutos que passam, o fluxo da vida. Nesses exemplos, a fala de Rodrigo S. M. e a experiência da nordestina demonstram a presença do tempo e da reflexão sobre ele na construção das personagens, elemento que se dissemina por todos os textos claricianos[130]. Nas crônicas de *A descoberta do mundo* (1984) são recorrentes os fragmentos em que a escritora faz reflexões sobre o tempo e a existência. Do mesmo modo, no primeiro capítulo de *Perto do coração selvagem*, os sons da máquina de escrever se confundem com o ritmo do real, do tempo que passa, dos pingos do tempo. "E sempre no pingo de tempo que vinha nada acontecia se ela continuava a esperar o que ia acontecer, compreende?"[131]. Se desde seu primeiro romance Clarice evidencia essa preocupação com a reflexão sobre o tempo, com a relação

128 Rebecca Monteiro (2012), em seu livro *Em função do agora: aproximações entre literatura e política em Clarice Lispector*, elabora uma leitura da obra clariciana colocando em foco o conceito de tempo que perpassa a escrita da autora brasileira. Como aponta Monteiro sobre a categoria do tempo, a literatura de Clarice promoveria embates políticos e discursivos ao eleger o tempo presente, *o agora*, como aspecto central de sua ficção.

129 LISPECTOR, 1998b, p. 16.

130 No segundo capítulo desta tese, a questão do tempo, do instante, e suas relações com a escrita de Clarice Lispector serão desenvolvidas tendo como foco o romance *A maçã no escuro*. Vale ainda dizer que outras obras como *Água viva* e *Um sopro de vida* também tecem reflexões importantes sobre a temporalidade e a experiência humana.

131 LISPECTOR, 1998c, p. 14.

que estabelecemos com o devir, em *A paixão segundo G.H.* não age de forma diferente. A problemática está marcadamente presente nessa obra e interessa, sobretudo, pensar na relação entre o tempo e a perspectiva trágica da escrita da autora.

Nietzsche escreveu que "no fundo, todo homem sabe muito bem que não se vive no mundo senão uma vez, na condição de único [*als ein Unicum*], e que nenhum acaso, por mais estranho que seja, combinará pela segunda vez uma multiplicidade tão diversa neste todo único que se é [*Einnerlei*]"[132]. Esse ponto de vista, que acaba sendo conhecido ou sentido por todo ser humano, sublinha na natureza humana uma alegria trágica perante a vida, aliás, uma alegria que afirma não só a existência como objeto geral, mas também o próprio agora, cada momento, o que há de mais particular. Se a vida possui essa singularidade, está claro que cada segundo também repousa ou se move por meio do mesmo signo do "não-mais-possível". Cada sinal de adesão das personagens clariceanas, como G.H., Macabéa, Joana e tantas outras, que afirmam sempre suas existências, se relaciona a esse modo de ver que elas lançam sobre o mundo, que na verdade e, em certa medida, é a visão da própria Clarice, um olhar[133] que desvenda a efemeridade do que existe e o desejo de que a vida não seja suprimida. A aceitação da existência se traduz nessa tentativa de olhar para o mundo e

132 NIETZSCHE, 2003a, p. 138.

133 Regina Pontieri (2001), em *Clarice Lispector*: uma poética do olhar, elabora um estudo sobre o tema da perspectiva/do olhar na obra de Clarice, em especial no romance *A cidade sitiada*. Dentre suas observações, interessa para este estudo a de que o olhar funciona, na obra da escritora, como um modo de captar "o tempo da implacável destruição". (PONTIERI, 2001, p. 137).

captar o movimento de singularidade daquilo que não volta mais, que não pode acontecer novamente, transitoriedade que se entrelaça a uma concepção trágica da existência. Maffesoli fala sobre o sentido trágico da vida que se associa ao tempo:

> A vida talvez não valha nada, mas já sabemos, nada vale a vida. O trágico nos obriga a pensar esse paradoxo. Paradoxo intransponível, para além das ideologias, tranquilizadoras sobre a perfectibilidade do homem e da sociedade, para além das múltiplas ilusões de todo gênero que formaram o progressismo ocidental, apela a uma lucidez fortificante, incitando a viver sua morte de todos os dias, o que, depois de tudo, é uma boa maneira de viver a vida que nos tocou. Integrar homeopaticamente a morte é o melhor meio de proteger ou, ao menos, de se tirar proveito[134].

A aparente ausência de validade da vida, ou seja, sua constituição fundada na fragilidade, direciona os impulsos do ser huma-

no para sua afirmação, o que significa legitimá-la. No entanto, essa postura vem acompanhada de uma aceitação de que a vida ocorre à medida que a morte[135] se faz presente. Quando G.H. prova a massa insossa da barata, ela percebe essa fragilidade da existência, a qual toma forma independentemente de qualquer perfeição, seja social, econômica ou existencial. Nesse sentido, ao aceitar o paradoxo da vida, ela pode se alegrar, ao perceber que a "tragicidade da existên-

---

134 MAFFESOLI, 2003, p. 22.

135 A questão da morte na ficção clariciana será discutida de modo mais amplo no quarto capítulo desta tese.

cia não é um estado transitório que pode ser transformado e superado pelo homem, mas um aspecto fundamental de sua constituição"[136]. A transitoriedade da condição humana se estabelece no princípio trágico de que não há possibilidade de acomodamento absoluto, mas, ao contrário, a exigência de um combate constante, às vezes um duelo que se trava contra si mesmo. Um dos combates de G.H. é o de conseguir habitar o "instante-já", de se situar no presente e viver uma temporalidade "inchada até as bordas":

> Era finalmente agora. Era simplesmente agora. Era assim: o país estava em onze horas da manhã. Superficialmente como um quintal que é verde, da mais delicada superficialidade. Verde, verde – verde é um quintal. Entre mim e o verde, a água do ar. A verde água do ar. Vejo tudo através de um copo cheio. Nada se ouve. No resto da casa a sombra está toda inchada. A superficialidade madura. São onze horas da manhã no Brasil. É agora. Trata-se exatamente de agora. Agora é o tempo inchado até os limites.[137]

Para Clarice, aceitar o agora é aprovar o instante, o "tempo de morangos", como diria o narrador de *A hora da estrela*. O instante é a única possibilidade inegável da condição humana, uma possibilidade grávida de dor e prazer e que precisa ser acolhida como constatação da tragicidade particular ao homem. Essa relação com o tempo também aponta para uma discussão sobre a própria carência do conceito de identidade, já que a transitoriedade da exis-

136 CAVALCANTI, 2006, p. 58.
137 LISPECTOR, 1964, p. 80.

tência faz do homem um vir-a-ser, e não um projeto acabado. G.H. relata seu vir-a-ser, sua travessia, a transfiguração da dor da própria existência, que ela consegue efetuar pela coragem de narrar, dizendo sim aos obstáculos, ao aceitar que a vida alegre consiste na experiência de ver tudo o que existe como preferível ao que não está presente[138]. Ao dar vida a personagens que vivenciam o presente exatamente como ele se apresenta, Clarice Lispector elabora uma estética que se constitui pelo acolhimento do que a vida pode nos oferecer de mais pleno: o instante, tal como ele é, sem o extraordinário nem o absoluto, apenas em seu risco, "na sua alegria, na sua intensa fugacidade, na sua bela tragicidade"[139].

2.2 *Amor fati, amor mundi*

> *Quero dizer que o mundo é pleno de coisas belas, e contudo pobre, muito pobre de belos instantes e revelações de tais coisas. Mas talvez esteja nisso o mais forte encanto da vida: há sobre ela, entretecido de ouro, um véu de belas possibilidades, cheio de promessa, resistência, pudor, desdém, compaixão, sedução.*
>
> Nietzsche

Espinosa, em seu livro *Ética*, escreveu que "a única afeição é a alegria (e seu contrário, a tristeza); qualquer outra afeição não é mais que uma modificação dessa afeição primeira, porquanto esta

138 "Todo que existe, comprendido como siempre preferible a lo que no está ni presente ni aquí." (ROSSET, 2007, p. 132).

139 BARRENECHEA, 2008a, p. 148.

está submetida às eventualidades do acaso e da sorte"[140]. Apesar de ter combatido aspectos da filosofia de Espinosa[141], Nietzsche não deixou de revelar sua admiração pelo pensador holandês: não obstante as diferenças existentes entre o pensamento de ambos, compartilham de certas características comuns, como uma "ética da alegria"[142]. É exatamente por entender que o pensamento de Espinosa possui muitos traços afirmativos que Nietzsche, em alguns momentos, vai se aproximar de sua concepção filosófica, como fez, por exemplo, em relação a Heráclito[143]. Como pensador trágico, Nietzsche acolhe a ideia de alegria como afeto originário de que fala Espinosa. Dentre os afetos ligados à alegria, Espinosa apresenta o amor e acaba elegendo o *amor dei*[144] como uma categoria central. Nietzsche, por sua vez, baseado em seu projeto de engendrar um pensamento trágico, lança mão, no aforismo 276 de *A gaia ciência*, do *amor fati*, relacionando-o ao conceito de alegria, que já havia aparecido em *O nascimento da tragédia*. O que se pretende sublinhar é o fato de que entender o pensamento nietzschiano sobre o trágico passa, necessariamente, por uma reflexão sobre o conceito de *amor fati*, que, como foi mencionado, está diretamente vinculado à alegria, já que amar o destino seria uma forma de se alegrar. Assim escreve Nietzsche a propósito do *amor fati*:

140 ESPINOSA, 2009, p. 195.

141 Sobre as relações entre Espinosa e Nietzsche, cf. MARTINS, 2009, e MARTON, 2010a.

142 PAULA, 2009, p. 240.

143 Cf. MARTON, 2010a.

144 Para Espinosa, o conhecimento verdadeiro conduz ao amor intelectual de Deus.

> Quero cada vez mais aprender a ver como belo aquilo que é necessário nas coisas: - assim me tornarei um daqueles que fazem belas as coisas. *Amor fati* [amor ao destino]: seja este, doravante, o meu amor! Não quero fazer guerra ao que é feio. Não quero acusar, não quero nem mesmo acusar os acusadores. Que a minha única negação seja *desviar o olhar!* E, tudo somado e em suma: quero ser, algum dia, apenas alguém que diz Sim![145]

A literatura de Clarice Lispector também testemunha, ao seu modo, este gesto alegre de não rejeitar o que é feio, mas antes de enxergar a beleza nos fatos da vida. A categoria do *amor fati* atravessa seus textos, quer pelo prisma da reflexão sobre a criação literária, quer pela perspectiva das personagens, que em muitas passagens trazem à luz uma atitude de "aceitação do caráter necessário do que se efetiva"[146]. O *amor fati* aparece na literatura de Clarice como um desafio que deve ser alcançado a cada instante. Antes de ser uma atitude fechada em si mesma, esse desafio consiste numa espécie de aprendizagem, de forma a encarar o que quer que ocorra como revigorante, e não o contrário; de forma que os acontecimentos, mesmo aqueles que encerram grande brutalidade, possam ser aceitos e vistos como necessários. O próprio Nietzsche deixa aberta a questão de vir a dizer sim a tudo, não assumindo uma postura radical entre o desejo de afirmar a vida e a prática dessa afirmação. O homem trágico seria, portanto, aquele que consegue cada vez em maior grau dizer sim, amar a vida e suas

145 NIETZSCHE, 2001, p. 187-188.
146 MARTON, 2010a, p. 60.

ocorrências; em suma, que é capaz de "tirar o melhor de situações difíceis, de incorporar experiências díspares que para a maioria das pessoas seriam embaraçosas e humilhantes e torná-las parte de um sistema maior"[147], o que não significa que sempre se consiga chegar efetivamente a isso e nem que se possa exigi-lo de todos os homens ou em todas as situações.

Se lançarmos um olhar cuidadoso sobre a produção de Clarice Lispector, identificamos, já em seus primeiros textos, essa concepção trágica de não fazer guerra ao feio, mas, antes, de incorporá-lo à experiência. Joana, de *Perto do coração selvagem*, Virgínia, de *O lustre* (1946), e Lucrécia, de *A cidade sitiada* (1949), são algumas personagens que, de diferentes formas, se aproximam dessa afirmação do destino, do real, daquilo que elas vivem. Essa adesão aos fatos parece, contudo, ser levada aos limites em *A paixão segundo G.H.* A escultora do romance pode ser considerada a personagem clariciana que mais se aproxima dessa visão trágica, segundo a qual devemos ter uma postura afirmativa diante do mundo. Para afirmar os fatos, o primeiro movimento de G.H. é o de perder o medo do feio, de poder se expressar artisticamente também por meio daquilo que coloca em xeque o conceito de belo. "Ainda não pressinto o que mais terei ganho. Aos poucos, quem sabe, irei percebendo. Por enquanto o primeiro prazer tímido que estou tendo é o de constatar que perdi o medo do feio. E essa perda é de uma tal bondade. É uma doçura."[148] Perder o medo do feio é conseguir olhar para o mundo com olhos de artista, colocar-se fora de

147 TANNER, 2004, p. 65.
148 LISPECTOR, 1964, p. 19.

uma tradição advinda do platonismo que sempre volta ao belo, ao bem, à verdade. À medida que a personagem consegue narrar incorporando o feio em seu relato, seu modo de estar/ver o mundo também se modifica, ela transvalora seus valores. Existe, portanto, na experiência da escrita um movimento que desloca seu olhar enquanto artista e incorpora o feio como material artístico que pode ser aproveitado; mas há também um deslocamento de seu olhar para a vida, que lhe permite afirmar a necessidade de cada evento.

A experiência de G.H. a faz "viver como amante incondicional"[149] da realidade. O movimento de aproximação com o inseto a faz sentir seu destino pessoal, que, como ela mesma define, significa ficar livre para buscar a sua tragédia[150]. Essa busca do trágico passa pelo contato com o lado mais sombrio e horrível do mundo. A barata serve como desencadeador da visão do sentido dionisíaco da existência que até então havia sido negado pela personagem. "A barata é um ser feio e brilhante. A barata é pelo avesso. Não, não ela mesma não tem lado direito nem avesso: ela é aquilo. O que nela é exposto é o que em mim eu escondo: de meu lado a ser exposto fiz meu avesso ignorado."[151] A progressão do relato está diretamente relacionada a uma ampliação do olhar afirmativo de G.H. A personagem-protagonista deixa de ignorar algo que a compõe enquanto humana e, desse modo, se aproxima de uma postura de crença no mundo, visto e vivido tal como ele se constitui – por um

149 ROSSET, 2000, p. 37.

150 "Cumpri cedo os deveres de meus sentidos, tive cedo e rapidamente dores e alegrias – para ficar depressa livre do meu destino humano menor? e ficar livre para buscar minha tragédia." (LISPECTOR, 1964, p. 24).

151 LISPECTOR, 1964, p. 76-77.

lado, com uma dose de dor, sofrimento e perda, por outro, com suas intensas possibilidades de prazer, contentamento, descobertas e encontros. Podemos dizer que a personagem em questão vai em direção a uma crença que "não está num duplo do mundo"[152], num mundo mais pulcro e justo, que existe além do real; antes, sua crença se localiza no ato de se acomodar ao real, "encontrar sua satisfação e seu destino no mundo sensível e perecível"[153].

Ainda que parte da crítica tenha assinalado a presença da experiência mística, de certo tom bíblico e de referências cristãs em *A paixão segundo G.H.*, e mesmo que esses substratos não possam ser de todo descartados, observa-se que o aspecto nevrálgico do romance se localiza numa postura antimetafísica[154], a partir da qual o mundo sensível é afirmado.

> Mas eu quero muito mais que isto: quero encontrar a redenção no hoje, no já, na realidade que está sendo, e não na promessa, quero encontrar a alegria neste instante – quero o Deus naquilo que sai do ventre da barata – mesmo que isto, em meus antigos termos humanos, signifique o pior, e, em termos humanos, o infernal.[155]

---

152 Clément Rosset (2008a) aborda a questão do duplo em seu livro *O real e seu duplo*: ensaio sobre a ilusão. A obra faz parte de um projeto de reflexão sobre o real ao qual se acrescentam outros dois livros do filósofo francês, *Lo real*: tratado de la idiotez (2004) e *El objeto singular* (2007). É importante assinalar sobre essas obras que o raciocínio a elas subjacente opera a partir de uma reconciliação com o real, mostrando sua força, já que, segundo o autor, o real basta a si mesmo.

153 ROSSET, 1989a, p. 26.

154 NUNES, 2000, p. 27.

155 LISPECTOR, 1964, p. 83-84.

A proposta de encontrar a redenção no hoje, no instante presente e nas possibilidades do mundo sensível sempre foi um vetor da escrita de Clarice. Essa "redenção", que direciona a força da escrita para o presente e para a vontade de afirmar o mundo em seus aspectos belos e cruéis, está presente em grande parte da produção da escritora. De forma muito similar à travessia de G.H. em direção ao feio, a personagem Ana, do conto "Amor", de *Laços de família* (1960), livro publicado alguns anos antes de *A paixão segundo G.H.*, também se vê lançada numa aventura perturbadora. Assim como G.H., Ana vivia uma vida tranquila e insípida. "Mas na sua vida não havia lugar para que sentisse ternura pelo seu espanto – ela o abafava com a mesma habilidade que as lides em casa lhe haviam transmitido. Saía então para fazer compras ou levar objetos para consertar, cuidando do lar e da família à revelia deles."[156]

Clarice mostra a desestabilização da personagem quando esta, voltando para casa, depois de fazer suas compras, vê um cego mascando chiclete. "Ana ainda teve tempo de pensar por um segundo que os irmãos viriam jantar – o coração batia-lhe violento, espaçado. Inclinada, olhava o cego profundamente, como se olha o que não nos vê. Ele mastigava goma na escuridão. Sem sofrimento, com os olhos abertos."[157] A partir dessa visão, Ana sente que, mesmo tendo conseguido até então manter sua vida tão calma e sob controle, a imagem do homem mascando chiclete a lança no centro espesso da existência, exigindo dela que experimente uma náusea doce.

156 LISPECTOR, 2009, p. 20-21.
157 LISPECTOR, 2009, p. 21.

> Ela apaziguara tão bem a vida, cuidara tanto para que esta não explodisse. Mantinha tudo em serena compreensão, separava uma pessoa das outras, as roupas eram claramente feitas para serem usadas e podia-se escolher pelo jornal o filme da noite – tudo feito de modo a que um dia se seguisse ao outro. E um cego mascando goma despedaçava tudo isso. E através da piedade aparecia a Ana uma vida cheia de náusea doce, até a boca.[158]

A contradição gerada pela ideia de "náusea doce" serve como ponto de aproximação de Ana e G.H. As duas personagens se assemelham por diversos aspectos: são mulheres de classe média que vivem numa redoma do lar, organizado e racional que, de repente, se desestabiliza por meio do estranho, representado pelo cego e pela barata. Esse estranho pode ser pensado como aquilo que constitui toda existência, a dinâmica da vida e seus aspectos incontroláveis. Como G.H., Ana passa pela experiência de um fascínio que lhe desperta o nojo. Ela vai em direção ao Jardim Botânico e, "perdida" nesse lugar que explode em vida-morte, consegue reformular seu olhar para o mundo. Tanto ela como a protagonista de *A paixão segundo G.H.* e uma galeria de personagens claricianas saem de uma situação de aparente normalidade para mergulharem no abismo dionisíaco da vida. Ou seja, elas se veem em novos contextos que exigem que se ajustem ao real. Essa acomodação não significa aceitar tudo passivamente, mas reler os fatos e reinterpretá-los por uma ótica afirmativa.

158 LISPECTOR, 2009, p. 23.

Em seu livro *O princípio de crueldade*, Clément Rosset fala de um "princípio de realidade suficiente"[159]. O conceito é definido pelo autor a partir da ideia de que, diante do mundo, é pelo próprio mundo, pelo embate com o real, pela postura afirmativa que deparamos com o sentido e com a justificativa de nossas existências, os quais, em última instância, podem inclusive consistir na compreensão de um não-sentido. O sofrimento que aflige algumas personagens claricianas não aponta para uma resignação, mas, antes, demonstra uma capacidade de sentir que o inelutável "não designa o que seria necessário por toda a eternidade, mas isto a que é impossível furtar-se no instante mesmo"[160]. Tanto Ana como G.H., tomadas pela experiência do real, da vida que explode com seus aspectos irracionais e incontornáveis, precisam atravessar a realidade, aproximar-se do feio, dos aspectos menos contornáveis do instante e da existência. As personagens, no entanto, fazem esse movimento com amor por aquilo a que se aproximam. Tal sentimento está expresso no próprio título do conto de *Laços de família*. Para Clarice, não se trata de um amor ao qual se chega com facilidade, mas, ao contrário, de um gesto afirmativo diante do que existe, gesto que precisa ser praticado e desejado. Talvez a dificuldade desse amor se deva ao fato de que ele lança o amante numa zona de crueldade.

Ainda no conto "Amor" podemos ler que "a crueza do mundo era tranquila"[161]. Quando Ana chega ao Jardim Botânico, perce-

159 ROSSET, 1989a, p. 28.
160 ROSSET, 1989a, p. 28.
161 LISPECTOR, 2009, p. 25.

be a crueldade que constitui o próprio mundo e rege a realidade, que, em sua casa, ela tentava encobrir. Essa crueza do mundo que aparece no conto aponta para uma concordância com o real que podemos observar nas personagens e também para a presença do componente crueldade na escrita clariciana. Esse componente, por sua vez, se localiza num território de dor a que somos expostos e em que residimos pelo simples fato de existirmos. Clément Rosset observa que a crueldade do real seria "a natureza intrinsecamente dolorosa e trágica da realidade"[162]. Isso significa que viver pressupõe uma entrega, em determinado grau, à crueldade, já que o cruel seria também o cru, o não digerido, o indigesto, ou seja, "a coisa mesma privada de seus ornamentos ou acompanhamentos ordinários"[163]. É exatamente o cru, o não digerido, aquilo que subsiste sem ornamentos que Ana e G.H. passam a experimentar, a partir da visão do cego mascando chiclete ou da barata encontrada no quarto de Janair. Em Clarice, a afirmação do real requer o desejo ou o prazer que a crueldade pode oferecer ao homem. Nietzsche, em uma seção de *Aurora* intitulada "A moral do sofrimento voluntário", fala desse aspecto da crueldade que perpassa a experiência trágica.

> A crueldade está entre as mais velhas alegrias festivas da humanidade. Pensa-se, então, que também os deuses ficam animados e de humor festivo quando se lhes oferece o espetáculo da crueldade – e dessa maneira insinua-se no mundo a ideia de que o *sofrimento voluntário*, o martírio deliberado

162 ROSSET, 1989a, p. 16.
163 ROSSET, 1989a, p. 17.

> tem sentido e valor. Gradualmente, o costume estabelece na comunidade uma praxe conforme esta ideia: desconfia-se mais de todo bem-estar exuberante e confia-se mais em todo estado difícil e doloroso; as pessoas dizem a si mesmas: pode ser que os deuses nos tratem desfavoravelmente por nossa felicidade e benevolamente por nosso sofrer – não compassivamente! pois a compaixão passa por desprezível e indigna de uma alma forte, terrível; mas benevolamente, porque se distraem e ficam bem-dispostos: pois o ser cruel desfruta o supremo gozo do sentimento de poder.[164]

A literatura de Clarice também coloca em questão esse sofrimento voluntário, um encontro com a crueldade como um princípio de vida, do qual não se pode escapar e que precisa ser vivenciado de modo festivo. Não negar o real, amar cada aspecto da existência, significa, em larga medida, aceitar também essa crueldade própria do mundo. Não se trata de exercer crueldade contra o outro, mas de experimentá-la contra si mesmo e se fortalecer a partir dela. Em *A paixão segundo G.H.* essa crueldade indiscutível da experiência humana aparece em várias passagens, corroborando o que foi assinalado até aqui.

> E a minha própria inocência? Ela me dói. Porque também sei que, em plano somente humano, inocência é ter a crueldade que a barata tem consigo própria ao estar lentamente morrendo sem dor; ultrapassar a dor é a pior crueldade. E eu tenho medo disso, eu que sou extremamente moral. Mas agora sei que tenho de ter uma coragem muito maior: a de

---

164 NIETZSCHE, 2004, p. 24-25.

ter uma outra moral, tão isenta que eu mesma não a entenda e que me assuste.[165]

Para a personagem clariciana, a crueldade se relaciona com a aceitação de sua própria inocência, um estado em que é possível "viver e pensar em imanência com o real sem a garantia de uma instância organizadora suprema, de estar disponível para o caráter avassalador das forças da vida fazendo o novo surgir ao invés de querer julgá-lo"[166]. G.H., assim como a personagem Ana, entrega-se a essa imanência[167] que lhe permite experimentar o novo, aquilo que ainda não foi organizado e que desafia o controle racional. As personagens em questão buscam o "gosto do vivo" ou, dito de outro modo, procuram a própria truculência. Em um ensaio intitulado "Crueldade e inocência: novos valores para um novo pensamento", Cristina Vieira da Silva aproxima a escrita de Clarice Lispector ao pensamento de Nietzsche e Artaud[168] no que tange ao tema da

165 LISPECTOR, 1964, p. 156.

166 SILVA, 2006, p. 41.

167 Olga de Sá (2000, p. 262), em seu livro *A escritura de Clarice Lispector*, observa que, depois de passar pela experiência de comer da massa da barata e de experimentar a paixão da escrita da experiência, G.H. se coloca e "está do lado da imanência, não da transcendência". Do mesmo modo, ao sair de sua estância organizadora e ao ver o cego, Ana se coloca numa zona de imanência, na qual o real se impõe.

168 Antonin Artaud (1999, p. 118) desenvolve o tema da crueldade em seu livro *O teatro e seu duplo*. Ainda que o autor fale da crueldade em relação mais diretamente ao espetáculo teatral, é possível ampliar suas formulações para outros universos artísticos. O que me interessa em Artaud e que serve como ponto de interseção entre seu pensamento, o de Nietzsche e a escrita de Clarice é o fato de que, para ele, a crueldade aparece como "rigor, aplicação e decisão implacáveis, determinação irreversível, absoluta". Tanto em Nietzsche como em Clarice a crueldade também se relaciona a um gesto de rigor com a própria expressão.

crueldade. Para a autora, a escrita dos três sugere um código de crueldade. O que Clarice expressa em *A paixão segundo G.H.* é o desejo de aceitar também o lado sombrio da existência, "afirmar a maneira implacável com que a vida, pensada como vontade de potência, exerce-se em tudo, levando cada força a seu ponto máximo, a despeito do que qualquer moral humana estabeleça, de maneira contingente, como bem e mal"[169].

Essa crueldade aparece em Clarice tanto pelo prisma da experiência de G.H. enquanto uma postura diante do mundo, como também a partir do projeto da personagem de narrar o que viveu por meio da escrita. Para a personagem-narradora, o ato de escrever precisa proporcionar um abalo cruel, um processo que confirme a dor inerente ao gesto de criar-viver. Daniel Lins observa em seu ensaio "Nietzsche e Artaud: escrita e poética do túmulo" que a escrita é uma "produção desapropriadora e uma criação dispendiosa. Nela tudo se perde: o porto seguro, o lugar confortável. O corpo logo se transforma em líquido, líquido-tinta que borra a página branca e que torna suspeita a própria inocência de um fluxo paralisado na grafia de um gozo"[170]. Tanto Nietzsche como Artaud, e, por extensão, Clarice, desejam uma escrita-corpo, que expresse a carne viva: no latim, *cruor* (carne crua) deu origem a *crudelis* (cruel) e também *crudus* (cru, indigesto). G.H. fala dessa experiência com o cru e tenta expressar esse aspecto pela escrita:

> Ali estava eu boquiaberta e ofendida e recuada – diante do ser empoeirado que me olhava. Toma o que eu vi: pois o que

169 SILVA, 2006, p. 43.
170 LINS, 2000, p. 21.

via com um constrangimento tão penoso e tão espantado e tão inocente, o que via era a vida me olhando.

Como chamar de outro modo aquilo horrível e cru, matéria-prima e plasma seco, que ali estava, enquanto eu recuava para dentro de mim em náusea seca, eu caindo séculos e séculos dentro de uma lama – era lama, e nem sequer lama seca mas lama ainda úmida e ainda viva, era uma lama onde se remexiam com lentidão insuportável as raízes de minha identidade.[171]

A escrita precisa expressar esse aspecto sem adornos do mundo e só pode fazê-lo na medida em que a própria linguagem se constrói por um rigor que a despe também dos adereços. Nessa escrita que demonstra a crueldade do mundo, nota-se também a presença de uma postura de fidelidade à terra. É por ser fiel à terra que G.H. se vê na lama, inserida naquilo que há de mais terreno. Nietzsche escreveu em *Assim falou Zaratustra* que é necessário permanecer fiel à terra e deixar de lado "esperanças ultraterrenas"[172]. O *amor fati* é, em certa medida, essa possibilidade de valorar a existência sem abandoná-la por esperanças de uma vida melhor em outro mundo. A escrita de Clarice Lispector está profundamente marcada por esse poder que é atribuído "ao sentido da terra"[173]: se há uma esperança válida para o homem trágico, ela se localiza naquilo que há de sagrado na existência, na sua beleza perecível, na sua alegria irrestituível. A fidelidade à terra faz a personagem-narradora de *A paixão*

171 LISPECTOR, 1964, p. 57.
172 NIETZSCHE, 1998a, p. 36.
173 NIETZSCHE, 1998a, p. 36.

segundo G.H. declarar-se imunda. Ela passa do estado de medo da alegria ao ponto de aceitação dessa jovialidade impura.

> Para construir uma alma possível – uma alma cuja cabeça não devore a própria cauda – a lei manda que só se fique com o que é disfarçadamente vivo. E a lei manda que, quem comer do imundo, que o coma sem saber. Pois quem comer do imundo sabendo que é imundo – também saberá que o imundo não é imundo.[174]

Contrariamente aos preceitos cristãos, que esboçam o mundo terreno como algo coberto pelo pecado e pela imundície, G.H. percebe que a vida deve ser experimentada em sua integralidade e, à medida que isso acontece, o ser humano entende que tudo deve ser afirmado, transformando o imundo em algo que também deve ser incorporado ao sagrado. Se o cristianismo trouxe acima de tudo, como afirma Nietzsche em *O anticristo*, "o ódio ao espírito, ao orgulho, coragem, liberdade, *libertinage* do espírito, [...] *aos sentidos*, às alegrias dos sentidos, à alegria mesma"[175], a experiência da personagem-narradora de Clarice aponta, em outra direção, para a coragem de afirmar os valores dos sentidos. A personagem deseja "ficar imunda de alegria"[176]. Essa alegria pode ser encontrada na própria experiência da terra. É nesse sentido que a personagem diz

> Pois agora entendo que aquilo que eu começara a sentir já era alegria, o que eu ainda não reconhecera nem entende-

174 LISPECTOR, 1964, p. 72-73.
175 NIETZSCHE, 2007a, p. 26.
176 LISPECTOR, 1964, p. 73.

> ra. No meu mudo pedido de socorro, eu estava lutando era contra uma vaga primeira alegria que eu não queria perceber em mim porque, mesmo vaga, já era horrível: era uma alegria sem redenção, não sei te explicar, mas era uma alegria sem a esperança.[177]

A alegria que a personagem experimenta se relaciona ao amor pela própria vida, da forma como ela pode ser vivida, com sua carga de júbilo e sem a promessa de redenção ou esperança futura. Isso faz dessa alegria algo também horrível, já que ela obriga o sujeito a não desejar nada além dela mesma. Não há possibilidade de um além, mas somente a promessa da realização no *aqui-agora*. Nietzsche, por meio da figura de Zaratustra, diz: "Que o vosso amor à vida seja amor à vossa mais excelsa esperança; e que vossa mais excelsa esperança seja o mais excelso pensamento da vida!"[178]. Se há uma esperança trágica, ela deve ser a expectativa na própria vida. Não uma espera que impede o homem de viver seu presente, mas que o impele a amar o que lhe acontece, transformando os fatos e reinterpretando-os da melhor forma possível. Essa confiança na vida, em viver plenamente cada momento, faz a personagem-narradora entender que a grande coragem se mostra no momento em que o ser humano deixa qualquer esperança futura de lado e afirma o poder da vida que acontece no instante presente. "Mas o que eu nunca havia experimentado era o choque com o momento chamado 'já'. Hoje me exige hoje mesmo. [...] A hora de viver, meu amor, estava

177 LISPECTOR, 1964, p. 73.
178 NIETZSCHE, 1998a, p. 74.

sendo tão já que eu encostava a boca na matéria da vida"[179]. Encostar a boca na matéria da vida, ou seja, aproximar-se do que há de mais elemental em si e no mundo, faz com que G.H. entenda que a vida não pode ser vivida a partir de uma redenção, mas apenas pela coragem que mostra que a finalidade da existência está nela mesma.

No capítulo intitulado "Da visão e do enigma", de *Assim falou Zaratustra*, podemos ler que a coragem é um elemento essencial para o homem trágico, aquele que consegue olhar para o mundo e se despir do medo da existência e do "niilismo passivo"[180]. Para Roberto Machado[181], esse capítulo do *Zaratustra* consiste num dos trechos mais significativos da obra para se entender o trágico. É nesse capítulo ainda que Nietzsche assinala a ideia de que se o homem é "o animal mais corajoso"[182], isso se deve ao fato de que ele é capaz de transfigurar sua dor. Essa transfiguração acontece quando o sujeito se torna apto para matar a própria morte. Assim esse acontecimento é descrito:

> O homem, porém, é o animal mais corajoso: por isso subjugou todos os animais. Ao toque do clarim, subjugou, também, a própria dor; mas a dor humana é a dor mais profunda. A coragem mata, também, a vertigem ante os abismos; e

---

179 LISPECTOR, 1964, p. 78.

180 Em *Diálogo com Nietzsche*, Gianni Vattimo (2010) observa que há para Nietzsche uma ambiguidade fundamental no conceito de niilismo. Portanto, ao nos referirmos ao niilismo, devemos refletir e separar o niilismo ativo, que se associaria a uma maior potência, e o niilismo passivo ou reativo, ao qual se relaciona o declínio da vida.

181 Cf. MACHADO, 2001.

182 NIETZSCHE, 1998a, p. 192.

> onde o homem não estaria ante abismos? O próprio ver não é ver abismos?
> [...]
> Mas a coragem é o melhor matador, a coragem que acomete; mata, ainda, a morte, porque diz: 'Era isso, a vida? Pois muito bem! Outra vez!'[183]

A tragicidade da vida consiste, em determinada medida, no fato de que o homem, diante do real, precisa olhar o abismo e escapar da vertigem. A existência coloca o ser humano perante abismos que se tornam uma constante. O *amor fati* se liga aqui, portanto, a um imperativo ético nietzschiano[184], o do eterno retorno. Se para Nietzsche a afirmação da vida é uma postura essencial, a visão do eterno retorno consiste, por sua vez, numa radicalização dessa aprovação, já que significa desafiar o tempo, dizendo que tudo que foi vivido poderia voltar. O homem trágico, portanto, consegue encarar sua existência e sentir como um alívio a ideia de que ela possa sempre se repetir. Essa noção formulada em *Assim falou Zaratustra* já havia sido anunciada também em *A gaia ciência*, quando o filósofo alemão escreve, no aforismo 341, intitulado "O maior dos pesos":

183 NIETZSCHE, 1998a, p. 192.

184 Cf. MARTON, 2007. Em seu ensaio "O eterno retorno do mesmo: tese cosmológica ou imperativo ético?", Scarlett Marton discute a categoria do eterno retorno, postulando a problemática que atravessa esse conceito. Para a autora, um aspecto central de tal categoria está na possibilidade de que haja uma reconciliação entre homem e mundo, de forma que o homem não mais se oponha ao mundo, mas se sinta como parte dele.

> E se um dia, ou uma noite, um demônio lhe aparecesse furtivamente em sua mais desolada solidão e dissesse: "Esta vida, como você a está vivendo e já viveu, você terá de viver mais uma vez e por incontáveis vezes; e nada haverá de novo nela, mas cada dor e cada prazer e cada suspiro e pensamento, e tudo o que é inefavelmente grande e pequeno em sua vida, terão de lhe suceder novamente, tudo na mesma sequência e ordem – e assim também essa aranha e esse luar entre as árvores, e também esse instante e eu mesmo. A perene ampulheta do existir será sempre virada novamente – e você com ela, partícula de poeira!". – Você não se prostraria e rangeria os dentes e amaldiçoaria o demônio que assim falou? Ou você já experimentou um instante imenso, no qual lhe responderia: "Você é um deus e jamais ouvi coisa tão divina!". Se esse pensamento tomasse conta de você, tal como você é, ele o transformaria e o esmagaria talvez; a questão em tudo e em cada coisa, "Você quer isso mais uma vez e por incontáveis vezes?", pesaria sobre os seus atos como o maior dos pesos! Ou o quanto você teria de estar bem consigo mesmo e com a vida, para não *desejar nada* além dessa última, eterna confirmação e chancela?[185]

Não é meu interesse discutir o conceito de eterno retorno, visto que há inúmeros estudos que versam sobre a complexidade dessa categoria no pensamento nietzschiano e abrem margens para as mais diversas leituras. Interessa, por outro lado, enfatizar a relação que a mesma estabelece com o *amor fati*, já que ambos se referem a ver a vida pelo seu aspecto leve, destituído de ressentimen-

---

185 NIETZSCHE, 2001, p. 230.

tos ou reprovações. Os textos de Clarice Lispector certamente são perpassados por esse pensamento que valora a vida. Como artista trágica, seus escritos se aproximam da filosofia nietzschiana. Em suas obras esse pensamento está transfigurado em artefato artístico. No volume de crônicas *A descoberta do mundo*, Clarice Lispector, refletindo sobre os mais variados temas, deixa esboçada na crônica "As três experiências" a ideia de viver como se a própria vida fosse eterna, como se cada instante pudesse voltar eternamente. "O tempo corre, o tempo é curto: preciso me apressar, mas ao mesmo tempo viver como se esta minha vida fosse eterna."[186] Do mesmo modo, noutra crônica, "Seguir a força maior", Clarice fala de uma liberdade do destino. "Prisão seria seguir um destino que não fosse o próprio. Há uma grande liberdade em se ter um destino. Este é o nosso livre-arbítrio"[187]. Para a escritora brasileira, o livre-arbítrio consiste em aceitar o próprio destino, afirmar como necessário aquilo que acontece, sejam as ocorrências pequenas ou grandes, tristes ou alegres. A liberdade, consequentemente, aparece como uma marca constitutiva daquele que aceita seu destino.

A possibilidade de liberdade, mesmo que nem sempre plena, ao se tornar um sujeito afirmativo diante do mundo ocorre quase sempre e de modo mais intenso em Clarice pela própria escrita. Para seus personagens, essa liberdade de seguir o seu destino é praticada igualmente pela arte de escrever, mas também pela própria arte de viver, afirmando-se assim a postura de fidelidade à vida, o desejo profundo de amar suas existências. Se é verdade que

---

186 LISPECTOR, 1999a, p. 102.

187 LISPECTOR, 1999a, p. 140.

esses personagens estão muitas vezes privados de liberdade, por outro lado, eles desfrutam de outra liberdade que lhes permite uma aproximação à "perspectiva para-além-do-humano"[188]. Miguel Angel de Barrenechea comenta que essa perspectiva está relacionada não a mudar o que foi, mas a modificar a sua interpretação:

> Não é possível mudar o que aconteceu, mas é *factível agir sobre a própria vontade*. Se os atos, no seu desenrolar externo, no seu conteúdo "factual", não são modificáveis, ainda podemos *modificar a nossa própria perspectiva* perante esses atos. Esta não é uma diferença ilusória, mas uma mudança efetiva: é possível transformar avaliação desses fatos. Dizer "sim" ao "já foi" não é uma aceitação passiva nem uma atitude de resignação; é uma profunda atividade. Embora não alteremos o passado, embora, externamente, aconteça "o mesmo", nós estaremos profundamente modificados. Eis a diferença concreta que existe entre *reclamar* e *celebrar*. O indivíduo fraco, niilista decepcionado lamenta o que aconteceu; o mesmo fato é celebrado pelo homem que aceita a vida na sua tragicidade.[189]

Existe uma força nas personagens claricianas, Joana, G.H., Ana, Macabéa, Martim e outras, que diz respeito ao modo como elas se comportam diante do que é, celebrando-o. Essa força se relaciona à possibilidade de afirmação e transformação do factível. A liberdade maior delas é poder entender a necessidade daquilo que aconteceu e reinterpretar os fatos por uma perspectiva

188 BARRENECHEA, 2008b, p. 118.
189 BARRENECHEA, 2008b, p. 118.

que encerra "um pessimismo da força"[190]. Tal perspectiva mostra um sujeito bastante forte para aceitar sua grandeza, que reside na abertura para o mundo, feito de angústias, sofrimentos e consolo[191]. Esse pessimismo atravessa a escrita de Clarice Lispector como uma de suas marcas mais relevantes. Em *Crepúsculo dos ídolos*, Nietzsche, falando do pessimismo, afirma que "o artista trágico não é um pessimista – ele diz justamente *Sim* a tudo questionável e mesmo terrível, ele é dionisíaco"[192]. Ser um escritor dionisíaco requer ultrapassar o pessimismo se valendo dele, significa testemunhar pela escrita um gesto alegre mesmo em face do maior grau de dor; implica eleger como predicado estético um pessimismo da força. Esse gesto de liberdade artística de reinterpretar a própria existência mostra a celebração da condição trágica e faz com que o homem possa se reconhecer livre dentro das aporias do mundo.

Nietzsche, já no final de *Assim falou Zaratustra*, escreve que "a dor é também um prazer, a maldição também uma bênção, a noite também um sol; [...] Dissestes sim, algum dia, a um prazer? Ó meus amigos, então dissestes, também, a todo o sofrimento. Todas as coisas acham-se encadeadas, entrelaçadas, enlaçadas pelo amor"[193]. Os aspectos do eterno retorno são aqui ampliados a partir da ideia do paradoxo e da noção de que afirmar o mínimo também é eleger todo o resto. O que importa é pensar que o eterno retorno deve

190 VISBAL, 2004, p. 73.

191 FRANCK, 2005, p. 7. Didier Franck aborda, em seu ensaio "As mortes de Deus", a categoria do eterno retorno, associando-a a um aspecto consolador. Ao contrário de ser um fardo, o anúncio do eterno retorno deve consolar o homem em sua existência.

192 NIETZSCHE, 2006, p. 29.

193 NIETZSCHE, 1998a, p. 376.

ser visto como uma *ficção*, ou seja, a partir de seu caráter condicional, como uma possibilidade que não precisa necessariamente ocorrer, mas que incita o homem a pensar na existência como algo que precisa valer a pena, de forma que possa retornar eternamente e se inscrever na duração do prazer, que "quer tudo eternamente igual a si mesmo"[194]. A escrita de Clarice Lispector de algum modo se aproxima desse substrato filosófico, que pode conduzir o homem a uma era trágica. É claro que o conceito de eterno retorno está diretamente associado a um impasse, já que ele aponta para a necessidade de que cada um zele pelos instantes performadores de sua existência e "só pode querer o eterno retorno quem já mantém com a vida uma relação estética e cuida dos momentos da existência como obra de arte; ao mesmo tempo, é a aceitação do eterno retorno o que induz o homem a afirmar a existência"[195].

Tanto Ana quanto G.H, assim como outras personagens de Clarice Lispector, empreendem essa atitude estética diante de suas existências: experienciam o movimento da vida, levando em conta o fato de que cada instante precisa ser redescoberto como um tempo grávido de energia criadora. O narrador do conto "Amor" chega a dizer que Ana prendia "o instante entre os dedos antes que ele nunca mais fosse seu"[196]. Isso significa que a personagem age conforme um desejo de descobrir o instante como a grande potência da vida, ainda que em outros momentos ela se recuse a sair de sua individuação. Do mesmo modo, G.H. também demonstra o desejo de

194 NIETZSCHE, 1998a, p. 376.
195 CALOMENI, 2005, p. 108.
196 LISPECTOR, 2009, p. 28.

vivenciar seus instantes como partes constitutivas de sua existência, que se torna bela à medida que é reinterpretada/recriada pela própria personagem. Podemos dizer, então, que as personagens claricianas, diante de suas vidas, passam a ser artistas de suas próprias existências. Suas ações são revestidas de um caráter criador, daquele que consegue afrontar o mundo, fitando-o como um projeto de composição. Assim, cada existência pode ser encarada como "uma criação, uma construção, um cultivo de si permanente"[197].

Essa estética da existência[198], que parece estar presente nos mais diversos textos de Clarice, é mais um elemento afirmativo e trágico de seu universo ficcional. À medida que G.H., Ana e outras tantas personagens claricianas desafiam os modos de sentir a que estão habituadas e se entregam ao mundo para comungarem com tudo que existe, o amor às suas existências melhor se apresenta. Em uma passagem de *A paixão segundo G.H.*, a protagonista diz que "O mundo só não me amedrontaria se eu passasse a ser o mundo. Se eu for o mundo, não terei medo. Se a gente é o mundo, a gente é movida por um delicado radar que guia"[199]. O que Nietzsche nos ensina em sua filosofia trágica, conforme assinala Scarlett Marton, é que "homem e mundo não mais se opõem; acham-se em harmonia"[200]. Um percurso similar é realizado pelas personagens de Clarice, um caminho que vai do isolamento do sujeito à sua entrega ao mundo, um modo de tornar-se parte do mundo. G.H. e Ana

197 DIAS, 2008, p. 49.

198 Cf. o ensaio "Nietzsche e Foucault: a vida como obra de arte", de Rosa Maria Dias (2008).

199 LISPECTOR, 1964, p. 91.

200 MARTON, 2010a, p. 156.

saem de seus cotidianos, onde tudo estava organizado, e passam a se colocar ou estar dionisiacamente diante de suas vidas. Revela-se uma nova situação, em que elas perdem o medo do mundo e se entregam aos perigos da vida. Nessa entrega surge um sentimento de amor por tudo o que há. Quando G.H. ousa provar da barata ou quando Ana enxerga o cego mascando chiclete, de algum modo, elas entram numa zona de mal-estar[201], mas que permite a elas perceber o fascínio de tudo que existe, tal como se apresenta, sem sobras ou falhas.

Amar o mundo não significa, para as personagens de Clarice, deixar de sentir nojo pelo que existe. G.H. ama com nojo a barata que a desafia e Ana ama o mundo tal como ele se apresenta, mas com uma parcela de terror ao, subitamente, ser provocada em seu senso de organização doméstica. "Protegia-se trêmula. Porque a vida era periclitante. Ela amava o mundo, amava o que fora criado – amava com nojo. Do mesmo modo como sempre fora fascinada pelas ostras, com aquele vago sentimento de asco que a aproximação da verdade lhe provocava, avisando-a."[202] Ao criar essas personagens, Clarice Lispector inaugura um gesto literário que dá corpo para aquilo que em primeiro lugar significa "amar a vida e desejá-la tal qual, ainda que se conheça sua verdade e crueldade"[203]. Por meio das personagens em questão, Clarice dá um testemunho de que

201 Em *Nem musa, nem medusa*: itinerários da escrita em Clarice Lispector, Lucia Helena (2010) sugere que a escrita de Clarice é constituída por um mal-estar da comunicação, o que cria um estranhamento na linguagem. Assinalo aqui que, na minha leitura, o mal-estar que pode ser observado na sua linguagem ocorre em paralelo na experiência de suas personagens.

202 LISPECTOR, 2009, p. 26.

203 ROSSET, 2008b, p. 113. "amar la vida y desearla tal cual, aunque se conozca

> A arte pode ajudar-nos no horizonte do trágico, ou seja, no horizonte de um sofrimento constitutivo do mundo. A guerra *é* e ela pode ser feia. Mas compete a nós "dizer sim" ao mundo. Compete a nós aquiescer, afirmar. Édipo, que fura os próprios olhos para não enxergar a realidade, é a própria fraqueza. Ele reduz o trágico a um pessimismo da fraqueza. Pelo contrário, o trágico depende de um pessimismo porque o horror é tangível, mas trata-se de um pessimismo da força. É necessário "dizer sim", sim ao que é, ou seja, ao que é problemático e terrível, sem ilusão infantil. A realidade não é bela, no sentido em que a beleza seria testemunho de uma preocupação com a harmonia, a proporção, a medida. Compete a nós integrar, apesar de tudo, a realidade na arte, não para destruir ou aniquilar essa feiura, mas para metamorfoseá-la, elevando-a.[204]

A escrita de Clarice engendra essa metamorfose dos aspectos mais brutais da existência, inscrevendo-se numa categoria literária trágica. Suas personagens também conseguem elevar suas vidas a partir de um olhar estético, que reinterpreta os fatos e se mostra afirmativo, sugerindo que a vida deve ser assumida em sua totalidade, "sem acréscimos ou subtrações, com todas as suas misérias e êxtases firmemente encadeados entre si, pois eles se condicionam mutuamente e aquele que deseja, de fato, as aventuras não pode amputar as dores do mundo"[205]. Amar a vida significa,

su verdad y crueldad". (Tradução minha).

204 BENOIT, 2009a, p. 131.

205 GIACOIA JÚNIOR, 2000, p. 60.

portanto, acolher essa parcela de dor indissociável da alegria de viver, acolher em suma o próprio mundo, *amor mundi*[206], num gesto de reconciliação, de sentir-se em casa no mundo. Assim, é a dor que se inscreve no mundo que permite ao homem amar ainda mais a fragilidade da vida. Ana, G.H., Macabéa, Martim e tantas outras personagens, em suas travessias, tentam, de formas diversas, viver como pessoas joviais que aceitam, ainda que de modo problemático, o fato de que o real e tudo o que podemos esperar dele já está presente. Como diria Rosset, "a falta de ausência significa que não há 'não há': ou seja, o que existe, esgotando toda possibilidade de existência, é por sua vez perfeito – justamente por não lhe faltar nada – e essencialmente 'conveniente' – por não deixar nada a desejar nem a dizer"[207].

Em outras palavras, as personagens de Clarice lutam contra suas fraquezas, empreendem um modo de ser forte para aderirem ao real. André Martins observa que a fraqueza é negativa somente porque enfraquece, "não é ruim em si, não é ruim porque é vergonhoso sentir-se fraco, porque se vai ser mal visto pelos outros, porque há um dever moral de ser forte. Se a fraqueza não nos torna fracos, ela não é ruim [...] a fraqueza, a dor, o sofrimento são inseparáveis da vida"[208]. Assim, diante de sua força e de sua fraqueza, as personagens claricianas seguem suas travessias, mas não perdem

---

206 Cf. MAFFESOLI, 2007.

207 ROSSET, 2007, p. 129. "la falta de ausencia significa que no hay 'no ha': es decir, que lo que existe, agotando toda posibilidad de existencia, es a la vez perfecto – por no faltarle nada – y esencialmente 'conveniente' – por no dejar nada que desear ni que volver a decir". (Tradução minha).

208 MARTINS, 2009, p. 305.

de vista o *amor fati*, que permite um fortalecimento ao fazer delas sujeitos que aprovam "todas as vicissitudes e dores da vida, assim como seus prazeres, amando-a fortemente"[209]. Essa força possibilita a Ana provar o que está além de seu lar, o ambiente que a afastava "do perigo de viver"[210], e permite a G.H. desafiar também sua moralidade e se entregar ao seu "núcleo neutro e vivo"[211]. Ao contrário de Édipo, que perfura seus olhos diante da realidade que não consegue encarar, as personagens de Clarice continuam fitando o mundo, acolhendo "amorosamente a realidade em todos os seus aspectos"[212], à medida que se despedem de tudo que existe.

2.3 A vida como literatura

Ver a verdade seria diferente de inventar a verdade?

Clarice Lispector

Maurice Blanchot, em *A parte do fogo*, faz uma análise da obra de Kafka e afirma que o autor "não tinha muita aptidão para viver, só vivia quando escrevia"[213]. Para sustentar essa hipótese, o crítico francês se vale de afirmações do próprio escritor, cujo interesse se concentrava única e exclusivamente na literatura[214]. A análise

209 MARTINS, 2009, p. 305.
210 LISPECTOR, 2009, p. 29.
211 LISPECTOR, 1964, p. 125.
212 FORNAZARI, 2006, p. 19.
213 BLANCHOT, 2011a, p. 25.
214 Blanchot cita, em seu estudo sobre Kafka, algumas frases que revelam a

de Blanchot a respeito de Kafka também é válida, salvas as devidas particularidades de cada ficcionista, para a obra-vida de Clarice Lispector. Na crônica já mencionada "As três experiências", Clarice fala da solidão de viver e escrever e alude ao fato de que amar é mais forte que escrever. "Sempre me restará amar. Escrever é alguma coisa extremamente forte mas que pode me trair e me abandonar: posso um dia sentir que já escrevi o que é o meu lote neste mundo e que eu devo aprender também a parar. Em escrever eu não tenho nenhuma garantia"[215].

Ainda que essa declaração da autora pareça contradizer a primazia da ficção em relação à vida e, mesmo que em outras crônicas ou depoimentos Clarice tenha sempre afirmado que sua existência, sua condição de mãe, e seus laços de amor com o mundo sejam mais importantes que seu trabalho como ficcionista, em outros momentos, ela fez afirmações que mostram a centralidade da ficção em sua existência. Destaco que, para Clarice, a vida era indissociável do ato de escrever, viver exigia da autora um constante modo de ficcionalizar o próprio mundo. Na mesma crônica, ela diz ainda que cada livro seu "é uma estreia penosa e feliz. Essa capacidade de me renovar toda à medida que o tempo passa é o que eu chamo de viver e escrever"[216]. É nesse mesmo sentido que podemos ler sua declaração de amor à literatura, quando ela diz que "escrever é procurar entender, é procurar reproduzir o irreproduzível, é sentir até o último fim o sentimento que permaneceria apenas

estreita ligação entre vida e ficção como "Tudo o que não é literatura me aborrece" e "Tudo o que não diz respeito à literatura eu odeio", atribuídas ao escritor tcheco.

215 LISPECTOR, 1999a, p. 101-102.

216 LISPECTOR, 1999a, p. 101.

vago e sufocador. Escrever é também abençoar uma vida que não foi abençoada"[217]. Escrever significa acima de tudo um gesto de abençoar sua própria vida, de se dirigir ao apelo do outro e de atravessar a dor da vida-criação, de se lançar numa aventura sem garantias assim como é a própria vida.

A relação entre a vida e a ficção também aparece na fala da autora quando entrevistada pelo jornalista Júlio Lerner no programa "Panorama Especial", ocasião em que ela diz que os momentos nos quais não escreve consistem em "hiatos em que a vida fica intolerável"[218]. Além disso, ela faz referência ao fato de que, desde criança, já fabulava, inventava histórias, e cita o conto que havia feito a partir da leitura de *O lobo da estepe*, de Herman Hesse. Com esse conto, Clarice pretendia escrever uma narrativa que não acabaria nunca. Na mesma entrevista, há uma fala da escritora que expressa ainda mais a força que a ficção alcançou em sua vida: ela afirma que, quando não escreve, é como se estivesse morta e, portanto, naquele momento, se encontra em seu próprio túmulo[219].

Em outras ocasiões, Clarice declara que, antes de aprender a ler e escrever, já fabulava. A menina, que via a mãe sofrendo com uma doença que a levaria à morte, parte para o mundo da invenção, no qual os desfechos podem ser transfigurações do real[220]. Cer-

217 LISPECTOR, 1999a, p. 134.

218 LERNER, 1977.

219 "Bom, agora eu morri. Vamos ver se eu renasço de novo. Por enquanto eu estou morta. Estou falando do meu túmulo." (LISPECTOR *apud* ROCHA, 2011, p. 185).

220 Cf. MOSER, 2009. Na obra *Clarice, uma biografia*, Benjamin Moser abre um dos capítulos, "As histórias mágicas", ressaltando a relação entre a vida e a escrita de Clarice a partir dos vetores da culpa e da dor pela doença e perda da

ta vez ela registrou: "eu escrevo como se fosse para salvar a vida de alguém. Provavelmente a minha própria vida"[221]. Clarice, assim como suas personagens Martim, G.H., Rodrigo S. M., descobre na literatura, na arte, na expressão pela palavra, um modo de captar o mundo e se salvar. O desejo de sentir-se mundo e de pertencer a ele começa pela escrita, pela invenção do próprio mundo. Esse é o tema do famoso texto "Pertencer". Nele a escritora revela que falhou naquilo para que foi preparada, salvar a vida de sua mãe. Sendo assim, ela acreditava não pertencer aos seus pais e diz "quem sabe se comecei a escrever tão cedo na vida porque, escrevendo, pelo menos eu pertencia um pouco a mim mesma"[222]. Pode-se dizer que Clarice, ainda criança, descobre o direito à literatura do qual fala Antonio Candido e se depara com o direito de inventar mundos, de falsear a realidade para melhor captar seus andamentos.

> [...] a literatura aparece claramente como manifestação universal de todos os homens em todos os tempos. Não há povo e não há homem que possa viver sem ela, isto é, sem a possibilidade de entrar em contato com alguma espécie de fabulação. Assim como todos sonham todas as noites, ninguém é capaz de passar as vinte e quatro horas do dia sem alguns momentos de entrega ao universo fabulado. O sonho assegura durante o sono a presença indispensável deste universo, independente de nossa vontade.[223]

---

mãe. Segundo Moser, a escrita da autora funciona como algo mágico, que poderia transfigurar a realidade e transformar a própria doença e morte da mãe.

221 LISPECTOR, 1999b, p. 13.

222 LISPECTOR, 1999a, p. 110.

223 CANDIDO, 2004a, p. 174.

Este trecho de Candido, um dos intelectuais brasileiros responsáveis pela difusão do pensamento nietzschiano no Brasil[224], se aproxima do que o pensador alemão afirmava quando assinalou que "vivemos, certamente, graças ao caráter superficial de nosso intelecto, em uma perpétua ilusão: então para viver, necessitamos da arte a cada momento"[225]. Ou, dito de outro modo, "a arte está aí *para que o arco não se rompa*"[226]. Contudo, a diferença central entre o pensamento de Nietzsche e o proposto por Candido é que o primeiro ressalta a força do universo da fabulação a partir do ponto de vista do criador, enquanto o segundo observa o prazer e o direito da fruição de um objeto estético pelo prisma da recepção. Clarice Lispector transita por essas duas perspectivas, a de leitora e a de criadora[227], sendo a última aquela em que vai revelar seu entusiasmo maior. Para Clarice, o ato de escrever consiste numa

224 Cf. MARTON, 1997. Em um ensaio intitulado "A terceira margem da interpretação", Scarlett Marton observa que, ainda na década de 1940, Antonio Candido foi responsável por difundir, de maneira defensiva, o pensamento nietzschiano. Naquela época, enquanto muitos faziam desvios interpretativos da filosofia de Nietzsche, Candido propôs, em seu ensaio "O portador", publicado no *Diário de São Paulo*, que se recuperasse o pensamento do filósofo alemão.

225 NIETZSCHE, 2005, p. 14.

226 NIETZSCHE, 2009, p. 67.

227 Cf. IANNACE, 2001, 2009. Em seus trabalhos *A leitora Clarice Lispector* e *Retratos em Clarice Lispector*: literatura, pintura e fotografia, Ricardo Iannace contempla as duas faces bem marcadas de Clarice Lispector. A primeira é a da leitora Clarice e de como essas leituras "contaminaram" suas obras; a segunda é a face criadora de Clarice, que não se limita ao ato de criar com palavras, mas expande-se por outros meios de expressão como a pintura. Ao investigar essa produção artística "fora" da palavra à qual Clarice se dedicou, Iannace demonstra o quanto a escritora brasileira estava comprometida com o universo da criação. Os livros do teórico, se lidos em conjunto, demonstram as duas faces da escritora brasileira, que não se excluem, mas complementam o desenho de uma artista que foi leitora e escritora/criadora ao mesmo tempo.

forma de se sentir viva, de se alegrar com o mundo. Esse gesto de alegria pela criação está presente em grande parte de seus textos e parece ser um dos aspectos constitutivos de suas personagens, que também se lançam em projetos de criação estética e existencial.

Roland Barthes, ao falar do desejo de escrever, diz que o prazer da escrita ocorre quando o sujeito deixa a "*joie de lire*" [alegria de ler] e passa a desejar a criação. Ele então afirma que "a alegria produtora de escrita é outro tipo de alegria: é uma jubilação, um êxtase, uma mutação, uma iluminação, o que chamei muitas vezes de *satori*, um abalo, uma 'conversão'"[228]. Essa conversão ocorre em Clarice quando ela deixa de ser apenas leitora – como a menina narradora de "Felicidade clandestina", que busca no livro *Reinações de Narizinho* um modo de alegria –, e passa a ser criadora – como sua personagem G.H., que experimenta o júbilo da invenção. Falando desse júbilo, Nietzsche escreve que a vida, a existência e o mundo se justificam quando vistos como arte[229]. Para o filósofo, a vida e o mundo se explicam apenas a partir da concepção de que eles são também objetos estéticos, projeções artísticas. Essa ideia, que aparece em *O nascimento da tragédia* e que ressurge em muitos textos posteriores, diz respeito a um projeto nietzschiano de estimar o conhecimento estético como uma das facetas primordiais do ser humano. Para ele, assim como para Clarice, o ato criador, a experiência artística, constitui um modo de afirmar a vida, intensificando as forças inventivas. Contra o conhecimento socrático, que coloca em foco a vontade de verdade, o filósofo alemão faz

228 BARTHES, 2005, p. 12.
229 NIETZSCHE, 1992a, p. 47.

uma apologia ao instinto estético, já que, para ele, o pensamento é, sobretudo, um ato criador. Depreende-se disso que, à medida que nos focamos na criação, a verdade não pode ser alcançada, mas se apresenta como aquilo que sempre se reinventa. Partindo dessa concepção de verdade, surge um desejo nietzschiano de entender o artista como herdeiro e porta-voz de uma civilização trágica. Ao elaborar um elogio à criação, Nietzsche faz uma árdua crítica à vontade de verdade, o que, em sua filosofia, consiste numa constante atitude de "desconfiança da racionalidade"[230].

A desconfiança da racionalidade parece ser uma mola propulsora da escrita de Clarice Lispector. Em *A paixão segundo G.H.*, a personagem-narradora descobre, pela criação, uma nova verdade, que se inscreve no tempo e se esfacela, dando lugar para que, a cada momento, uma nova verdade possa ser criada. A experiência com a barata lhe permite apreender que o mundo só pode ser conhecido à medida que o criamos, o interpretamos e nele nos deixamos perder. O mundo só se deixa atingir no momento em que a personagem o insere em seu relato. A personagem-narradora G.H. começa a viver a partir de uma perda, ao sair de uma situação de estabilidade que lhe permite conhecer tragicamente a vida, isto é, criar. É nesse sentido que Nietzsche diz que "é preciso saber ocasionalmente perder-se, quando queremos aprender algo das coisas que nós próprios não somos"[231]. A personagem clariciana permite-se perder, deixar para trás todo impulso de um mundo estável para entrar num terreno deslizante em que tudo se transforma em contínuo.

230 WOTLING, 2003, p. 7.

231 NIETZSCHE, 2001, p. 207.

> Ontem no entanto perdi durante horas e horas a minha montagem humana. Se tiver coragem, eu me deixarei continuar perdida. Mas tenho medo do que é novo e tenho medo de viver o que não entendo – quero sempre ter a garantia de pelo menos estar pensando que entendo, não sei me entregar à desorientação. Como é que se explica que o meu maior medo seja exatamente em relação: a ser? e no entanto não há outro caminho. Como se explica que o meu maior medo seja exatamente o de ir vivendo o que for sendo? como é que se explica que eu não tolere ver, só porque a vida não é o que eu pensava e sim outra coisa – como se antes eu tivesse sabido o que era! Por que é que ver é uma tal desorganização?[232]

A personagem se interroga inicialmente sobre seu medo de conceber o mundo como algo destituído de sentido e, acima de tudo, de se inventar como uma mulher que não mais deseja alcançar a verdade última das coisas, mas apenas sentir o que existe e arquitetar a cada instante novas verdades para o que existe. Esse medo de se entregar ao desorganizado, ao universo caótico e intenso da criação, fica aparente quando a personagem-narradora diz que tinha uma "terceira perna" que sempre a apoiava e a deixava em estado de equilíbrio. À medida que G.H. descobre seu potencial de invenção do mundo, essa terceira perna, a verdade metafísica, precisa ser abandonada, para que possa ser vivenciada a paixão pela escrita-vida.

232 LISPECTOR, 1964, p. 10-11.

> Fico tão assustada quando percebo que durante horas perdi minha formação humana. Não sei se terei uma outra para substituir a perdida. Sei que precisarei tomar cuidado para não usar sub-repticiamente uma nova terceira perna que em mim renasce fácil como capim, e a essa perna protetora chamar de "uma verdade".[233]

A escrita nômade da personagem é uma tentativa de rasurar o *pathos* da verdade, de tentar alcançar um modo de desequilíbrio contínuo, que a leve a aceitar o vir-a-ser do mundo e do processo de escrita. Aceitar esse vir-a-ser significa, sobretudo, entender o humano como algo inventariado pela criação, e não pela verdade. Em *Cinco prefácios para cinco livros não escritos*, Nietzsche escreve sobre o *pathos* da verdade, valendo-se para tal, no trecho a seguir, da representação da fala de um demônio.

> 'Em algum canto perdido do universo que se expande no brilho de incontáveis sistemas solares surgiu, certa vez, um astro em que animais espertos inventaram o conhecimento. Esse foi o minuto mais arrogante e mais mentiroso da história do mundo, mas não passou de um minuto. Após uns poucos suspiros da natureza, o astro congelou e os animais espertos tiveram de morrer. Foi bem a tempo: pois, se eles vangloriavam-se por terem conhecido muito, concluiriam por fim, para sua grande decepção, que todos os seus conhecimentos eram falsos; morreram e renegaram, ao morrer, a

233 LISPECTOR, 1964, p. 12.

verdade. Esse foi o modo de ser de tais animais desesperados que tinham inventado o conhecimento'.[234]

Por meio da fábula do demônio, Nietzsche faz uma crítica à compreensão metafísica da verdade. Essa mesma fábula aparece também na abertura do texto "Introdução teorética sobre a verdade e a mentira no sentido extramoral", inserido na obra *O livro do filósofo*. Com essa alegoria, Nietzsche pretende dizer que o objetivo do pensamento não se realiza na busca de causas ou fins, mas antes se localiza na força/alegria da criação. Assim, o pensamento nietzschiano é, antes de tudo, um desejo de criar, ficcionalizar, fabricar, produzir máscaras. De modo bem similar, a literatura de Clarice Lispector se aproxima dessa perspectiva trágica, na qual o estar no mundo é precedido por um gesto de (des)-identificação e representação de si mesmo e da realidade, que ocorre por meio da escolha de máscaras. Clarice fala desse gesto dizendo que "escolher a própria máscara é o primeiro gesto voluntário humano. E solitário. Mas quando enfim se afivela a máscara daquilo que se escolheu para representar-se e representar o mundo, o corpo ganha uma nova firmeza"[235]. Para a escritora, todo ser humano é um criador de aparências, pois joga consigo e com o mundo, escolhendo papéis para si e fabricando uma imagem sempre em metamorfose do mundo e de si. Em outro momento, ao falar de seu processo de criação, Clarice diz que "eu tinha que eu mesma me erguer de um nada, tinha eu mesma que me entender, eu mesma inventar

234 NIETZSCHE, 2007b, p. 28-29.
235 LISPECTOR, 1999a, p. 80.

por assim dizer a minha verdade"[236]. Clarice, próxima à concepção nietzschiana, aponta para a questão de que a alegria do criador consiste em fabricar uma verdade que não se quer absoluta, mas que é reelaborada continuamente.

O universo ficcional de Clarice tangencia que a alegria pode ser alcançada quando cada sujeito se torna um criador. Ser um criador consiste, sobretudo, em elaborar máscaras, operar pela ilusão, fazer da mentira a verdade mais alta. É por isso que G.H. diz

> E nós sempre disfarçávamos o que sabíamos: que viver é sempre questão de vida e morte, daí a solenidade. Sabíamos também, embora sem o dom da graça de sabê-lo, que somos a vida que está em nós, e que nós nos servimos. O único destino com que nascemos é o do ritual. Eu chamava "máscara" de mentira, e não era: era a essencial máscara da solenidade. Teríamos de pôr máscaras de ritual para nos amarmos.[237]

A afirmação de G.H. sugere que a vida é essencialmente um jogo de ilusão. Ela faz um elogio à "potência do falso"[238], já que passa a acreditar que "tudo que é profundo ama a máscara"[239]. Se existe uma profundidade, ela só pode ser captada na superfície. A personagem G.H. percebe que não existe mais uma distinção entre essência-aparência, verdade-falsidade, profundidade-superfície. Entregue ao sedutor engano, ela descobre na aparência uma força

236 LISPECTOR, 1999a, p. 286.
237 LISPECTOR, 1964, p. 116.
238 FERRAZ, 2002, p. 131.
239 NIETZSCHE, 1992b.

que indica que "não há nada para se ver por trás, que nada há a ser desvendado"[240]. De modo semelhante, Nietzsche escreveu em *A gaia ciência*, quando associou a verdade a Baubo: "talvez a verdade seja uma mulher que tem razões para não deixar ver suas razões"[241]. O que Nietzsche propõe e o que, de algum modo, G.H. vivencia em sua travessia é uma entrega ao "perigo da incerteza", ao universo da aparência. Dito de outro modo, ocorre em *A paixão segundo G.H.* um movimento incessante de abertura para sentidos diversos que vão se sobrepondo, enquanto a personagem interpreta o mundo.

À medida que G.H. inventa sentidos ao seu universo, este se abre a possibilidades intermináveis de interpretação. É como se o texto que G.H. escreve fosse o próprio mundo que ela decifra. Esse *texto-mundo* permite uma variedade infinita de interpretações, uma vez que rechaça qualquer fundo ou fundamento. Como Nietzsche anotou no aforismo 374 de *A gaia ciência*, "o mundo tornou-se novamente 'infinito' para nós: na medida em que não podemos rejeitar a possibilidade de que ele *encerre infinitas interpretações*"[242]. G.H., como representante do gênero humano, nos faz pensar que todo criador se aventura no "monstruoso mundo desconhecido" e, ao fazê-lo, testemunha o fato de que

> Somos seres que simulam, que inevitavelmente se ficcionalizam e engendram mundos de sentidos, em geral incorporados como não inventados, recobertos por certo efeito de naturalização. Se nossas existências são ditadas por palavras

240 FERRAZ, 2002, p. 124.
241 NIETZSCHE, 2001, p. 15.
242 NIETZSCHE, 2001, p. 278.

> de ordem, o reino dos simulacros que apontam para as próprias máscaras nos projeta em espelhos multiplicadores ao infinito, oferecendo-nos extravio, voragem e – talvez – a possibilidade de uma experiência salutar: a de percebermos o quanto somos ditados por sentidos totalmente inventados, livrando-nos, assim, da feroz ditadura dos sentidos consentidos; a nos incitar, enfim, a nos ficcionalizarmos outros, o que inevitavelmente arrastaria o mundo para novos sentidos.[243]

Essa abertura do mundo para novos sentidos parece ser uma constante de *A paixão segundo G.H.* A personagem clariciana vive, escreve e interpreta o mundo de um modo que multiplica seus sentidos. Essa multiplicação faz pensar no texto "Nietzsche, Freud e Marx", de Michael Foucault, que aproxima os três pensadores em questão, dizendo que eles teriam sido responsáveis por criar novas possibilidades de interpretar os signos do mundo ocidental. Em vez de multiplicá-los, teriam, antes, suplementado as perspectivas de interpretações desses signos[244]. No caso de Nietzsche, a interpretação sempre ocorre a partir do prisma do incompleto. À medida que alguém interpreta o mundo, opera também uma mudança no mundo, e essa mudança ou interpretação é sempre uma tarefa inacabada. Foucault afirma que, a partir de Freud, Marx e Nietzsche, os símbolos "escalonaram-se num espaço mais diferenciado, partindo de uma dimensão do que poderíamos qualificar de profundidade, sempre que não a considerássemos como inte-

243 FERRAZ, 2002, p. 147-148.
244 MARTON, 1997, p. 29.

rioridade, antes pelo contrário, exterioridade"[245]. Para Foucault, Nietzsche tece uma crítica à profundidade, que seria um invento de filósofos.

> O intérprete deve ir pessoalmente até o fundo como um escavador, o movimento de interpretação é pelo contrário, o duma avalanche, o duma avalanche cada vez maior, que permite que por cima de si se vá despregando a profundidade de forma cada vez mais visível; e a profundidade torna-se então um segredo absolutamente superficial de tal forma, que o voo da águia, a ascensão da montanha, toda esta verticalidade tão importante em Zaratustra, não é em sentido restrito, senão o revés da profundidade, a descoberta de que a profundidade não é senão um jogo e uma ruga da superfície. À medida que o mundo se revela mais profundo aos olhos do homem, damo-nos conta de que o que significou profundidade no homem, não era mais do que uma brincadeira de crianças.[246]

Entender a profundidade como uma ruga da superfície é uma perspectiva de saber trágico que se coloca no centro de *A paixão segundo G.H.* A personagem dessa obra, na sua travessia e criação, faz perguntas que tentam desvendar o real e o mundo sensível. Suas perguntas, no entanto, sempre apontam para o que há de mais superficial, revelando que é justamente na superfície que se encontra todo conhecimento feliz. Nietzsche fala desse conhe-

245 FOUCAULT, 1997, p. 18.
246 FOUCAULT, 1997, p. 19.

cimento no aforismo 54 de *A gaia ciência*, quando reflete sobre a consciência da aparência.

> O que é agora, para mim, aparência? Verdadeiramente, não é o oposto de alguma essência – que posso eu enunciar de qualquer essência, que não os predicados de sua aparência? Verdadeiramente, não é máscara mortuária que se pudesse aplicar a um desconhecido X e depois retirar! Aparência é, para mim, aquilo mesmo que atua e vive, que na zombaria de si mesmo chega ao ponto de me fazer sentir que tudo aqui é aparência, fogo-fátuo, dança de espíritos e nada mais – que, entre todos esses sonhadores, também eu, o 'homem do conhecimento', danço a minha dança, que o homem do conhecimento é um recurso para prolongar a dança terrestre e, assim, está entre os mestres-de-cerimônia da existência, e que a sublime coerência e ligação de todos os conhecimentos é e será, talvez, o meio supremo de manter a universalidade do sonho e a mútua compreensibilidade de todos esses sonhadores, e, precisamente com isso, *a duração do sonho*.[247]

Nietzsche fala do filósofo, do homem do conhecimento, como aquele que precisa prolongar a duração do sonho[248], como

247 NIETZSCHE, 2001, p. 92.

248 "Como é nova e maravilhosa e, ao mesmo tempo, horrível e irônica a posição que sinto ocupar, com o meu conhecimento, diante de toda existência! Eu *descobri* que a velha humanidade e animalidade, e mesmo toda a pré-história e o passado de todo o ser que sente, continua inventando, amando, odiando, raciocinando em mim – no meio deste sonho acordei repentinamente, mas apenas para a consciência de que sonho e *tenho* de prosseguir sonhando, para não sucumbir: tal como sonâmbulo tem de prosseguir o sonho para não cair por terra." (NIETZSCHE, 2001, p. 92).

um artista que, à semelhança de outros homens artesãos, consegue retirar da aparência a verdade que está em suas bordas. Do mesmo modo, a escrita de Clarice Lispector coloca em cena uma mulher sonâmbula que busca na aparência a compreensão de que tudo no fim é sonho. Essa ideia de uma escrita sonâmbula é anunciada ainda no princípio do relato de G.H., quando ela diz que "Precisarei com esforço traduzir sinais de telégrafo – traduzir o desconhecido para uma língua que desconheço, e sem sequer entender para que valem os sinais. Falarei nessa linguagem sonâmbula que se eu estivesse acordada não seria linguagem"[249]. A criação estética acontece a partir de um estado onírico no qual G.H. pode continuar sonhando, no estado da aparência, já que, como diz Mónica Cragnolini, o sonho/aparência atua como uma possibilidade de fazer frente à ferida trágica do real.

> A pergunta é por que sonhamos, por que necessitamos sonhar. A resposta, novamente, se relaciona com o caráter trágico da existência, com essa dor do mundo a qual não podemos acessar como "deuses despidos", senão somente a partir de nossas máscaras e ficções. Sonhamos porque somos mortais, porque assumimos a ruptura da existência, a ferida trágica que significa a morte de Deus como perda das grandes totalidades. Assumimos na aparência a dor de existir, porém agora a aparência não a oculta, mas a expõe na ficção.[250]

249 LISPECTOR, 1964, p. 19.

250 CRAGNOLINI, 2006a, p. 68. "La pregunta es por qué soñamos, por qué necesitamos soñar. La respuesta, nuevamente, se relaciona con el carácter trágico de la existencia, con ese dolor del mundo al que no podemos acceder como "dioses desnudos", sino sólo desde nuestras máscaras y ficciones. Soñamos

É por meio da aparência, do jogo ficcional, que podemos encarar a ferida de nossas existências. Roberto Machado discute a importância dessa categoria, a aparência, no pensamento de Nietzsche. Para o crítico, há, na obra do filósofo, um profundo questionamento da ciência e da verdade, junto a uma apologia da arte/aparência. Existe, portanto, na filosofia trágica de Nietzsche, "uma oposição entre razão científica e instinto estético"[251]. Enquanto alguns homens se voltam para o saber científico, a partir do qual pretendem interpretar o mundo como uma verdade unívoca, os artistas (escritores) apostam no poder de uma verdade mais ampla, que é gerada pela criação/invenção. Essa verdade inventada interessa ao filósofo de *Sils Maria*, já que permite uma afirmação maior da existência. Destaca-se ainda que, para Nietzsche, o trágico se opõe ao lógico; portanto, ao enfatizar a importância do engano, ele pretende, na verdade, abalizar que o trágico se dá pela afirmação da aparência, entendida como invenção, jogo, mentira, ilusão. Por esse prisma, os valores já não são eternos, mas sim produzidos. É claro que a verdade artística não se limita apenas ao ato de escrever livros, fabricar objetos estéticos, mas remete, de modo mais amplo, a uma postura inventiva diante da vida, assim como ocorre com as personagens claricianas.

Essa postura inventiva diante da vida move a escrita trágica de Clarice Lispector. Em *A paixão segundo G.H.*, a personagem-nar-

porque somos mortales, porque asumimos la escisión de la existencia, la herida trágica que significa la muerte de Dios como pérdida de las grandes totalidades. Asumimos en la apariencia el dolor de existir, pero ahora la apariencia no lo oculta, sino que lo patentiza en la ficción." (Tradução minha).

251 MACHADO, 1999, p. 29.

radora afirma que "a verdade não faz sentido, a grandeza do mundo me encolhe. Aquilo que provavelmente pedi e finalmente tive, veio no entanto me deixar carente como uma criança que anda sozinha pela terra"[252]. Diante da falência da verdade, a narradora precisa inventar os acontecimentos. "Vou criar o que me aconteceu. Só porque viver não é relatável. Viver não é vivível. Terei que criar sobre a vida. E sem mentir. Criar sim, mentir não. Criar não é imaginação, é correr o grande risco de se ter a realidade. Entender é uma criação, meu único modo"[253]. A personagem enfatiza que o único modo de se aproximar do mundo é criando uma verdade que possa dar conta dele.

Para Clarice, essa invenção de um novo mundo começa pela travessia que ocorre em cada texto. Ao jogar com a escrita, é como se a escritora compartilhasse da concepção trágica do mundo como um eterno e inocente jogo do fogo, no qual o artista faz com que algo se construa e se destrua continuamente. Nesse sentido, ser um criador é abandonar o desejo de verdade e se lançar numa zona de indeterminação, na qual cada coisa passa a ser recriada constantemente. G.H. diz que sua travessia a coloca num deserto. "E na minha grande dilatação, eu estava no deserto. Como te explicar? eu estava no deserto como nunca estive. Era um deserto que me chamava como um cântico monótono e remoto chama. Eu estava sendo seduzida. E ia para essa loucura promissora"[254].

252 LISPECTOR, 1964, p. 17-18.
253 LISPECTOR, 1964, p. 19.
254 LISPECTOR, 1964, p. 60.

Ao entrar nesse deserto, seduzida pelo poder da vida, pela imanência de cada coisa, a personagem percebe que precisa se colocar no nível da barata. "Mas meu medo não era o de quem estivesse indo para a loucura, e sim para uma verdade – meu medo era o de ter uma verdade que eu viesse a não querer, uma verdade infamante que me fizesse rastejar e ser do nível da barata. Meus primeiros contatos com as verdades sempre me difamaram."[255] Ela deve se entregar à sua própria falta de saber, a um modo de captar o mundo que não exige um sentido último, que nem sequer existe, mas, por outro lado, se aproxima de significados que podem ser inventados continuamente. "O pecado renovadamente original é este: tenho que cumprir a minha lei que ignoro, e se eu não cumprir a minha ignorância, estarei pecando originalmente contra a vida."[256] O maior delito contra a vida ocorre quando tentamos dar um sentido final para um mundo que é puro vir-a-ser e que, portanto, não possui, em última instância, um sentido fixo, uma finalidade ou um ponto de chegada. Quando a personagem G.H. se coloca no nível das coisas, sente que tudo que ela vive se mistura a sua criação. Ao escrever o relato de sua experiência com a barata, ela percebe nessa vivência um componente imaginário, e então se dá conta de que toda a existência se situa sob o signo da criação. "Acho que inventei tudo, nada disso existiu! Mas se inventei o que ontem me aconteceu – quem me garante que também não inventei toda a minha vida anterior a ontem?"[257]. Essa pergunta de G.H.

255 LISPECTOR, 1964, p. 60.
256 LISPECTOR, 1964, p. 97.
257 LISPECTOR, 1964, p. 97.

parece apontar para um *perspectivismo* que situa a escrita de Clarice Lispector numa zona de suspeita, tal qual Nietzsche, cuja filosofia perspectivista diz que não há fatos, mas apenas interpretações.

O perspectivismo[258] destaca a parcialidade do conhecimento, que estaria inevitavelmente atrelado à visão particular de cada indivíduo, de cada sujeito que observa. É nesse sentido que podemos ler em *Genealogia da moral* que "existe *apenas* uma visão perspectiva, apenas um 'conhecer' perspectivo; e *quanto mais* afetos permitirmos falar sobre uma coisa, *quanto mais* olhos, diferentes olhos, soubermos utilizar para essa coisa, tanto mais completo será nosso 'conceito' dela, nossa 'objetividade'"[259]. Clarice, em sua ficção, estabelece como um princípio de criação a ideia de que a escrita precisa se realizar a partir de um "olhar oblíquo e malicioso"[260], que inaugura um gesto de suspeita, um gesto de pensar intempestivamente. Nada é mais avesso ao universo de Clarice e Nietzsche que a ideia de cristalização de convicções[261]. A escritora brasileira se aproxima do pensamento trágico nietzschiano visto que sua literatura é ininterruptamente a busca por uma invenção da verdade, por um olhar que desloca toda tentativa de fundar uma verdade metafísica. Em "O lugar da verdade na literatura", Olímpio Pimen-

258 António Marques (2003), em *A filosofia perspectivista de Nietzsche*, elabora um estudo detalhado das matrizes e ressonâncias do perspectivismo no pensamento nietzschiano. Nesse estudo, pode-se perceber a complexidade do tema e suas relações com outras categorias fundamentais do pensamento trágico de Nietzsche.

259 NIETZSCHE, 1998b, p. 109.

260 NIETZSCHE, 1992b.

261 Cf. MÜLLER-LAUTER, 1997, p. 126. Em seu livro *A doutrina da vontade de poder em Nietzsche*, Müller-Lauter observa que, para Nietzsche, não existe a possibilidade de um conhecimento absoluto, já que "toda explicação (*Deutung*) do mundo é também uma interpretação perspectivamente enganosa".

ta defende que é na ficção, na literatura, que se pode escrever a verdade[262], dando a ilusão completa do verdadeiro[263]. Assim, o próprio movimento de escrita é sempre uma procura por caminhos que se bifurcam, por modos de alcançar a expressão de sentidos, mesmo em meio à distração. Isso significa que escrever é entender que o erro, a distração, o impreciso também entram como possibilidades de atingir a verdade. É nesse sentido que, em *A paixão segundo G.H.*, a personagem-narradora diz

> E não esquecer, ao começar o trabalho, de me preparar para errar. Não esquecer que o erro muitas vezes se havia tornado o meu caminho. Todas as vezes em que não dava certo o que eu pensava ou sentia – é que se fazia enfim uma brecha, e, se antes eu tivesse tido coragem, já teria entrado por ela. Mas eu sempre tivera medo de delírio e erro. Meu erro, no entanto, devia ser o caminho de uma verdade: pois só quando erro é que saio do que conheço e do que entendo. Se a 'verdade' fosse aquilo que posso entender – terminaria sendo apenas uma verdade pequena, do meu tamanho. A verdade tem que estar exatamente no que não poderei jamais compreender.[264]

---

262 Cf. PIMENTA, 1999. Em seu livro *A invenção da verdade*, Olímpio Pimenta propõe algumas questões relevantes sobre verdade e literatura ao investigar essas relações por meio de uma análise comparativa entre o pensamento de Nietzsche e o ciclo narrativo *José e seus irmãos*, de Thomas Mann.

263 PIMENTA, 2003, p. 40-41.

264 LISPECTOR, 1964, p. 109-110.

A experiência da escrita se funda como uma possibilidade do erro, de alegria no erro. E é por meio dele que o mundo pode ser apreendido. O conhecimento de G.H. que advém da escrita aponta para os dizeres de Nietzsche no aforismo 121 de *A gaia ciência:* "a vida não é argumento; entre as condições para a vida poderia estar o erro"[265]. Frente à imponência do mundo e à pluralidade de interpretações do que existe, a escrita passa a ser como um caminho ou mecanismo para sentir que toda verdade compreensível consiste numa ilusão, numa falsidade, já que o mundo é incognoscível. Silvia Pimenta Velloso Rocha, ao falar do perspectivismo, explica que "conceber o mundo como incognoscível é ainda sustentar um conhecimento – ainda que paradoxal – sobre o mundo. Não se trata portanto do saber socrático de que nada sabemos, nem do "saber" cético de que nada podemos saber, mas do saber trágico de que *não há nada a saber*"[266].

A escrita de *A paixão segundo G.H.* promove também esse olhar perspectivista, que implica perceber que todo conhecimento é destituído de fundamento ou, pelo menos, que é sempre parcial e portanto permite pensar que por esse prisma "o conhecimento é questionado não em sua extensão ou eficácia, mas em seu princípio mesmo: não existe nada a ser conhecido"[267]. A literatura de Clarice Lispector, assim como o pensamento trágico de Nietzsche, aponta para o fato de que a escrita pode ser o testemunho "de certa relação do pensamento com o não-pensamento, de certa pre-

265 NIETZSCHE, 2001, p. 145.
266 ROCHA, 2003, p. 77.
267 ROCHA, 2003, p. 77.

sença do pensamento na materialidade sensível"[268]. Isso é o que propõe Jacques Rancière em *O inconsciente estético*, quando diz que "as coisas da arte são coisas do pensamento"[269]. O crítico francês afirma ainda que existe, na linguagem literária, poética, "a identidade de um procedimento consciente e de uma produção inconsciente, de uma ação voluntária e de um processo involuntário, em suma, a identidade de um *logos* e de um *pathos*. E é essa identidade que doravante dá testemunho do fato da arte"[270]. Ou seja, por um lado, temos um modo consciente de se aproximar do real, mas, por outro, um componente de "indiscernibilidade"[271] que marca o próprio mundo e que se inscreve nas obras de arte.

Gilles Deleuze afirma que "escrever não é certamente impor uma forma (de expressão) a uma matéria vivida. A literatura está antes do lado do informe, ou do inacabamento [...]. Escrever é um caso de devir, sempre inacabado, sempre em via de fazer-se, e que extravasa qualquer matéria vivível ou vivida"[272]. Essa concepção de escrita guarda afinidade com a de Clarice Lispector, com o movimento de alegria que perpassa seus textos, nos quais se pode identificar um componente residual, inacabado, não-concluído. Parece que seu reproche à verdade absoluta se localiza em forma de escrita, quando a autora consegue encontrar uma zona de indiscernibilidade em seus próprios textos. Em *Água viva*, a narradora diz

268 RANCIÈRE, 2009, p. 10-11.
269 RANCIÈRE, 2009, p. 12.
270 RANCIÈRE, 2009, p. 30.
271 DELEUZE, 1997, p. 11.
272 DELEUZE, 1997, p. 11.

> Comecei estas páginas também com o fim de preparar-me para pintar. Mas agora estou tomada pelo gosto das palavras, e quase me liberto do domínio das tintas; sinto uma voluptuosidade em ir criando o que te dizer. Vivo a cerimônia da iniciação da palavra e meus gestos são hieráticos e triangulares.[273]

De modo semelhante, G.H. deixa a escultura e passa a lidar com palavras, na tentativa de fundar o que foi vivido. Nessa travessia que se dá pelo texto, a personagem-narradora descobre o poder do inacabado, daquilo que fica por se fechar, que permanece como abertura e incompletude. "Eu não quero mais o movimento completado que na verdade nunca se completa, e nós é que por desejo o completamos; não quero mais usufruir da facilidade de gostar de uma coisa só porque, estando ela aparentemente completada, não me assusta mais"[274]. A personagem, com seu movimento de criação, quer antes de tudo "amar o abismo" do qual é feita. Ela precisa se juntar àquilo que é enunciado pelas coisas, pelo mundo. É como se ela buscasse, pela linguagem, compreender aquilo que não faz sentido para o humano, que está além das categorias do pensamento, o inexpressivo. "Esse murmúrio, sem nenhum sentido humano, seria a minha identidade tocando a identidade das coisas."[275] Isso faz com que a personagem compreenda e queira incorporar em seu relato a linguagem das próprias coisas. Como diz Rancière, "não existe episódio, descrição ou frase que não carregue em si a

273 LISPECTOR, 1998d, p. 19.
274 LISPECTOR, 1964, p. 160.
275 LISPECTOR, 1964, p. 134.

potência da obra. Porque não há coisa alguma que não carregue em si a potência da linguagem. Tudo está em pé de igualdade, tudo é igualmente importante, igualmente significativo"[276].

Clarice Lispector mostra "a potência poética" da prosa do mundo. G.H. aprende, em seu processo de criação, a escutar essa prosa do mundo. Diante das diversas perguntas que coloca, existe um silêncio que fala e que precisa ser escutado. O real é dito a todo instante, mas é preciso que a pergunta certa seja elaborada para que a resposta se torne audível, ou para que o silêncio possa significar.

> E agora eu estava como diante Dele e não entendia – estava inutilmente de pé diante Dele, e era de novo diante do nada. A mim, como a todo o mundo, me fora dado tudo, mas eu quisera mais: quisera saber desse tudo. E vendera minha alma para saber. Mas agora eu entendia que não a vendera ao demônio, mas muito mais perigosamente: a Deus. Que me deixara ver. Pois Ele sabia que eu não saberia ver o que visse: a explicação de um enigma é a repetição do enigma. O que És? e a resposta é: És. O que existes? e a resposta é: o que existes. Eu tinha a capacidade da pergunta, mas não a de ouvir a resposta.
>
> Não, nem a pergunta eu soubera fazer. No entanto a resposta se impunha a mim desde que eu nascera. Fora por causa da resposta contínua que eu, em caminho inverso, fora obrigada a buscar a que pergunta ela correspondia. Então eu me havia perdido num labirinto de perguntas, e fazia perguntas a esmo,

276 RANCIÈRE, 2009, p. 37.

> esperando que uma delas ocasionalmente correspondesse à da resposta, e então eu pudesse entender a resposta.[277]

Depois de um processo longo de travessia em direção ao real, ao núcleo da vida, a personagem G.H. compreende que não existe nenhuma resposta para as perguntas humanas que se localizam num além-do-mundo; as respostas são o próprio mundo que se oferece aos nossos olhos, ouvidos, mãos, em suma, aos nossos sentidos. Captar esse mundo tal como ele se apresenta, fazer parte de seus movimentos e se deixar ser significa entender/sentir uma resposta profundamente trágica: a de que o real, e tudo que podemos esperar dele, já está dado[278]. É nesse momento que G.H. percebe que sua voz precisa ceder espaço para outro meio de expressão, o silêncio, capaz de apreender o não-sentido do mundo que a própria linguagem não consegue enquanto fala. Numa atitude de suspeita em relação a sua linguagem, a personagem então declara que busca o indizível e que este só pode ser alcançado a partir de um fracasso. Ela busca, sobretudo, um modo de se despersonalizar, num esforço gradual em que tem lugar um processo de deseroização cujo significado é ir além-do-humano, no sentido nietzschiano de se entender o homem como uma ponte, como "algo que deve ser superado"[279].

> A deseroização é o grande fracasso de uma vida. Nem todos chegam a fracassar porque é tão trabalhoso, é preciso antes

277 LISPECTOR, 1964, p. 135.

278 ROSSET, 2007, p. 129.

279 NIETZSCHE, 1998a, p. 236.

> subir penosamente até enfim atingir a altura de poder cair – só posso alcançar a despersonalidade da mudez se eu antes tiver construído toda uma voz. Minhas civilizações eram necessárias para que eu subisse a ponto de ter de onde descer. É exatamente através do malogro da voz que se vai pela primeira vez ouvir a própria mudez e a dos outros e a das coisas, e aceitá-la como a possível linguagem. Só então a minha natureza é aceita, aceita com o seu suplício espantado, onde a dor não é alguma coisa que nos acontece, mas o que somos. E é aceita a nossa condição como a única possível, já que ela é o que existe, e não outra. E já que vivê-la é a nossa paixão.[280]

A literatura de Clarice Lispector torna visível a presença de um *logos* mudo, ou seja, uma formação discursiva que pretende se expressar, mas chega a um limite em que não pode comunicar o que deseja – e que, paradoxalmente, continua a tagarelar até um ponto em que desiste, como forma de superação. A escrita perspectivista de Clarice se institui, em *A paixão segundo G.H.*, a partir desse *locus* dobrado de silêncio e tagarelice. Existe um projeto de falar, de comunicar e de dar voz àquilo que foi visto, mas, depois de falar, a personagem-narradora descobre que, além da linguagem humana, existe uma linguagem silenciosa das coisas. Ela então para e contempla essa linguagem muda, que, a seu modo, revela tanto o real quanto a linguagem tagarela. Essa linguagem muda consegue captar a dor e a alegria inerente a tudo que existe. G.H., em seu trabalho estético, atua como um escritor que "recolhe os vestígios, exuma os fósseis, transcreve os signos que dão testemu-

280 LISPECTOR, 1964, p. 177.

nho de um mundo e escrevem uma história"[281]. Esses testemunhos reunidos são o registro residual e a aceitação da condição humana, a condição da paixão.

Na busca pela realidade, a personagem-criadora se depara com o fato de que, para se chegar a essa linguagem muda das coisas, que diz muito do mundo, existe um esforço indispensável. "Minha voz é o modo como vou buscar a realidade; a realidade, antes de minha linguagem, existe como um pensamento que não se pensa, mas por fatalidade fui e sou impelida a precisar saber o que o pensamento pensa."[282] G.H. procura entender o que haveria por trás do silêncio do que existe, o que esse silêncio poderia dizer, pensar. Nesse sentido, ela descobre que sua escrita, o verbo que tenta expressar o inexpressivo do mundo, se oferece como "o *logos* mudo, a palavra que não pode nem dizer de outro modo o que diz, nem parar de falar: nem dar conta do que profere, nem discernir aqueles aos quais convém ou não convém se endereçar"[283]. Não podendo dizer de outro modo o que precisa dizer, e, sem conseguir parar de falar, G.H. desiste de seu projeto como forma de se revelar e aceitar a revelação de sua condição humana. Nesse momento de desistência, ela percebe que o homem somente é um homem em sua totalidade quando, "enquanto artista, joga livremente, e, fazendo isto, descobre e enuncia o ser do ente do universo: o eterno retorno do mesmo. É só assim que o eterno retorno do mesmo

281 RANCIÈRE, 2009, p. 38.
282 LISPECTOR, 1964, p. 178.
283 RANCIÈRE, 2009, p. 34.

torna-se o eterno retorno do humano verdadeiro, isto é, do homem artista".[284]

Em seu jogo de artista, a personagem sente que sua trajetória, aquilo que faz dela o que ela vem a ser, aponta para o entendimento de que a linguagem é um modo de captar o mundo, mas que a desistência dessa linguagem, a suspeita em relação a ela e a entrega a outras formas de expressão, sobretudo, à linguagem do indizível, a uma escritura que revela "um método insuficiente de apreensão da realidade"[285], pode ser um caminho que leva também ao conhecimento trágico do real.

> Eu tenho à medida que designo – e este é o esplendor de se ter uma linguagem. Mas eu tenho muito mais à medida que não consigo designar. A realidade é a matéria-prima, a linguagem é o modo como vou buscá-la – e como não acho. Mas é do buscar e não achar que nasce o que eu não conhecia, e que instantaneamente reconheço. A linguagem é meu esforço humano. Por destino tenho que ir buscar e por destino volto com as mãos vazias. Mas – volto com o indizível. O indizível só me poderá ser dado através do fracasso de minha linguagem. Só quando falha a construção, é que obtenho o que ela não conseguiu.[286]

Depois de buscar, de empreender seu caminho como criadora, G.H. volta com as mãos vazias. Sua jornada, contudo, não

284 GRLIC, 1985, p. 43.
285 FRONCKOWIAK, 1998, p. 74.
286 LISPECTOR, 1964, p. 178.

foi em vão, pois alcança o "indizível". Intui que todo seu esforço de linguagem foi uma travessia rumo a um ponto além. Ela se superou. E, para a personagem, essa superação representa ser capaz de agora desistir. "Desisto, e terei sido a pessoa humana – é só no pior de minha condição que esta é assumida como o meu destino. Existir exige de mim o grande sacrifício de não ter força, desisto, e eis que na mão fraca o mundo cabe."[287] Sua desistência significa que ela percebe o humano próximo ao inumano, compreende que é o que também não é. "O que não sou eu, eu sou. Tudo estará em mim, se eu não for; pois 'eu' é apenas um dos espasmos instantâneos do mundo."[288] Nessa entrega ao mundo, embriagada pelo que existe, G.H. sente que a alegria humana pode acontecer também na renúncia, quando cada criador percebe que chegou a um ponto em que precisa parar. Esse ponto não é o fim, mas apenas o marco a partir do qual um novo criador vai poder reiniciar o percurso em direção ao desconhecido. Esse também é o ponto em que se cria, deixando de dizer. Podemos relacionar esse desfecho do percurso de G.H. com o aforismo 575 de *Aurora*, intitulado "Nós, aeronautas do espírito", em que Nietzsche nos diz:

> Todos esses ousados pássaros que voam para longe, para bem longe – é claro! em algum lugar não poderão mais prosseguir e pousarão num mastro ou num recife – e ainda estarão agradecidos por essa mísera acomodação! Mas quem poderia concluir que à sua frente não há mais uma imensa via livre, que voaram tão longe quanto é possível

287 LISPECTOR, 1964, p. 180.
288 LISPECTOR, 1964, p. 181.

> voar? Todos os nossos grandes mestres e precursores pararam, afinal, e não é com o gesto mais nobre e elegante que a fadiga se detém: assim também será comigo e com você! Mas que importa a mim e a você! Outros pássaros voarão adiante! Esta nossa ideia e crença porfia em voar com eles para o alto e para longe, sobe diretamente acima de nossa cabeça e de sua impotência, às alturas de onde olha na distância e vê bandos de pássaros bem mais poderosos do que somos, que ambicionarão as lonjuras que ambicionávamos, onde tudo é ainda mar, mar e mar! – E para onde queremos ir, então? Queremos transpor o mar? Para onde nos arrasta essa poderosa avidez, que para nós vale mais que qualquer outro desejo? Por que justamente nessa direção, para ali onde até hoje todos os sóis da humanidade se puseram, desapareceram? Dirão as pessoas, algum dia, que também nós, rumando para o Ocidente, esperávamos alcançar as Índias – mas que nosso destino era naufragar no infinito? Ou então, meus irmãos? Ou?[289]

G.H., artista de si mesma e criadora de uma linguagem, porta-se como os pássaros nietzschianos, que, num determinado momento, precisam pousar. A desistência do voo, o desejo de pousar ou mesmo o naufrágio não significam que tudo foi conhecido, que nada mais há para ser criado, mas apenas representam o entendimento de que, a partir daquele ponto, outros criadores poderão alçar um novo voo no infinito de possibilidades a que a condição humana se abre. Esse gesto de humildade consiste em um aspecto

289 NIETZSCHE, 2004, p. 283-284.

importante que perpassa a escrita de Clarice Lispector. A escritora pretende expressar que, mesmo no plano da invenção, existem limites que momentaneamente não podem ser superados. Diante disso, desses obstáculos intransponíveis que a vida nos impõe, cabe um gesto alegre de adoração: adorar os próprios limites, adorar, se for preciso, a própria fraqueza como sinal de força. Dessa forma, G.H., no final de seu relato, ao perceber que há algo independente dela, em um plano além do humano, se percebe também integrada a tudo o que existe e, nesse sentido, pode, com um gesto alegre e afirmativo, adorar. A personagem termina seu relato apenas dizendo: "como poderei dizer senão timidamente assim: a vida se me é. A vida se me é, e eu não entendo o que digo. E então adoro"[290].

Clarice Lispector, assim como sua personagem G.H., também iria experimentar, alguns anos depois da publicação de *A paixão*, o seu "momento de desistência". O que importa dizer, contudo, é que sua literatura constitui o testemunho irrefutável do poder da ficção na experiência humana. Esse desejo de sempre criar, de não se contentar com uma verdade totalitária, foi o impulso dionisíaco que moveu a vida e a obra da autora. Assim como retratam suas personagens, existia na vida de Clarice um desejo de transfiguração que a levou ao limite máximo da criação. Ela passou por um processo em que sua própria pessoa foi se ficcionalizando. O desejo de entender a vida como literatura, acreditando no poder do criador, fez com que Clarice se transformasse em personagem. Essa é a leitura que muitos críticos fazem de sua obra e, em especial, o que se

290 LISPECTOR, 1964, p. 182.

postula em *Clarice: uma vida que se conta*, de Nádia Battella Gotlib[291]. A literatura de Clarice fala, sobretudo, da instância trágica do indivíduo que, querendo sempre se entregar ainda mais ao espetáculo da vida, e temendo a própria morte, se inventa, como modo de enfrentar esse fluxo terrível da existência. Nádia Gotlib assinala que, "ao querer não morrer, Clarice ficcionaliza esse trágico espetáculo: o de enxergar-se como uma criação de si, na luta vã de resistir à morte e de não partir novamente. Agora, quem sabe, até o seu porto de chegada"[292]. Além da crença na ficção, da vida entendida como um artefato literário, que sempre pode ser reinventado, Clarice, tal como G.H., acreditou no poder afirmativo de se entregar ao mundo e dizer sim ao que existe; acreditou, em suma, no poder de adorar e de se alegrar intensamente com a vida.

291 Cf. GOTLIB, 2008, 2009. Nádia Gotlib propõe, ao analisar a obra de Clarice Lispector, a ideia de que a própria escritora foi uma de suas personagens. Clarice foi se ficcionalizando de tal modo que, na véspera de sua morte, ainda no hospital, a escritora, depois de uma hemorragia, levanta de sua cama e tenta sair do quarto. Quando a enfermeira tenta impedi-la, Clarice diz que ela (a enfermeira) havia matado seu personagem.

292 GOTLIB, 2009, p. 484.

3 NO CORAÇÃO DA ADVERSIDADE

> *A pessoa devia deixar-se inundar pela alegria aos poucos – pois era vida nascendo. E quem não tivesse força de ter prazer, que antes cobrisse cada nervo com uma película protetora, com uma película de morte para poder tolerar o grande da vida.*
>
> Clarice Lispector

Se a alegria trágica é um dos elementos estruturadores da escrita de Clarice Lispector, aproximar-se de sua literatura também requer dos leitores o entendimento de que seus escritos produzem, em um movimento próprio, um *quantum* de força. A potência da escritura de Lispector se localiza na abertura que seus textos encenam e no acúmulo de força que é possível extrair deles, como será apresentado neste capítulo. A escritora brasileira deixa claro, em sua ficção, que é preciso ter força para afirmar a vida em sua dimensão trágica, naquilo que há de maior no mundo. "Tolerar o grande da vida"[293], como ela assegura, significa ter a coragem de sair de uma dimensão inativa e transformar sua própria existência, criar caminhos e abrir espaços alternativos nos quais a força inerente à vida possa deflagrar um gesto afirmativo.

Existe, portanto, na ficção de Clarice, um fundamento de força[294]. Tal aspecto pode ser visto a partir de vários vetores que se

---

293 LISPECTOR, 1998a.

294 Patrick Wotling (2011, p. 41-42) observa que, para Nietzsche, o conceito

mantêm em tensão, como o esquecimento, que aparece, de modo amplo, em *A maçã no escuro*; a solidão, que perpassa toda a obra da autora a partir de *Perto do coração selvagem*; e ainda o estilo, ou a busca por um estilo próprio, a aprendizagem trágica de criar a si mesmo, que se encontra em muitos textos e culmina com *Uma aprendizagem ou O livro dos prazeres*. Cada obra de Clarice intensifica um ou mais desses vetores de força. Em meio a situações hostis, algumas de suas personagens buscam, pela afirmação da força constitutiva da vida, viver de modo intenso e trágico. Isso demonstra que existe, nos textos claricianos, um campo de forças que revela a tensão da pluralidade ou um jogo de intensidades desiguais[295].

Parece salutar ler a obra de Clarice observando de que modo a *força plástica*[296] de sua escritura ganha corpo e testemunha esse jogo de intensidades. Essa força plástica se faz visível, na obra da escritora, pela encenação do esquecimento; outras vezes, pela reflexão sobre a solidão; e ainda, em outros momentos, pela busca

de força designa, sobretudo, "não a violência, mas a organização bem regrada de um sistema pulsional, caracterizado pela colaboração eficaz do conjunto de seus instintos, que lhes permite construir uma interpretação unificada – e não interpretações discordantes – da realidade". Vale citar também que podemos pensar a força como uma pulsão, uma vontade de produção de efeitos, sendo ela, em suma, esse querer, esse produzir efeitos.

295 Em *Signos e poderes em Nietzsche*, Leon Kossovitch (2004) observa que existe no conceito de força a ideia de que toda força atua num campo, num sistema de intensidades diversas e, portanto, é preciso perguntar-se que força cede, que força vence. É exatamente nesse campo de adversidade e tensão que as tonalidades diferentes de forças se exercem e se tornam visíveis.

296 Nietzsche (2003b, p. 10), na *Segunda consideração intempestiva*, fala de uma *força plástica* do homem, que muitas vezes está associada à capacidade de se colocar no instante presente. Tomo o conceito de força plástica de Nietzsche para ler a obra de Clarice, estabelecendo diálogos e confluências com outros conceitos que não só o do esquecimento.

de um estilo. De tal modo, a escritora evidencia que a vida se realiza nesse movimento de forças que travam embates e que sempre procuram o aumento de sua carga, buscando excitá-la e ampliá-la. Viver significa, assim, aumentar sua força, seja a força que nos convida a esquecer, seja a que nos leva para "lugares despovoados", ou ainda a que nos mostra que só se afirma a vida à medida que criamos a nós mesmos a partir de nossos valores próprios, mas, ao mesmo tempo e paradoxalmente, lutando contra nós mesmos[297].

3.1 A força plástica do esquecimento

> *A todo agir liga-se um esquecer: assim como a vida de tudo o que é orgânico diz respeito à luz, mas também à obscuridade.*
>
> Nietzsche

"Ninguém está a salvo do esquecimento. Todos já passaram pela experiência de ter esquecido uma coisa ou outra [...]. O homem está naturalmente sujeito à lei do esquecimento, ele é fundamentalmente um animal *obliviscens*."[298] Estas palavras, com que Harald Weinrich inicia sua reflexão em *Lete*: arte e crítica do esquecimento, abrem espaço para algumas perguntas, que não cabe responder, mas antes guiarão as reflexões desenvolvidas nesta seção. Qual é a

297 Em *A filosofia na época trágica dos gregos*, Nietzsche (1995) desenvolve a ideia do *agon*, que significa, dentre outras coisas, a divergência, a luta que se trava dentro de um homem consigo mesmo. Esse conceito de divergência atravessa toda a análise deste capítulo e será retomado em outros momentos deste estudo.

298 WEINRICH, 2001, p. 11.

força de se esquecer? Existe uma intensidade diferente no homem que consegue não se ater ao que foi e entrar num ritmo que o dissemina no *instante-já*? De que modo ficar em pé diante do presente pode fazer da experiência humana algo melhor? Que alegria sente esse homem que se entrega ao obscuro de cada instante? Tais perguntas podem ser expandidas com uma passagem de *A maçã no escuro*, em que Martim, o protagonista do romance, encontra-se numa fazenda, e, adentrando no curral, observa as vacas que ruminam.

> Mas também é verdade que, a essa altura, a alegria de viver já o tomara, essa alegria fina que às vezes nos toma no meio da própria vida como se a mesma nota de música se intensificasse: essa alegria o tomara e o guiava instintivamente na luta. Martim já não saberia se estava apenas obedecendo à ordem informulada com que as vacas terminam por forçar um vaqueiro a um modo peculiar de olhar e de ficar em pé. Ou se, verdade, era ele próprio quem estava buscando, em doloroso esforço espiritual, libertar-se enfim do reinado dos ratos e das plantas – e alcançar a respiração misteriosa de bichos maiores.[299]

O trecho descreve o estado de um homem que se alegra ao se entregar ao instante; sem refletir, ele vive um movimento intenso que pode ser pensado como um andamento em que há uma nota musical que se intensifica numa espécie de alegria, que surge dessa intensidade. Na luta que travamos com o próprio tempo, ganhamos quando fincamos nossos pés no instante presente. Nesse as-

299 LISPECTOR, 1999c, p. 97.

pecto, as vacas são o símbolo dos animais maiores, seres grandiosos que ruminam e que vivem de modo mais pleno o presente; elas se esquecem do passado e podem, assim, ganhar o instante extraordinário[300], o *agora*. Talvez esse fragmento de *A maçã no escuro* seja o que melhor consegue ilustrar os embates entre memória (passado) e esquecimento (presente) encenados na escritura de Clarice. No trecho citado, Martim começa, enfim, a se dar conta de que um homem só pode se fazer[301], só consegue se tornar aquilo que é quando direciona seu olhar interpretativo em função do presente.

O romance *A maçã no escuro* foi escrito ainda na década de 1950, mas Clarice Lispector apenas o publicou em 1961[302]. No centro da narrativa está Martim[303], um homem que foge de seu passado. Ele acredita ter matado a sua esposa e, temendo a punição pelo crime, decide abandonar tudo. Encontra uma fazenda, onde se

---

300 No aforismo "O maior dos pesos", de *A gaia ciência*, Nietzsche (2001, p. 230) fala de um "instante imenso", no qual o homem afirma seu presente bem como toda sua existência.

301 O romance *A maçã no escuro* (LISPECTOR, 1999c) se divide em três partes, a saber, "Como se faz um homem", "O nascimento do herói" e "A maçã no escuro". Na primeira parte, na qual se encontra o trecho citado, em que Martim observa as vacas no curral, o processo de fazer a si mesmo parece apontar para a força plástica do esquecimento, ou seja, apenas o homem que consegue esquecer, ruminar e assimilar seu passado, é um sujeito capaz de se recriar e sentir a alegria do instante.

302 O romance *A maçã no escuro* foi escrito e reescrito num período de 10 anos, de 1951 a 1961. Segundo Rosenbaum (2002, p. 37-38), Clarice teria declarado que ele constitui um dos romances mais bem estruturados que já tinha escrito. Vale citar que a própria extensão do livro aponta para essa *estrutura ruminante*, uma vez que ele consiste no texto mais longo de sua carreira de ficcionista.

303 Importante atentar para o nome do protagonista do romance, Martim, *mártir*, aquele que está marcado pela dor. No romance de Clarice, o protagonista empreende uma jornada rumo à superação da dor, que não significa necessariamente sua exclusão total, mas, ao contrário, um redirecionamento do sofrimento que permite viver de modo alegre.

estabelece e começa a se relacionar com algumas pessoas: Vitória, dona da fazenda, que, com dificuldades, o aceita como empregado; Ermelinda, prima de Vitória; Francisco, o caseiro; uma mulata e sua filha. Nesse intervalo de tempo, enquanto trabalha na fazenda, Martim vai lutar com suas próprias lembranças e tentar superar seu passado, assim como seu suposto crime. Enquanto o protagonista busca essa superação, percebe *a força plástica do esquecimento*, o poder de se colocar na "estaca do instante"[304] e de viver o *agora*. O esquecimento, portanto, passa a ser um dos componentes nevrálgicos do romance. Quando o protagonista finalmente consegue se alocar no instante presente, seu passado ressurge para ser reinterpretado. É nesse momento que o próprio personagem, assim como os leitores, descobre que, na verdade, o crime pelo qual fugia nem sequer foi concretizado, uma vez que sua mulher não morreu.

Nos primeiros capítulos, encontramos Martim em um hotel. Ele está planejando uma nova fuga, tentando abandonar o passado, mas ainda não consegue se ajustar ao presente. Acima de tudo, deseja retirar o peso de suas costas e começa a pensar em como se livrar do "mundo anterior", que já não existe além de suas reminiscências, mas sem se prender ao futuro. Embora ele queira se livrar do passado, despojando-se de seu peso, ainda está preso aos acontecimentos que se deram e não consegue agir. Emaranhado entre o passado e o futuro, se esquece do próprio instante e, portanto, não pode dar seus primeiros passos.

304 NIETZSCHE, 2003b, p. 7.

> Nem mesmo se soubesse que passos o levariam ao mar, ele agora os daria – tanto fora aos poucos se descartando com sabedoria instintiva de tudo o que pudesse mantê-lo entravado por um futuro, pois futuro é faca de dois gumes, e futuro molda o presente. Com o correr dos dias também outras ideias tinham ficado gradualmente para trás como se, à medida que o tempo não definindo o perigo o tornasse maior, o homem fosse se despojando do que pesa. E sobretudo do que ainda pudesse mantê-lo preso ao mundo anterior.[305]

Martim busca compreender sua vida, entrar no real, que só pode advir quando o criamos[306], quando nos entregamos à força do instante, daquilo que experimentamos. Criar o real significa, para o personagem, conseguir viver o instante[307], esquecer. Mesmo que queira se despojar do peso dos acontecimentos passados, ainda está ligado àquele mundo e isso o impede de agir, de viver com as forças intensificadas. Como um homem que não consegue se livrar do passado, mas que deseja e procura fazê-lo, o personagem come-

305 LISPECTOR, 1999c, p. 26.

306 Clarice Lispector (1999c, p. 7) utiliza como epígrafe do romance o seguinte texto: "Criando todas as coisas, ele entrou em tudo. Entrando em todas as coisas, tornou-se o que tem forma e o que é informe; tornou-se o que pode ser definido e o que não pode ser definido; tornou-se o que tem apoio e o que não tem apoio; tornou-se o que é grosseiro e o que é sutil. Tornou-se toda espécie de coisas: por isso os sábios chamam-no o Real."

307 Vale dizer que essa problemática do instante atravessa toda a escritura de Clarice Lispector; de *Perto do coração selvagem* ao romance *A hora da estrela*, a obra da escritora promove embates e reflexões sobre o tempo. Essa reflexão sobre o instante atinge seu ápice com *Água viva*, publicado em 1973. Ainda que o objeto central de estudo deste capítulo seja *A maçã no escuro*, as reflexões sobre o instante que se encontram disseminadas pela obra de Clarice aparecem como pontos de apoio para a análise em questão.

ça seu lento e penoso trabalho de esquecimento, de ruminação[308], de metamorfose.

Nietzsche, na *Segunda consideração intempestiva*: da utilidade e desvantagem da história para a vida, fala do homem que não consegue se colocar no presente, que vive preso aos acontecimentos passados, fazendo da memória uma fonte de doença. Para o filósofo alemão, seguindo as palavras de Goethe[309], cada homem deve pensar o passado ou manter com ele uma relação guiando-se por aquilo que o vivifica, que lhe atribui mais forças para a vida e que o faz agir, viver. É nesse sentido que Nietzsche inicia sua consideração dizendo:

> Considera o rebanho que passa ao teu lado pastando: ele não sabe o que é ontem e o que é hoje; ele saltita de lá para cá, come, descansa, digere, saltita de novo; e assim de manhã até a noite, dia após dia; ligado de maneira fugaz com seu prazer e desprazer à própria estaca do instante, e, por isto, nem melancólico nem enfadado. Ver isto desgosta

308 É necessário sublinhar que na literatura de Clarice, em especial no romance *A maçã no escuro*, a ruminação possui um *caráter ambíguo*, uma vez que ela pode significar um estar preso ao passado, como para Nietzsche quando o filósofo fala da figura do ruminante, como também pode significar um processo necessário de elaboração do passado. A ruminação, portanto, pode ser entendida como sinônimo de saúde ou doença, dependendo do seu grau. Caso o grau de ruminação seja uma elaboração do passado tendo em conta o presente, ela será sinônimo de força. De outro modo, se seu grau prende o sujeito que rumina numa atitude de ressentimento, ela pode ser associada a um processo de decadência.

309 Nietzsche (2003b, p. 5) abre a *Segunda consideração intempestiva* citando a seguinte frase de Goethe: "De resto, me é odioso tudo o que simplesmente me instrui, sem aumentar ou imediatamente vivificar a minha atividade." A partir da frase do escritor alemão, Nietzsche diz que a história nos serve, precisamos dela para a vida e para a ação, mas não para abandonarmos o presente. Assim, o passado só será útil se ele se colocar a serviço da vida, do presente e do homem.

duramente o homem porque ele se vangloria de sua humanidade frente ao animal, embora olhe invejoso para a sua felicidade – pois o homem quer apenas isso, viver como o animal, sem melancolia, sem dor; e o quer entretanto em vão, porque não quer como o animal. O homem pergunta mesmo um dia ao animal: por que não me falas sobre tua felicidade e apenas me observas? O animal quer também responder e falar, isso se deve ao fato de que sempre esquece o que queria dizer, mas também já esqueceu esta resposta e silencia: de tal modo que o homem se admira disso.[310]

O homem que vê o rebanho se depara com outra forma de viver, com um modo de sentir o tempo e experimentar a vida que não exige sentir "com dor o grande peso do dia"[311]. Nesse trecho da *Segunda consideração intempestiva*, Nietzsche contrapõe o modo de viver do animal com o modo de viver do homem. A relação que o animal mantém com o tempo parece ser mais saudável do que a do homem. Esse modo efêmero de viver, um modo de animal, é o que Martim vai buscar. Ele "procurava se manter apenas vivo, e nada mais – assim como o animal brilha apenas nos olhos, mantendo atrás de si a vasta alma intocada de um animal."[312] Para Martim, viver como um animal é lentamente ir se livrando do passado. Sair do passado requer esquecer o que aconteceu, o crime cometido, a família, o espaço, tudo que se situa num outro momento que já não faz parte do presente. Requer transformar o crime supostamente

310 NIETZSCHE, 2003b, p. 7.
311 LISPECTOR, 1999c, p. 21.
312 LISPECTOR, 1999c, p. 33.

cometido em uma forma de romper com a ordem social[313]. Acima de tudo, implica em rejeitar a linguagem dos outros e construir uma nova linguagem, um modo de falar que seja seu. "Aquele homem rejeitava a linguagem dos outros e não tinha sequer começo de linguagem própria. E, no entanto, oco, mudo, rejubilava-se."[314]

Recusar a linguagem dos outros é um dos primeiros gestos de Martim. Esse gesto denota que ele só poderá superar o passado à medida que exceder a linguagem dos outros, aquilo que dizem, como dizem, enfim, o próprio espectro do mundo dessas pessoas. É necessário rasurar esses contornos para se garantir como indivíduo, fora de um rebanho. Essa rejeição se inicia pelo silêncio de Martim. Por meio de sua mudez, ele enceta um processo de transvaloração de seu passado pelo silêncio, o que vai construir um modo inaudito de se relacionar com os eventos decorridos. À medida que consegue ou pode esquecer, passa a sentir *a-historicamente* o mundo. Não se trata aqui de pensar que o passado deva ser abandonado, como se ele fosse inútil, mas, ao contrário, de perceber como a história de Martim evidencia que existe, assim como Nietzsche sublinhou, uma utilidade e uma desvantagem em regressar ao passado. O protagonista de *A maçã no escuro* percebe isso quando se dá conta de que, em seu caso particular, afastar-se do passado, dos outros que faziam dele um sujeito gregário[315], sig-

313 Benedito Nunes (1995, p. 40), em *O drama da linguagem:* uma leitura de Clarice Lispector, afirma que, à medida que Martim foge, "o crime se transforma num ato positivo de ruptura com a sociedade e a fuga, num movimento de evasão interior".

314 LISPECTOR, 1999c, p. 35.

315 Segundo Nietzsche (2007c), a dimensão gregária se constitui como o fenômeno mais antigo e determinante da história da humanidade e se apresenta como a primazia dos instintos coletivos em detrimento dos impulsos e

nifica desconfiar dessa linguagem[316] que até então ele usava para nomear as coisas.

> E de tal modo, com perverso gosto, o homem se sentia agora longe da linguagem dos outros que, por um atrevimento que lhe veio da segurança, tentou usá-la de novo. E estranhou-a, como um homem que escovando sóbrio os dentes não reconhece o bêbedo da noite anterior. Assim, ao remexer agora com fascínio ainda cauteloso na linguagem morta, ele tentou por pura experiência dar o título antigamente tão familiar de "crime" a essa coisa tão sem nome que lhe sucedera.[317]

Martim percebe que a linguagem antiga não consegue mais dar conta de sua nova experiência, uma experiência que está do lado do informe, do devir, daquilo que não pode ser nomeado ou, pelo menos, que não cabe mais em lugares tão estanques, tais como aqueles da linguagem passada ou do modo como ele concebia essa linguagem no passado. O personagem, então, começa a efetuar outro crime, um assassínio que consiste em se relacionar com o mundo e com a linguagem de modo diferente. À medida que Martim se assenta no presente, passa a utilizar a linguagem e a se conceber de modo intempestivo, o que significa também se relacionar de modo distinto com o que existe, com seu passado, como aquilo que dizem ser um crime, enfim, com a própria existência. É nesse sentido que podemos ler o seguinte trecho: "Aqui

---

necessidades individuais.

316 Rosana Suarez (2011) desenvolve reflexões fundamentais sobre a linguagem e o gregarismo em *Nietzsche e a linguagem*.

317 LISPECTOR, 1999c, p. 35.

estou, disse ele, e no coração de alguma coisa."[318] Ainda que não consiga nomear onde está, que não tenha consciência, ele sabe que chegou a outro lugar e que seu mundo precisa ser reconstruído[319]; na verdade, ele já é outro.

Nesse novo mundo, a linguagem poética ganha uma dimensão profunda e se torna o centro da vida de Martim[320]. É por se dar conta dessa dimensão humana, a da criação, que ele consegue reverter as significações passadas, fazendo-as ressurgir com outras conotações e a partir de uma perspectiva da força. Bernadete Grob-Lima observa que no romance *A maçã no escuro*, "o protagonista, primeiramente, desenraíza o seu passado num ato de recusa; em seguida, no andamento do seu trajeto, consulta-o sublimando suas imperfeições, estando ausente a ideia de finalidade. Martim procura uma verdade sem a esperança de encontrá-la"[321]. Ele, pela imaginação artística, resolve então escavar o seu passado. O narrador nos mostra o personagem Martim e nos conta de sua busca pela reinvenção do passado, sem, no entanto, adiantar "qualquer explicação dos acontecimentos antes da personagem a ter encontrado"[322].

318 LISPECTOR, 1999c, p. 53.

319 LISPECTOR, 1999c, p. 130. Na segunda parte do romance, "O nascimento do herói", podemos ler que todo homem precisa destruir sua vida e reconstruí-la novamente a partir de suas condições: "Pensou que com esse crime executara o seu primeiro ato de homem. Sim. Corajosamente fizera o que todo homem tinha que fazer uma vez na sua vida: destruí-la. Para reconstruí-la em seus próprios termos."

320 "Martim se redescobre em linguagem na medida em que se perde e que se avizinha na descoberta de um território outro. O limite tênue da diferença entre o que é dos outros e o que é dele torna-se consciente quando, com a ponta dos dedos esticada em grau último, descobre-se a dor de ser uma espécie de personagem de si mesmo." (GURGEL, 2001, p. 23).

321 GROB-LIMA, 2009, p. 130.

322 GROB-LIMA, 2009, p. 30.

Ao se instalar nesse centro, onde o esquecimento é possível e atua como uma *força plástica* que lhe permite criar, reinventar e ver por outra perspectiva, Martim consegue encontrar um modo de ser alegre. "Na linguagem não havia uma palavra sequer que desse nome ao fato de, no agigantamento de si próprio, ele ter alcançado o alto da montanha."[323] Pela linguagem, pelo novo modo de conceber as coisas, o passado e as próprias palavras, ele compreende que é no gesto de suspeita do que houve e na entrega ao presente que o homem pode se inventar como um sujeito alegre, como um homem do *saber alegre*. Saindo do universo da linguagem comum, consegue abandonar uma estrutura em que o que vale é a simples comunicação. Martim parece levantar a hipótese de que "a linguagem não se adequa às coisas, ao contrário, as convencionaliza."[324] Sua fuga é também, em certa medida, o escoamento do convencionalismo.

Em direção a uma linguagem inaudita, que consiga se aproximar da própria condição humana, o protagonista de *A maçã no escuro* decide viver a linguagem das coisas, comunicar-se com pedras e bichos, colocar-se no mundo *aqui* e *agora*. Nietzsche diz que somente o homem que consegue se entregar ao limiar do instante[325] alcança saber o que é a felicidade. A travessia/construção

323 LISPECTOR, 1999c, p. 53.

324 SUAREZ, 2011, p. 107.

325 Cf. CASANOVA, 2003, p. 107. Em seu livro *O instante extraordinário:* vida, história e valor na obra de Friedrich Nietzsche, Marco Antônio Casanova observa que "O homem sereno sempre se depara alegremente com o presente e se dispõe incessantemente para o futuro sem débito algum com o passado. Ele tem a cada instante novas esperanças com relação ao futuro. Não porque anseie por uma redenção ulterior da incompletude do presente, mas porque redime no instante o caráter pretensamente deficitário da finitude e se lança para o futuro, uma vez que não vê a realidade como a repetição de um mal carente de cura, mas como

de Martim, que se dá pela linguagem, significa exatamente essa entrega a cada instante.

> Quem não pode se instalar no limiar do instante, esquecendo todo passado, quem não consegue firmar pé em um ponto como uma divindade da vitória sem vertigem e sem medo, nunca saberá o que é felicidade, e ainda pior: nunca fará algo que torne os outros felizes. Pensem no exemplo mais extremo, um homem que não possuísse de modo algum a força de esquecer e que estivesse condenado a ver por toda parte um vir-a-ser: tal homem não acredita mais em seu próprio ser, não acredita mais em si, vê tudo desmanchar-se em pontos móveis e se perde nesta torrente do vir-a-ser: como o leal discípulo de Heráclito, quase não atreverá mais a levantar o dedo.[326]

Clarice, em plena afinidade com o que Nietzsche diz sobre o instante, escreveu que "nada existe de mais difícil que entregar-se ao instante. Esta dificuldade é dor humana"[327]. Ainda que esse processo seja dolorido e trabalhoso, Martim, engenheiro de si mesmo[328], atuando a partir de uma dimensão apolínea, permite-se

o solo de enraizamento da beleza: não há aqui razão alguma para desconfiar do que está por vir porque não há motivo para se entristecer com o presente ou para maldizer o passado". A trajetória de Martim em *A maçã no escuro* aponta também para essa concepção de relação com o tempo. O personagem clariciano se esforça para alcançar a cada instante essa serenidade diante do instante presente.

326 NIETZSCHE, 2003b, p. 9.

327 LISPECTOR, 1998d, p. 49.

328 LISPECTOR, 1999c, p. 62. Vale lembrar que, em vários trechos do romance, a alusão ao fato de Martim ser um engenheiro é retomada, marcando que aquele homem constrói, conduz, faz de si seu próprio engenho.

com sabedoria entregar-se e residir na grandeza do mundo[329], que está naquilo que se apresenta aos nossos olhos a cada momento. Pela força e plasticidade do esquecimento ele se torna capaz de começar a observar, ou mesmo ler o que acontece ao seu redor. Desse modo, pode conhecer a felicidade do homem que se entrega ao presente. Verifica-se, portanto, uma corporificação do processo de esquecimento, já que o personagem começa seu percurso de esquecimento a partir do olhar, vendo as coisas sem necessariamente pensá-las. "Foi assim que o homem profundamente viu. Olhou face a face a minúcia com que a beleza da árvore era inútil. Trezentas mil folhas tremiam na árvore tranquila. O ar tinha tanta graça excedente que o homem desviou os olhos."[330]

O processo de reconstrução/invenção do mundo que Martim empreende começa pelo esquecimento, pela entrega ao mundo. Olhar as configurações do mundo passando pelas pedras, pelos pássaros, pelos animais maiores e menores, pelas árvores, até chegar a si mesmo. É como se ele buscasse, por esse olhar, captar o não sentido do mundo[331]. Tudo isso pelo corpo: sentindo o instante. Ao falar do esquecimento e, portanto, da centralidade do *instante* no pensamento de Nietzsche, Maria Cristina Franco Ferraz diz que "na língua alemã, 'instante' não se diz por referência à ideia abstrata de tempo, mas curiosamente, em conexão com corpo, de

329 "E como se tivesse sobrevivido à morte do pássaro, impeliu-se a olhar o mundo naquilo que ele próprio acabara de o reduzir: O mundo era grande." (LISPECTOR, 1999c, p. 49).

330 LISPECTOR, 1999c, p. 49.

331 "O homem não antecipou nada: viu o que viu. Como se olhos não fossem feitos para concluir mas apenas para olhar." (LISPECTOR, 1999c, p. 81).

modo ainda mais preciso, por alusão à imediatez, ao movimento de intermitência de que os olhos e a visão são dotados."[332] Esse sentido da imediatez é que faz Martim ter coragem de agir, de recomeçar a andar[333], de ir se desprendendo do passado em função da criação de um novo mundo. Ele então começa a comungar com a existência em seu estado sempre atualizado, agregando-se ao mundo como mais um astro[334]. "Aquele homem ali em pé não percebia que lei comandava o vento áspero e o faiscar silencioso das pedras. Mas ter deposto as armas de homem entregava-o sem defesa à harmonia imensa do descampado. Também ele puro, harmonioso, e também ele sem sentido."[335] A dimensão corporal que perpassa a escritura de Clarice pode ser observada de modo ainda mais abrangente quando percebemos que em várias passagens a imagem do homem que se coloca de pé se sobrepõe à do homem que pensa dentro de um modelo do *logos*: estar de pé parece ser para Martim um gesto mais transgressor que raciocinar.

Esse modo de se colocar no mundo, de tentar apenas ver as coisas, captar seu movimento no presente, vai pouco a pouco dominando Martim. Contudo, ainda que em diferentes momentos ele experimente o júbilo de se colocar no mundo de modo presente, com os pés no *instante-já*, em outras ocasiões, o passado volta e lhe obstrui os movimentos, impedindo seu caminhar. Isso fica

---

332 FERRAZ, 2002, p. 58.

333 "Então recomeçou a andar como se soubesse para onde ia. Os passos ocupavam-no." (LISPECTOR, 1999c, p. 49).

334 "Nem com este sol enorme ao alcance da mão. Não essa coisa que não precisava dele e à qual ele acabara de se agregar como mais um astro." (LISPECTOR, 1999c, p. 49).

335 LISPECTOR, 1999c, p. 49.

bem manifesto na passagem em que Martim observa um quadro num depósito.

> Se aquele homem ainda se lembrava de como era o mundo – naquele quadro havia alguma coisa a que ele certamente responderia se ainda fosse gente. Aquilo que o homem aprendera e não esquecera de todo, ainda o incomodava; era difícil esquecer. As coisas simbólicas sempre o haviam incomodado muito. Mas estava tão bruto como a comida que lhe pesava no estômago. Quando soprou a lamparina, a escuridão se fez cheia de vento pela janela. E como se trevas encontrassem outras trevas, o cansaço derrubou-o com alguma misericórdia no sono.[336]

Esse fragmento traz algumas questões relevantes para a análise do esquecimento que perpassa a escritura de *A maçã no escuro*. A primeira questão diz respeito à interpretação corporal do esquecimento como processo visceral e orgânico, que já havia sido assinalada antes e será retomada a seguir. A segunda se refere à perspectiva de que esquecer o passado envolve a responsabilidade de extrair elementos de força, como veremos mais adiante.

No seu processo de esquecimento, Martim desconfia que esquecer é um procedimento lento – tal como a digestão, para usarmos uma palavra nietzschiana –, um processo *ruminante*. Alocar-se no presente requer do homem a capacidade digestiva de absorver o passado, de digeri-lo para superá-lo. A atividade do esquecimento, Nietzsche remete, na *Genealogia da moral*, à digestão. É como

336 LISPECTOR, 1999c, p. 80.

se Nietzsche dissesse que a atitude primordial[337] de esquecer fosse uma espécie de "assimilação psíquica"[338]. Então o filósofo alemão lança uma pergunta: "Criar um animal que pode *fazer promessas* – não é esta a tarefa paradoxal que a natureza se impôs, com relação ao homem? Não é este o verdadeiro problema *do* homem?"[339]. Existe uma força contrária a essa capacidade de fazer promessas – a força do esquecimento, que Nietzsche descreve dizendo:

> Esquecer não é uma simples *visinertiae* [força inercial], como creem os superficiais, mas uma força inibidora ativa, positiva no mais vigoroso sentido, graças à qual o que é por nós experimentado, vivenciado, em nós acolhido, não penetra mais em nossa consciência, no estado de digestão (ao qual poderíamos chamar de "assimilação psíquica"), do que todo o multiforme processo da nossa nutrição corporal ou "assimilação física". Fechar temporariamente as portas e as janelas da consciência: permanecer imperturbado pelo barulho e a luta do nosso submundo de órgãos serviçais a cooperar e divergir; um pouco de sossego, um pouco de *tabula rasa* da consciência, para que novamente haja lugar para o novo, sobretudo para as funções e os funcionários mais nobres, para o reger, prever, predeterminar (pois nosso organismo é disposto hierarquicamente) – eis a utilidade do esquecimento, ativo, como disse, espécie de guardião da porta, de zelador da ordem psíquica, da paz, da etiqueta: com o que logo se

337 FERRAZ, 2002, p. 60.
338 NIETZSCHE, 1998b, p. 47.
339 NIETZSCHE, 1998b, p. 47-48.

vê que não poderia haver felicidade, jovialidade, esperança, orgulho, *presente*, sem o esquecimento.[340]

Pode-se depreender dessa passagem de *Genealogia da moral* que a faculdade primeira do esquecimento está condicionada a um processo lento, tal como o da assimilação física. Martim parece perceber essa lentidão quando diz que esquecer é um gesto difícil. A própria estrutura do romance de Clarice, como foi assinalado em outro momento, enfatiza essa sensação de demora[341]. O leitor atento percebe, na composição de *A maçã no escuro*, as descrições pormenorizadas, a repetição de estruturas ou pensamentos, que, a nosso ver, apontam para esse estado do personagem protagonista, o de esquecimento-revisão do passado. Martim apenas consegue absorver, digerir seu passado, à medida que também volta a ele, ainda que quando volte ao passado este de determinada forma já se constitua como diferença. Desse modo, é possível dizer que o processo de esquecimento se dá pela tentativa de viver *a-historicamente*, mas também pela capacidade de cada indivíduo de perceber-sentir que "o histórico e o a-histórico são na mesma medida necessários para a saúde de um indivíduo, um povo e uma cultura."[342]

É pelo incômodo do passado que Martim pode sentir sua importância. Se ser um homem pleno de saúde requer o esque-

340 NIETZSCHE, 1998b, p. 47-48.

341 Olga de Sá (1993, p. 69), em *Clarice Lispector*: a travessia do oposto, observa que o romance *A maçã no escuro* é um "livro de ruminação, de digestão difícil, exige certa categoria de leitor: aquele disposto a ruminar também, capaz de vislumbrar, de ler 'sussurros', leitor que não se interesse somente por fatos e ações."

342 NIETZSCHE, 2003b, p. 11.

cimento, por outro lado, essa mesma saúde exige do homem um processo de esquecimento que deve ocorrer por uma assimilação lenta. Isso significa que esquecer o passado, superar o que já foi, sair de uma concepção antiquária ou monumental[343] e entrar num mundo em que "cada instante singular está pronto e acabado"[344], demanda uma atitude de responsabilidade com o passado. Essa é a segunda questão que podemos extrair do trecho supracitado de *A maçã no escuro*. Não se trata, portanto, de esquecer o passado como aquele indivíduo que simplesmente não pensa no que aconteceu, mas antes como aquele que sabe extrair dos acontecimentos uma superabundância de força, de alegria. Significa entender o presente também como uma *tabula rasa*, como possibilidade e abertura para o novo, mas sem pensar que o novo, advindo do esquecimento, se opõe à memória, posto que, na verdade, o que existe é sempre *agon*[345], uma luta, a adversidade entre forças e intensidades.

---

343 Na *Segunda consideração intempestiva*, Nietzsche (2003b) afirma que existe a história antiquária e a história monumental, que se constituem como formas negativas de se relacionar com o passado. Ao contrário dessas atitudes diante do passado, existe também aquela da força plástica do esquecimento, que absorve e incorpora o passado, mas se instalando no tempo presente, a serviço da vida.

344 NIETZSCHE, 2003b, p. 15.

345 Cf. MOSÉ, 2011a, p. 86. Ao falar do esquecimento que perpassa a escritura de Clarice, é importante dizer que suas obras sempre lidam com temas e formas que estão em tensão. Nesse sentido, pensar as forças que se encenam em sua escritura a partir do conceito de *agon* me parece produtivo. A escritura de Clarice possui como aspecto constitutivo esse *agon*. Nietzsche fala dessa concepção grega, a do combate, e exalta essa luta como aspecto central da cultura grega. Viviane Mosé se refere ao *agon* deste modo: "a luta e o prazer da vitória, em si mesmos, foram legitimados pelos gregos, que concebiam o ódio, a inveja, a disputa de modo muito diferente do nosso. Um conceito fundamental entre os gregos desde a epopeia é a ideia de *agon*, que quer dizer disputa, *justa*, combate. A cultura grega assume e afirma a competição como uma necessidade, porque acredita que é por meio dela que as forças excessivas e violentas se encaminham para os lugares que

Vale ainda dizer que "uma vez que esquecer é digerir, o esquecimento nietzschiano não se opõe à memória. Como em toda digestão, o processo se dá no tempo e precisa da paciência requerida pelo tempo. Esquecer é incorporar certos elementos em detrimento de outros"[346]. Nesse sentido, a concepção da atividade plástica do esquecimento que perpassa a escritura de Clarice, assim como a que é formulada por Nietzsche, supera a dicotomia comum memória/esquecimento, já que o esquecimento, um "processo que se dá no tempo e que se deixa atravessar e transformar pelo vivido, diz respeito à abertura dos poros dessa interface que é a pele. Portanto, esquecer é todo o contrário da pressa e da lógica da descartabilidade que impregna o regime de vida contemporâneo"[347].

O que Martim faz é, em última instância, se colocar fora desse regime de descartabilidade. Ainda que o romance de Clarice tenha sido escrito na segunda metade do século passado, é notável sua potência para discutir o presente. Numa estrutura social em que o excesso de memória convive, paradoxalmente, com uma postura de descarte de tudo[348], a escritura de Clarice, e, sobretudo, o romance *A maçã no escuro*, instiga o leitor a buscar um modo diferente de se relacionar com a temporalidade. Não se trata aqui de

lhes são próprios. Um homem grandioso era sempre concebido como um homem forte, intenso, corajoso, mas esta força deveria ser ordenada, e a disputa era o modo de ordená-la.

346 FERRAZ, 2010, p. 118-119.

347 FERRAZ, 2010, p. 118-119.

348 Jeanne-Marie Gagnebin (2006, p. 105) observa que Nietzsche, Freud, Adorno e Ricoeur são pensadores que, em diferentes contextos, enfatizaram a necessidade de um *lembrar ativo*, o que significa elaborar o passado nem pelo excesso de lembranças, nem pelo esquecimento ou denegação.

pensar ou não pensar se a escritora analisou a questão específica de como as sociedades vindouras veriam a força do esquecimento. Antes, propõe-se uma leitura de sua obra agenciando um encontro da atualidade com sua potência, que pode ser apreendida e utilizada por nós, leitores, para maquinarmos os problemas que são nossos. Em suma, o que se propõe aqui é uma aproximação à escritura de Clarice que se faça também de modo ruminante, na medida em que ruminar para a escritora brasileira é, sobretudo, não repetir, mas criar.

Como vimos, uma postura ruminante caracteriza o itinerário de Martim pelo esquecimento. Ele rumina o próprio mundo. Em algumas passagens do romance a ideia de um homem vagaroso aparece para qualificá-lo, ressaltando que "por dentro ele era um homem de compreensão lenta, o que no fundo era uma paciência, um homem com um modo de pensar atrapalhado que às vezes, num sorriso embaraçado de criança, se sentia intimidado pela própria estupidez, como se ele não merecesse tanto."[349] Em outro momento, o personagem reflete: "'Um homem é lento e demora muito para entender suas mãos', pensou ele olhando-as."[350] A lentidão de Martim permite a ele se identificar com as vacas que estão na fazenda, com seu modo constante de ruminar. Essa fala do protagonista também confirma seu estilo de homem que é capaz de um *lembrar ativo*, assim como de um *esquecer ativo*. Martim se encontra com as vacas na fazenda muitas vezes. O contato dele com os bovinos sempre é descrito de modo demorado pelo narrador. Esses

349 LISPECTOR, 1999c, p. 91.
350 LISPECTOR, 1999c, p. 91.

"embates" levam o protagonista a acercar-se de um saber trágico, o de se pôr no presente.

> O que apenas sabia – pois já alcançara a mesma inteligência somente essencial de uma vaca – o que apenas sabia era uma lei simples. Que não devia brutalizar-lhes o ritmo próprio, e que lhes devia dar tempo, o tempo delas. Que era um tempo inteiramente escuro, e elas ruminavam feno com baba. Aos poucos também este se tornou o tempo do homem. Redondo, lento, incontável por um calendário, pois assim é que uma vaca atravessa um campo.
>
> Então – já que as coisas tendem a chegar a uma conclusão e a descansar num estágio – o curral enfim começou a serenar. O calor do corpo do homem e dos bichos se confundiu na mesma mornidão amoniacada do ar. O silêncio do homem automaticamente se transformara. Ele enfim ganhara uma dimensão que uma planta não tem. E as vacas, apaziguadas com a justificação que Martim lhes dera, deixaram de se ocupar dele. Em júbilo trêmulo, o homem sentiu que alguma coisa enfim acontecera. Deu-lhe então uma aflição intensa como quando se é feliz e não se tem em que aplicar a felicidade, e se olha ao redor e não há como dar esse instante de felicidade – o que até agora tinha acontecido com mais frequência àquele homem em noites de sábado.
>
> Alguma coisa tinha acontecido. E embora os elos continuassem a lhe escapar, ele tinha enfim alguma coisa na mão e seu peito se inflou de sutil vitória. Martim respirou profundamente. Pertencia agora ao curral.[351]

351 LISPECTOR, 1999c, p. 97-98.

Ao se confrontar com as vacas, Martim acaba alcançando a inteligência essencial desse animal. A inteligência que permite não violar o seu próprio tempo, um tempo pausado, sem pressa, o tempo da ruminação, entendida aqui como processo lento, como trabalho de elaboração e criação. Isso significa que o protagonista entende que o processo de assimilação do passado se dá de forma vagarosa, mas é essa lentidão, por sua vez, que permite ao homem alcançar um instante de felicidade, em que ele pode se ver plenamente no coração do tempo. Essa capacidade de assimilar os acontecimentos demonstra a *força plástica* de Martim. Nietzsche diz que é preciso não ser o coveiro do presente, e não o somos quando nos deixamos afetar pela força plástica, pela disposição de usar o passado a serviço de nossa saúde, em suma, quando estamos aptos a entender que "somente a partir da suprema força do presente tendes o direito de interpretar o passado: somente na mais intensa tensão de vossas qualidades mais nobres desvendareis o que há no passado digno de ser conhecido e conservado."[352] Martim vai aos poucos aumentando o alcance de sua força plástica, à medida que consegue, cada vez com maior intensidade, ser afetado em menor grau pelos acontecimentos e as feridas do passado.

Nietzsche lembra que "é possível viver quase sem lembranças, sim, e viver feliz assim, como mostra o animal; mas é absolutamente impossível viver, em geral, sem esquecimento."[353] Isso significa que existe um nível de ruminação, de sentido histórico, no qual o homem se degrada e do qual, portanto, precisa se livrar. Há,

352 NIETZSCHE, 2003b, p. 56.
353 NIETZSCHE, 2003b, p. 10.

contudo, um grau em que é possível se lembrar do passado, sem que isso signifique anular o presente. Essa apropriação saudável do passado está relacionada ao grau da *força plástica* de um homem.

> Para determinar este grau [de ruminação, de sentido histórico] e, através dele, então, o limite, no interior do qual o que passou precisa ser esquecido, caso ele não deva se tornar o coveiro do presente, seria preciso saber exatamente qual é o tamanho da força plástica de um homem, de um povo, de uma cultura; penso esta força crescendo singularmente a partir de si mesma, transformando e incorporando o que é estranho e passado, curando feridas, restabelecendo o perdido, reconstituindo por si mesma as formas partidas. Há homens que possuem tão pouco esta força que, em uma única vivência, em uma única dor, frequentemente mesmo em uma única e sutil injustiça, se esvaem incuravelmente em sangue como que através de um pequenino corte; por outro lado, há homens nos quais os mais terríveis e horripilantes acontecimentos da vida e mesmo os atos de sua própria maldade afetam tão pouco que os levam em meio deles ou logo em seguida a um suportável bem-estar e a uma espécie de consciência tranquila. Quanto mais a natureza mais íntima de um homem tem raízes fortes, tanto mais ele estará em condições de dominar e de se apropriar também do passado.[354]

O que está proposto nessa passagem da *Segunda consideração intempestiva* é que apenas o homem que sabe lembrar no tempo

354 NIETZSCHE, 2003b, p. 10.

certo e esquecer no tempo certo[355] alcança uma relação de vigor com seu próprio presente. A *força plástica* de Martim pode ser medida justamente por sua capacidade de se lembrar no tempo certo e de se esquecer no tempo certo. As feridas de seu passado e toda a adversidade são reformuladas e vistas de um modo diferente pelo personagem. No centro da desventura, ele consegue reconstruir as formas partidas de sua vida: "Tudo lhe fora dado, sim. Mas desmontado e aos pedaços."[356] Ele altera seu passado, trazendo à tona, não mais o crime, a suposta traição da esposa ou qualquer outro infortúnio, mas, ao contrário, o desejo de bem-estar, que alcança livre de culpas e ressentimentos. Como se faz um homem? Quando um homem se torna um herói? Essas perguntas indiretas do romance são respondidas pelo próprio personagem e talvez tenham uma mesma resposta: um homem se torna homem e se torna herói quando deixa suas culpas e ressentimentos no passado e então pode dizer que tem fome, fome de "pertencer a seus próprios passos e não aos do passado."[357] Ou, ainda, um homem se torna um homem e, portanto, um herói, quando vai "ao encontro, simultaneamente, da sua dor suprema e da sua esperança suprema."[358]

O nascimento do herói Martim se inicia pela recusa de seu crime, pela renúncia do passado, pela rejeição a ser um culpado. Esquecer significa especialmente, no contexto particular de *A*

355 NIETZSCHE, 2003b, p. 11.
356 LISPECTOR, 1999c, p. 141.
357 LISPECTOR, 1999c, p. 118.
358 NIETZSCHE, 2001, p. 185.

maçã no escuro, rejeitar a acusação, recusar a culpa: tornar-se um culpado-inocente[359].

> A verdade é que o homem com sabedoria abolira os motivos. E abolira o próprio crime. Tendo certa prática de culpa, sabia viver com ela sem ser incomodado. Já cometera anteriormente os crimes não previstos pela lei, de modo que provavelmente considerava apenas dureza da sorte ter há duas semanas executado exatamente um que fora previsto. Uma boa educação cívica e um longo treinamento de vida o haviam adestrado a ser culpado sem se trair, *não seria uma tortura qualquer que faria com que sua alma se confessasse culpada*, e muito seria necessário para fazer um herói finalmente chorar. E quando isso acontece é um espetáculo deprimente e repugnante que não suportamos sem nos sentirmos traídos e ofendidos: quem nos representa é imperdoável. Acontece que, por circunstâncias especiais, em duas semanas aquele homem *se tornara um duro herói: ele representava a si mesmo. A culpa não o atingia mais.*[360]

A passagem acima deixa claro que, juntamente à questão do esquecimento, desenvolve-se na escrita de Clarice uma reflexão sobre a culpa[361]. Vale ressaltar que a temática da culpa perpassa

---

359 LISPECTOR, 1999c, p. 129.

360 LISPECTOR, 1999c, p. 35-36. Grifos meus.

361 Dois textos de Clarice se destacam quanto à preocupação com a perspectiva da culpa. O primeiro é "Observações sobre o direito de punir", escrito pela ficcionista quando ainda era uma jovem estudante de Direito. Nesse primeiro texto, ela declara que "não há direito de punir. Há apenas poder de punir. O homem é punido pelo seu crime porque o Estado é mais forte que ele; a guerra, grande crime, não é punida porque se acima dum homem há os homens

vários textos da escritora, não sendo uma particularidade de *A maçã no escuro*, apesar de ser possível dizer que ela é trabalhada de maneira mais demorada nesse romance. Um dos grandes passos no percurso de Martim é abandonar o passado, não apenas renunciando ao gesto violento de cometer um crime, mas, sobretudo, repudiando o sentimento de culpa. O personagem passa por um aprendizado em que a culpa deixa de fazer parte de sua vida, assim como o ressentimento ou qualquer outro afeto reativo que possa impedir o pleno exercício da vida. Nietzsche observa, na *Genealogia da moral*, empregando seu método genealógico, que "a gestação do mundo humano, a geração dos seus atributos chamados *espirituais*, decorrem de métodos bárbaros."[362] Assim, atributos humanos como a consciência e a memória – que Nietzsche caracteriza, ironicamente, como "coisas boas" – nascem, na verdade, de

acima dos homens nada mais há. E não há direito de punir porque a própria representação do crime na mente humana é o que há de mais instável e relativo [...]" (LISPECTOR, 2005, p. 45). O segundo texto é a crônica "Pertencer", cujo tema esbarra de maneira mais forte com a questão da culpa. Nela podemos ler: "[...] fui preparada para ser dada à luz de modo tão bonito. Minha mãe já estava doente, e, por uma superstição bastante espalhada, acreditava-se que ter um filho curava uma mulher de uma doença. Então fui deliberadamente criada: com amor e esperança. Só que não curei minha mãe. E sinto até hoje essa carga de culpa: fizeram-me para uma missão determinada e eu falhei. Como se contassem comigo nas trincheiras de uma guerra e eu tivesse desertado. Sei que meus pais me perdoaram por eu ter nascido em vão e tê-los traído na grande esperança. Mas eu, eu não me perdoo." (LISPECTOR, 1999a, p. 111). Assim, no primeiro texto, Clarice mostra que o próprio estatuto do crime é algo instável, a depender de quem julga e a partir de que fundamento. No segundo texto, sob uma perspectiva autobiográfica, a autora fala da relação de um sujeito com seu sentimento de culpa. No entanto, se, por um lado, a escritora se mostra como alguém que sofre de uma culpa, na mesma crônica, "Pertencer", Clarice aponta para sua escritura como meio de rejeitar ou transfigurar essa culpa.

362 BARRENECHEA, 2006, p. 36.

métodos violentos[363], são criados por intermédio de muito sangue e dores insuportáveis. É o que sugere o fragmento supracitado de *A maçã no escuro*, em que o narrador diz que, por meio de uma tortura, pode surgir também o sentimento de culpa.

Para Nietzsche, a memória e, por extensão, a consciência, a culpa e outras "coisas afins" são uma espécie de infortúnio que acometeu o animal homem.

> Como fazer no bicho-homem uma memória? Como gravar algo indelével nessa inteligência voltada para o instante, meio obtusa, meio leviana, nessa encarnação do esquecimento? [...] Esse antiquíssimo problema, pode-se imaginar, não foi resolvido exatamente com meios e respostas suaves; talvez nada exista de mais terrível e inquietante na pré-história do homem do que a sua *mnemotécnica*. "Grava-se algo a fogo, para que fique na memória: apenas o que não cessa de *causar dor* fica na memória" – eis um axioma da mais antiga (e infelizmente mais duradoura) psicologia da terra. Pode-se mesmo dizer que em toda parte onde, na vida de um homem e de um povo, existem ainda solenidade, gravidade, segredo, cores sombrias, *persiste* algo do terror com que outrora se prometia, se empenhava a palavra, se jurava: é o passado, o mais distante, duro, profundo passado, que nos alcança e que reflui dentro de nós, quando nos tornamos "sérios". Jamais deixou de haver sangue, martírio e sacrifício, quando o homem sentiu a necessidade de criar em si uma memória.[364]

363 Cf. BARRENECHEA, 2004, e GIACOIA JÚNIOR, 2004.
364 NIETZSCHE, 1998b, p. 50-51.

Miguel Angel Barrenechea salienta que o que "é considerado um privilégio, a marca da superioridade humana no reino animal, é entendido por Nietzsche, ao longo de sua obra, como uma deficiência, uma imperfeição, o sintoma mais claro da penosa situação humana, de sua precária condição."[365] Assim, a memória, a culpa, a consciência e outros mecanismos que fazem do homem um animal que pode prometer, fazem dele também um animal que se encontra numa situação de precariedade e cujo estar no mundo é constituído por sentimentos e atitudes reativas, que o inibem e colaboram para seu enfraquecimento. É contra esses sentimentos reativos, como a culpa e o ressentimento, que Martim investe sua força. A escrita de Clarice, se for aceita em seu jogo, nos coloca justamente num lugar de suspeita[366] em relação à validade desses sentimentos reativos, tidos como componentes de civilização.

Martim parece ser um homem que rechaça o ressentimento, o instinto de vingança e a culpa. Em certa passagem do romance, quando ele entra em um depósito, as flores incandescentes o fazem ter um pensamento de força. "Ali era como um estábulo e pessoas se tornavam mais lentas e maiores como animais que não se acusam nem se perdoam."[367] O personagem busca, durante sua travessia, a construção de si mesmo, esse modo de se relacionar com o mundo mais próximo de um ponto de vista animal. Lidar com a temporalidade, com as coisas do mundo e consigo mesmo a partir do prisma do animal, assim como ressalta Nietzsche, é um

365 BARRENECHEA, 2006, p. 30.

366 "Sua própria coragem deixou-o então desconfiado. Ele se suspeitava." (LISPECTOR, 1999c, p. 135).

367 LISPECTOR, 1999c, p. 163.

modo de nos acercarmos de nossa grande saúde, de um estar no mundo que pode suplementar nossa força. Esse sentimento faz de Martim um homem que não se volta contra seu passado, que não se entrega ao ressentimento ou à culpa, mas que transforma aquilo que foi em um *assim eu o quis*, ou ainda, em um *assim eu vou eternamente querer*[368], elegendo, portanto, uma *memória da vontade*.

Ao se colocar contra o ressentimento e a culpa, Martim consegue *amar o mundo* tal como ele é, sem sentir uma vontade de se vingar do real, de si mesmo, dos acontecimentos, mas apenas abençoando-os[369]. Ele se volta para o passado, agora se lembrando de seu filho, e essa lembrança ativa faz com que ele se veja dentro de uma instância afirmativa.

> E com o filho, o amor pelo mundo o assaltara. Ele agora se comovia muito com a riqueza do que existe, se comovia com ternura para consigo mesmo, tão vivo e potente que ele era! tão bondoso que ele era! forte e musculoso! "sou uma dessas pessoas que compreendem e perdoam!", era isso mesmo o que ele era, sim, emocionado, com saudade do filho. O sol parado ia se aprofundando cada vez mais dentro dele, o amor por si mesmo deu-lhe uma grandeza que ele não pôde mais conter e que lhe tirou o resto do pudor. Junto da água faiscante nada lhe parecia impossível. Agora que, como primeiro passo, chegara através do filho àquele ponto

368 Cf. NIETZSCHE, 1998a.

369 François Zourabichvili (2006), no ensaio "Sobre a sentença de Nietzsche: 'É preciso deixar a vida tal como Ulisses a Nausícaa – antes abençoando-a do que apaixonado por ela'", observa a força que o desapego e a afirmação ocupam na filosofia de Nietzsche.

em que dor se mistura com feroz alegria, a alegria era dolorosa, pois esse ponto rápido devia ser o aguilhão da vida e o encontro dele consigo mesmo [...].[370]

Comovido pela riqueza do que existe, Martim consegue o mais difícil: entregar-se ao instante[371], viver sem uma lembrança reativa, sem a culpa e sem nenhum ressentimento. Essa entrega ao mundo, ao *instante-já* que se abre para o inaudito da vida, permite ao personagem se sentir potente. Ele se torna um homem; por um momento, um homem com mais energias, com vontade de viver. Ainda que o instante se faça pela mistura de dor e alegria, ele sabe que "descortinar" a vida significa aceitar e querer aquilo que o instante pode nos dar: o risco, o imprevisível, a ferocidade da vida e do encontro consigo mesmo e, portanto, o encontro com uma alegria dolorosa. Ao se ver nesse presente, no instante em que cada dor se mistura a cada alegria, Martim entende que ele é "esse homem que pela primeira vez se dava conta, não apenas por ouvir dizer, mas inquietantemente de primeira mão. Ele era exatamente esse homem. Estranhou-se então com o modo arrebatado de se reconhecer. Acabara de decidir ser, não um outro, mas esse homem."[372] Martim então se reconhece como o homem que ousa esquecer e que desafia o medo de se instalar de maneira perigosa no instante[373].

---

370 LISPECTOR, 1999c, p. 166.

371 LISPECTOR, 1998d, p. 49.

372 LISPECTOR, 1999c, p. 115.

373 "Tenho um pouco de medo: medo ainda de me entregar pois o próximo instante é o desconhecido. O próximo instante é feito por mim? Ou se faz

3.2 A potência da solidão

> *Sim, minha força está na solidão. Não tenho medo nem de chuvas tempestivas nem de grandes ventanias soltas, pois eu também sou o escuro da noite.*
>
> Clarice Lispector

Depois de analisar a *força plástica* do esquecimento que se inscreve na escritura de Clarice Lispector, podemos agora observar a solidão, que atua também como elemento estruturador em seus textos[374]. A solidão está presente, de diferentes modos, em quase todos os textos da autora. Do lançamento de *Perto do coração selvagem* à publicação de *A hora da estrela*, no final da década de 1970, passando ainda pelos escritos póstumos, a solidão parece ser uma constante no *corpus* da ficcionista. Isso levou grande parte da crítica a conceber a literatura de Clarice como irremediavelmente marcada pelo signo da solidão[375]. Na crônica "Solidão e falsa solidão", a escritora cita Thomas Merton para refletir sobre o sentido da "verdadeira solidão". Para o autor mencionado, a solidão é necessária tanto para o indivíduo quanto para a sociedade e a

sozinho? Fazemo-lo juntos com a respiração. E com uma desenvoltura de toureiro na arena." (LISPECTOR, 1998d, p. 9).

374 Silviano Santiago (2004) afirma que a solidão constitui um dos três mais salientes temas da ficção de Clarice, junto com a liberdade e a felicidade.

375 Roberto Schwarz (1981, p. 56), em ensaio intitulado "Perto do coração selvagem", observa que o primeiro romance de Clarice é atravessado pela questão da solidão. Ele nota que Joana "experimenta solidão em face dos outros e de si mesma". Acredito que Martim, assim como outras personagens claricianas, como G.H., Lóri e Rodrigo S. M., pertence à estirpe de Joana, a de um sujeito solitário, que experimenta a solidão diante do confronto intersubjetivo, mas, sobretudo, a solidão diante de si mesmo.

verdadeira solidão é a que faz com que o indivíduo se diferencie da multidão[376].

A epígrafe[377] escolhida para o romance *Perto do coração selvagem* já é, de certo modo, um testemunho dessa escritura abalizada pela solidão. Tanto a epígrafe como o próprio título remetem o leitor para a reflexão sobre o lugar que a solidão ocupará na obra. A protagonista Joana precisa se construir a partir dessa solidão, que não pode ser amenizada pelo pai, pela mãe, pelo marido, por ninguém. "E ela, solitária como o tique-taque de um relógio numa casa vazia. Esperava sentada sobre a cama, os olhos engrandecidos, o frio da madrugada próxima atravessando-lhe a camisa fina. Sozinha no mundo, esmagada pelo excesso de vida, sentindo a música vibrar alta".[378] De modo análogo, Lóri, a protagonista de *Uma aprendizagem ou O livro dos prazeres*, também se encontra no grande centro de si mesma. Ela constata que se tornar um ser humano significa compreender que, em determinada medida, a solidão é inerente a nossa condição, "o humano é só"[379].

Essas personagens de Clarice – assim como Martim e G.H., para nos atermos a alguns exemplos apenas – percebem, aos poucos, que a solidão é uma *força plástica* que pode ajudar o homem na construção de si mesmo, no encontro consigo e na afirmação

---

376 LISPECTOR, 1999a, p. 202.

377 Clarice Lispector (1998c) usa como epígrafe de seu romance uma passagem de *A portrait of the artist as a young man*, de James Joyce: "Ele estava só. Estava abandonado, feliz, perto do selvagem coração da vida". É também dessa epígrafe, por sugestão de Lúcio Cardoso, que surge o título do primeiro romance de Clarice.

378 LISPECTOR, 1998c, p. 138.

379 LISPECTOR, 1998a, p. 74.

da vida. À medida que essas personagens se afastam do ordinário e dos outros, podem ter um embate consigo mesmas, com o lado menos vulgar de si mesmas. Num gesto de coragem, elas saem dos terrenos comuns e se lançam em zonas de criação, onde podem experimentar o inaudito, aquilo que de outro modo ficaria sufocado pelo medo de se entregarem ao obscuro de si mesmas. Elas, portanto, se realizam, exercem sua força e sua superabundância de vida; quando impulsionadas pela própria força, conseguem sentir que "a trajetória somos nós mesmos"[380]. Efetuar um trajeto significa para cada homem colocar-se na passagem/paisagem consigo mesmo, ser "o único próprio ponto de partida"[381]. Em suma, é deixar para trás as multidões e tornar-se "o centro do grande círculo, e o começo apenas arbitrário de um caminho"[382].

A história de Martim é justamente a de um homem que se afasta da multidão, do rebanho, das massas. Nesse sentido, é possível aproximar tal personagem de Clarice à figura de Zaratustra[383]. As palavras de Nietzsche, em *Ecce homo*, poderiam ter sido ditas tanto por Martim como por Zaratustra: "tenho necessidade de solidão, quer dizer, recuperação, retorno a mim, respiração de ar livre, leve, alegre..."[384] A solidão aparece aqui como possibilidade de convalescença, como meio de se alegrar com o instante, fazendo

380 LISPECTOR, 1964, p. 23.

381 LISPECTOR, 1999c, p. 23.

382 LISPECTOR, 1999c, p. 23.

383 Cláudia Nina (2003), em *A palavra usurpada*: exílio e nomadismo na obra de Clarice Lispector, faz uma aproximação entre Martim e Zaratustra, tomando como fio condutor a questão do nomadismo, do exílio e da errância.

384 NIETZSCHE, 2008a, p. 31.

dele um espaço de restauração das forças necessárias para a afirmação da existência. Se Nietzsche declarou ser seu Zaratustra "um ditirambo à solidão"[385], creio não ser exagero dizer que também Clarice, em *A maçã no escuro*, exalta a solidão, concebida como um estado potencial de revigoramento e encontro consigo mesmo. Tal encontro acontece, nesse romance clariciano, por meio da metáfora da montanha. A partir do momento em que o protagonista comete seu crime, ele foge de tudo e de todos, afasta-se do ordinário e se direciona para o alto. Seu caminho é "escalar uma montanha", chegar ao ponto mais alto, onde é possível ver por outra perspectiva. A imagem de tal perspectiva aparece já na abertura do romance.

> Algumas árvores haviam ali crescido com enraizado vagar até atingir o alto das próprias copas e o limite de seu destino. Outras já haviam saído da terra em bruscos tufos. Os canteiros tinham uma ordem que procurava concentradamente servir a uma simetria. Se esta era discernível do alto da sacada do grande hotel, uma pessoa estando ao nível dos canteiros não descobria essa ordem; entre os canteiros o caminho se pormenorizava em pequenas pedras talhadas.[386]

A partir da perspectiva proporcionada pelas alturas, Martim começa a sentir a dimensão da solidão na vida de um homem. Em várias passagens de *A maçã no escuro* encontramos a metáfora do homem solitário, que se afasta dos outros em direção a um lugar que o eleva ao encontro e embate consigo mesmo. Do mesmo modo,

385 NIETZSCHE, 2008a, p. 31.
386 LISPECTOR, 1999c, p. 13.

essas imagens são recorrentes em *Assim falou Zaratustra*, levando Bachelard a falar de um "psiquismo ascensional"[387] em Nietzsche. Essa ideia de ascensão parece constituir a figura de Martim: a ascensão como gesto de se colocar só. Perto do ar, nas alturas, onde todo peso pode ser deixado para trás. No capítulo "Da árvore no monte", Zaratustra tem um diálogo com um jovem e aparece um primeiro adágio que nos ajuda a pensar a questão da solidão ligada à ideia de ascensão. Nessa passagem, como Martim, ele observa árvores que crescem a partir de si mesmas, tateando as alturas.

> "Eu me transformo demasiado depressa: o meu hoje refuta o meu ontem. Pulo, amiúde, os degraus, ao subir – e isto nenhum degrau me perdoa.
> Se estou no alto, acho-me sempre só. Ninguém fala comigo, o gelo da solidão me faz tremer. Que pretendo no alto, afinal?
> Como me envergonho do meu subir e tropeçar! Como escarneço o meu violento arquejar! Como odeio quem voa! Como me sinto cansado, no alto!"
> Calou-se, nesse ponto, o jovem. E Zaratustra contemplou a árvore, junto da qual estavam, e falou assim:
> "Esta árvore ergue-se solitária, aqui, no monte; cresceu muito, sobre-excedendo homens e animais.
> E se quisesse falar, não acharia ninguém que a compreendesse: tamanha altura atingiu."[388]

387 Cf. BACHELARD, 2001.
388 NIETZSCHE, 1998a, p. 68-69.

Sente-se solitário o homem que se arrisca a crescer a partir de seu próprio centro e a se tornar autossuficiente[389], que pode desenvolver suas inclinações e não se entregar com facilidade aos valores dos outros. Em volta dele, existe um silêncio positivo e negativo, uma ausência de comunicação, ele se torna mudo por não conseguir falar a língua dos outros ou por não ter quem compreenda a sua. Sua língua é expatriada[390], já que é a língua do homem em constante peregrinar, daquele que consegue mudar a cada dia. Martim experimenta pela primeira vez esse sentimento de como é estar num ponto isolado, no alto de uma montanha, de poder "descortinar" o mundo, vê-lo por outra perspectiva. "Havia uma gravidade em estar ali que ele próprio não compreendia. Mas a cujo sentido desconhecido ele correspondeu com o rosto que um homem tem quando o vento e o silêncio lhe batem no rosto. De algum modo, pois, não era mentira!"[391] Depois de caminhar muito, subindo sem cessar, ele se encontra no coração de alguma coisa que não pode nomear.

> Porque, vacilante de cansaço, ele ali estava de pé como se um homem tivesse uma profecia dentro de si. De pé, com as pernas enraizadas de cansaço, com uma trêmula avidez dentro de si como um homem que vai aprender a ler. E à beira

---

389 "O que fez com certo orgulho, de cabeça erguida. Em duas semanas tinha recuperado um orgulho natural e, como uma pessoa que não pensa, tornara-se autossuficiente." (LISPECTOR, 1999c, p. 23).

390 Cf. SOUSA, 2004, p. 146. "Situando-se numa zona de fronteira, a literatura de Clarice implica a exclusão de qualquer tipo de hierarquizações e propõe a instauração de um espaço de errância: não ser de nenhum lugar ou amplamente existir numa gravitação que é todos os lugares."

391 LISPECTOR, 1999c, p. 52-53.

> de sua mudez, estava o mundo. Essa coisa iminente e inalcançável. Seu coração faminto dominou desajeitado o vazio. Era um tempo surpreendente. O homem afortunadamente nem sequer tentou compreendê-lo. Talvez o que houvesse nele fossem apenas ecos do que ouvira dizer: "que do alto de uma montanha a gente descortina".[392]

Mas o que, afinal, Martim descortina? Ele parece entrever que um homem precisa de sua solidão. Um homem compreende melhor a si e ao mundo quando se dá o direito de arriscar tudo e começar um novo caminho, quando percebe que cada instante é a abertura para construir o irrealizável. Do alto de uma montanha é possível colocar-se de pé, fazer-se homem e sentir-se livre, como um andarilho que tem por companhia apenas sua própria sombra. Esse movimento de errância[393], que caracteriza a escritura de Clarice e faz parte do estilo de Martim, coloca o personagem em questão num lugar privilegiado para descortinar as coisas do mundo, ou seja, num andamento cujos matizes permitem sua epifania. Essa revelação acontece à medida que ele, Martim, se isola para travar um embate com seus valores, pensamentos e sentimentos.

O vento e o silêncio desse lugar de solidão fazem Martim iniciar sua compreensão de que todo homem é só, ou de que cada homem precisa da sua solidão. Apenas o homem que inaugura o movimento de errância rumo a si mesmo pode construir seus valores e transvalorar outros. Escalar a montanha que abre pers-

392 LISPECTOR, 1999c, p. 52-53.

393 NUNES, 2004, p. 293.

pectivas diferentes parece ser um dos passos mais importantes da trajetória de Martim. Do alto dessa montanha ele consegue ter uma "perspectiva de pássaro"[394], um ponto de vista que permite agir sobre as coisas. Tal perspectiva possibilita a Martim começar seu trabalho de reconstrução. Ele pinta uma nova paisagem dentro de si mesmo, o que, como diz Nietzsche, só pode acontecer se pairamos acima da paisagem que queremos recriar: "Não há como pintar essa paisagem, a menos que se paire acima dela como um pássaro. Aqui a chamada 'perspectiva de pássaro' não é um capricho de artista, mas a única possibilidade"[395]. Para rever seu passado, superar tudo que se tornou, Martim se coloca acima daquilo que constitui sua própria paisagem, se afasta daquilo que antes ele foi.

A partir dessa perspectiva Martim sente que estar só consigo mesmo também é um modo de se ultrapassar. Entender que a vida de um homem é maior que ele mesmo. "Ele mesmo, aos poucos, tornou-se mais do que um homem sozinho. Fizera-se um desgastamento de seus conhecimentos anteriores, e, quanto a palavras, ele meramente as conhecia como pessoa que tivesse adoecido delas."[396] Ultrapassar-se significa, em alguns termos, ter a capacidade de se desprender do passado, das palavras criadoras de doenças dentro do homem; de se livrar de todo um universo desprovido da alegria de se ver como um andarilho que pode percorrer um caminho diferente a cada dia, viajante que pode escalar uma montanha e compreender sua grandeza, a grandeza advinda do desafio de se tornar aquilo que se é.

394 NIETZSCHE, 2008b, p. 228.

395 NIETZSCHE, 2008b, p. 228.

396 LISPECTOR, 1999c, p. 108.

> Entendendo-se, afinal, uma calma enorme dominou o homem. Não o espantou sequer a enormidade insensata de seus propósitos. Uma vez que destruíra a ordem, ele nada mais tinha a perder, e nenhum compromisso o comprava. Ele podia ir ao encontro de uma ordem nova. Então, espantado, ele se indagou se algum homem fora alguma vez tão livre como ele estava agora. Depois do que ficou calmo. Não porque estivesse calmo: na verdade seu corpo tremia. Mas porque, de agora em diante, e a começar deste próprio instante, ele teria que ser calmo e incrivelmente astuto para conseguir se acompanhar e acompanhar a rapidez com que teria que agir. Tinha que ser calmo. Agora que alcançara na montanha a própria grandeza – a grandeza com que se nascia.[397]

Do alto de uma montanha um homem está só. Desse ponto, ele pode entrever sua grandeza. A grandeza de um homem consiste, em certa medida, no fato de ele aceitar que cada um nasce com sua própria solidão, uma solidão a partir da qual podemos criar aquilo que desejamos. A solidão, assim, pode ser entendida como uma potência, uma *força plástica*, que faz o homem descobrir aquilo que ele se tornou e pode se tornar. Enfrentando seu medo, Martim descobre, do alto da montanha, que é preciso que um homem, para se fazer homem, seja um artesão solitário. Em outras palavras, "ser um homem fora alguma coisa sem aplicação. Mas grandeza de que ele agora enfim precisava como instrumento. Pela primeira vez Martim precisava profundamente de si mesmo"[398]. Martim não

397 LISPECTOR, 1999c, p. 136.
398 LISPECTOR, 1999c, p. 136.

apenas precisa de si mesmo, mas também precisa lutar consigo mesmo para, nesse embate, estabelecer novas formas de ser, agir e sentir. Instituir uma nova ordem num mundo em que as palavras, os outros, cada coisa que existe e ele próprio ganhem uma dimensão alegre e afirmativa. A solidão do personagem clariciano, desse modo, pode ser vista como uma espécie de *agon*[399], que perpassa toda a escritura do romance.

Existe em *A maçã no escuro* um campo de forças que se digladiam, uma adversidade entre esquecimento e lembrança, comunhão e solidão, criação e destruição. Esses pares não se opõem, mas travam embates contínuos, que podem ser observados na própria solidão de Martim. O personagem compreende que uma de suas lutas precisa ser consigo mesmo e talvez seja a maior de todas. Essa luta com sua própria solidão será responsável por fazer dele um criador, e, portanto, precisa ser algo que se aceita a cada instante. "Sentou-se enfim na cama. E num plano frio e calculado resolveu que sua primeira luta devia ser consigo mesmo."[400] Ao aceitar essa luta, Martim expressa seu desejo de destruir totalmente seu antigo modo de ser. Mais que isso, ele realiza um gesto de coragem próprio ao homem que aceita perder seus fundamentos para, a cada dia, construir novos valores, novos modos de sentir e de se relacionar consigo e com os outros.

---

399 Cf. o ensaio de Michèle Cohen-Halimi (2008), "Nietzsche e a volta do *agon*". Nele, a autora observa que a filosofia nietzschiana foi construída sob o signo do *agon*, luta travada pelo confronto de pensamentos. Acredito que a escritura de Clarice Lispector também confere um espaço privilegiado ao *agon*, e seu personagem Martim é um dos representantes mais acabados do homem que, solitário, duela consigo mesmo no momento de pensar, criar e viver.

400 LISPECTOR, 1999c, p. 137.

Viviane Mosé, em *O homem que sabe*, fala do conceito de *agon*, que surgiu na Grécia Antiga e que, para Nietzsche[401], é uma das mais altivas ideias gregas e "um dos fundamentos de sua ética"[402].

> O *agon* é uma luta na qual não há trégua nem fim; como é preciso que a luta perdure, para que as diferentes forças da vida se manifestem, os lutadores não podem chegar a um acordo; o que seria uma trégua, e nenhum deles pode ser aniquilado pelo outro, o que significaria o fim do combate. O combate não pode nem se tornar um extermínio, nem se resolver por meio de um acordo, ele deve se manter, de modos distintos e diversos, em prol da conquista em si mesma, ou seja, do engrandecimento da vida, que é uma luta constante. Por isso, mais do que ganhar ou perder, era preciso jogar, lutar. Se as forças são deixadas livres, preponderа a violência, mas se são rejeitadas, anuladas, predomina a passividade, a covardia. Por isso, estimular a força é o alvo, mas, ao mesmo tempo, é preciso construir diferentes espaços onde estas forças possam se manifestar.[403]

A literatura de Clarice é uma forma de *agon*. Sua escritura se baseia nessa luta constante entre forças que se digladiam e que nunca cessam a disputa. Em *A maçã no escuro*, assim como em outros textos, o personagem protagonista também trava uma luta consigo mesmo. Martim pode ser visto como um herdeiro de

---

401 Cf. NIETZSCHE, 2007b, 1995. Nietzsche desenvolve a questão do *agon* no texto "A disputa de Homero", inserido no livro *Cinco prefácios para cinco livros não escritos*, e no livro *A filosofia na época trágica dos gregos*.

402 MOSÉ, 2011a, p. 87.

403 MOSÉ, 2011a, p. 86-87.

Joana, de *Perto do coração selvagem*, e um precursor de outras personagens que seriam criadas tempos depois, como G.H., Lóri e Rodrigo S. M. Se é certo que a escritura de Clarice é atravessada ou constituída pelo *agon*, no caso particular de Martim, essa luta parece se afirmar e ganhar contornos mais fortes, à medida que o personagem trava um embate consigo mesmo. É na sua solidão e a partir dela que Martim pode viver seus momentos de maior adversidade e, por meio dessa adversidade, construir um novo mundo, perceber sua grandeza, afirmar de modo alegre seu passado, seu presente e entrever com olhos assertivos seu futuro. "O largo futuro que tinha começado desde o começo dos séculos e do qual é inútil fugir, pois somos parte dele, e 'é inútil fugir porque alguma coisa será', pensou o homem bastante confuso. E quando for – oh como poderia se explicar diante de uma manhã tão inocente?"[404]

Com a inocência de quem se entrega ao instante e faz da própria solidão um espaço onde sua *força plástica* pode se manifestar de modo mais intenso, Martim vai, aos poucos, compreendendo que cada dia é um novo tempo de lutar consigo mesmo. A cada instante, a vida se apresenta como abertura e imperativo para a disputa. Desse modo, ele sente que mesmo para compreender/descortinar o mundo precisa-se da solidão, "compreender podia se tornar um pacto com a solidão"[405]. Martim faz um pacto com sua solidão e compreende o mundo e a si mesmo, quando consegue se livrar dos valores, das ideias e das palavras alheias e passa a lidar com a construção de suas representações. Nesse sentido podemos

404 LISPECTOR, 1999c, p. 148.
405 LISPECTOR, 1999c, p. 148.

dizer que "o itinerário de Martim pode ser concebido como uma errância fora da linguagem comum"[406]. Assim como Zaratustra, que goza de "seu próprio espírito e solidão"[407], o personagem de Clarice sai do mundo abafado das multidões em direção ao ar puro das montanhas, em uma metáfora do sujeito que se coloca a sós consigo mesmo para reconstruir seu próprio mundo. É como se Martim ouvisse a convocação de sua própria solidão.

> Foge para a solidão, meu amigo! Vejo-te atordoado pelo alarido dos grandes homens e picado pelo ferrão dos pequenos. Dignamente sabem calar-se, contigo, a floresta e o rochedo. Volta a parecer-te com a árvore que amas, a de ampla ramagem: silenciosa e à escuta, debruça-se sobre o mar.
> Onde cessa a solidão, ali começa a feira; e, onde começa a feira, também começa o alarido dos grandes comediantes zunindo moscas venenosas.[408]

Se pudéssemos criar aqui um encontro ficcional, seria coerente uma situação em que Martim escuta a recomendação de Zaratustra, "Foge, meu amigo, foge para a tua solidão e para lá onde sopra um vento rude e vigoroso"[409]. O itinerário de Martim é realizado a partir dessa fuga dos homens grandes e pequenos, da fuga em direção a si mesmo, para um lugar onde tudo pode ser mais vigoroso e onde, com calma e solidão, ele pode se encontrar.

406 NUNES, 2004, p. 295.
407 NIETZSCHE, 1998a, p. 33.
408 NIETZSCHE, 1998a, p. 77-78.
409 NIETZSCHE, 1998a, p. 80.

Tal encontro é também um encontro com o silêncio: solidão e silêncio[410] parecem ser correlatos na escritura de Clarice Lispector e, de modo particular, em *A maçã no escuro*. Basta pensarmos que grande parte do romance é a construção de um homem solitário, que, abandonando seu passado, tudo o que tinha, decide criar um mundo inaudito, uma nova vida. A solidão de Martim também faz dele um homem silencioso, um exemplo de nossa condição humana, a condição trágica que não se pode nomear.

> 'No ponto em que estou, mudo e cansado, tenho nojo de contorções de alma e nojo de palavras', pensou ele. No ponto em que estava, estava grande e com as mãos cheias de calos, e a alma é grande, as árvores são grandes. O sol era grande e a terra extensa. Só faltava mesmo uma outra raça de homens e mulheres – a raça que ele criaria, se pudesse. Com súbita brutalidade, o homem achou que viver era o único pensamento que se pode ter, e que o resto eram apenas palavras de mulheres como Vitória, e viver era a conquista máxima e era o único modo de responder com dignidade a uma árvore alta. Pois, lembrando-se da nobre decência que havia no seu terreno terciário, naquele momento foi assim que Martim se quis.[411]

---

410 Cf. MARTON, 2010. Em ensaio intitulado "Silêncio, solidão", Scarlett Marton investiga as relações entre o silêncio e a solidão na obra de Nietzsche, ressaltando esse par de elementos como aspecto central nos livros *Ecce homo* e *Assim falou Zaratustra*, bem como na filosofia de Nietzsche. Buscamos argumentar aqui que a escritura de Clarice também é constituída por uma zona na qual se fundem silêncio e solidão, o que aparece de modo marcante em *A maçã no escuro*, cujo protagonista Martim pode ser interpretado como o protótipo de um homem que cria a partir de seu silêncio e de sua solidão.

411 LISPECTOR, 1999c, p. 264.

Se a condição inerente ao homem é a de aceitar sua própria tragédia, talvez seja correto pensar que Martim, sua história, sua fuga, sua recusa, e, principalmente, seu silêncio apontam para o fato de que, diante da tragicidade da vida, pouco há que possa ser nomeado, pouco há que possa ser discutido. Diante da beleza cruel do próprio mundo, compete ao homem também um gesto de silêncio solitário que não faz mais que apenas reconhecer. Reconhecer em silêncio e de modo solitário, o único modo. Enfrentando seus medos e lançado na escuridão, Martim compreende que o próprio silêncio corresponde ao modo como se deve estar no mundo, um modo alegre e afirmativo. Se é verdade que o mundo é um campo de forças, que atuam numa luta constante, a solidão e o silêncio de Martim são, por sua vez, formas de se colocar de modo revigorante nesse mundo.

Martim deseja criar uma "nova categoria". Criar um novo homem que pode, do alto de sua solidão, afirmar a vida como uma luta contínua. Superar a si mesmo e ultrapassar os valores e ideias estabelecidos como verdades absolutas. É na solidão e no seu silêncio que a personagem consegue criar uma verdade. Uma verdade que desestabiliza o que foi, o que é e abre novas possibilidades de futuro. Ele empreende a "tarefa de super-homem"[412]. Mas que significa ser um super-homem? Talvez seja exatamente o que Nietzsche diz com sua ideia de *além-do-homem*[413]. Significa ultrapassar, superar modos de agir, pensar e ser. "Foi ainda lá que recolhi, no caminho, a palavra super-homem e a convicção de que

412 LISPECTOR, 1999c, p. 217.

413 NIETZSCHE, 1998a, p. 236.

o homem é algo que deve ser superado – de que o homem é uma ponte e não um ponto de chegada e que cabe dizer-se feliz do seu meio-dia e crepúsculo como caminho para novas auroras"[414].

O crime de Martim culmina no seu isolamento, com um desejo de superar formas antigas e fundar novos modos e maneiras de ver o mundo, de se relacionar com os outros, de entender a linguagem. Nesse sentido, ele sente que é preciso viver perigosamente. A vida se constitui por uma parcela de perigo, de incertezas, por um estar à deriva. Sua história é, em grande medida, a de um homem que aceita a solidão e o silêncio que envolvem todo aquele que se arrisca a afirmar a vida na sua tragicidade e, portanto, no seu componente de perigo. "Ele tivera a coragem de jogar profundamente. Um homem um dia tinha que arriscar tudo. Sim, ele fizera isso"[415]. Para interpretar a situação de Martim, podemos convocar um trecho extenso, mas esclarecedor, de *Assim falou Zaratustra*, extraído do capítulo "Da visão do enigma". Nele, Zaratustra percebe, assim como o faz Martim, que a vida é constituída por esse componente de perigo[416].

414 NIETZSCHE, 1998a, p. 236.

415 LISPECTOR, 1999c, p. 130.

416 "Tão logo entre os tripulantes se soube que Zaratustra estava a bordo – pois um homem, vindo das ilhas bem-aventuradas, subira com ele para o navio – houve grande curiosidade e expectativa. Mas Zaratustra guardou silêncio durante dois dias, frio e surdo de tristeza, a tal ponto que não respondia nem a olhares nem a perguntas. Na noite do segundo dia, contudo, tornou a abrir os ouvidos, se bem que ainda se mantivesse calado: porque havia muita coisa estranha e perigosa para ouvir-se, nesse navio, que vinha de longe e rumava para ainda mais longe." (NIETZSCHE, 1998a, p. 190-191).

> Mas Zaratustra era amigo de todos os que empreendem longas viagens e não gostam de viver sem perigo. E eis que o escutar soltou-lhe a língua, rompendo o gelo de seu coração: – então, começou a falar assim:
>
> A vós, intrépidos buscadores e tentadores de mundos por descobrir, e quem quer que algum dia, com astuciosas velas, se embarcasse para mares temerosos –
>
> A vós, os ébrios de enigmas, os amigos do lusco-fusco, cuja alma é atraída com flautas para todo o enganoso sorvedouro, – pois não quereis, apalpando-o com mão covarde, seguir um fio que vos guie e, onde podeis *adivinhar*, detestais *inferir* –
>
> A vós somente como enigma que eu *vi* – a visão do ser mais solitário. –
>
> Sombrio, eu caminhava, recentemente, no lívido crepúsculo – sombrio e crispado, mordendo os lábios. Não apenas um sol se havia posto para mim.
>
> Uma senda, que subia obstinada por entre as pedras, uma senda má, solitária, sem mais o consolo nem de ervas nem de arbustos, uma senda alpestre rangia sob a obstinação do meu pé.
>
> Avançando silencioso sobre o escarninho rangido do cascalho, pisando em seixos que o faziam escorregar: assim forçava-se meu pé a subir.[417]

Martim, assim como Zaratustra, é um homem que se descobre como amante de perigos. Ele é um ser que empreende viagens e descobertas. Seu percurso é solitário, assim como o de cada homem que decide ultrapassar valores e modos de ser. Ele faz de sua

417 NIETZSCHE, 1998a, p. 190-191.

fuga uma grande viagem, um deslocamento geográfico e mental. Nessa viagem solitária, realiza descobertas e uma delas, talvez a primordial, é a de que cada homem pode criar a partir de sua solidão. Todo homem precisa se arriscar e produzir valores, transformar sua própria vida. Essa transformação significa um peregrinar que não tem fim. A todos os instantes, novos mundos se abrem para os olhos humanos. Cada gesto e cada ato representam uma nova abertura a infinitas possibilidades de prosseguir em seus passos. O homem solitário é aquele que, como Martim, aceita de bom grado os perigos e a adversidade, fazendo deles artefatos de sua força. Numa viagem, nem tudo pode ser apreendido, muitas paisagens continuam no obscuro, sucedem-se zonas de luz e outras de sombra. O viajante aprende que não pode saber tudo, precisa ir inventando cada coisa e aceitar que, nesse processo, algo lhe é dado a ver, mas algo deve permanecer no escuro. Tal compreensão permite ao homem incorporar cada evento e cada paisagem como aspectos afirmativos de sua existência.

A experiência do viajante solitário lhe permite sentir que a percepção dos trechos de sombra, enigmas, são privilégios de quem se arrisca na solidão. Um caminho de subida é sempre um esforço, mas só aquele que se sujeita a subir e não desiste antes do momento exato – aquele que sabe continuar na sua solidão e fazer dela uma *força plástica* – recebe a recompensa de chegar ao "topo" e poder ver por uma perspectiva aérea, uma perspectiva nova, que convida a afirmar de modo alegre e leve a existência. Ver de modo alegre, mas compreendendo que toda visão saudável precisa ser uma visão de soslaio, para que o mundo que se descortina aos nossos olhos não nos destrua com sua potência. Ver na medida em que ver significa também *não ver*, não conseguir desvendar totalmente o enigma apresentado. Martim percebe isso quando fala que nem tudo pode ser visto de frente. Sua fuga em direção a si mesmo o faz sentir que determinadas coisas precisam ser vistas no escuro; a escuridão se torna uma força, assim como a solidão.

> Porque as coisas não devem ser vistas de frente, ninguém é tão forte assim, só os que se danam é que têm força. Mas para nós a alegria tem que ser apenas um segredo, a natureza da gente é o nosso grande segredo, a alegria deve ser como uma irradiação que a pessoa jamais, jamais deve deixar escapar. Sente-se um estilhaço e não se sabe onde: é assim que tem que ser a alegria: não se deve saber por que, deve-se sentir assim: "mas que é que eu tenho?" – e não saber.[418]

O homem que consegue percorrer um caminho solitário também é capaz de encontrar sua alegria. Ele então percebe que a alegria própria do mundo – essa alegria que se sente ao subir uma montanha – precisa ser conhecida de modo secreto, como quem sente se protegendo do sentimento, sentindo sem saber. Sentir a alegria significa também ser capaz de ver cada paisagem como quem a ama e ainda assim a deixa para trás; significa ser o peregrino solitário que não se detém numa paisagem, mas que continua partindo, descobrindo novas paisagens e insistindo em seu caminhar. Como sugere Michel Onfray, esse peregrino é aquele homem com a consciência de que "tornaremos a partir, de que a recente

418 LISPECTOR, 1999c, p. 269.

viagem não será a última. A menos que a morte aproveite o trajeto para nos colher... A paixão da viagem não abandona o corpo de quem experimentou os venenos violentos do despaisamento, do corpo ampliado, da solidão existencial"[419]. Essa caracterização se aproxima da história de Martim, também ele um andarilho que descobre novos modos de viver e se relacionar com o mundo a cada instante. A solidão se torna a sua pátria[420]. Aqui mais uma vez é possível traçar um paralelo entre o discurso de Zaratustra e a leitura que se propõe de *A maçã no escuro*.

> Arder nas tuas próprias chamas, deverás querer; como pretendeis renovar-te, se antes não te tornasses cinza!
> Solitário, percorres o caminho de quem cria: um deus, queres criar para ti, tirando-o dos teus sete demônios!
> Solitário, percorres o caminho de quem ama: amas-te a ti mesmo e, por isso, te desprezas, como sabem desprezar somente os que amam.
> Criar, quer o que ama, porque despreza! Que sabe do amor quem não teve de desprezar, justamente, aquilo que amava!
> Vai para tua solidão com teu amor, meu irmão, e com a tua atividade criadora; e somente mais tarde a justiça te seguirá capengando.
> Vai para tua solidão com minhas lágrimas, meu irmão. Amo aquele que quer criar para além de si e, desastre, perece.[421]

---

419 ONFRAY, 2009, p. 109.

420 Cf. NIETZSCHE, 1998a, p. 220: "Ó solidão! Ó solidão, minha *pátria*! Tempo demais selvagemente vivi em selvagens terras estranhas, para não regressar sem lágrimas."

421 NIETZSCHE, 1998a, p. 91.

A solidão de Martim consiste, sobretudo, em se colocar na pátria do isolamento. Essa pátria, o lugar onde ele pode criar a si mesmo, reformular seu passado e se abrir para o presente e o futuro, é exatamente o espaço que se lhe abre e o ar puro que pode respirar, tendo escalado ele mesmo uma montanha, o terreno que ele conhece com seus próprios pés, caminhando até o topo. Tanto o romance de Clarice Lispector quanto o livro de Nietzsche parecem apontar para lugares similares, os lugares do trágico: espaços em que cada homem precisa reconstruir a si mesmo, criar a partir de sua solidão essencial, respirando um ar que lhe envolve e que lhe fortifica, fazendo de si mesmo uma obra de arte. Aqui a *força plástica* da solidão se articula com outro aspecto que constitui a filosofia trágica de Nietzsche e perpassa a escritura de Clarice: a *força da criação*, que Martim sente dentro de si ao se isolar do mundo. Ao se afastar dos homens medíocres e da vida comum, ele experimenta, só, desamparado e feliz, o poder que a solidão lhe confere: o poder de reconstruir, criar sua própria vida. Assim, descobre que um homem no escuro se reinventa a partir de sua solidão e de sua dor, superando o medo, indo longe demais[422]. "Mas pelo menos por um instante de trégua não teve mais medo. Só sentiu aquela solidão inesperada. A solidão de uma pessoa que em vez de ser criada cria."[423]

Do alto de uma montanha, Martim descortina. "Ali em pé no escuro, sucumbindo. A solidão do homem completo. A solidão

422 "O homem teve a penosa impressão de ter ido longe demais." (LISPECTOR, 1999c, p. 222).

423 LISPECTOR, 1999c, p. 222.

da grande possibilidade de escolha. A solidão de ter que fabricar os seus próprios instrumentos. A solidão de já ter escolhido. E ter escolhido logo o irreparável: Deus."[424] Do alto de sua solidão, ele sente que viver é aumentar a sua própria *força plástica*. Essa força que faz o homem se tornar o que ele é. Uma força que permite "ultrapassar" a dor, incorporando-a ao seu estilo, e fazendo dela algo ativo. O caminho ensina a Martim que o que não mata pode fortalecer[425], lhe ensina a se fortificar amando a si mesmo, reinventando-se continuamente. Sua solidão faz com que ele se abra para o estranho, para aquilo que nele mesmo não era suportável, mas que passa a ser visto com "indizível beleza"[426], na medida em que ele se torna um sujeito com maior abertura para o estranho, o diferente, o inaudito. Martim continua seu percurso, como um andarilho solitário que precisa "ir adiante, novamente erguer o pé, esse pé cansado e ferido"[427], e, mesmo cansado, continua a ascensão rumo à criação de si mesmo. Ele é um homem como qualquer outro, enfrentando os percalços de sua vida; um andarilho que, subitamente, se encontra só, no meio do caminho, e precisa prosseguir. Em sua trajetória, contudo, Martim passa por três processos particulares que se entrecruzam e que demonstram sua *força plástica* diante da existência: o esquecer, o isolar-se e o criar-se.

424 LISPECTOR, 1999c, p. 223.
425 NIETZSCHE, 2006, p. 10: "O que não me mata me fortalece."
426 NIETZSCHE, 2001, p. 221-222.
427 NIETZSCHE, 2001, p. 209.

3.3 Criação, a força maior

Um dia virá em que todo meu movimento será criação.
Clarice Lispector

Como foi demonstrado até aqui, o percurso de Martim o faz se encontrar com a *força plástica* do esquecimento e também com a *potência* da solidão. Além desses modos de afirmar a vida, o personagem clariciano ainda experimenta outro meio de se fortalecer. Depois de cometer seu crime, descobre que existe um tipo de subversão maior, que consiste em criar a si mesmo, fazendo da sua vida um objeto artístico que precisa ser esculpido e adequado a um estilo[428]. Ele percebe que foi além da mera autocompreensão, que descobriu na escuridão de si mesmo e do mundo um modo de dizer sim, de afirmar sua própria existência, não simplesmente a aceitando, mas a transfigurando e lhe atribuindo sentidos inusitados, como alguém que consegue "imprimir no múltiplo a forma do uno"[429]. Essa postura inventiva diante da própria existência só é possível uma vez que Martim consegue se ancorar no momento presente e ousa esquecer o passado. É possível também porque ele se isola como um artista que deseja criar a partir de si mesmo.

428 Cf. MELÉNDEZ, 2006, p. 48. Em ensaio intitulado "Homem e estilo em Nietzsche", Germán Meléndez observa que o estilo de um homem, a partir da interpretação de Nietzsche, consiste no estabelecimento de uma unidade, que não está dada, mas que é sempre criada. Julgo ser pertinente identificar no percurso de Martim esse estilo, criado e reinventado pelo personagem através de sua própria formação.

429 MELÉNDEZ, 2006, p. 49.

Martim, dessa forma, não é o artista que surge na escritura de Clarice em personagens como G.H., a voz de *Água viva* ou Rodrigo S. M. É outro tipo de artista, aquele que, antes de escrever, pintar, compor, está mais interessado na invenção de si mesmo[430], sendo assim um "artista de sua própria existência"[431]. Com o romance *A maçã no escuro*, a escritura de Clarice parece colocar em questão exatamente a ideia de que só se pode criar quando a obra de arte começa por uma transformação aguda, por uma invenção de si mesmo que inaugura novas possibilidades de vida[432]. Em uma carta a sua irmã Tania Kaufman, em 6 de janeiro de 1948, poucos anos antes de iniciar a escrita do romance em questão, Clarice, em Berna, fala da importância de praticar a si mesmo, de cuidar do eu e de criar e conservar o que somos diante dos outros, ressaltando a importância de não desistirmos de nós mesmos, realizando-nos tal como um objeto estético:

> Tania, não pense que a pessoa tem tanta força assim a ponto de levar qualquer espécie de vida e continuar a mesma. Até cortar os próprios defeitos pode ser perigoso – nunca se sabe qual é o defeito que sustenta nosso edifício inteiro. Nem sei como lhe explicar, querida irmã, minha alma. Mas o que eu queria dizer é que a gente é muito preciosa, e que é somente até certo ponto que a gente pode desistir de si

430 "Martim caíra tão em si próprio que não se reconheceu. Como se até agora tivesse apenas brincado. Quem era ele? Teve a certeza intuitiva de que não somos nada do que pensamos e somos o que ele estava sendo agora, um dia depois que nascemos nós nos inventamos – mas nós somos o que ele era agora." (LISPECTOR, 1999c, p. 217).

431 DIAS, 2008, p. 44.

432 DELEUZE, 2010, p. 124.

> própria e se dar aos outros e às circunstâncias. Depois que uma pessoa perder o respeito de si mesma e o respeito de suas próprias necessidades – depois disso fica-se um pouco um trapo. Eu queria tanto, tanto estar junto de você e conversar, e contar experiências minhas e de outros. Você veria que há certos momentos em que o primeiro dever a realizar é em relação a si mesmo.[433]

A fala de Clarice indica uma preocupação que aparece também em sua ficção, o cuidado de si[434]. A escritora defende que devemos cuidar de nossa existência, apontando para o que Michel Foucault disse ser "uma cultura de si", na qual se intensificam e se valorizam "as relações de si para consigo"[435]. O personagem de *A maçã no escuro* é justamente esse homem que compreende que seu primeiro dever é consigo. Antes de criar uma obra, de escrever um livro, Martim tem a coragem de se colocar de pé, isto é, de construir seu caráter, dando-lhe um estilo. Antes de ter um compromisso com a arte, com os outros, ele precisa firmar um compromisso consigo mesmo. É como se Martim fosse, aos poucos, intuindo que é necessário "aplicar-se a si próprio, ocupar-se consigo mesmo"[436]. Ele se torna, assim, uma espécie de deus que pos-

---

433 LISPECTOR, 2002, p. 165.

434 Cf. FOUCAULT, 1985. Em *História da sexualidade: o cuidado de si*, Michel Foucault escreve um capítulo intitulado "O cuidado de si", que retoma a discussão da estética da existência, a partir da qual se diz que cada homem deve se tornar seu objeto de conhecimento e ação, ou seja, deve se ocupar de si mesmo, num exercício permanente do cuidado consigo.

435 FOUCAULT, 1985, p. 47.

436 FOUCAULT, 1985, p. 49.

sui como missão ampliar o mundo, restituir-lhe e a si mesmo os contornos de seu estilo. Outras personagens claricianas também passam pelo mesmo processo de criação, mas, particularmente no caso de Martim, a obra de arte se manifesta apenas como uma estética da existência, "uma tarefa de constante autossuperação: o si como trabalho ininterrupto, como infinitas metamorfoses"[437]. Não há escrita de um livro, realização de uma obra literária, mas exclusivamente a mudança que se dá na construção de si.

> É que diante daquela extensão de terra enorme e vazia, em sufocado esforço Martim penosamente se aproxima – com a dificuldade de quem nunca vai chegar – se aproxima de alguma coisa a que um homem a pé chamaria humildemente de desejo de homem mas a que um homem montado não poderia fugir à tentação de chamar de missão de homem. E o nascimento dessa estranha ânsia foi provocado, agora como na primeira vez em que pisara a encosta, pela visão de um mundo enorme que parece fazer uma pergunta. E que parecia clamar por um novo deus que, entendendo, concluísse desse modo a obra do outro Deus. Ali, confuso sobre um cavalo assustado, ele próprio assustado, num segundo apenas de olhar Martim emergiu totalmente e como homem.[438]

Emergir como homem, no caso de Martim, significa, em diferentes contextos, cometer um crime, arriscar-se no isolamento, esquecer seu passado, mas, sobretudo, a partir desse delito, ser

437 ORTEGA, 1999, p. 63.
438 LISPECTOR, 1999c, p. 113-114.

capaz de criar uma nova vida. Ele então se coloca mais uma vez nesse lugar simbólico da solidão e da criação, a montanha. Deseja sempre "ir de novo à encosta para retomar a cada dia o instante de sua formação do dia anterior. Onde ficava de pé, bastando-lhe estar de pé, sem saber o que fazer. Essa necessidade que uma pessoa tem de subir uma montanha – e olhar"[439]. De pé sobre uma encosta, ele percebe que a criação de si – e, por extensão, a do mundo – começa pelo olhar. Olhando para o mundo, sentimos que ele só pode nos receber quando o criamos, ou seja, o homem e o mundo só podem se adequar na medida em que aquele constrói este de acordo com seu estilo, fortalecendo-se e afirmando-se[440]. Ao criar-se no mundo e reinventar o que existe, Martim se torna um deus que consegue responder às questões que são colocadas para ele.

A concepção do homem como criador, que perpassa a escritura de *A maçã no escuro*, também se encontra presente na filosofia trágica de Nietzsche e constitui um de seus aspectos primordiais[441]. Tanto no romance de Clarice como na filosofia de Nietzsche observamos o pensamento de que o homem é responsável por criar o mundo e a sua própria existência. A máxima de Píndaro "Como alguém se torna o que é", que ocupa o interesse de Nietzsche, quando este se propõe a pensar na construção e formação do homem, está também disseminada nos textos de Clarice, principalmente

439 LISPECTOR, 1999c, p. 127.

440 "Ao ponto de um dia, diante da claridade inóspita e sem nenhum sentido, ele ter enfim pensado, um pouco inquieto e avançando: 'por Deus, se não criássemos um mundo, este mundo apenas divino não nos receberia'." (LISPECTOR, 1999c, p. 128).

441 Cf. Alexander Nehamas (2002), que, em seu livro *Nietzsche, la vida como literatura*, discutiu de maneira ampla a questão da criação na filosofia nietzschiana.

no que tange à escritura de *A maçã no escuro*. Na *Terceira consideração intempestiva*: Schopenhauer educador, Nietzsche fala de como a singularidade de cada um pode nos encorajar "a viver segundo a nossa própria lei e conforme a nossa própria medida"[442]. Martim pode ser visto como esse homem que descobre sua singularidade e se desloca, movido pelo desejo de se reconstruir segundo sua própria medida. O protagonista comete um crime e parte à procura de si mesmo – podemos ler esse evento como uma tentativa de o personagem se assumir como homem e, sobretudo, de aceitar que é apenas sua a responsabilidade[443] de sua existência. Assim, a partir dessa ousadia, Martim decide se tornar uma espécie de deus de sua própria existência, não obedecendo aos valores alheios nem se colocando passivamente no mundo, como um homem que espera que "Deus" resolva sua vida e comande sua existência. Ao contrário, ele parte para a criação de si mesmo, assume a tarefa de reinvenção do mundo e, sobretudo, a de "transvalorar" o estabelecido. Como um habitante temporário da terra, arrisca-se na tarefa de viver-criar sua existência. Tal percurso é recorrente em outros textos de Clarice, revelando-se um aspecto primordial de sua escritura. G.H., Ana, Martim, a protagonista de *Água viva* e Lóri, de *Uma aprendizagem ou O livro dos prazeres*, são apenas alguns exemplos de

442 NIETZSCHE, 2003a, p. 140.

443 "Temos de assumir diante de nós mesmos a responsabilidade por nossa existência, por conseguinte, queremos agir como os verdadeiros timoneiros desta vida e não permitir que nossa existência pareça uma contingência privada de pensamento. Esta existência quer que a abordemos com ousadia e também com temeridade, até porque, no melhor ou no pior dos casos, sempre a perderemos." (NIETZSCHE, 2003a, p. 140).

personagens que mantêm essa atitude de ver a vida como obra de arte que deve ser composta.

O homem que cria o mundo, que se torna "um deus", na medida em que pode decidir, escolher e construir, nos remete ao aforismo 125 de *A gaia ciência*, em que Nietzsche fala do homem louco que procura Deus, após constatar que ele está morto[444]. Mesmo que as representações de Deus sejam bem distintas na obra de Nietzsche e Clarice, existem algumas correspondências entre o referido aforismo e aquilo que Martim sente. Tanto o homem louco de Nietzsche quanto Martim, de *A maçã no escuro*, podem ser aproximados pela verificação de que o mundo se lhes apresenta esvaziado de qualquer divindade que possa assegurar um consolo metafísico ou provida de força para atuar sobre a realidade. Nietzsche proclama a morte de Deus e incita que cada homem se torne o artesão do mundo. Também Clarice mostra aos leitores

444 "O homem louco se lançou para o meio deles [os homens que não criam em Deus] e trespassou-os com o olhar. 'Para onde foi Deus?', gritou ele, 'já lhes direi! Nós o matamos – vocês e eu. Somos todos seus assassinos! Mas como fizemos isso? Como conseguimos beber inteiramente o mar? Quem nos deu a esponja para apagar o horizonte? Que fizemos nós, ao desatar a terra do seu sol? Pra onde se move ela agora? Para onde nos movemos nós? Para longe de todos os sóis? Não caímos continuamente? Pra trás, para os lados, para a frente, em todas as direções? Existem ainda 'em cima' e 'embaixo'? Não vagamos como que através de um nada infinito? Não sentimos na pele o sopro do vácuo? Não se tornou ele mais frio? Não anoitece eternamente? Não temos que acender lanternas de manhã? Não ouvimos o barulho dos coveiros a enterrar Deus? Não sentimos a putrefação divina? – também os deuses apodrecem! Deus está morto! Deus continua morto! E nós o matamos! Como nos consolar, a nós, assassinos entre os assassinos? O mais forte e mais sagrado que o mundo até possuíra sangrou inteiro sob nossos punhais – quem nos limpará este sangue? Com que água poderíamos nos lavar? Que ritos expiatórios, que jogos sagrados teremos de inventar? A grandeza desse ato não é demasiado grande para nós? Não deveríamos nós mesmos nos tornar deuses, para ao menos parecer dignos dele?" (NIETZSCHE, 2001, p. 147-148).

um homem que descobre "a morte de Deus" e se depara com o fato de que apenas ele mesmo pode afirmar o mundo, construir sua vida, determinar sua existência, definir caminhos e se tornar um deus de sua própria história.

Enquanto Nietzsche fala do assassínio de Deus como um crime cometido por todos os homens, em Clarice, a morte de Deus é representada simbolicamente pelo crime cometido por Martim, uma vez que tal crime inaugura seu primeiro ato como homem: passa a ter nas mãos o poder de escolha, passa a poder decidir, afirmar ou negar, em suma, a agir sobre a realidade e sua própria existência. Seu crime significa a destruição de uma vida reativa e o começo de uma reconstrução que se dá a partir de seu estilo. Ele se arrisca na aventura de ser outro, de experimentar caminhos, de se lançar numa deriva, cujos pontos de partida e chegada pouco importam. O risco maior nesse percurso, assim como a alegria e a força que dele surgem, decorre do próprio desequilíbrio do deslocamento contínuo, de uma "viagem sem finalidade (*atelos*), na qual o fio de Ariadne não se mantém esticado em direção à *Arkhé*, como na metafísica, mas se arrisca nos desvios, nos caminhos laterais e marginais"[445]. Nesse jogo de criação, Martim descobre que é o único responsável por sua existência, ou seja, é ele quem decide que forma dar à multiplicidade de sua vida. Sentindo não ser fácil se exprimir, ainda se permite arriscar. "Ele queria isto: reconstruir. Mas era como uma ordem que se recebe e que não sabe cumprir. Por mais livre, uma pessoa estava habituada a ser mandada, mesmo

445 CRAGNOLINI, 2006b, p. 101.

que fosse apenas pelo modo de ser dos outros. E agora Martim estava por sua própria conta."[446]

Lançado nesse mundo que o instiga a se reconstruir, a dar formas à multiplicidade de si mesmo, o personagem clariciano empreende sua maior tarefa: a de se criar. A vida lhe é então oferecida em seus fragmentos múltiplos, e Martim, desamparado, num universo do qual Deus se retirou ou foi retirado, precisa inventar sua vida em seus próprios termos, com a liberdade e a angústia daquele que tem a tarefa de construir algo, dar forma ao informe, ao caos de si mesmo[447].

> Pois já na sua primeira visão um passarinho não cabia. Tudo lhe fora dado, sim. Mas desmontado e aos pedaços. E ele, com peças sobrando na mão, não parecia saber como montar a coisa de novo. Tudo era dele para o que quisesse fazer. No entanto a própria liberdade o desamparava. Como se Deus tivesse atendido demais o seu pedido e lhe entregasse tudo. Mas tivesse ao mesmo tempo se retirado. A campina era toda de Martim, e mais um passarinho que cantava. E dele também, nesse tempo curto, era a vida inteira. E ninguém e nada podia ajudá-lo: fora exatamente isso o que ele próprio preparara com cuidado, e até com um crime preparara. Mas se astuciosamente começara pelo mais fácil –

446 LISPECTOR, 1999c, p. 131.

447 "A grande paixão aspira à potência. A potência quer mais potência. A potência não é o que se quer, mas aquilo que quer. O essencial é dominar-se, limitar-se, não se deixar arrastar. Fazer do próprio caos forma." (VASQUEZ, 2005, p. 122).

> que mais simples que um passarinho? – então perguntou-se embaraçado: que faço de um passarinho cantando?[448]

Martim percebe que está agora num mundo sem deus, num universo em que ninguém pode ampará-lo. A tarefa de construir o mundo e de imprimir sobre ele um sentido, assim como moldar sua vida, estabelecendo aspectos que confiram a ela uma unidade, é uma ocupação em certa medida solitária. Ele então começa a observar o que há de mais simples nesse mundo, mas mesmo o ordinário – um pássaro que canta – o assombra. Talvez esse assombro seja aquele experimentado por todo homem que se vê livre para criar. Criar o mundo, assim como se criar nesse mundo e se construir a partir de suas nuances, exige entender as várias partes que compõem o todo. Cada parte ganha uma dimensão maior, já que é responsável, no final, por aquilo que se torna. Martim também percebe que o trabalho de criação exige o estabelecimento de uma relação diferente com a temporalidade, visto que se inventar é também, em alguma medida, ruminar. "Ele por enquanto estava moldando, e isso é sempre lento; ele estava dando forma ao que ele era, a vida se fazendo era difícil como arte se fazendo"[449].

Criar a vida é um trabalho lento, assim como o ofício do artista. Como ressaltaria Foucault, a experiência de si mesmo consiste em se criar de forma a ter prazer consigo mesmo[450]. A vida e

---

448 LISPECTOR, 1999c, p. 141-142.

449 LISPECTOR, 1999c, p. 143.

450 "E a experiência de si que se forma nessa posse não é simplesmente a de uma força dominada, ou de uma soberania exercida sobre uma força prestes a se revoltar; é a de um prazer que se tem consigo mesmo. Alguém que conseguiu,

a obra de arte mais uma vez se entrecruzam, já que são compreendidas como uma coisa só. Ao viver, Martim constrói sua vida tal como um artista escreve um romance. Ele supera o espanto de poder inventar e se abre para o jogo da criação-destruição. Para o personagem de Clarice, não basta viver; é ainda preciso dar à sua existência os contornos de uma obra de arte. Essa concepção da vida entendida como um artefato artístico aparece em alguns textos de Nietzsche e fazem parte de sua filosofia trágica. Em *O nascimento da tragédia*, o filósofo assegura que "a existência e o mundo aparecem justificados somente como fenômeno estético"[451]. Essa mesma ideia, levemente modificada, reaparece no aforismo 107 de *A gaia ciência*: "Como fenômeno estético a existência ainda nos é *suportável*"[452]. Essa concepção trágica do mundo que perpassa toda a filosofia de Nietzsche e se inscreve de modo particular na literatura de Clarice tem como um de seus atributos o pensamento de que a vida deve ser entendida como uma obra de arte[453]. Somente aquele homem que mantém com sua existência um cuidado estético, pode, no final, construir uma vivência intensa. Ademais, apenas o homem que se constrói vendo-se como uma obra de arte pode, no final, justificar sua própria vida, assim como suportar a travessia.

Antes de escrever um livro, Martim se debate com algo mais complexo, a criação de um novo homem, ele mesmo. Nesse mun-

---

finalmente, ter acesso a si próprio, é, para si, um objeto de prazer. Não somente contenta-se com o que se é e aceita limitar-se a isso, como também 'apraz-se' consigo mesmo." (FOUCAULT, 1985, p. 70-71).

451 NIETZSCHE, 1992, p. 141.

452 NIETZSCHE, 2001, p. 132.

453 Cf. o ensaio de Rosana Suarez (2010), "Nietzsche: a arte em *O nascimento da tragédia*".

do esvaziado de um deus, o personagem tangencia algo fundamental, a saber, o fato de que cada um é o artista de si:

> Ninguém pode construir no teu lugar a ponte que te seria preciso tu mesmo transpor no fluxo da vida – ninguém, exceto tu. Certamente, existem as veredas e as pontes e os semideuses inumeráveis que se oferecerão para te levar para o outro lado do rio, mas somente na medida em que te vendesses inteiramente: tu te colocarias como penhor e te perderias. Há no mundo um único caminho sobre o qual ninguém, exceto tu, poderia trilhar. Para onde leva ele? Não perguntes nada, deves seguir este caminho. Quem foi então que anunciou este princípio: "Um homem nunca se eleva mais alto senão quando desconhece para onde seu caminho poderia levá-lo?"[454]

O trecho acima, retirado da *Terceira consideração intempestiva*, deixa entrever a questão da responsabilidade de cultivar a existência como obra de arte. Essa responsabilidade se inscreve no horizonte de cada existência. Todo homem é responsável por criar sua vida e reinventar, assim, o mundo, com o olhar perspectivo que lança sobre cada coisa e sobre si mesmo. Martim arrisca-se nesse jogo, sentindo-se responsável por sua vida, e entendendo que só ele pode trilhar o caminho que o leva àquilo que se tornará. Ele abandona as veredas, as pontes e os semideuses, optando por escalar a montanha, elevando-se e subindo pelo caminho mais

454 NIETZSCHE, 2003a, p. 140-141.

arriscado e escarpado[455], mas também pelo único que poderia ser chamado de seu caminho. Além disso, ele se aventura pelo desconhecido dessa passagem, em um jogo de criação e destruição de si, seguindo, como um homem cego que aceita o milagre da cegueira, o risco de se colocar no escuro[456]. Essa aventura de viver-criar – a experiência arriscada de se inventar enquanto a vida passa – ganha um sentido maior para Martim quando ele descobre que todo homem só vive uma vez, e que, portanto, sua existência precisa ser maior, precisa ser encarada como uma obra de arte. "Visto de perto ele era grande demais ou deixava de se enxergar. No fundo ele era nada. E foi com esforço que ele se deu alguma importância: ele só vivia uma vez."[457]

A constatação de que a sua existência, assim como a de cada homem, é um evento único[458] e que não se repete faz com que Martim deseje ainda mais reformular sua vida, organizar os elementos dispersos, dando-lhes uma forma artística, ou, dito de outro modo, criando uma prática de si mesmo. Viver uma única vez[459] se torna um imperativo de que a vida seja construída como obra de arte. O mundo passa a se constituir a partir da nossa interpretação e a partir da forma com que nos relacionamos com as coisas. Exis-

455 "Na outra via, terão companheiros menos numerosos; esta é a mais difícil, mais tortuosa e mais escarpada: aqueles que trilham a primeira via zombarão de vocês, porque vocês marcham com muita dificuldade, eles tentarão também atraí-los para o lado deles." (NIETZSCHE, 2003a, p. 116).

456 "não morra danado, não morra em cólera! o milagre da cegueira é apenas este: dizer sim!" (LISPECTOR, 1999c, p. 226).

457 LISPECTOR, 1999c, p. 147.

458 Cf. NIETZSCHE, 2003a.

459 "No entanto era uma vida que não se repete, a dele, aquela que ele lhes entregaria." (LISPECTOR, 1999c, p. 334).

tir, interpretar e pensar são formas de criar, de estabelecer valores. Clarice sugere, em um trecho de *A maçã no escuro*, que os homens refletem sobre o mundo – são "os pensantes" – e com isso o experimentam – são "os que sentem" – à medida que se tornam responsáveis por criar configurações que ainda não estavam definidas.

> Nós, os pensantes-que-sentem, somos os que de fato continuamente *fazem* algo que ainda não existe: o inteiro mundo, em eterno crescimento, de avaliações, cortes, pesos, perspectivas, degraus, afirmações e negações. Esse poema de nossa invenção é, pelos chamados homens práticos (nossos atores, como disse), permanentemente aprendido, exercitado, traduzido em carne e realidade, em cotidianidade. O que quer que tenha *valor* no mundo de hoje não o tem em si, conforme sua natureza – a natureza é sempre isenta de valor: – foi-lhe dado, oferecido um valor, e fomos *nós* esses doadores e ofertadores! O mundo que tem *algum interesse para o ser humano*, fomos nós que o criamos![460]

Quando Martim descobre que "cada homem é a sua própria chance"[461], ele inaugura "um novo modo de amar o mundo"[462], que consiste em estabelecer e criar valores extraordinários para o mundo – este passa a ser um devir, uma luta de forças[463], uma es-

---

460 NIETZSCHE, 2001, p. 204.

461 LISPECTOR, 1999c, p. 167.

462 LISPECTOR, 1999c, p. 167.

463 "A luta tem caráter geral: ocorre em todos os domínios da vida e sobretudo envolve os vários elementos que constituem cada um deles. Deflagrando-se entre células, tecidos, órgãos, entre pensamentos, sentimentos ou impulsos, implica sempre múltiplos adversários, uma pluralidade de beligerantes." (MARTON,

fera múltipla cuja temporalidade, ainda que não progressiva, nem evolutiva, assegura o constante recomeçar, o eterno jogo da criação-destruição. Rosa Dias observa que o esforço de criar formas, o desejo da própria criação e sua força devem ser entendidos "em relação ao tempo, sem o qual, perderíamos a dimensão do devir. Uma forma uma vez realizada, não dura eternamente – o tempo se encarrega de destruí-la"[464]. Martim parece sentir que só pode criar a si mesmo à medida que se coloca no presente, tornando-se o próprio presente. Transvalora sua vida ao conseguir fazer nova apreciação do passado e do presente, e abre, por meio de sua *força plástica*, distintas possibilidades para o futuro – esquece e relembra, cria e destrói, deixa viver e assassina, num impulso próprio do sujeito que justifica "os seres futuros e redime os passados: porque quer perecer dos presentes"[465]. Ele deixa de ser um homem ressentido[466] para se tornar o criador de seu próprio mundo.

Livre do ressentimento, Martim é o sujeito que consegue dizer e fazer o "sim", afirmar a vida e o presente, promover a criação constante de si mesmo. "O querer deve libertar a vontade de seu não à vida, deve abrir para ele o caminho do sagrado sim. Dizer e fazer o sim é reconhecer que não há nada de fixo, reconhecer que

2010b, p. 69).

464 DIAS, 2011, p. 69.

465 NIETZSCHE, 1998a, p. 39.

466 "O ressentido é um ser de prodigiosa memória: não consegue se desembaraçar de nada. Tudo fere. Os homens e as coisas aproximam-se indiscretamente demais, todos os acontecimentos deixam traços; a lembrança é uma chaga purulenta. Essa memória intestinal e venenosa é o espírito da vingança. O ressentido afugenta o desconhecido, evita o inesperado e impede a aventura; em suma, fossiliza o poder de criação. Por não ter o instinto de devir, deprecia a vida em transformação; sabe conservar a vida, mas não sabe fazê-la nascer." (DIAS, 2011, p. 80).

há sempre alguma coisa a destruir, isto é, a criar."[467] Como um artista de si, o personagem clariciano consegue manter uma relação saudável com o tempo: ao contrário do espírito de vingança, que nega o tempo e a força de sua passagem, Martim percebe o eterno fluir das coisas e consegue então conceber o presente do mundo e de si mesmo a partir do sim criador e como uma "duração que não cessa de destruir a si mesma, de inventar cotidianamente jogos cada vez mais delicados"[468]. Desse modo, Martim parece vislumbrar aquilo que é elaborado por Nietzsche como uma providência pessoal, em *A gaia ciência*. O filósofo diz que "todas as coisas que nos sucedem resultam constantemente *no melhor possível*"[469].

> A vida de cada dia e cada hora parece não querer mais do que demonstrar sempre de novo essa tese; seja o que for, tempo bom ou ruim, a perda de um amigo, uma doença, uma calúnia, a carta que não chegou, a torção de um pé, a olhada numa loja, um argumento contrário, o ato de abrir um livro, um sonho, uma trapaça: imediatamente ou pouco depois tudo se revela como algo que "tinha de acontecer".[470]

O que importa assinalar é que o *presente* da criação – o momento no qual Martim se concebe como criador – é construído sob o signo da luta. Trava-se, nesse momento de criação, um combate estável entre forças instáveis, que permite a concepção de um

467 DIAS, 2011, p. 77.
468 DIAS, 2011, p. 78.
469 NIETZSCHE, 2001, p. 188.
470 NIETZSCHE, 2001, p. 188.

mundo que sempre gera e destrói a si mesmo. Essa luta permite afirmar que cada evento tem sua razão de ser, uma vez que é o gesto interpretativo que confere à vida os contornos de obra de arte, ou seja, que lhe confere uma unidade. Contudo, ainda que a vida e o mundo possam, a partir daí, ser encarados como uma unidade, não deixam de constituir uma pluralidade de forças em tensão.

> Totalidade permanentemente geradora e destruidora de si mesma, o mundo não constitui, porém, um sistema. Pluralidade de forças, tampouco se apresenta como mera multiplicidade. *O mundo é antes um processo* – e *não uma estrutura estável*; os elementos em causa, inter-relações – e não substâncias, átomos, nômadas. [...] Totalidade interconectada de *quanta* dinâmicos ou, se se quiser, de campos de força instáveis em permanente tensão, o mundo não é governado por leis, não cumpre finalidades, não se acha submetido a um poder transcendente – e mais: sua coesão não é garantida por substância alguma. Se permanece uno, é porque as forças, múltiplas, estão todas inter-relacionadas.[471]

Esse mundo instável[472] reflete a condição própria ao humano. Martim, assim como o mundo que o cerca e do qual ele faz

---

471 MARTON, 2010b, p. 78-79. (Grifos meus).

472 "A ideia de um mundo que nunca tenha começado nem jamais acabe, disse ele um pouco aborrecido pelo fato da moça o ter posto em situação de dizer uma coisa que nem ela nem ele compreendiam. – Então o quê? – Então? repetiu ela como se a insistência em si mesma fosse esclarecedora. Ele alçou os ombros, bateu mais um prego na tábua, e disse: - Bem, então imagine o contrário: um mundo que um dia começasse e que um dia acabasse. Pois a ideia é igualmente monstruosa." (LISPECTOR, 1999c, p. 192).

parte, sente-se cada vez mais como uma obra aberta, que revela a fragilidade de qualquer palavra definitiva[473]. O personagem então se pergunta se é necessário realmente escrever uma obra. Ele suspeita das palavras escritas e cristalizadas num papel. Poderíamos dizer que Martim representa de modo exemplar a própria escritura de Clarice, pautada em um gesto de suspeita, por uma recusa ao acabado[474], por um amor e paixão pelo inconcluso, pelo informe, pelo resíduo. O gesto de recusa em escrever reflete também na criação da própria vida de Martim. Ele, assim como a personagem G.H., já não deseja o movimento completado[475]; nada a que possa se dar o título de terminado e concluído parece lhe interessar. Assim, descobre que sua vida se torna uma obra de arte a partir do momento em que ele presta atenção e afirma o processo. Martim se torna seu processo, ele é a travessia, rompendo pontos de partida e chegada. Diante da pluralidade de caminhos, ele deixa o papel em branco, abertura total para a criação que está por vir[476].

473 “De novo revirou o lápis, duvidava e de novo duvidava, com um respeito inesperado pela palavra escrita. Parecia-lhe que aquilo que lançasse no papel ficaria definitivo, ele não teve o desplante de rabiscar a primeira palavra. Tinha a impressão defensiva de que, mal escrevesse a primeira, e seria tarde demais. Tão desleal era a potência da mais simples palavra sobre o mais vasto dos pensamentos. Na realidade o pensamento daquele homem era apenas vasto, o que não o tornava muito utilizável. No entanto parece que ele sentia uma curiosa repulsa em concretizá-lo, e até um pouco ofendido como se lhe fizessem proposta dúbia.” (LISPECTOR, 1999c, p. 170-171).

474 “Por que publicar o que não presta? Porque o que presta também não presta. Além do mais, o que obviamente não presta sempre me interessou muito. Gosto de um modo carinhoso do inacabado, do malfeito, daquilo que desajeitadamente tenta um pequeno voo e cai sem graça no chão.” (LISPECTOR, 1999d, p. 6).

475 Cf. LISPECTOR, 1964, p. 160.

476 “O que atrai o escritor, o que impulsiona o artista não é diretamente a obra, é sua busca, o movimento que conduz a ela, a aproximação que torna

> E ali estava ele. Que pretendera apenas anotar, nada mais que isto. E cuja inesperada dificuldade era como se ele tivesse tido a presunção de querer transpor em palavras o relance com que os dois insetos se fecundam no ar. Mas quem sabe – perguntou-se então na perfeita escuridão do absurdo – quem sabe se não é na expressão final que está o nosso modo de transpor os insetos se glorificando no ar. Quem sabe se o máximo dessa transposição está exatamente no querer... (E assim ele estava salvando o valor de sua intenção, dessa intenção que não soubera se transformar em ação.) Quem sabe se o nosso objetivo estava em sermos o processo. O absurdo dessa verdade então o envolveu. E se assim for, oh Deus – a grande resignação que se precisa ter em aceitar que nossa beleza maior nos escape, se nós formos apenas o processo. Assim, pois, sentado, quieto, Martim falhara. O papel estava branco. As sobrancelhas franzidas, atentas.[477]

A compreensão de si mesmo e da própria escrita como um processo é um aspecto que perpassa de modo especial a escrita de *A maçã no escuro*. Martim, ao perceber que é ele mesmo um processo, e não um ser acabado, descobre que precisa recolher cada evento de sua vida, cada imagem, cada objeto e dar-lhes o estilo de seu caráter, ou perceber a partir deles seu caráter. Nietzsche fala desses objetos que testemunham aquilo que nos tornamos, dizendo que "tudo carrega consigo o testemunho daquilo que somos,

a obra possível: a arte, a literatura e o que essas duas palavras dissimulam." (BLANCHOT, 2005, p. 291).

477 LISPECTOR, 1999c, p. 173-174.

as nossas amizades e os nossos ódios, o nosso olhar e o estreitar da nossa mão, a nossa memória e o nosso esquecimento, os nossos livros e os traços da nossa pena"[478]. Sendo assim, entender-se como um processo sem fim e sem finalidade faz com que Martim não apenas se ancore no momento presente, mas também tenha que se voltar para o passado nos momentos certos. Ser um criador de si mesmo significa também recordar o que passou. Rosa Dias fala dessa faculdade do criador, ressaltando que "a definição do tipo criador pela faculdade que ele tem de esquecer é correta, mas incompleta. A incompletude dessa afirmação resulta do fato de se atribuir ao ato criador um caráter exclusivamente fora da história"[479]. Nesse sentido, o esquecimento é uma faculdade ativa, já que permite ao criador captar e residir no instante presente, redimensionando o passado. Rosa Dias ainda diz que "na ação de criar, há uma dupla natureza de tempo: ser ininterrupto e intermitente. Para criar, é preciso esquecer, mas também recordar. Na ação de criar o presente vem o passado e o futuro.[480]

Martim empreende a criação de si mesmo tendo como base uma temporalidade marcada pela tensão entre lembrar e esquecer, entre o situar-se no passado ou no presente, sempre como um sujeito que deixa nascer o imprevisto e reconhece o caráter inesperado da vida. Entre seu passado e seu presente, o personagem clariciano se volta para si mesmo, interrogando-se sobre aquilo que realmente ama. Ao tentar se criar, Martim precisa antes entender

---

478 NIETZSCHE, 2003a, p. 141.

479 DIAS, 2011, p. 81.

480 DIAS, 2011, p. 81.

aquilo que faz dele um homem, já sabendo que o eu é apenas um dos espasmos instantâneos do mundo[481], e que, portanto, buscar este eu significa colocar-se muitas vezes além de si mesmo[482]. Significa perceber um teor de impessoalidade que marca de maneira intensa a construção de cada homem. Nietzsche fala dessa busca, que passa por uma reflexão e por uma escalada em direção ao *eu* de cada um, um eu que se localiza muitas vezes no encontro com um *eu longínquo*[483].

> O que tu verdadeiramente amaste até agora, que coisas te atraíram, pelo que tu te sentiste dominado e ao mesmo tempo totalmente cumulado? Faz passar novamente sob teus olhos a série inteira destes objetos venerados, e talvez eles te revelem, por sua natureza e por sua sucessão, uma

481 "O que sou eu, eu sou. Tudo estará em mim, se eu não for; pois 'eu' é apenas um dos espasmos instantâneos do mundo." (LISPECTOR, 1964, p. 179).

482 "O absurdo envolveu o homem, lógico, magnificente, horrível, perfeito – o escuro o envolveu. No entanto, por pouco que entendesse, ele pareceu sentir a perfeição que houvera no seu caminho obscuro até chegar ao bosque: havia nos seus passos uma perfeição impessoal, e era como se o tempo de uma vida tivesse sido o tempo rigorosamente calculado para a maturação de um fruto, nem um minuto mais, nem um minuto menos – se o fruto amadurecesse! Porque o medo pareceu-lhe estabelecer uma harmonia, a harmonia terrificante – digo-te, Deus, eu te compreendo! – e ele de novo acabara de cair na armadilha da harmonia como se às cegas e por caminhos tortos tivesse executado em pura obediência um círculo fatal perfeito – até encontrar-se de novo, como agora se encontrava, no mesmo ponto de partida que era o próprio ponto final. E se esse caminho apenas circular acabara de tornar inúteis todos os passos que ele dera, no fundo mesmo de seu medo o homem de repente pareceu concordar com esse caminho, com dor e com medo pareceu admitir que sua natureza desconhecida fosse mais poderosa que sua liberdade." (LISPECTOR, 1999c, p. 220).

483 "Lembrar-se de si é pois, ao mesmo tempo, esquecer-se. Toda verdadeira cultura é filha do descontentamento de si: é preciso amar a si mesmo bastante para desprezar o eu atual em proveito de um eu longínquo. A falsa cultura, narcísica, é ódio de si: ela inclina o homem para o seu eu atual." (KOFMAN, 1985, p. 102).

> lei, a lei fundamental do teu verdadeiro eu. Compare estes objetos, observe como eles se completam, crescem, se superam, se transfiguram mutuamente, como formam uma escada graduada através da qual até agora te elevaste até teu eu. Pois tua essência verdadeira não está oculta no fundo de ti, mas colocada infinitamente acima de ti, ou pelo menos daquilo que tomas comumente como sendo teu eu.[484]

A escritura de Clarice mostra esse homem que segue sempre em busca de seu eu longínquo, um eu que só pode ser encontrado à medida que é criado, instante por instante, sempre apontando para uma superação de si. Martim segue como "um cão sem dentes"[485], que fareja uma perfeição, pela qual seguirá até o último instante de sua vida procurando[486]. Tal procura faz com que ele perceba que a perfeição não está em algo que pode ser alcançado, mas antes no próprio desejo de alcançá-la, no processo doloroso de o homem criar a si mesmo e de se inscrever no mundo como obra de arte. "Um homem no escuro era um criador. Na escuridão as grandes barganhas se fazem. Foi dizendo 'oh Deus' que Martim sentiu o primeiro peso de alívio no peito. Respirou devagar e com

---

484 NIETZSCHE, 2003a, p. 141.

485 LISPECTOR, 1999c, p. 221.

486 "A liberdade de ir em busca da promessa que o rodeava – pensou o homem tremendo. E tão vasta era a promessa que, se a pessoa a perdia de vista por um segundo, então se perdia de si própria num mundo vazio e completo que não parece precisar de um homem a mais. Perdia-se até que exaustivamente, e nascida do nada, se erguesse a esperança." (LISPECTOR, 1999c, p. 221).

cuidado: crescer dói. Respirou muito devagar e com cuidado. Tornar-se dói."[487]

Ciente de que se criar é experimentar a natureza humana da dor, ele então compreende que é preciso transfigurar também essa dor, que é a nossa última resposta. Assim, para suportar a vida – ou, dito de outro modo, para fazer dela algo belo como uma obra de arte –, é preciso aprender com os artistas a encarar a existência com um modo particular de abrir os olhos e receber a luz. No aforismo "O que se deve aprender com os artistas", Nietzsche observa que dispomos de meios para tornar mais belas e atraentes para nós a existência e as coisas.

> De que meios dispomos para tornar as coisas belas, atraentes, desejáveis para nós, quando elas não o são? – e eu acho que em si elas nunca o são! Aí temos algo a aprender dos médicos, quando eles, por exemplo, diluem o que é amargo ou acrescentam açúcar e vinho à mistura; ainda mais dos artistas, porém, que permanentemente se dedicam a tais invenções e artifícios. Afastarmo-nos das coisas até que não mais vejamos muita coisa delas e nosso olhar tenha de lhes juntar muita coisa *para vê-las ainda* – ou ver as coisas de soslaio e como que em recorte – ou dispô-las de forma tal que elas encubram parcialmente umas às outras e permitam somente vislumbres em perspectivas – ou contemplá-las por um vidro colorido ou à luz do poente – ou dotá-las de pele e superfície que não seja transparente: tudo isso devemos aprender com os artistas, e no restante ser mais sábio do

487 LISPECTOR, 1999c, p. 222-223.

que eles. Pois neles esta sutil capacidade termina, normalmente, onde termina a arte e começa a vida; *nós*, no entanto, queremos ser os poetas-autores de nossas vidas, principiando pelas coisas mínimas e cotidianas.[488]

Martim consegue ser um *poeta-autor* de sua vida. Se é verdade que ele "falha" no processo de construção de uma obra de arte, da escrita de um romance, o mesmo não acontece com a escrita-criação da sua própria vida. Ele aprende com os artistas a ter esse olhar transfigurador que lhe permite ver o belo onde outros enxergam apenas o feio. O mundo, assim como sua existência, é reconfigurado por lentes que redimensionam cada evento de sua vida, dando-lhe unidade e estilo. Quase como um artista do teatro – cujas características Nietzsche descreve como sendo tão importantes que mereçam nossa gratidão –, Martim consegue se dotar de olhos e ouvidos para ver e ouvir a beleza do mundo e de si mesmo:

Apenas os artistas, especialmente os de teatro, dotaram os homens de olhos e ouvidos para ver e ouvir, com algum prazer, o que cada um é, o que cada um experimenta e o que quer; apenas eles nos ensinaram a estimar o herói escondido em todos os seres cotidianos, e também a arte de olhar a si mesmo como herói, à distância e como que simplificado e transfigurado – a arte de se pôr em cena para si mesmo. Somente assim podemos lidar com alguns vis detalhes em nós! Sem tal arte, seriamos tão-só primeiro plano e viveríamos

488 NIETZSCHE, 2001, p. 202.

> inteiramente sob o encanto da ótica que faz o mais próximo e vulgar parecer imensamente grande, a realidade mesma.[489]

A literatura de Clarice coloca em cena personagens como Martim, um homem que descobre que é necessário viver, olhar para o mundo e para si mesmo como um artista que tem em frente de si um universo a construir. A vida, por esse viés, deixa de ser algo próximo e horrível e pode ser transfigurada a partir da distância, daquilo que não nos é dado imediatamente, mas que se conquista pela laboriosidade da criação. Assim, surge uma concepção de escrita-vivência que afirma o devir e a beleza do transitório. Essa experiência faz Martim sentir que seu mundo se tornou maior; seu poder de inventar e criar lhe permite se relacionar com a grandeza[490] de tudo o que pode vir a ser.

Concebendo-se como algo transitório e que está em constante reformulação, o personagem clariciano sente uma profunda vontade de afirmação de si, do mundo e, por extensão, dos outros. É nesse momento que Martim descobre que criou uma obra; ele já não é mais um criador, se tornou obra de arte. A palavra que ele tanto buscava veio em forma de vida[491]: é a existência que lhe foi

---

489 NIETZSCHE, 2001, p. 106.

490 "O mundo era largo mas eu também. Com a obscura satisfação de ter trabalhado com o fogo e de ter assustado o que tem que ser assustado numa mulher, a sua primeira honra se refizera. Pareceu-lhe que de agora em diante ele não precisaria mais ter voz de homem nem pronunciar agir como homem: ele o era. Nunca o seu pensamento fora tão alto quanto o trabalho que ele acabara de fazer." (LISPECTOR, 1999c, p. 294).

491 "A palavra que ele esperava não lhe viera, pois, em forma de palavra. Ele a realizara com a inocência da força. Simplesmente assim: ele a realizara. E então, com a fatuidade necessária para criar, renascia-lhe o tempo inteiro, e ele sabia que tinha força de recomeçar. Pois – pois tendo chegado enfim plenamente a si mesmo,

dada e é o cultivo dessa vida que lhe permite se abrir para os outros. Ele se esculpiu e, ao fazê-lo, pode finalmente se entregar ao mundo e a sua beleza.

> E profundamente nele, ele começou logo a desprezar as pessoas que não amavam o que faziam. Ou que não tinham coragem de fazer aquilo que amavam. Esquecido de que só há poucos minutos encontrara um símbolo do trabalho, e que deveria ter misericórdia para os que não o haviam encontrado – ele, com fatuidade, se admirava. Aquele homem pela primeira vez se amava. O que significava que ele estava pronto para amar os outros, nós que nos fomos dados como amostra do que o mundo é capaz; e ele, que acabara de provar.[492]

Depois de descobrir as aventuras de um "ego transformado e em devir"[493], Martim desconfia daqueles que não seguem seu próprio caminho, daqueles que não são capazes de amar a si mesmos nem de celebrar aquilo que se tornam com a passagem do tempo. Seu projeto maior é embelezar a vida, perceber que é salutar sair da posição de criatura contemplativa, exercer sua *força plástica* e "adquirir os hábitos e os atributos de criador, ser artista de sua própria existência"[494]. O protagonista de *A maçã no escuro* é, sobretudo, esse homem que tem a coragem de se fazer, de afirmar aquilo que ama, sem se entregar a uma lógica de rebanho. Um homem

---

ele chegaria aos homens; e, jogando fora o tridente e trabalhando a nu, exposto e nu – ele se guiaria até 'transformar os homens'." (LISPECTOR, 1999c, p. 295).

492 LISPECTOR, 1999c, p. 294-295.

493 NIETZSCHE, 2008b, p. 111.

494 DIAS, 2011, p. 110.

que ousa experimentar e se experimentar. Mesmo que o eu consista apenas numa ficção – ou seja, mesmo que não constitua uma categoria estável, mas somente um embuste superior, um ideal[495] –, Martim deseja ser esse homem que vive e que se inventa, que transfigura seu eu, dando estilo ao seu caráter. Nietzsche fala, em *Humano, demasiado humano*, do homem que se constrói a partir do desenraizamento, do acúmulo de forças estrangeiras[496]. Essa parece ser uma chave de leitura para compreender a trajetória de Martim em *A maçã no escuro*, bem como para acercar-se do próprio gesto escritural de Clarice, cuja literatura parece sempre apontar para uma errância sem fim.

> Quem alcançou em alguma medida a liberdade da razão não pode se sentir mais do que um andarilho sobre a Terra – e não um viajante que se dirige a uma meta final: pois essa não existe. Mas ele observará e terá olhos abertos para tudo quanto realmente sucede no mundo; por isso não pode atrelar o coração com muita firmeza a nada em particular; nele deve existir algo de errante, que tenha alegria na mudança e na passagem.[497]

---

495 "O *ego* não passa de um embuste superior, um ideal." (NIETZSCHE, 2008a, p. 55).

496 "Assim, 'tornar-se o que se é' nada tem a ver com o saber, o poder e a vontade, atributos de um sujeito que sabe o que é e o que quer; é ao contrário, um desprender-se de si, uma coragem para lançar-se no sentido proibido, uma travessia, uma experimentação [...] na ideia de experimentação está o 'ex' do exterior, do exílio, do estranho, do êxtase, contém também o 'per' de percurso, do passar através, da viagem, de uma viagem em que o sujeito da experiência se prova e se ensaia a si mesmo." (DIAS, 2011, p. 130).

497 NIETZSCHE, 2000, p. 306.

A literatura de Clarice é um testemunho desse espaço afirmativo e trágico no qual o homem se vê como "um viajante sem *telos*, sem fim último, aquele que está sempre atravessando o deserto e que não tem nenhuma morada definitiva"[498]. *A maçã no escuro* talvez seja seu romance em que melhor se apresenta o homem que se sente como um andarilho[499] sobre a Terra. Martim busca a filosofia da manhã, procura um gesto afirmativo que possa lhe servir para sua criação, para a constituição de um *eu múltiplo*. Enquanto a escrita de Clarice se move no escuro e tenta testemunhar nossa condição de errantes, o protagonista do romance também se movimenta num percurso que parece não ter fim, rumo às venturosas manhãs. Mas mesmo que seja noite e tudo esteja sob a escuridão, ele ainda assim é capaz de tatear a maçã – e se ele a toca no escuro,

---

498 DIAS, 2011, p. 131.

499 "Sem dúvida esse homem conhecerá noites ruins, em que estará cansado e encontrará fechado o portão da cidade que lhe deveria oferecer repouso; além disso, talvez o deserto, como no Oriente, chegue até o portão, animais de rapina uivem ao longe e também perto, um vento forte se levante, bandidos lhe roubem os animais de carga. Sentirá então cair a noite terrível, como um segundo deserto sobre o deserto, e o seu coração se cansará de andar. Quando surgir para ele o sol matinal, ardente como uma divindade da ira, quando para ele se abrir a cidade, verá talvez, nos rostos que nela vivem, ainda mais deserto, sujeira, ilusão, insegurança do que no outro lado do portão – e o dia será quase pior do que a noite. Isso bem pode acontecer ao andarilho, mas depois virão, como recompensa, as venturosas manhãs de outras paragens e outros dias, quando já no alvorecer verá, na neblina dos montes, os bandos de musas passarem dançando ao seu lado, quando mais tarde, no equilíbrio de sua alma matutina, em quieto passeio entre as árvores, das copas e das folhagens lhe cairão somente coisas boas e claras, presentes daqueles espíritos livres que estão em casa na montanha, na floresta, na solidão, e que, como ele, em sua maneira ora feliz, ora meditativa, são andarilhos e filósofos. Nascidos dos mistérios da alvorada, eles ponderam como é possível que o dia, entre o décimo e o décimo segundo toque do sino, tenha um semblante assim puro, assim luminoso, tão sereno e transfigurado: eles buscam a filosofia da manhã." (NIETZSCHE, 2000, aforismo 638).

pode se transformar num criador de si[500], pode, em suma, se afirmar e assegurar que ser um criador de si mesmo consiste essencialmente em entregar-se sem reservas ao perigo de estar vivo e dizer sim à vida, engendrando-se como obra de arte, inocentemente: "O coração de Martim estava confuso. A diferença entre eles e mim, é que eles têm uma alma, e eu tive que criar a minha. Eu tinha que criar para eles e para mim o lugar onde eles e eu pisávamos."[501]

500 "Como o processo é sempre misterioso, não sei nem ao menos dizer de que modo o fiz: mas esses homens, eu os pus de pé dentro de mim. Para dizer a verdade, não tenho a menor vergonha de, não sendo nada, ser tão poderoso: é que nós somos modestamente o nosso processo. Eu pertenci a meus passos, um a um, à medida que estes avançavam e constituíam um caminho e construíam o mundo. Foi um longo caminho. E é verdade que menti muito; menti tanto quanto precisei: mas talvez mentir seja o nosso mais agudo modo de pensar; talvez mentir seja o nosso modo de agarrar; e eu agarrei muito; minhas mãos têm um passado; foi um longo caminho, e eu tive que inventar os passos; mas esta inocência que sinto em mim é a meta; pois sinto, também em mim! A inocência e o silêncio dos outros. Oh, talvez seja por um instante apenas! E depois? – depois entrego a nós todos a tarefa de viver." (LISPECTOR, 1999c, p. 312).

501 LISPECTOR, 1999c, p. 312.

4 A APOTEOSE DO NEUTRO

O que é Deus estava mais no barulho neutro das folhas ao vento que na minha antiga prece humana.

Clarice Lispector

A literatura de Clarice pode ser entendida como uma escritura trágica na medida em que encena uma *alegria difícil*. Essa alegria se relaciona a uma tensão de contrários que não se resolve, mas antes permanece aberta e cria novos embates. Seus textos são marcados por esse tom de alegria que se encontra atrelado a uma *força plástica*, como procuramos demonstrar anteriormente e também se relaciona com o que a escritora chama de *neutro*[502]. Para Clarice, o neutro seria, dentre outras coisas, uma linguagem que tenta representar o mundo pelas fraturas, pelo amorfo, pelo seu caráter residual. Acima de tudo, o neutro se faz perceptível como linguagem

502 Para Clarice, o neutro seria um modo de expressão pela não-expressão, por uma linguagem que se abre para a indiscernibilidade de si mesma. Ao não exprimir ou ao deixar as coisas em aberto, a ficcionista diz tocar o neutro. Nesse sentido, vale conferir o fragmento de *A paixão segundo G.H.* no qual podemos ler: "Agora aquilo que me apela e me chama é o neutro. Não tenho palavras para exprimir, e falo então em neutro. Tenho apenas esse êxtase, que também não é mais o que chamávamos de êxtase, pois não é culminância. Mas esse êxtase sem culminância exprime o neutro de que falo". (LISPECTOR, 1964, p. 161-162).

quando esta se torna indiscernível[503], quando a comunicação não se dá apenas pela construção racional, mas se abre para o universo indizível dos ruídos, para a dimensão corpórea, construindo uma escritura que deixa o humano e se aproxima do animal, enfim, uma escritura que busca a neutralidade[504].

Esse neutro da escritura de Clarice é uma procura e a escritora parece ensaiar em seus textos sempre a tentativa de escrever numa língua neutra, numa "língua it"[505], que, pelo não-sentido, exponha ou tangencie a neutralidade[506]. Em *Água viva*, podemos identificar um desejo pelo neutro quando a voz que empreende a aventura de escrever diz "vou parar um pouco porque sei que o Deus é o mundo. É o que existe. Eu rezo para o que existe? Não é perigoso aproximar-se do que existe. A prece profunda é uma meditação sobre o nada. É o contato seco e elétrico consigo, um

---

503 Entendo a escritura de Clarice Lispector como uma literatura que se faz a partir de um desejo do neutro, tomando como base Roland Barthes. Assim, vale conferir o que o crítico francês assinala sobre seu conceito de neutro, conforme observa Leda Tenório da Motta em seu livro *Roland Barthes*: uma biografia intelectual, para quem o conceito de neutro barthesiano seria certa simpatia com "um lugar de passagem". (MOTTA, 2011, p. 105).

504 O termo neutralidade deve ser entendido como um confronto entre forças em que não é possível estabelecer uma intensidade maior para nenhuma delas, fazendo desse espaço de neutralidade, sobretudo, um lugar de tensão pura.

505 LISPECTOR, 1998d, p. 45.

506 Ainda sobre o termo *neutralidade*, vale citar que Maria Cristina Franco Ferraz (1994, p. 133), em seu livro *Nietzsche, o bufão dos deuses*, assinala que a filosofia de Nietzsche está marcada por um grau de neutralidade, assim como sua própria vida, que remete a "um olhar sobre as coisas orientado de duas formas diametralmente opostas, até mesmo contraditórias, sem que nenhuma das perspectivas se obstrua ou se destrua mutuamente. Trata-se de um olhar que não é, a rigor, 'neutro', mas duplamente 'interessado'".

consigo impessoal"[507]. Aproximar-se do mundo significa pensá-lo, vivê-lo, senti-lo e escrevê-lo por meio de uma linguagem que não mais queira comunicar, tornar comum, mas antes por uma linguagem que aceite ser uma meditação sobre o nada. Esse nada se apresenta como uma ausência, como aquilo que não pode ser emoldurado, categorizado, uniformizado, mas que, ao contrário, se abre para um movimento sempre novo, para o regime particular do *ne-uter*, do nem um nem outro[508], que se deixa apreender apenas por lampejos e logo escapa – ou seja, aquilo que se apresenta sempre como devir.

Para refletir sobre o neutro na escritura de Clarice, que o atrela a uma forma de alegria, é preciso pensar em algumas camadas de significação que se relacionam à neutralidade em sua obra. A primeira é a do corpo – ou seja, a dimensão corpóreo-material que atravessa seus textos e que faz deles a busca por uma linguagem não racional, aberta para o não-nomeável, portanto, para o neutro. A segunda camada diz respeito ao universo animal – não apenas o animal como não humano, mas principalmente como uma expressão-animal, que por sua vez e ao seu modo também aponta para o que chamamos aqui de espaço de neutralidade. Por fim, uma última camada seria a própria língua que Clarice cria como meio não só de dizer o neutro, mas de corporificá-lo: a *língua it*.

507 LISPECTOR, 1998d, p. 30.
508 CLERC, 2003, p. 19.

4.1 O corpo bailarino

Tomar o corpo como ponto de partida e fazer dele o fio condutor, eis o essencial.

Nietzsche

Em 1974, ao publicar *A via crucis do corpo*, livro composto por 13 contos e uma "Explicação", Clarice chamava atenção do público leitor e de seus críticos para uma dimensão pouco percebida em sua obra, a dimensão corporal, ou, dito de outra forma, para a importância que o corpo ocupa em sua ficção. O livro trazia histórias sempre relacionadas ao universo corporal, à natureza sexual e, de maneira ampla, se afastava daquela escrita que quase todos reconheciam como "clariciana", uma vez que sua ficção era entendida, sobretudo, como uma literatura feita sem o corpo, ou uma escritura marcada pelo seu forte teor metafísico.

Afastando-se desse teor metafísico atribuído a sua obra, os contos de *A via crucis do corpo* mostravam outra escritora, capaz de pensar com o corpo e de expressar-lhe os impulsos. Clarice diz que esses contos, realizados inicialmente por encomenda,[509] fizeram com que ela se visse diante do real e "chocada com a realidade"[510].

509 "O poeta Álvaro Pacheco, meu editor na Artenova, me encomendou três histórias que, disse ele, realmente aconteceram. Os fatos eu tinha, faltava a imaginação. E era assunto perigoso. Respondi-lhe que não sabia fazer história de encomenda. Mas – enquanto ele me falava ao telefone – eu já sentia nascer em mim a inspiração. A conversa telefônica foi na sexta-feira. Comecei no sábado. No domingo de manhã as três histórias estavam prontas 'Miss Algrave', 'O Corpo', e 'Via Crucis'. Eu mesma espantada. Todas as histórias deste livro são contundentes." (LISPECTOR, 1998e, p. 11).

510 LISPECTOR, 1998e, p. 11.

Sabendo de antemão que seu público e a crítica estranhariam os textos daquele livro, Clarice adverte, ao falar do caráter provocativo da obra, que os "artistas sabem de coisas. Quero apenas avisar que não escrevo por dinheiro e sim por impulso. Vão me jogar pedras. Pouco importa. Não sou de brincadeiras, sou mulher séria. Além do mais tratava-se de um desafio"[511]. Ainda na "Explicação" que abre o volume de contos, a escritora brasileira diz que "uma pessoa leu meus contos e disse que aquilo não era literatura, era lixo. Concordo. Mas há hora para tudo. Há também a hora do lixo"[512]. Por fim, Clarice, ao falar dos contos que compõem o livro, toca novamente neste aspecto presente em toda a sua obra: a questão do inexpressivo, do neutro, que emerge quando diz já ter tentado olhar bem de perto o rosto de uma pessoa para conhecer o segredo de sua vida, mas sente ser um gesto inútil, já que "a outra pessoa é um enigma. E seus olhos são de estátua: cegos"[513].

Essas informações que estão na "Explicação" que abre o volume *A via crucis do corpo* servem como ferramenta de leitura dos textos de Clarice. Pelo menos duas questões são bem demarcadas nessa nota introdutória. A primeira é o fato de que Clarice, em sua literatura, possuía um grande interesse em pensar o corpo e em pensar-escrever a partir do corpo. Além disso, a escritora parece assinalar, no final da "Explicação", que o corpo é também esse espaço do inexpressivo. Assim como a "alma", o "espírito" – ou como se queira chamar essa dimensão tantas vezes contraposta ao

511 LISPECTOR, 1998e, p. 11.
512 LISPECTOR, 1998e, p. 12.
513 LISPECTOR, 1998e, p. 12.

elemento corpóreo – possui uma parte que não podemos alcançar, o corpo também seria esse *espaço hiante*, inexpressivo, neutro, que não podemos abarcar totalmente, já que "o neutro é o despegamento do sentido"[514], mas apenas se aproximar com cuidado e senti-lo como um lugar aberto para as contradições.

O que Clarice diz em *A via crucis do corpo*, de forma geral, bem como aquilo que é narrado particularmente em cada uma das 13 histórias dessa obra, abre espaço, pois, para a interrogação sobre a presença do corpo em toda a sua ficção. Renata Wasserman, num ensaio esclarecedor, "Clarice Lispector e o misticismo da matéria", observa que "uma forte corrente crítica sobre a obra de Clarice Lispector examina nela o elemento místico, tomando o termo num sentido clássico, de coisa do espírito em relação direta com a divindade"[515]. Ao contrário dessa perspectiva, Wasserman propõe uma leitura da obra de Clarice ressaltando esse "misticismo da matéria", que se refere a uma postura criativa que preza as dimensões materiais, se abrindo também para o transcendente, já que sua escrita joga sempre com as noções de imanência e transcendência[516]. Essa perspectiva de análise da literatura de Clarice mostra-se relevante especialmente por questionar a já cristalizada ideia de que sua ficção esteve, e de certa forma ainda está, assentada sob o signo de uma escrita puramente intelectual.

514 BARTHES, 2003a, p. 28.
515 WASSERMAN, 2007, p. 73.
516 Cf. WILLIAMS, 2007, p. 130.

Surpreendentemente, grande parte dos leitores e alguns críticos[517] acabaram por disseminar a ideia de que as obras da escritora brasileira eram herméticas e que a aproximação ao seu universo só era possível por meio de um estudo profundo e de um conhecimento amplo sobre a filosofia e a literatura. Ao contrário disso, Clarice sempre enfatizou que sua personalidade e também sua ficção não eram de natureza intelectiva[518], mas estavam diretamente relacionadas ao que ela chamou de *sensibilidade inteligente*[519]. Essa sensibilidade inteligente garantia à escritora a ideia de que tudo que ela criava tinha como fio condutor o corpo, e não o intelecto ou o espírito, estes últimos dois ganhavam projeção a partir do primeiro. Assim, seu trabalho de ficcionista está ligado ao mundo sensível, ao real, e, sobretudo, a uma dimensão estética que reinterpreta as possibilidades que o corpo encerra, tentando captar tudo com a ponta dos dedos[520]. Nesse sentido, sua escrita parece se preocupar com aquilo que Espinosa postulou, quando disse que ainda não sabemos o que pode o corpo[521].

517 Cf. BAILEY; ZILBERMAN, 2007 e CADERNOS DE LITERATURA BRASILEIRA, 2004.

518 "Talvez esse tenha sido o meu maior esforço de vida: para compreender a minha não-inteligência, o meu sentimento, fui obrigada a me tornar inteligente. (Usa-se a inteligência para entender a não-inteligência. Só que depois o instrumento – o intelecto – por vício de jogo continua a ser usado – e não podemos colher as coisas de mãos limpas, diretamente na fonte)." (LISPECTOR, 1999a, p. 384-385).

519 LISPECTOR, 1999a, p. 148-149.

520 "Meus dedos doem de tanto bater à máquina. Com a ponta dos dedos não se brinca. É pela ponta dos dedos que se recebem os fluidos." (LISPECTOR, 1998e, p. 46).

521 "O fato é que ninguém determinou, até agora, o que pode o corpo, isto é a experiência a ninguém ensinou até agora, o que o corpo – exclusivamente pelas leis

Essa perspectiva de análise da ficção de Clarice parece ser endossada quando lemos sua crônica "Intelectual? Não.", publicada ainda em 1968. Nesse texto, a autora diz que "ser intelectual é usar a inteligência, o que eu não faço: uso a intuição, o instinto"[522]. Nessa primeira afirmativa, já encontramos uma referência à dimensão corpórea que também se faz presente em quase todos os outros textos da autora. Ela menciona o fato de que o instinto se sobrepõe ao intelecto em sua atividade. Ainda acrescenta que, além de não ser intelectual, também não se considera uma "literata", já que, em seu caso, escrever livros não se tornou uma profissão. Dessa forma, a escritora chega a se perguntar se seria uma amadora[523]. Essas declarações de Clarice enriquecem a análise de sua obra, uma vez que redirecionam nosso olhar interpretativo, lançando novas nuances sobre sua ficção. Não ser uma literata, mas sim se aproximar do "amadorismo", parece ser a forma que Clarice encontrou para dizer que sua ficção é produzida pelo seu corpo, pela necessidade mais primária, num movimento sem ponto de chegada, fazendo-se como uma escritura bailarina[524]. Isso também lhe garante uma liberdade maior, já que, ao não ser uma

da natureza enquanto considerada apenas corporalmente, sem que seja determinado pela mente – pode e o que não pode fazer." (ESPINOSA, 2009, p. 101).

522 LISPECTOR, 1999a, p. 149.

523 "Literata também não sou porque não tornei o fato de escrever livros 'uma profissão', nem uma 'carreira'. Escrevi-os só quando espontaneamente me vieram, e só quando eu realmente quis. Sou uma amadora? O que sou então? Sou uma pessoa que pretendeu pôr em palavras um mundo inteligível e um mundo impalpável. Sobretudo uma pessoa cujo coração bate de alegria levíssima quando consegue em uma frase dizer alguma coisa sobre a vida humana ou animal." (LISPECTOR, 1999a, p. 149).

524 LINS, 2004, p. 45.

literata, sua escritura-corpo, escritura-movimento, se desprende de uma tradição racional comprometida sobremaneira com um padrão pré-estabelecido de escrita. É nesse sentido que podemos ler o fragmento de "Dia após dia", conto inserido em *A via crucis do corpo*, no qual a escritora afirma: "Minha obra que se dane. Não sei por que as pessoas dão tanta importância à literatura. E quanto ao meu nome? que se dane, tenho mais em que pensar"[525].

Clarice não está preocupada com essa literatura que "exigem" que ela produza, mas muitas vezes ela parece querer experimentar uma literatura do lixo, uma anti-literatura, talvez uma não-literatura, algo que é produzido pelos fluidos do corpo e que não cabe na lógica de um pensamento-forma caduco. Essa escritura corpórea que ela deseja experimentar aponta para um espaço de neutralidade, um lugar em que a escritora se encontra além do bem e do mal, além das posturas binárias ou dualistas[526], ressignificando o homem e a própria literatura.

Em *Água viva* (1973), essa dimensão corpórea aparece já na abertura, quando a narradora diz: "É com uma alegria tão profunda. É uma tal aleluia. Aleluia, grito eu, aleluia que se funde com o mais escuro uivo humano de dor de separação mas é grito de felicidade diabólica. Porque ninguém me prende mais"[527]. A escritura de Clarice se expressa como um deslocamento corpóreo, como a

525 LISPECTOR, 1998e, p. 50.

526 "Donde a ideia de uma criação estrutural que desfaça, anule ou contrarie o binarismo implacável do paradigma, recorrendo a um terceiro termo." (BARTHES, 2003, p. 17-18).

527 LISPECTOR, 1998d, p. 9.

respiração e o movimento de um toureiro na arena[528]. Ainda que sua capacidade de escrever se deva, em si, ao raciocínio, a razão é, em grande medida, repelida pela lógica corporal. "Continuo com a capacidade de raciocínio – mas agora quero o plasma – quero me alimentar diretamente da placenta."[529] Sua escritura nasce pelo movimento de deglutir a materialidade de si mesma; ela se alimenta da placenta, do corpo, dimensionando uma escritura que é, sobretudo, processo fisiológico. Como se lê na abertura do livro, Clarice anuncia uma literatura que toma o corpo como guia de condução, assim como faz Nietzsche em sua filosofia trágica. Com isso, a escritora brasileira se volta contra toda e qualquer tradição literária "incorpórea"; sua escritura é, antes, uma tentativa de enunciar as potencialidades do corpo.

A paixão segundo G.H. também se inicia tendo como fio condutor o corpo. Clarice escreve dizendo ser incapaz de pensar apenas por meio da razão, seu pensamento é epidérmico[530], é um pensamento-corpo. "Mas estou tão pouco preparada para entender. Antes, sempre que eu havia tentado, meus limites me davam uma sensação física de incômodo, em mim qualquer começo de pensamento esbarra logo com a testa."[531] Destaca-se nos textos da escritora brasileira justamente essa recusa à razão, à ciência, o que

528 "O próximo instante é feito por mim? Ou se faz sozinho? Fazemo-lo juntos com a respiração. E com uma desenvoltura de um toureiro na arena." (LISPECTOR, 1998d, p. 9).

529 LISPECTOR, 1998d, p. 9.

530 "Cedo fui obrigada a reconhecer, sem lamentar, os esbarros de minha pouca inteligência, eu desdizia o caminho. Sabia que estava fadada a pensar pouco, raciocinar me restringia dentro de minha pele." (LISPECTOR, 1964, p. 13).

531 LISPECTOR, 1964, p. 12-13.

significa uma tentativa de pensar, escrever, ler o mundo com o corpo. A própria relação de G.H. com a escultura já traz uma dimensão corporal mais forte para o texto: ela pensa com as mãos. "Da escultura, suponho, veio meu jeito de só pensar na hora de pensar, pois eu aprendera a só pensar com as mãos e na hora de usá-las."[532] A narradora cria, dá forma ao caos, pelo movimento corporal do toque. Em *Água viva*, a voz que "narra", corporificada, também inventa a partir do movimento das mãos, seu corpo dá forma ao informe, ao vazio das telas. "Estou consciente de que tudo o que sei não posso dizer, só sei pintando ou pronunciando sílabas cegas de sentido. E se tenho aqui que usar-te palavras, elas têm que fazer sentido quase que só corpóreo, estou em luta com a vibração última"[533]. A literatura de Clarice se instala, portanto, numa zona do *não-saber*, ou, para dizer de outra forma, no território dos *saberes do corpo*.

Nietzsche escreveu em *Além do bem e do mal*, no aforismo 230, que existe um impulso aparentemente contrário ao do espírito, que se deixa apreender pelo fato de ser "uma brusca decisão de não saber, de encerrar-se voluntariamente, um fechamento das janelas, um dizer Não interiormente a essa ou aquela coisa, um não-deixar que algo se aproxime, um estado defensivo ante uma coisa conhecível, uma satisfação com o obscuro"[534]. Escrever com o corpo, obedecendo aos seus ritmos próprios, significa, dentre outras coisas, encarar o processo de escrita, bem como a vivência que surge

532 LISPECTOR, 1964, p. 28.
533 LISPECTOR, 1998d, p. 11.
534 NIETZSCHE, 1992b, p. 137.

nessa escritura, como um saber obscuro, como um *saber trágico*[535], concebido como um substrato primário que não pode ser completamente entendido ou categorizado. O corpo-voz que se enuncia em *Água viva* – esse Eu declinado no feminino, que fala de modo embriagado a um Tu – se lança em guerra contra um posicionamento fechado e racional e em favor de uma perspectiva construída a partir do corpo, do movimento, da deriva, da errância, mostrando que "toda evidência de verdade vem apenas dos sentidos"[536].

Essa voz deseja, sobretudo, escrever com o corpo e isso significa assentar-se no instante, permanecer na *aleluia* e na *dor* do presente, as quais o corpo impõe como condição primária. Ainda que o corpo nos lance para o passado e o futuro, ele também nos força a estar no presente, com os odores, as asperezas, as paisagens, os sons e os gostos que o circundam a cada instante. "Corpo, corpo-homem, homem-corpo, é pois o súbito, o i-mediato, que é a realidade da liberdade como possibilidade para possibilidade, isto é, o súbito ou o i-mediato que é o corpo, é o abrir-se, o subitamente instaurar-se de ver-sentir-perceber."[537] Estar no *instante-já* significa dizer que essa escritura implica sentir até o último grau a dor própria do movimento de ser corpo e a alegria decorrente também dessa tentativa de encostar-se ao instante. Escrever-viver o corpo requer acolher a dor e a alegria da existência e assim apossar-se de

535 "um saber que, ao mesmo tempo, revela e oculta a própria coisa descrita por ele; um saber que encerra, para os espíritos finos, verdades múltiplas sob os arabescos das metáforas; um saber que deixa a cada um o cuidado de desvelar, isto é, de compreender por si mesmo e para si mesmo o que convém descobrir; um saber, de certa forma, iniciático." (MAFFESOLI, 2005, p. 21).

536 NIETZSCHE, 1992b, p. 77.

537 FOGEL, 2011, p. 84.

cada coisa. “Eu te digo: estou tentando captar a quarta dimensão do instante-já que de tão fugidio não é mais porque agora tornou-se um novo instante-já que também não é mais. Cada coisa tem um instante em que ela é. Quero apossar-me do *é* da coisa”[538].

Apossar-se do “é” das coisas faz com que esse corpo que escreve-vive sinta a experiência da dor-alegria. O que está em jogo nessa escritura que se quer corpo é acima de tudo viver o *instante-já* de cada sensação. Ser corpo é, em grande medida, não se lançar para o passado, nem estar no horizonte do futuro, mas tão somente ter que experimentar a sensação do instante, no qual cabem tanto o passado quanto o futuro. Experimentar a boa hora, o inusitado que pode surgir sem que isso sequer seja anunciado. O corpo que se deixa ser no instante pode entender um pouco da eternidade. Ser no instante é deixar-se ser pelo sempre. “O instante como ruptura, salto, revelação, ou êxtase pode servir de lugar intenso para abrir caminho por entre passados eternizados ou eternidades aprisionadas pela imortalidade.”[539] A escritura de Clarice propõe que sentir o instante significa exercer a liberdade de se deixar ser corpo, sentindo as intensidades que o atravessam e nele desencadeando novos fluxos e movimentos.

> Mas o instante-já é um pirilampo que acende e apaga, acende e apaga. O presente é o instante em que a roda do automóvel em alta velocidade toca minimamente no chão. E a parte da roda que ainda não tocou, tocará num imediato que absorve o instante presente e torna-o passado. Eu, viva

538 LISPECTOR, 1998d, p. 9.

539 BRUM, 2008, p. 48.

> e tremeluzente como os instantes, acendo-me e me apago, acendo e apago, acendo e apago. Só que aquilo que capto em mim tem, quando está sendo agora transposto em escrita, o desespero das palavras ocuparem mais instantes que um relance de olhar. Mais que um instante, quero o seu fluxo.[540]

Escrever sobre o *instante-já*, enunciar as sensações do corpo, tentar captar o imediato. Essas são algumas das características da escritura-corpo de Clarice. Ao arriscar falar do corpo e com o corpo escrever, a escritora propõe que, além do instante, é preciso captar aquilo que o segue, ou aquilo que não faz dele algo enrijecido. Sua escritura-corpo fala do instante a partir do fluxo, o *instante-já*, a imediatez de ser corpo, revela-se como uma vida que é um instante de instantes[541]. Perceber a existência como ocasião, ocorrência e potência significa encará-la como uma grande chance, como uma oportunidade de alegria que não se repete. Sendo assim, o corpo (o de quem escreve e o do que é escrito) capta o instante e todo instante é a hora de se colocar em movimento ou de fazê-lo dançar[542]. Sentir o *instante-já* com o corpo, sem um pensamento-cerebral, permite experimentar a dor e a alegria

540 LISPECTOR, 1998d, p. 16.

541 BRUM, 2008, p. 49.

542 "Literal e metaforicamente a sintaxe da frase *dança*. Não há mais sentido linear e unidirecional nessa escrita em jatos, que pode assaltar a inventora a qualquer hora do dia, em qualquer lugar, com todo tipo de letra: ora uma caligrafia caprichada, ora o risco miúdo e tremido, ora os traços largos, ora finalmente a simples garatuja, o garrancho esparso, o quase borrão. Gregotins." (NASCIMENTO, 2012, p. 207).

como algo neutro, que ainda não foi valorado, que se apresenta em estado bruto.

Diante da neutralidade, esse mesmo corpo se lança num movimento-dança, guiado pela música[543] da escritura. É exatamente esse movimento que permite que, instante por instante, o neutro seja reatualizado. O que existe é um fluxo no qual toda tentativa de enrijecimento é assolada. As fronteiras são embaralhadas e a escritura se faz por meio de uma música que é corpo, de um corpo que dança, de um escritor que se torna bailarino, não se entregando somente à lógica do linear, mas optando muitas vezes pelos deslocamentos em desvios, poderíamos dizer, por certa *arritmia* da escrita. Daniel Lins fala desse movimento corpóreo que perpassa a escrita de *Água viva*, enfatizando que existe no romance o jorro de "uma energia que não se sabe nascida da escrita ou da música, da escrita como música: núcleo de uma vontade de potência que transforma a estética do movimento em pura intensidade"[544]. Isso evidencia que essa escritura-corpo é contaminada pelo próprio movimento, não se deixando fixar em nenhum ponto. A própria concepção de escrita de Clarice toca nessa premissa quando a autora diz que é "inútil querer me classificar: eu simplesmente escapulo não deixando, gênero não me pega mais"[545]. Ou ainda quando registra: "escrevo em signos que não são mais um gesto que

543 A questão da música aparece na obra de Nietzsche como aspecto central para pensar o seu conceito de trágico. Ela também perpassa a literatura de Clarice como algo que sempre esteve em evidência e será tema de análise do capítulo 4 desta tese.

544 LINS, 2004, p. 45.

545 LISPECTOR, 1998d, p. 12.

voz. [...] O mundo não tem ordem visível e eu só tenho a ordem da respiração. Deixo-me acontecer"[546].

Viver, ler e escrever sob o signo da respiração, do corpo e do seu movimento que se faz dança: essa parece ser uma maneira de se acercar da escritura de Clarice Lispector, do fluxo de *Água viva*, da vida que se deixa acontecer como corpo. Enquanto escritura-corpo, o texto de Clarice propõe "uma ética do movimento capaz de conduzir ao fracasso toda tentativa de idolatria, ou toda tentação de mutismo, que é em si uma profunda desarmonia, um caos sem *caosmos*, o oposto, pois, de uma escrita-bailarina"[547]. Essa escritura propõe um pacto com um leitor que possa também com o corpo receber as secreções, os resíduos, as sonoridades e as trepidações do texto. O texto escrito com o corpo pede um leitor que leia com o corpo[548]. Mas o que significa ler o texto de Clarice com o corpo? Talvez seja ler esse texto a partir do instante, não buscando nele uma verdade última, um sentido final, mas deixando-se contaminar pelas sonoridades, pelas imagens e, sobretudo, pelas afeições-aflições que ele provoca no corpo de quem o lê. É sentir o texto com o corpo inteiro, no mesmo sentido empregado pela voz de *Água viva* ao dizer "escrevo-te toda inteira e sinto um sabor em ser e o sabor-a-ti é abstrato como o instante. É também com o corpo todo que pinto os meus quadros e na tela fixo o incorpóreo,

546 LISPECTOR, 1998d, p. 24.

547 LINS, 2004, p. 45.

548 Essa perspectiva de ler com o corpo foi marcada pela escritora brasileira quando, no programa Panorama Especial, disse que a leitura de seus textos não passava pelo entendimento, mas por uma lógica do sensível.

eu corpo a corpo comigo mesma. Não se compreende música: ouve-se. Ouve-me então com teu corpo inteiro"[549].

Essa literatura, que se faz pela desordem, pelo movimento vital e pelos abalos que o indivíduo sofre, precisa ser lida com o corpo inteiro. A escrita, bem como a leitura que se opera dessa forma, permite, no entanto, fixar também o incorpóreo, buscando-se a quarta dimensão. A narradora diz que o leitor pode se perguntar por que ela não se restringe à pintura e às suas exposições, já que escreve toscamente e sem ordem. E acrescenta ainda que "é que agora sinto necessidade de palavras – e é novo para mim o que escrevo porque minha verdadeira palavra foi até agora intocada. A palavra é minha quarta dimensão"[550]. Nietzsche fala disso quando diz que o homem não é algo fixo ou cristalizado[551]. Quando o filósofo pensa o homem a partir do fio condutor do corpo, ressalta que "o homem não é constituído por uma 'natureza' nem espiritual nem material: sendo corpo, é um ser múltiplo e instável, regido pela dinâmica da vontade de potência"[552]. Segundo Miguel Angel de Barrenechea, Nietzsche questiona, de forma categórica, aqueles que defendem "uma visão dicotômica da *natureza* humana, separando-a em duas substâncias heterogêneas e inconciliáveis: a alma e o corpo"[553]. A literatura de Clarice também propõe perceber o homem como esse corpo múltiplo[554] que não pode ser sentido a

549 LISPECTOR, 1998d, p. 10.
550 LISPECTOR, 1998d, p. 10.
551 BARRENECHEA, 2009, p. 15.
552 BARRENECHEA, 2009, p. 15.
553 BARRENECHEA, 2009, p. 16.
554 "A genealogia do sujeito traz como principal consequência a impossibilidade

partir de dualismos ou dicotomias. Vale ainda citar outra observação de Miguel Angel de Barrenechea sobre a filosofia de Nietzsche, visto que pode ser ampliada como ferramenta de leitura da literatura de Clarice.

> Diante do dualismo corpo-alma, sustentado por diversas concepções metafísicas e teológicas ocidentais, Nietzsche propõe uma perspectiva radicalmente diferente pela qual o corpo, outrora depreciado, é exaltado como constitutivo da *natureza* humana. Assim, o corpo deixa de ser o seu "outro" para tornar-se o *próprio*, o seu traço distintivo, o fio condutor para a reinterpretação do homem. Ao adotar o corpo como fio condutor, Nietzsche questiona diversos conceitos dicotômicos da tradição dualista, tais como além-mundo, Deus-Natureza, alma-corpo.[555]

A escritura bailarina de Clarice permite também em seu próprio movimento emaranhar essas noções. As dicotomias, bem

como os dualismos, são lançadas para fora da cena literária, dando abertura para novas coreografias e conexões que recusam verdades pré-estabelecidas[556] e polaridades simples. Assim, abre-se espaço

---

de qualquer unidade. O sujeito não é unidade, não existe uma 'natureza humana', não há nada de essencial, de substancial no homem. A suposta unidade do sujeito é uma utilidade social, resultado de um longo processo de moralização." (MOSÉ, 1999, p. 199).

555 BARRENECHEA, 2009, p. 18.

556 "Nova alternativa traz, sem dúvida, a dança. Pela cadência, ela põe em cena variados pontos de vista, diversos ângulos de visão, diferentes perspectivas. Faz surgir aspectos inesperados da existência; traz à luz dimensões insuspeitadas do mundo. Com a dança, evoca-se o fluxo vital; com ela, alude-se à permanente mudança de tudo o que existe." (MARTON, 2000, p. 146).

para uma escritura que anuncia o neutro: o que está em jogo nunca é o feminino ou o masculino, o bem ou o mal, o homem ou o animal, Deus ou a natureza, a vida ou a morte, mas sim as junções e relações que esses pares estabelecem, num movimento que requer a complementaridade e nunca a mútua exclusão das categorias. Esse corpo que escreve contra os dualismos sente o mundo que treme em suas mãos[557]. Escrever com o corpo é aproximar-se de um "invento de pura vibração sem significado"[558]. Talvez seja necessário dizer que a literatura de Clarice coloca em cena aquilo que Deleuze disse sobre a arte, a saber, que ela "não pensa menos que a filosofia, mas pensa por afectos e perceptos"[559]. Isso significa dizer que o texto pensa, mas que seu pensamento é antes de tudo corpo, sensação, percepção, afeto. Como corpo-bailarino, o texto de Clarice rompe os dualismos, as dicotomias e encena uma verdade que sempre está sob suspeita, fazendo o leitor sentir que "algo escapa e resta não determinado, não apresentado"[560], permanecendo como pura ausência. Seu texto é consecutivamente movimento, mudança, pluralidade de perspectivas, vertigem e deslocamentos.

Torna-se evidente que, em *Água viva* e, por extensão, na obra de Clarice, os atos de *escrever*, *viver* e *pensar* são indissociáveis. O próprio título do livro de 1973, que seria, inicialmente, *Objeto gritante*, foi mudado depois para *Atrás do pensamento* e, só poste-

557 "Vejo que nunca te disse como escuto música – apoio de leve a mão na eletrola e a mão vibra espraiando ondas pelo corpo todo: assim ouço a eletricidade da vibração, substrato último no domínio da realidade, e o mundo treme nas minhas mãos." (LISPECTOR, 1998d, p. 11).

558 LISPECTOR, 1998d, p. 11.

559 DELEUZE, 1992, p. 81.

560 WALDMAN, 2004, p. 248.

riormente, redefinido como *Água viva*. Para Clarice, o ato de escrever, e, portanto, o de viver e pensar, significa dançar, no sentido de que a dança é uma metáfora da leveza. Viver, escrever e pensar são ações que devem ser leves, uma vez que apenas com a leveza podemos revelar o peso da vida e afirmá-lo, transfigurando-o em algo flutuante, afirmativo e saudável. Clarice produz uma "dança das palavras que, numa bem-aventurada irrisão de momentos, se dizem, contradizem e desdizem"[561], evidenciando assim a própria e desenfreada dança da vida. Alain Badiou fala da dança como uma metáfora do pensamento em Nietzsche. Para o autor, "a dança é o que se opõe ao grande inimigo de Zaratustra-Nietzsche, inimigo que ele designa como 'o espírito do peso'"[562]. A dura escritura[563] de *Água viva* também anuncia essa recusa "ao espírito do peso", na medida em que a voz que se anuncia diz dançar, criar como um corpo-bailarino que escreve "por acrobáticas e aéreas piruetas"[564].

A escritura de Clarice, com seus textos-bailarinos, propõe um pensamento, mas um pensamento que se faz pela dança, pelo corpo-bailarino que rechaça a unidade pela multiplicidade; que recusa estar parado quando pode pular, saltar, mover-se; que desenha ou pinta uma poética da leveza[565]. Nesse sentido, perpassa

561 MARTON, 2000, p. 143.

562 BADIOU, 2002, p. 79.

563 "E antes de mais nada te escrevo dura escritura." (LISPECTOR, 1998d, p. 12).

564 LISPECTOR, 1998d, p. 12.

565 Cf. CALVINO, 1990, p. 15. Em *Seis propostas para o próximo milênio*, Italo Calvino abre as lições americanas assinalando que vai falar da *leveza* como um valor para a literatura. Ele então diz que "depois de haver escrito ficção por mais de quarenta anos, de haver explorado vários caminhos e realizado experimentos diversos, chegou o momento de buscar uma definição global de meu trabalho. Gostaria de propor a seguinte: no mais das vezes, minha intervenção se traduziu

a escritura de *Água viva* o conceito de sujeito como *corpo múltiplo*. Apenas em sua multiplicidade, em sua leveza, em seu caráter não-fixável podemos acessar a noção de corpo, esse *espírito livre*, esse corpo-bailarino que se contrabalança numa corda bamba e que, mesmo diante dos abismos, ainda deseja dançar[566], revelando em si mesmo a pluralidade de sentidos.

> Toda ideia de unidade nasceu de uma interpretação "errônea" do corpo, nasceu do medo da vida como pluralidade. A desautorização da ideia de sujeito como unidade, bem como de consciência considerada como instância avaliadora, não pressupõe a afirmação pura e simples das forças inconscientes, ou a retomada de um estado primitivo, anterior à linguagem. Ao contrário, a crítica nietzschiana do sujeito desemboca na afirmação do sujeito como proliferação de sentidos e possibilidades.[567]

Em *Água viva*, existe um sujeito que fala, gesticula e se movimenta em puro delírio. Esse sujeito bailarino, ao articular-se a

---

por uma subtração do peso; esforcei-me sobretudo por retirar peso à estrutura da narrativa e à linguagem". Ainda que a literatura de Clarice recuse uma definição global, parece relevante pensar que seus textos, de diferentes modos, também trabalham com esse princípio da leveza, abrindo espaço, especialmente, para a reflexão de como se expressa na obra da escritora a tensão entre o peso e a leveza.

566 "[...] um único ponto de vista e sentimento, que passa a predominar – o cristão o denomina fé. Quando uma pessoa chega à convicção fundamental de que *tem* de ser comandada, torna-se 'crente'; inversamente, pode-se imaginar um prazer e força na autodeterminação, uma *liberdade* da vontade, em que um espírito se despede de toda crença, todo desejo de certeza, treinado que é em se equilibrar sobre tênues cordas e possibilidades e em dançar até mesmo à beira de abismos". (NIETZSCHE, 2001, p. 241).

567 MOSÉ, 1999, p. 199.

partir de seu corpo, descobre que existe uma pluralidade de sentidos, de possibilidades, estranha-se e então percebe que precisa "assumir a si mesmo como devir e multiplicidade"[568]. "E se eu digo 'eu' é porque não ouso dizer 'tu', ou 'nós' ou 'uma pessoa'. Sou obrigada à humildade de me personalizar me apequenando mas sou o és-tu."[569] O corpo que se movimenta, que sublinha a leveza em detrimento do *espírito do peso*, expondo-se em cena, deixa entrever que não é uma unidade e sequer é uma personalidade fechada, mas antes se constitui como sujeito que se volta contra as categorias de "ser", "consciência", "essência", "verdade". Esse sujeito que vive e se movimenta, assumindo a multiplicidade de seu querer, é uma voz que "enfrenta o desconhecido de sua vontade e não impede a luta; dessa forma, ele reinstaura a plasticidade, a leveza, a provisoriedade e a pluralidade da vida em seu corpo"[570], isto é, o movimento.

> Um mundo fantástico me rodeia e me é. Ouço o canto doido de um passarinho e esmago borboletas entre os dedos. Sou uma fruta roída por um verme. E espero a apocalipse orgásmica. Uma chusma dissonante de insetos me rodeia, luz de lamparina acesa que sou. Exorbito-me então para ser. Sou em transe. Penetro no ar circundante. Que febre: não consigo parar de viver. Nesta densa selva de palavras que envolvem espessamente o que sinto e penso e vivo e transforma tudo o que sou em alguma coisa minha que no entanto fica inteiramente fora de mim. Fico me assistindo pensar. O que

568 MOSÉ, 1999, p. 199.
569 LISPECTOR, 1998d, p. 13.
570 MOSÉ, 1999, p. 199.

me pergunto é: quem em mim é que está fora até de pensar? Escrevo-te tudo isto pois é um desafio que sou obrigada com humildade a aceitar. Sou assombrada pelos meus fantasmas, pelo que é mítico e fantástico – a vida é sobrenatural.[571]

A provisoriedade é enfatizada sempre pelo movimento desse corpo-bailarino, que caminha em corda bamba, pelo movimento de um texto que se faz por meio de ensaios-esboços[572], oscilações e improvisos[573], assim como pela voz-corpo que se enuncia sempre também em arrojos, num estado de embriaguez que a leva a se entregar ao mundo. "Fixo instantes súbitos que trazem em si a própria morte e outros nascem – fixo os instantes de metamorfose e é de terrível beleza a sua sequência e concomitância."[574] O que a voz que se enuncia em *Água viva* pretende dizer é que sua tentativa de fixar qualquer coisa é sempre falha, o próprio instante escapa ao se metamorfosear no próximo instante. Tudo está em vibração e sendo assim, a natureza, os homens, o próprio ato de escrever, enfim, a vida, se constitui como um corpo que dança, que se movimenta e se transforma, evitando assim que "o peso da matéria nos esmague"[575]. O pensamento-dança do texto de Clarice aponta para o fato de que a vida é sempre luta, flexibilidade/vigor, amplitude/envergadu-

571 LISPECTOR, 1998d, p. 67-68.

572 "Escrevo-te como exercício de esboços antes de pintar." (LISPECTOR, 1998d, p. 18).

573 "Sei o que estou fazendo aqui: estou improvisando. Mas que mal tem isto? improviso como no jazz improvisam música, jazz em fúria, improviso diante da plateia." (LISPECTOR, 1998d, p. 23).

574 LISPECTOR, 1998d, p. 13.

575 CALVINO, 1990, p. 21.

ra, tensão[576], oscilação, gesto. Nesse sentido, as formas e os corpos são manifestações efêmeras, já que a vida é um abalo constante, é atravessar uma corda bamba, e toda forma é passageira, assim como toda ideia de unidade é fictícia: "a identidade é uma crença nascida do medo do caráter absolutamente transitório de tudo que vive. Não há átomo, não há ser, não há essência, não há realidade, não há verdade, o que há é uma tensão de forças que produzem configurações provisórias"[577], o que há é um *corpo múltiplo* – seja ele um homem, um texto, ou o próprio mundo – em travessia.

Clarice produziu textos que colocam em questão a concepção de movimento. Ao se enunciar com textos bailarinos, com corpos que dançam e não se fixam, sua literatura, como a filosofia trágica de Nietzsche, questiona o próprio pensamento, o próprio ato de escrever, mais uma vez colocando o corpo como fio condutor da atividade de escrever-pensar. Em *Além do bem e do mal*, Nietzsche diz que "quanto à superstição dos lógicos, nunca me cansarei de sublinhar um pequeno fato que esses supersticiosos não admitem de bom grado – a saber, que um pensamento vem quando 'ele' quer e não quando 'eu' quero"[578]. Pode-se depreender desse fragmento que o filósofo entende o pensamento ou o ato de pensar como uma atividade que traduz forças instintivas. De modo similar, em *Água viva*, podemos ler fragmentos em que a voz narrativa se anuncia preocupada com aquilo que se localiza *atrás do pensamento*; ela deseja a *matéria-prima*, algo que se faz como movimento do corpo, do

576 Cf. o ensaio de Marco Brusotti (2011), "Tensão: um conceito para o grande e o pequeno".

577 MOSÉ, 1999, p. 190.

578 NIETZSCHE, 1992b, p. 23.

sensível. "Será que isto que estou te escrevendo é atrás do pensamento? Raciocínio é que não é. Quem for capaz de parar de raciocinar – o que é terrivelmente difícil – que me acompanhe."[579]

O que se inscreve, portanto, na literatura de Clarice e, que de forma análoga também está presente nos textos de Nietzsche, é um questionamento do pensamento, pelo menos de um pensamento que não se faz com o corpo. Ao contrário do racionalismo socrático, essas escrituras-bailarinas desejam, sobretudo, dizer o corpo, enunciar seus saberes. Sendo assim, paradoxalmente, o pensar também é concebido como um ato que se localiza naquilo que não pensa, em estruturas externas ao próprio pensamento, como diria Clarice. Pensar, viver e escrever são ações construídas a partir de uma conotação instintiva que rechaça o *logos*. Nesse sentido, vale citar a consideração de Alain Badiou ao falar da dança como pensamento.

> Espinosa dizia que tentamos saber o que é o pensamento, enquanto não sabemos nem mesmo do que um corpo é capaz. Diria que a dança é precisamente o que mostra que o corpo é capaz de arte, e a medida exata na qual, num determinado momento, ele é capaz de arte. Mas dizer que o corpo é capaz de arte não quer dizer fazer uma arte do corpo. A dança aponta para essa capacidade artística do corpo, sem por isso definir uma arte singular. Dizer que o corpo, como corpo, é capaz de arte, é mostrá-lo como corpo-pensamento. Não como pensamento preso num corpo, mas como corpo que é pensamento.[580]

579 LISPECTOR, 1998d, p. 33.
580 BADIOU, 2002, p. 94.

A escritura de *Água viva*, assim como grande parte da produção de Clarice Lispector, mostra exatamente esse corpo que é pensamento. Sua escritura-bailarina permite vislumbrar um corpo que pensa, um corpo-pensamento. Nesse sentido, podemos dizer que seus escritos são um *texto-corpo-pensante*. Esses textos tentam pelo seu fluxo sugerir o que pode um corpo. Mas o que pode um corpo? Um corpo pode fazer a vida ser sentida como fluxo, retirar de cena o espírito do peso[581] e afirmar a vida em seu *saber alegre*. É nessa direção que podemos ler o corpo-voz (de Clarice?) dizendo que "mais que o instante, quero o seu fluxo"[582].

> Tenho coragem? Por enquanto estou tendo: porque venho do sofrimento longe, venho do inferno de amor mas agora estou livre de ti. Venho do longe – de uma pesada ancestralidade. Eu que venho da dor de viver. E não quero mais. Quero a vibração do alegre. Quero a isenção de Mozart. Mas quero também a inconsequência. Liberdade? é o meu último refúgio, forcei-me à liberdade e aguento-a não como dom mas como heroísmo: sou heroicamente livre. E quero o fluxo.[583]

Escrever com o corpo, exprimir o corpo e fazer do corpo um fio condutor de sua literatura são atos que parecem retirar Clarice, assim como suas personagens, dessa pesada ancestralidade. Evando Nascimento, ao falar desse corpo-escritura de Clarice,

---

581 "Afastai-vos do caminho desses homens absolutos! Têm pés pesados e coração mormacento, - não sabem dançar. Como poderia a terra ser leve para tal gente!" (NIETZSCHE, 1998a, p. 342).

582 LISPECTOR, 1998d, p. 16.

583 LISPECTOR, 1998d, p. 16.

evidencia que sua literatura não é uma *literatura filosófica*, mas uma *literatura pensante*, o que significa que seus textos abrem e constituem "um espaço de tensão entre saber e não saber, por meio de um pensar-sentir ou de um sentir-pensar diferencial e afetivo"[584]. Isso significa que a literatura de Clarice é, sobretudo, fluxo vital. Como escritura que se realiza a partir do corpo, ela capta e pode fazer sentir a vibração alegre do mundo, inserindo-se num campo de liberdade, aquele que se alcança ao se produzir com o corpo. Se existe um pensamento que atravessa a escritura de Clarice, esse pensamento só se materializa como corpo.

Em *A cidade sitiada*, podemos identificar, num fragmento do segundo capítulo, essa noção do pensamento como corpo: "Decorar era bonito. *Enquanto se decorava não se refletia, o vasto pensamento era o corpo existindo* – sua concretização era luminosa: ela estava imóvel diante de uma janela"[585]. O que se destaca nesse trecho – e que, de determinada forma, está inscrito em toda obra de Clarice Lispector – é o fato de que sua escritura-corpo permite pensar, mas esse pensamento é, sobretudo, corporal, fluxo vital, ressonâncias da carne. O pensamento que se encena na escrita é sempre um pensamento-corpo, e o maior pensamento é um corpo que existe, seus fluxos, suas dores, suas demandas e vontades. É nesse sentido que podemos ler um dos trechos mais significativos de *Água viva* no que tange à questão corporal, a saber, o fragmento em que a voz-corpo diz que "o mais profundo pensamento é um coração

584 NASCIMENTO, 2012, p. 8.

585 LISPECTOR, 1998g, p. 31. (Grifo meu).

batendo"[586]. Diante da lógica do corpo, todo pensamento racional se torna vão e menor. Os fluxos de um corpo são maiores do que qualquer razão que não seja a do sensível. Assim, seria impossível não pensar aqui numa ressonância, talvez numa forma residual, que nos remete diretamente àquilo que Nietzsche postulou como a grande razão do corpo, quando escreveu, no capítulo "Os desprezadores do corpo", do Zaratustra, que "há mais razão no teu corpo do que na tua melhor sabedoria. E por que o teu corpo, então, precisaria logo da tua melhor sabedoria?"[587].

Água viva é, sem dúvida alguma, um dos ápices dessa escritura-pensamento que se realiza como um saber do corpo. Em outro fragmento desse romance, o corpo-voz assinala que sua escrita se relaciona ao corpo, a um erotismo próprio de uma escritura que nasce e reverbera nas demandas corporais. Dessa forma, surge a noção de que essa escritura também é um lugar que coloca em cena o erotismo, entendido aqui como uma capacidade de afirmação, prazer e alegria.

> E quando o dia chega ao fim ouço os grilos e torno-me toda repleta e inteligível. Depois vivo a madrugada azulada que vem com o seu bojo cheio de passarinhos – será que estou te dando uma ideia do que uma pessoa passa em vida? E cada coisa que me ocorra eu anoto para fixá-la. Pois quero sentir nas mãos o nervo fremente e vivaz do já e que me reaja esse nervo como buliçosa veia. E que se rebele, esse nervo de vida, e que se contorça e lateje. E que se derramem safiras,

586 LISPECTOR, 1998d, p. 46.

587 NIETZSCHE, 1998, p. 60.

> ametistas e esmeraldas no obscuro erotismo da vida plena: porque na minha escuridão enfim treme o grande topázio, palavra que tem luz própria.[588]

Escrever significa grafar tudo como quem escreve com o sangue[589], numa escrita visceral. Significa sentir cada instante com o corpo e, a partir dele, garatujar as sensações que afetam aquele que escreve. É a partir dessa escrita, que também é erótica, que se pode entender e afirmar a vida. Nesse sentido, parece salutar pensar no alcance que Georges Bataille diz ter o erotismo, quando assinala que "do erotismo, é possível dizer que ele é a aprovação da vida até na morte"[590]. Assim, podemos dizer que a escrita de *Água viva* e, por extensão, os textos de Clarice Lispector possuem dimensões eróticas na medida em que eles são encenações de uma afirmação integral da vida[591], da vida humana, animal, vegetal e até mesmo mineral, uma afirmação que compreende aprovar o orgânico e o inorgânico, o humano e o inumano, num ritual orgástico em que cada coisa goza cada coisa, fazendo da experiência vital um encontro com o neutro. Em *A paixão segundo G.H.* podemos ler:

588 LISPECTOR, 1998d, p. 19.

589 "De tudo o que se escreve, aprecio somente o que alguém escreve com seu próprio sangue. Escreve com o sangue; e aprenderás que o sangue é espírito." (NIETZSCHE, 1998a, p. 66).

590 BATAILLE, 2004, p. 19.

591 "Há uma prece profunda em mim que vai nascer não sei quando. Queria tanto morrer de saúde. Éclater é melhor: j'éclate". (LISPECTOR, 1998d, p. 46).

> Eu entrara na orgia do sabá. Agora sei o que se faz no escuro das montanhas em noites de orgia. Eu sei! Sei com horror: gozam-se as coisas. Frui-se a coisa de que são feitas as coisas – esta é a alegria crua da magia negra. Foi desse neutro que vivi – o neutro era o meu verdadeiro caldo de cultura. Eu ia avançando e sentia a alegria do inferno. [...]
> O neutro é inexplicável e vivo, procura me entender: assim como o protoplasma e o sêmen e a proteína são de um neutro vivo. E eu estava toda nova, como uma recém-iniciada. Era como se antes eu estivesse estado com o paladar viciado por sal e açúcar, e com a alma viciada por alegrias e dores – e nunca tivesse sentido o gosto primeiro. E agora sentia o gosto do nada.[592]

O encontro de G.H. com a barata é também o encontro com o erotismo próprio da vida. Tocar a massa insossa da barata significa estar preparada para gozar cada coisa num ritual de alegria e prazer. Viver esse encontro é, sobretudo, experimentar o neutro, aquilo que não pode ser explicado, que permanece aberto e que não pode ser valorado a partir das categorias definidas até então. Ao tocar o neutro, G.H. realiza sua "esperança de gozo"[593] e reafirma sua "fé na vida orgíaca"[594]: "A orgia do inferno é a apoteose do neutro. A alegria do sabá é a alegria de se perder no atonal"[595]. A escrita de Clarice coloca em questão esse corpo que comunga

592 LISPECTOR, 1964, p. 102-103.
593 LISPECTOR, 1964, p. 122.
594 LISPECTOR, 1964, p. 122.
595 LISPECTOR, 1964, p. 122.

com o neutro, que descobre uma alegria de se perder no atonal, no insosso, no inexpressivo, no informe, no resíduo, ou seja, naquilo que carece de definição. A apoteose do neutro se realiza como escritura na medida em que o texto clariciano consegue expressar pelas palavras esse grau de neutralidade que existe no mundo, a saber, essa dimensão crua e nua do que vive.

O erotismo também se manifesta na literatura de Clarice por meio de um corpo que se embriaga e se oferece ao mundo. Esse corpo já não cabe em seus estreitos limites. "A grandeza infernal da vida: pois meu corpo me delimita, a misericórdia não vem fazer com que o corpo me delimite. No inferno, o corpo não me delimita, e a isso chamo de alma? Viver a vida que não é mais a de meu corpo – a isto chamo de alma impessoal?"[596] Não cabendo mais nos seus estreitos limites, esse corpo se movimenta e registra seu gozo a partir da transgressão dionisíaca. Bataille fala dessa dimensão do erotismo, a saber, de uma transgressão que muitas vezes se constitui pelo sacrifício e pela morte[597]. Em *A paixão segundo G.H.* existe uma espécie de gozo quando a protagonista pensa na possibilidade de matar a barata. Ela, sem pudor e comovida, entrega-se ao mal e ao desejo de matar[598]. "É que nesses instantes, de olhos fechados, eu tomava consciência de mim assim como se toma consciência de um sabor: eu toda estava com sabor de

596 LISPECTOR, 1964, p. 123.

597 BATAILLE, 2004.

598 "Sem nenhum pudor, comovida com minha entrega ao que é mal, sem nenhum pudor, comovida, grata, pela primeira vez eu estava sendo a desconhecida que eu era – só que desconhecer-me não me impediria mais, a verdade já me ultrapassara: levantei a mão como para um juramento, e num só golpe fechei a porta sobre o corpo meio emergido da barata." (LISPECTOR, 1964, p. 53).

aço e azinhavre, eu toda era ácida como um metal na língua, como planta verde esmagada, meu sabor me veio todo à boca."[599]

A personagem G.H. sai dos limites de seu eu e se entrega a um ritual erótico no qual, embriagada, ela se encontra com o mundo. "Que fizera eu de mim? Com o coração batendo, as têmporas pulsando, eu fizera de mim isto: eu matara. Eu matara! Mas por que aquele júbilo, e além dele a aceitação vital do júbilo? Há quanto tempo, então, estivera eu por matar?"[600] De forma similar, a voz-corpo que se enuncia em *Água viva* parece entrar nesse ritual erótico e, transgredindo os seus limites, passa a gozar com cada coisa, experimentando a vida a partir do corpo e por meio de sua dimensão erótica. "Estou sentindo o martírio de uma inoportuna sensualidade. De madrugada acordo cheia de frutos. Quem virá colher os frutos de minha vida? Senão tu e eu mesma?"[601] A voz-corpo deseja ter um encontro com esse outro corpo que pode colher seus frutos. Delineia-se assim, na escritura de Clarice, uma dimensão erótica que perpassa toda sua obra e que, de certa forma, serve como mecanismo afirmador da própria vida, de sua asseveração total, e, sobretudo, de uma visão dionisíaca que entende a existência como uma dança desenfreada dos desejos, da razão do corpo. É a partir dessa perspectiva que podemos ler outro fragmento de *Água viva*, no qual a dimensão erótica da existência, assim como da própria escritura dessa existência, salta aos olhos do leitor.

---

599 LISPECTOR, 1964, p. 53-54.
600 LISPECTOR, 1964, p. 53-54.
601 LISPECTOR, 1998d, p. 38-39.

> De mim no mundo quero te dizer da força que me guia e me traz o próprio mundo, da sensualidade vital de estruturas nítidas, e de curvas. Meu grafismo e minhas circunvoluções são potentes e a liberdade que sopra no verão tem a fatalidade em si mesma. O erotismo próprio do que é vivo está espalhado no ar, no mar, nas plantas, em nós, espalhado na veemência de minha voz. E há um vigor de tronco robusto, de raízes entranhadas na terra viva que reage dando-lhes grandes alimentos. Respiro de noite a energia.[602]

Nesse fragmento de *Água viva*, a voz-corpo que se anuncia/enuncia diz ser a existência algo perpassado pelo erotismo. Tudo que é vivo está ligado por uma dimensão erótica, sejam os homens, sejam as plantas, sejam os animais, até mesmo as coisas do universo mineral, as pedras se deleitam, em estado bruto de erotismo. Tudo que existe, existe em estado de erotismo. A escritura que deseja captar essa dimensão erótica da existência, uma escritura que se deseja corpo, precisa também ser erótica. É nesse sentido que esse eu, essa voz-corpo, diz escrever a sensualidade vital, escrever por curvas, por meio de circunvoluções potentes. A escritura erótica de *Água viva* é, sobretudo, uma escritura que opera por uma "convulsão da linguagem", fazendo da linguagem o lugar do erótico. Essa linguagem que é o espaço do erótico afirma a existência, afirma a vida até mesmo na morte. O corpo que dança, embriagado, que desenha curvas e que se faz escritura diz que almeja morrer com vida. Não há maior afirmação da vida que desejar morrer com muita vida, que deixar de ser corpo, ainda

602 LISPECTOR, 1998d, p. 40.

querendo ser corpo, num gesto de puro erotismo, violentando a morte e abrindo uma fresta para a vida[603]: "Quero morrer com vida. Juro que só morrerei lucrando o último instante."[604]

A escritura bailarina de Clarice evidencia, pois, esse gesto alegre e erótico do corpo. Diante do abismo da morte, que aparece em *Água viva* e que posteriormente tomaria a cena em *A hora da estrela* e *Um sopro de vida*, esse corpo que dança pretende sempre dar um último passo e esse derradeiro movimento é sucessivamente uma tentativa de afirmar o transitório, o corpóreo, ainda que, em algum momento, isso implique também afirmar a nossa própria finitude. Escrever com o corpo, escrever o corpo e grafar a própria e inerente precariedade num texto também precário, isso foi o que Clarice tantas vezes fez. Sempre que nos deparamos com afirmações que rasuram a potência da literatura de Clarice e sua dimensão corpórea, vale a pena voltar àquele belo e decisivo fragmento de *A hora da estrela* e fitá-lo com cuidado. Nele, Rodrigo S.M./Clarice diz: "Eu não sou intelectual, escrevo com o corpo"[605].

603 "A natureza dos seres e das coisas – é Deus? Talvez então se eu pedir muito à natureza, eu paro de morrer? Posso violentar a morte e abrir-lhe uma fresta para a vida?" (LISPECTOR, 1998d, p. 74).

604 LISPECTOR, 1998d, p. 46.

605 LISPECTOR, 1998b, p. 16.

4.2 Corpo animal: corpo humano

> *Uma pantera negra enjaulada. Uma vez olhei bem nos olhos de uma pantera e ela me olhou bem nos meus olhos. Transmutamos-nos. Aquele medo. Saí de lá toda ofuscada por dentro, o "X" inquieto.*
>
> Clarice Lispector

A literatura de Clarice Lispector é produzida com o corpo e de vários modos coloca em cena uma imagem do homem como corpo. Ainda que isso já tenha sido dito, vale perguntar que corpo é esse que sua escritura deixa entrever. Parece que a figura mais apropriada para pensarmos sua ficção é a do centauro. Um centauro clariciano: metade homem, metade cavalo, mas também adornado por pedras, vegetais e por uma gama de elementos inorgânicos. Esse ser que se abre para a neutralidade, para o que não pode ser nomeado, nem homem, nem animal: o indiscernível, o neutro[606]. O que se tenta postular aqui é o fato de que, desde o lançamento de seus textos, Clarice manteve uma relação muito complexa com a representação do homem. Sua ficção sempre optou por refletir sobre o homem, mas sem, em nenhum momento, se enveredar por uma dimensão antropocêntrica. Ao contrário, a escritora brasileira, próxima à concepção nietzschiana[607], preferiu postular que o ho-

606 "O inominável em Clarice Lispector tem nome: o 'it', a coisa interior, o animal incontrolável que mora nos seres e nas coisas e que se reveste de palavra-coisa." (BRAGA JÚNIOR, 2011, p. 129).

607 Cf. GLENADEL, 2011. No ensaio "'Poesia e verdade' da animalidade nietzschiana", Paula Glenadel discute a presença dos animais na filosofia de Nietzsche e defende que existe, a partir da figura dos animais, uma aproximação entre filosofia e poesia. Além disso, Glenadel enfatiza a *proximidade afetiva* que Nietzs-

mem é um animal inacabado, e, portanto, pensar a espécie humana significa também pensar o animal, já que existe entre esses dois termos, em determinada medida, uma relação de contiguidade[608].

É por meio dessa ideia que podemos agora rever seus textos que encenam uma dimensão animal da escritura, desde *Perto do coração selvagem*, passando por *O Lustre*, *A cidade sitiada*, *A maçã no escuro*, *A paixão segundo G.H.*, *Uma aprendizagem ou O livro dos prazeres*, *Água viva*, *A hora da estrela* e *Um sopro de vida*, bem como os contos "Uma galinha", "A legião estrangeira", "O ovo e a galinha", "Macacos", "Tentação", "A quinta história", "Perdoando Deus", "O crime do professor de matemática", "Uma esperança" e "Seco estudo de Cavalos" (tomando aqui os principais textos curtos que encenam um pensamento animal[609]), e, ainda percorrendo muitas crônicas/fragmentos reunidos em *A descoberta do mundo* e em alguns livros infantis, como *A mulher que matou os peixes*, *A vida íntima de Laura* e *O mistério do coelho pensante*. Constatamos também que todos esses textos parecem falar do homem a partir do animal e do animal a partir do homem, não elegendo nunca um termo que supere o outro, mas preferindo trabalhar com o pensamento de que ambos fazem parte da construção de um corpo animal-homem e, ao mesmo tempo, servem à caracterização do animal como Outro.

che estabeleceu com o universo animal em sua filosofia.

608 "O que os animais decerto teriam em comum com o homem seria partilhar essa mesma origem, múltipla, irredutível a um só fundamento, talvez mesmo sem fundamento simples, tão somente um solo instável e sedioso de multiplicidades." (NASCIMENTO, 2012, p. 16).

609 "O animal nos olha, e estamos nus diante dele. E pensar começa talvez aí." (DERRIDA, 2002, p. 57).

Ao enfatizar que sua literatura se faz a partir do instinto, Clarice Lispector elege o corpo como fio condutor e, mais que isso, escolhe não um corpo qualquer, mas um híbrido – poderíamos dizer que escreve a partir de um corpo singular, no qual a dimensão animal aparece de forma clara. Seu livro *Água viva* parece ser um dos textos que melhor trabalha a questão de um pensamento animal, de uma escritura animal e da representação de um corpo animal-homem. Ao falar do seu processo de escrita, o corpo-voz do romance mencionado diz que quer "pôr em palavras mas sem descrição a existência da gruta que faz algum tempo pintei – e não sei como. Só repetindo o seu doce horror, caverna de terror e das maravilhas, lugar de almas aflitas, inverno e inferno, substrato imprevisível do mal que está dentro de uma terra que não é fértil"[610].

Clarice marca de certa forma um lugar de enunciação, que no caso de sua literatura é a da condição de *devir-animal*. "Chamo a gruta pelo nome e ela passa a viver com seu miasma. Tenho medo então de mim que sei pintar o horror, eu, bicho de cavernas ecoantes que sou, e sufoco porque sou palavra e também o seu eco"[611]. Muitos de seus textos colocam em cena animais e, em *Água viva*, não apenas estão presentes – as baratas, os cavalos, as galinhas, os pintos, os insetos, os macacos, os cachorros, os peixes, os coelhos, os quatis, os ratos, ou seja, todo um bestiário clariciano que povoa a mente de seus leitores –, como sua presença também parece assinalar que sua própria escritura é realizada a partir de um prisma, de uma perspectiva animal, colocando em evidência que "cer-

---

610 LISPECTOR, 1998d, p. 16.
611 LISPECTOR, 1998d, p. 16.

to valor de não humano habita o coração do humano"[612]. Trata-se, portanto, não somente de colocar em cena animais, de tematizar sobre eles, de se ver em confronto com esses seres, mas acima de tudo de tentar escrever a partir da perspectiva deles, ressaltando "uma pesada ancestralidade"[613].

Escrever a partir dessa ótica animal obriga o leitor de Lispector a se ver confrontado com a própria questão do humano, nas palavras de Carlos Mendes de Sousa em seu livro *Clarice Lispector*: figuras da escrita: "o lado animal da obra é uma revelação do animal interior que nos habita – em alguns casos, enjaulado dentro de nós"[614]. Assim, quando Clarice fala dessa *pesada ancestralidade*, ela parece dizer que o homem, como animal inacabado, não pode fugir de sua condição de bicho. Trata-se, na verdade, de uma encenação ficcional que expressa, fora do domínio do antropocentrismo, novos modos de configuração do humano. Ou seja, a escritura de Clarice, em especial, a ficção *Água viva*, propõe interseções entre aquilo que costumamos nomear de humano e aquilo que chamamos animal, ou não-humano. Segundo Benedito Nunes, o animal é uma abertura para se pensar o outro, para pensar o homem em sua dimensão instintiva.

> Com o animal, as relações são, sobretudo, transversais, ou seja, o animal é considerado o oposto do homem, mas ao mesmo tempo uma espécie de simbolização do próprio homem. Na acepção comum, simboliza o que o homem teria

---

612 NASCIMENTO, 2011, p. 119.

613 LISPECTOR, 1998d, p. 16.

614 SOUSA, 2012, p. 286.

> de mais baixo, de mais instintivo, de mais rústico ou rude na sua existência. Por isso mesmo, o animal para nós é o grande outro da nossa cultura, e essa relação é muito interessante como tópico de reflexão.[615]

Esse confronto com o animal possibilita transvalorar alguns dados fixos sobre a condição humana. A literatura de Clarice elege o animal, ou melhor, esse confronto com o animal, como forma de salientar o lado mais violento do homem, sua truculência[616], sua rusticidade. É claro que não se trata de perceber, em Clarice, essa dimensão como algo negativo, mas como aquilo de que não podemos abrir mão. É dentro dessa perspectiva que podemos ler G.H. e seu confronto com a barata, sua tentativa de comungar com o inseto e, nessa comunhão, encontrar sua própria ancestralidade rasurada pela civilização, sua própria animalidade. De forma bem próxima a esse encontro, há também o conto "O búfalo", inserido em *Laços de família*. Esse conto parece ser o texto mais bem acabado sobre o confronto animal x homem. Nele, uma mulher que fora rejeitada por "um homem cujo crime único era o de não amá-la"[617], decide ir a um jardim zoológico. Ela acredita que seu encontro com os animais pode lhe dar o ódio de que necessita para sobreviver à rejeição do homem que ama. O conto é, na verdade, um texto

615 NUNES, 2011, p. 13.

616 "A nossa vida é truculenta: nasce-se com sangue e com sangue corta-se a união que é o cordão umbilical. E quantos morrem com sangue. É preciso acreditar no sangue como parte de nossa vida. A truculência. É amor também." (LISPECTOR, 1999a, p. 252).

617 LISPECTOR, 2009, p. 127.

sobre uma aprendizagem, sobre a aprendizagem de ser animal, de buscar o animal que somos, mas que vive rasurado dentro de nós mesmos. Encontrar esse animal é conseguir odiar.

O texto narra essa busca pelo ódio, pela truculência, pelo desejo de "matar", talvez de se matar, numa morte simbólica que representa, acima de tudo, o desejo de deixar de amar ou, ao menos, a capacidade de amar como animal. No entanto, ao chegar ao jardim zoológico, a mulher se depara com um universo animal que indica sempre o amor[618]. O conto já se inicia com uma conjunção adversativa, "mas", marcando que o desejo inicial da personagem seria frustrado: "Mas era primavera. Até o leão lambeu a testa glabra da leoa. Os dois animais louros. A mulher desviou os olhos da jaula, onde só o cheiro quente lembrava a carnificina que ela viera buscar no jardim zoológico"[619]. Ainda que ela busque no zoológico o ódio, "o ponto de ódio", que ela acredita ser essencialmente animal, num primeiro momento, encontra uma total adesão da vida animal ao que acredita ser o amor.

Depois de se deparar com os leões, ela então procura outros animais que possam ensiná-la a odiar. No entanto, todas as visões dela são de animais que vivem em paz, numa tranquilidade próxima ao amor. Nesse sentido, a adversativa – que marca a divergência entre seu desejo de ódio e o encontro com o amor, simbolizado pela primavera, pelos signos de vida e pela alegria animal – se justifica, por isso aparece no conto e é sempre reiterada. Enquanto a

618 "'Mas isso é amor, é amor de novo', revoltou-se a mulher tentando encontrar-se com o próprio ódio mas era primavera e dois leões se tinham amado." (LISPECTOR, 2009, p. 126).

619 LISPECTOR, 2009, p. 126.

mulher percorre o jardim zoológico, sentindo-se fraca e cansada, já que quase não comia há dois dias, reflete sobre o amor que encontra a cada nova imagem animal com a qual se depara. "Os olhos baixos viam o chão entre os trilhos. O chão onde simplesmente por amor – amor, amor, não o amor! – onde por puro amor nasciam entre os trilhos ervas de um verde leve tão tonto que a fez desviar os olhos em suplício de tentação."[620]

Não encontrando a violência animal que buscava, a mulher se depara com outros animais. Ela continua querendo aquilo que julga ser o mais difícil, odiar, uma vez que reflete sobre o fato de que nos ensinaram apenas a amar, apenas o amor. "A brisa arrepiou-lhe os cabelos da nuca, ela estremeceu recusando, em tentação recusando, sempre tão mais fácil o amor."[621] A condição humana seria marcada por essa concepção de civilização que a mulher recusa: apenas amar. Ela, pelo contrário, deseja uma aprendizagem animal, deseja se reencontrar com esse impulso e com essa potência animal que, mesmo rasurada, existe em cada ser. Durante seu percurso, que se desenha por um jogo do olhar – pelas visões que ela tem e que, de certa forma, cria desse espaço, já que seu olhar é só mais uma perspectiva do real que se apresenta –, ela encontra outros animais que também parecem obliterar a carnificina, "a potência vital libertadora"[622], que viera buscar no zoológico. Ela se depara com leões calmos, girafa virgem, hipopótamo humilde, macacos felizes, elefante bondoso, camelo paciente, quati ingênuo. Cria-se, então, um bestiário que

620 LISPECTOR, 2009, p. 129.
621 LISPECTOR, 2009, p. 129.
622 ROSENBAUM, 1999, p. 116.

aponta para, conforme ressaltou Yudith Rosenbaum, "um universo animal marcado pela antítese do ódio"[623].

Interessa, neste momento, observar que Clarice desconstrói a busca, em certo sentido, consolidada, pelos limites entre o homem e o animal, ou seja, a tarefa vã de buscar a definição de animalidade[624] e, em vista dela, determinar o humano. Ao colocar uma mulher em confronto com esses outros da cultura e desconstruir as imagens que temos do homem e do animal, Clarice parece dizer que o homem carece, na verdade, de sua própria animalidade[625]. A mulher que procura esse aprendizado animal em "O búfalo" sabe que a única salvação para ela é conseguir se reaver com sua animalidade, abrir-se, como diria Nietzsche, para as *forças estrangeiras*. Dominique Lestel faz uma consideração/interrogação importante sobre essa animalidade e da qual a sociedade moderna tentou engendrar a eliminação.

> Já se intentou, sem sucesso, descrever o animal como uma espécie de autômato: mas que tipo de autômato poderia dar conta de uma competência como a dos animais? E, sobretudo, que máquinas poderiam sofrer como os animais sofrem? À animalidade foram atribuídas características comuns a todos os animais, exceto ao homem. Por que eliminar o homem? Será porque ele é um animal muito particular? Um ani-

623 ROSENBAUM, 1999, p. 116.

624 LESTEL, 2011, p. 24.

625 "Certo 'não humano' clariciano leva a pensar diversas coisas, que listaria sinteticamente: a animalidade em contraste com a humanidade; o rebaixamento dos bichos à condição de fera; a redução da espécie humana ao gênero masculino (o homem)." (NASCIMENTO, 2011, p. 128).

> mal que possui alguma coisa a mais que o animal? Um animal humano? Esse raciocínio poderia muito bem ser invertido: o animal não teria, ele também, qualidades que faltam ao homem? Este não seria um animal desprovido de instinto?[626]

A literatura de Clarice, a seu modo, também coloca essas perguntas aos seus leitores. Baratas, cavalos, galinhas, peixes, cães, coelhos e tantos outros animais que compõem o bestiário clariciano nos convidam a pensar que falta ao homem essa qualidade de ser instinto, corpo, neutralidade. Essa dimensão que a animalidade traz ao homem pode ser vista no conto "O búfalo", em *Água viva* e em diversos textos de Clarice. O confronto com os animais, com a própria animalidade, faz pensar na difícil distinção entre as duas classes, uma vez que, se faltam aos animais alguns atributos humanos, faltam também aos homens alguns atributos animais. Assim, a ficção de Clarice faz com que, a partir do confronto entre animal-homem – um confronto que mostra mais a continuidade dos termos que sua possível distinção[627] –, surja uma perspectiva do humano como abertura, abertura para o neutro, classe em permanente construção, algo que está sempre por se definir, em eterna mudança, sendo, portanto, o homem um animal cuja natureza própria está ausente.

---

626 LESTEL, 2011, p. 24.

627 "O pensamento da relação homem-animal é o pensamento do limite, das zonas fronteiriças e da impossibilidade de separar completa e simetricamente os dois blocos. É um certo animal no homem e um certo homem no animal que é visado, sem identidades definitivamente constituídas. Questão, mais uma vez, de devir e de tornar-se, em lugar de identidade." (NASCIMENTO, 2011, p. 132).

Mais que isso, os textos de Clarice Lispector parecem apontar para o fato de que os animais também estão por se definir sempre. Abertura para a indefinição, eles parecem ser uma presença sempre inquietante, algo que se mostra estranho e familiar ao mesmo tempo. O ensaio de Sigmund Freud, "O inquietante" (*Das unheimliche*), comparece aqui como suporte para ler a presença muda e barulhenta desses seres que perpassam a obra clariciana. Nos textos da escritora brasileira, há uma gama de animais que vão dos domésticos aos selvagens, mas, tanto num caso como noutro, relacionados sempre a essa dimensão do inquietante. Freud diz que o inquietante (*Unheimlich*) "seria tudo o que deveria permanecer secreto, oculto, mas apareceu"[628]. Assim, a presença dos animais na obra clariciana parece apontar para o terror, mas também para algo bem familiar, para o desconhecido e o conhecido, sendo assim, talvez, mais uma presença do indefinível/indecidível em sua literatura.

Nenhum outro animal aparece como uma presença tão inquietante na obra de Clarice como o pinto de "A legião estrangeira". O conto narra a história de uma escritora-dona-de-casa que entretém suas tardes com a visita de uma vizinha *estrangeira*, "uma menina belíssima, com longos cachos duros, Ofélia, com olheiras iguais às da mãe, as mesmas gengivas um pouco roxas, a mesma boca fina de quem se cortou"[629]. O texto se inicia com a chegada de um pinto, trazido para a casa da mulher um dia antes do Natal – um pinto que pia, uma coisa viva, que sabe das coisas do modo

628 FREUD, 2010, p. 338.
629 LISPECTOR, 1999d, p. 100.

"como as coisas vivas sabem: através do susto profundo"[630]. A presença inquietante da ave traz à tona as lembranças da narradora sobre Ofélia e desencadeia a narração da história da menina e sua interação com outro pinto anteriormente trazido à casa da narradora, para seus filhos, na época da Páscoa.

Nesse texto existe um confronto inicial entre a mulher e a criança. Enquanto a narradora adulta se comporta de forma mais instintiva em relação ao mundo, deixando-se não saber, escrevendo e tentando viver a partir do susto com as coisas, Ofélia, ainda que seja criança, nutre um amor-ódio pela narradora e se vale de sua "racionalidade" para tentar se confrontar com ela e se lhe sobressair. A menina parece um adulto ainda que seja criança. Ela, na verdade, não se permite o susto de viver, a entrega ao desconhecido, não se permite ser um pouco animal, corpo, vida, sem ressentimentos.

> Desanimada, eu abria a porta. Ofélia entrava. A visita era para mim, meus dois meninos daquele tempo eram pequenos demais para sua sabedoria pausada. Eu era grande e ocupada, mas era para mim a visita: com uma atenção toda interior, como se para tudo houvesse um tempo, levantava com cuidado a saia de babados, sentava-se, ajeitava os babados – e só então me olhava. Eu, que então copiava o arquivo do escritório, eu trabalhava e ouvia. Ofélia, ela dava-me conselhos. Tinha opinião formada sobre tudo. Tudo o que eu fazia era um pouco errado, na sua opinião. Dizia "na minha opinião" em tom ressentido, como se eu devesse lhe ter pedido conselhos e, já que eu não pedia, ela dava. Com seus

630 LISPECTOR, 1999d, p. 97.

oito anos altivos e bem vividos, dizia que na sua opinião eu não criava bem os meninos; pois meninos quando se dá a mão querem subir na cabeça. Banana não se mistura com leite. Mata. Mas é claro a senhora faz o que quiser; cada um sabe de si. Não era mais hora de estar de robe; sua mãe mudava de roupa logo que saía da cama, mas cada um termina levando a vida que quer. Se eu explicava que era porque ainda não tomara banho, Ofélia ficava quieta, olhando-me atenta. Com alguma suavidade, então, com alguma paciência, acrescentava que não era hora de ainda não ter tomado banho. Nunca era minha a última palavra. Que última palavra poderia eu dar quando ela me dizia: empada de legume não tem tampa. Uma tarde numa padaria vi-me inesperadamente diante da verdade inútil: lá estava sem tampa uma fila de empadas de legumes.[631]

A racionalidade de Ofélia, todo o seu jeito de quem sabe tudo[632], de quem não erra, no entanto, é desconstruída, gerando um "leve estrabismo de pensamento"[633], quando, numa das visitas à mulher, ela descobre com susto a presença inquietante de um animal. Trata-se do pinto que havia sido trazido para os filhos da mulher, já que era véspera da Páscoa. Quando Ofélia escuta o piar na cozinha, fica congelada pela presença do pinto, que só pelo som já se faz concretizada. A partir daí ocorre uma espécie de *metamorfose* que é observada pela mulher, que estava à máquina, escrevendo.

631 LISPECTOR, 1999d, p. 100-101.

632 "Por que sabia ela de tudo, por que era a terra tão familiar a ela, e eu sem cobertura? Portanto? Portanto." (LISPECTOR, 1999d, p. 102).

633 LISPECTOR, 1999d, p. 102.

Ela vê a criança-adulta se transformar em criança. A presença do animal faz com que Ofélia se desarme e se entregue ao desconhecido, ao assustador, ao inominável da presença animal. Diante do estranho familiar, a menina se vê exposta ao melhor do mundo: a um pinto, a um animal[634]. A menina se permite, pela primeira vez então, estar nua diante da presença animal, no sentido de se despir de valores, pré-julgamentos e saberes, aceitando apenas a força de uma alegria que brota pela visão do animal.

Ofélia, mesmo tentando resistir, acaba se rendendo à presença barulhenta do animal. Ela se transfigura então numa criança, acaba entrando no jogo inocente de ser criança. A presença esquisita[635], estranha, mas ao mesmo tempo familiar, doméstica, do

634 "Depois que o tremor da cobiça passou, o escuro dos olhos sofreu todo: não era somente a um rosto sem cobertura que eu a expunha, agora eu a expusera ao melhor do mundo: a um pinto. Sem me verem, seus olhos quentes me fitavam numa abstração intensa que se punha em íntimo contato com minha intimidade. Alguma coisa acontecia que eu não conseguia entender a olho nu. E de novo o desejo voltou. Dessa vez os olhos se angustiaram como se nada pudessem fazer com o resto do corpo que se desprendia independentemente. E mais se alargavam, espantados com o esforço físico de decomposição que dentro dela se fazia. A boca delicada ficou um pouco infantil, de um roxo pisado. Olhou para o teto – as olheiras davam-lhe um ar de martírio supremo. Sem me mexer, eu a olhava. Eu sabia de grande incidência de mortalidade infantil. Nela a grande pergunta me envolvia: vale a pena? Não sei, disse-lhe minha quietude cada vez maior, mas é assim. Ali, diante de meu silêncio, ela estava se dando ao processo, e se me perguntava a grande pergunta, tinha que ficar sem reposta. Tinha que se dar – por nada. Tinha que ser. E por nada. Ela se agarrava em si, não querendo. Mas eu esperava. Eu sabia que nós somos aquilo que tem de acontecer. Eu só podia servir-lhe a ela de silêncio. E, deslumbrada de desentendimento, ouvia bater dentro de mim um coração que não era o meu. Diante de meus olhos fascinados, ali diante de mim, como um ectoplasma, ela estava se transformando em criança." (LISPECTOR, 1999d, p. 105).

635 "A pior parte da visitação era a do silêncio. Eu erguia os olhos da máquina, e não saberia há quanto tempo Ofélia me olhava em silêncio. O que em mim pode atrair essa menina? exasperava-me eu. Uma vez, depois de seu longo silêncio, dissera-me tranquila: a senhora é esquisita. E eu, atingida em cheio no rosto

pinto, ajuda a menina nessa *metamorfose* que é testemunhada com dependência recíproca pela mulher: "Não sem dor. Em silêncio eu via a dor de sua alegria difícil. A lenta cólica de um caracol. Ela passou devagar a língua pelos lábios finos. [...] Mais e mais se deformava, quase idêntica a si mesma. Arrisco? deixo eu sentir?, perguntava-se nela. Sim, respondeu-se por mim"[636]. A possibilidade de entrar em contato com o animal faz com que Ofélia passe por um processo de *desentendimento*, de entrega à vida, ao que a existência pode ter de mais *inquietante*, de sombrio, assustador, mas também de íntimo, interior, familiar. A vida deixa de ser reprodução e passa a ser criação. Ela se vê na verdade como a criança que nunca havia se permitido ser, encontra a vida em estado puro a partir do animal que pia. Ao se transformar nessa criança inocente, desarmada e "medrosa", ela também pode nascer, tendo a coragem de ser o Outro, de ser a mulher, de ser o pinto, de ser a criança: "Até então eu nunca vira a coragem. A coragem de ser o outro que se é, a de nascer do próprio parto, e de largar no chão o corpo antigo"[637].

O contato da menina com o animal é a relação com a própria vida. Ofélia experimenta com o pinto aquilo que G.H. experiencia com a barata, o que Martim vivencia com as vacas, o susto e o medo que a narradora de *Água viva* sente ao se deparar com a pantera enjaulada que a olha ou ainda o sentimento que a mulher de "O búfalo" vive ao se defrontar com esse animal. Todas essas

---

sem cobertura – logo no rosto que sendo nosso avesso é coisa tão sensível – eu, atingida em cheio, pensara com raiva: pois vai ver que é esse esquisito mesmo que você procura." (LISPECTOR, 1999d, p. 101).

636 LISPECTOR, 1999d, p. 105-106.

637 LISPECTOR, 1999d, p. 106.

personagens claricianas, ao entrarem em contato com a presença animal, ascendem para a própria dimensão *neutra* da vida; elas passam a habitar aquele espaço onde não podemos definir as coisas com precisão, sentindo um leve *estrabismo* do olhar ou uma *miopia progressiva*, que as salva pelo *não saber*. Maria Esther Maciel fala dessa dimensão do animal, da potência animal que nos convida a olhar o radicalmente outro, a estranheza, quando afirma que "os animais, sob o olhar humano, são signos vivos daquilo que sempre escapa à nossa compreensão. Radicalmente outros, mas também nossos semelhantes, distantes e próximos de nós, fascinam-nos ao mesmo tempo em que nos assombram e desafiam nossa razão"[638].

Clarice Lispector escreve a partir desses signos, dessas figuras da estranheza, do inquietante, daquilo que assombra e acalma ao mesmo tempo. No conto "A legião estrangeira", esse teor inquietante, engendrado pela presença do animal, culmina com outra imagem inquietante, o acontecimento da morte. Depois de brincar com o pinto, de vivenciar o amor, o delírio e o contato com o bicho, a menina, sem saber o que fazer, percebe que matou o pinto. A entrega dela à vida culmina com a morte do animal. Essa morte demonstra o paradoxo entre o nascimento da menina, a Páscoa e o próprio desejo que ela nutria em relação ao animal. O animal fez com que ela se entregasse aos riscos da vida, ao perigo de viver, e, logo, apresenta a existência como vida-morte, movimento-fixidez, som-silêncio. Ela se sente então aterrorizada, o silêncio que perpassa o conto demonstra a solidão e o medo da menina diante do aspecto assombroso da morte. A presença in-

638 MACIEL, 2011, p. 85.

quietante do animal se transfere para a cena não menos estranha e familiar do esgotamento daquilo que era a vida, que, no conto, parodicamente, é representada por um animal que morre para dar vida a um ser humano. No entanto, a mulher, em novo momento de abertura, tenta consolar a menina, apontando para a neutralidade dos eventos, como se dissesse que tudo isso é a vida na sua dimensão paradoxal: "Ofélia, tentei eu inutilmente atingir à distância o coração da menina calada. Oh, não se assuste muito! às vezes a gente mata por amor, mas juro! A gente não ama bem [...] Eu que não me lembrara de lhe avisar que sem o medo havia o mundo. Mas juro que isso é respiração"[639].

A vida se apresenta como morte, como respiração que pode cessar. Aqui o lamento cristão é revertido na força revolucionária da alegria[640]. A alegria de viver é afirmada, mesmo que viver signifique também se ver diante da morte. O animal, com sua "outridade", desperta essa visão. A menina sente então que compartilha com o animal a finitude. Como ser que vive e respira, ela também morre, morre a cada dia, até a morte final. Jacques Derrida afirma que a maneira mais radical de pensar nossa finitude se situa no fato de podermos compartilhar com os animais, e somos convidados a isso, "a mortalidade que pertence à finitude propriamente dita da vida, à experiência da compaixão, à possibilidade de compartilhar a possibilidade desse não-poder, a possibilidade dessa impossibilidade, a angústia dessa vulnerabilidade e a vulnerabilidade dessa an-

639 LISPECTOR, 1999d, p. 110.

640 Cf. o ensaio de Daniel Lins (2008), "A alegria como força revolucionária: ética e estética da alegria".

gústia"[641]. Essa mesma perturbação causada pela morte/finitude[642] aparece ainda em outros dois textos de Clarice, "Perdoando Deus" e "Morte de uma baleia". Nesses textos, a presença do animal faz com que o homem tenha que enfrentar a exterioridade monstruosa e neutra da vida, e, como em outros textos da autora, existe uma representação do animal a partir da "ordem da abjeção e do fascínio"[643]. Nesse sentido, os textos de Clarice revelam um encontro com o animal e apontam para um movimento que não é o da imitação, o da alegoria/transformação física do homem em animal não humano, mas "um trespassamento íntimo de fronteiras, que abre o humano para formas híbridas de existência"[644].

No texto "Perdoando Deus", o encontro com o animal surge atrelado ao sentimento de inquietação que acomete uma mulher quando ela, passeando pela Avenida Copacabana e se sentindo a mãe de Deus[645], ou seja, em comunhão com tudo o que existe, se depara com a presença de um rato morto. Essa visão a perturba de forma que ela não consegue afirmar e ver como belo o que até então, a partir de sua perspectiva, era o afirmativo[646]: o próprio mundo. Depois dessa visão, sente um desejo de se vingar de Deus, que

641 DERRIDA, 2002, p. 55.

642 A questão da morte será trabalhada de modo mais demorado no quarto capítulo desta tese.

643 MACIEL, 2011, p. 92.

644 MACIEL, 2011, p. 93.

645 "[...] eu me senti a mãe de Deus, que era a Terra, o mundo. Por puro carinho, mesmo, sem nenhuma prepotência ou glória, sem o menor senso de superioridade ou igualdade, eu era por carinho a mãe do que existe." (LISPECTOR, 1998f, p. 41).

646 PIMENTA, 2006, p. 25.

a fizera ver aquela coisa inquietante, um "enorme rato morto"[647]. O medo que ela sente de ratos, bem como a própria morte do animal, serve de contraponto à sua adesão ao mundo.

> Toda trêmula, consegui continuar a viver. Toda perplexa continuei a andar, com a boca infantilizada pela surpresa. Tentei cortar a conexão entre os dois fatos: o que eu sentira minutos antes e o rato. Mas era inútil. Pelo menos a contiguidade ligava-os. Os dois fatos tinham ilogicamente um nexo. Espantava-me que um rato tivesse sido o meu contraponto. E a revolta de súbito me tomou: então não podia eu me entregar desprevenida ao amor? De que estava Deus querendo me lembrar? Não sou pessoa que precise ser lembrada de que dentro de tudo há sangue. Não só não esqueço o sangue de dentro como eu o admito e o quero, sou demais o sangue para esquecer o sangue, e para mim a palavra espiritual não tem sentido, e nem a palavra terrena tem sentido. Não era preciso ter jogado na minha cara tão nua um rato. Não naquele instante. Bem poderia ter sido levado em conta o pavor que desde pequena me alucina e persegue, os ratos já riram de mim, no passado do mundo dos ratos já me devoraram com pressa e raiva. Então era assim?, eu andando pelo mundo sem pedir nada, sem precisar de nada, amando de puro amor inocente, e Deus a me mostrar o seu rato? A grosseria de Deus me feria e insultava-me. Deus era bruto. Andando com o coração fechado, minha decepção era inconsolável como só em criança fui decepcionada.[648]

647 LISPECTOR, 1998f, p. 42.
648 LISPECTOR, 1998f, p. 42-43.

A presença animal, aqui, também é a presença da morte. Surge dessa visão a constatação de que somos seres finitos, de que, como corpo, sangue e vísceras, temos um tempo determinado, de que, junto com a vida, a morte está à nossa espreita. A beleza do mundo se confronta com sua feiura inerente. A brutalidade de Deus está no fato de ele ser o próprio mundo brutal, neutro, sem valores, além de bem e de mal, em estado puro, em *estado it*. Chama a atenção a forma como Clarice desconstrói a própria imagem cristã de um Deus benevolente, onipotente e justo. Contra essas representações cristãs, ela coloca em questão outra imagem, a de um Deus que só pode ser aceito e adorado, a de um mundo que deve ser afirmado, quando aceitamos esse lado inquietante, sombrio, não fixável[649], não dogmático e inominável da existência: "Enquanto eu imaginar que 'Deus' é bom só porque eu sou ruim, não estarei amando a nada: será apenas o meu modo de me acusar. Eu, que sem nem ao menos ter me percorrido toda, já escolhi amar o meu contrário, e ao meu contrário quero chamar Deus"[650].

O título "Perdoando Deus" ganha aqui outra dimensão: a mulher na verdade perdoa também a si mesma, perdoa o fato de ser fraca o bastante para criar apenas um deus que possa livrá-la do desafio de fitar o mundo em sua neutralidade, de se construir, e de afirmar os fatos, mesmo o fato mais horrível, um enorme rato morto na calçada. Ao se perdoar e, por extensão, aceitar sua animalidade, ela constata que criava um deus menos violento, apenas

649 "Eu acreditaria somente num Deus que soubesse dançar." (NIETZSCHE, 1998b, p. 67).

650 LISPECTOR, 1998f, p. 45.

para escapar de sua própria violência[651]. "Porque enquanto eu amar a um Deus só porque não me quero, serei um dado marcado, e o jogo de minha vida maior não se fará, enquanto eu inventar Deus, Ele não existe."[652] Ser mãe de Deus, ocupar-se com o mundo, tomar conta do mundo, ser a mãe de cada coisa, a *mater mundi*[653], significa, assim, ter a capacidade e a delicadeza de acolher o mundo em sua neutralidade, afirmar os eventos, o que, no conto, seria poder pegar um rato nas próprias mãos, tocar o ponto *it* do mundo[654].

Essa ideia de uma pessoa que olha o mundo e lança seu olhar maternal sobre cada coisa, que se abre para a "outridade", está presente também na crônica "Morte de uma baleia". Essa crônica é outro texto em que Clarice deixa clara a noção de que sua literatura é uma "'pesquisa' sobre o humano que se dá via mergulho no nosso ser animal"[655]. No ensaio "Bestiário", Silviano Santiago ressalta que "a determinação última da vida humana e do texto clariciano é a ousadia; e talvez a principal delas seja certamente a vontade de o humano se metamorfosear em (voltar a ser) animal"[656]. Esse desejo de voltar a ser animal, de sentir-viver pela perspectiva animal, surge a partir da visão de uma baleia encalhada na

651 "Porque eu, que de mim só consegui foi me submeter a mim mesma, pois sou tão mais inexorável do que eu, eu estava querendo me compensar de mim mesma com uma terra menos violenta que eu." (LISPECTOR, 1998f, p. 45).

652 LISPECTOR, 1998f, p. 45.

653 "Estou cansada. Meu cansaço vem muito porque sou pessoa extremamente ocupada: tomo conta do mundo." (LISPECTOR, 1998d, p. 60).

654 "É porque só poderei ser a mãe das coisas quando puder pegar um rato na mão." (LISPECTOR, 1998f, p. 44).

655 SELIGMANN-SILVA, 2011, p. 152.

656 SANTIAGO, 2004, p. 204.

praia. A cronista fala de duas baleias encalhadas, uma no Leme e outra no Leblon. A partir do episódio, inicia-se uma reflexão sobre a animalidade-humanidade:

> Em minutos espalhara-se a notícia: uma baleia no Leme e outra no Leblon haviam surgido na arrebentação de onde tinham tentado sair sem no entanto poder voltar. Eram descomunais apesar de apenas filhotes. Todos foram ver. Eu não fui ver: corria o boato de que ela agonizava já há oito horas e que até atirar nela haviam atirado, mas continuava agonizando sem morrer.
> Senti um horror diante do que contavam e que talvez não fossem estritamente os fatos reais, mas a lenda já estava formada em torno do extraordinário que enfim, enfim! Acontecia, pois por pura sede de vida melhor estamos sempre à espera do extraordinário que talvez nos salve de uma vida contida. Se fosse um homem que estivesse agonizando na praia durante oito horas nós o santificaríamos, tanto precisamos de crer no que é impossível.[657]

A imagem das duas baleias transforma-se noutra imagem, a de apenas uma baleia. A cronista não vai ver o animal, e explica que não o faz por detestar a morte, mas cria uma imagem que se apresenta ao leitor como se ela estivesse (e os leitores também) diante da presença da baleia que agoniza. A partir dessa representação na qual o homem se vê frente a um animal que sofre, Clarice se arma para refletir sobre nossa animalidade, sobre uma "dupla

657 LISPECTOR, 1999a, p. 125.

metamorfose"[658]: a do homem que volta a ser animal, a do animal que se transforma em homem. A imagem de um bicho que sofre durante horas desencadeia essa abertura à alteridade radical. Uma moça "observa" da janela de seu apartamento o filhote de baleia que sofre. Esse olhar que é lançado para fora, em direção à dor do outro, do animal, do ser ao longe que se torna próximo pelo jogo do olhar, parece provocar algumas interrogações: os animais também sofrem? Eles seriam capazes de pensar? Estão cientes da morte, da fome e da dor, enfim, eles estão cientes de que somos todos seres com fome e com sede do extraordinário, com estômago para uma vida que se afirma pelo incontido?

O texto de Clarice, em alguma medida, responde a essas perguntas, assinalando que os animais, como viventes, sofrem, pensam e estão conscientes da dor da existência. Não existe em Clarice um desejo de humanizar os animais, mas, antes, de animalizar o olhar humano: "Conheci uma mulher que humanizava os bichos, conversando com eles [...]. Mas eu não humanizo os bichos, acho que é uma ofensa". Na crônica "Morte de uma baleia", não existe uma humanização do bicho que sofre, mas ocorre uma simbiose entre a moça e a baleia. Antes, parece que Clarice – assim como faz o artista do manuscrito de Ambrosiana citado por Giorgio Agamben, em *L'aperto*: l'uomo e l'animale – produz imagens que abalizam que "as relações entre os animais e os ho-

658 "Em última instância, a condição animal do ser humano e a sua recíproca (a condição humana do animal) são dois pilares de sustentação da viga mestra do pensamento de Clarice Lispector – a reflexão dramática sobre os percalços da vida intensamente vivida e do risco apavorante da morte." (SANTIAGO, 2004, p. 194).

mens terão uma nova forma e o próprio homem se reconciliará com sua natureza animal"[659]. Nessa simbiose que ocorre na crônica em questão, explodem as "exclamações de horror diante do duplo e trágico espetáculo que a deixa [a moça] estarrecida"[660]. Em repúdio à morte que se anuncia, a moça exclama, erguendo-se contra a dor do Outro num grito mudo que revela seu duplo sim à vida. É por isso que, diante da possível morte da baleia, a moça afirma que "morri de muitas mortes e mantê-las-ei em segredo até que a morte do corpo venha"[661]. Trata-se, na verdade, de dar ao mundo uma prova contrária à morte interna que a moça vivencia. Diante do martírio do animal, ela opta pelo *escárnio*, e é por meio dele que ela consegue, com *ferocidade*, afirmar a vida, ou seja, "contra a morte há um antídoto poderoso e também silencioso: afirmar agônica e valentemente a vida"[662]. Fazer uma careta, talvez debochar da morte. Dentro da concepção trágica que perpassa a escrita de Clarice, poderíamos dizer que essa afirmação se dá por uma invenção da vida. Inventar a vida mesmo diante da morte, mesmo frente à dor, pela ferocidade que habita o animal-homem.

A baleia que sofre na praia, que é dilacerada por facas, cortada em carne viva, luta pela vida. A cena desenhada na crônica remete, na verdade, a outro texto da literatura brasileira – outra morte, a da cadela Baleia de *Vidas secas*, de Graciliano Ramos. Ago-

---

659 AGAMBEN, 2007, p. 12. "las relaciones entre los animales y los hombres tendrán una nueva forma y el hombre mismo se reconciliará con su naturaleza animal". (Tradução minha).

660 SANTIAGO, 2004, p. 210.

661 LISPECTOR, 1999a, p. 125.

662 SANTIAGO, 2004, p. 212.

nizantes, tanto a baleia de Clarice como a de Graciliano parecem sentir medo diante da morte anunciada. Tanto Graciliano como Clarice, cada um a seu modo, se abrem para acolher a dor desses animais inventados, que representam nossa própria ancestralidade animal, nossa própria dor. O sofrimento desses animais remete, no entanto, à vida, já que "aquele que mais experimenta o martírio é dele que se poderá dizer: este sim, este viveu"[663].

> Outros, no limiar do horror, contavam que também a baleia do Leme embora ainda viva e arfante, tinha seus quilos cortados para serem vendidos. Como acreditar que não se espera nem a morte para um ser comer outro ser? Não quero acreditar que alguém desrespeite tanto a vida e a morte, nossa criação humana, e que coma vorazmente, só por ser uma iguaria, aquilo que ainda agoniza, só porque é mais barato, só porque a fome humana é grande, só porque na verdade somos tão ferozes como um animal feroz, só porque queremos comer daquela montanha de inocência que é uma baleia, assim como comemos a inocência cantante de um pássaro. Eu ia dizer agora com horror: a viver desse modo, prefiro a morte.[664]

Diante da dor, Clarice desconstrói, como ressalta Silviano Santiago, essa dimensão horrível da existência pela pujança da vida, pelo *Sim* dado à vida: "Pelo não diante da morte, pelo escárnio da Mulher, está sendo dado um segundo e definitivo Sim à

663 LISPECTOR, 1999a, p. 126.
664 LISPECTOR, 1999a, p. 127.

vida"[665]. A luta da baleia que agoniza na praia se transforma na luta humana, a dor do animal e sua resistência transmutam-se no desejo de ferocidade da mulher, na vontade de não fugir de sua animalidade. Fugir de sua animalidade seria negar a vida. É preciso então aceitar essa animalidade e dizer sim ao mundo, à vida, ao horror. É nesse momento que ela nega seu desejo de preferir a morte; não, ela prefere viver, ainda que viver seja afirmar sua animalidade, sua ferocidade. "E exatamente não é verdade. Sou uma feroz entre os ferozes seres humanos – nós os macacos de nós mesmos, nós, os macacos que idealizaram tornarem-se homens, e esta é também nossa grandeza. Nunca atingiremos em nós o ser humano: a busca e o esforço serão permanentes."[666]

Ao aceitar sua ferocidade, sua animalidade, que lhe é conferida pela visão da baleia que sofre e resiste, afirmando a vida em sua dimensão brutal, a mulher recebe com suavidade o fato de que se pode ser um deus que inventa a vida diante da morte. "Sim juro que somos deuses. Porque eu também já morri de alegria muitas vezes na minha vida."[667] No limiar do horror de uma baleia que agoniza na praia, existe um sim que é dado à vida pela escrita da cronista, um sim que significa, acima de tudo, entender o humano próximo à animalidade, transmutar-se na baleia que agoniza e, ao mesmo tempo, acolher essa dimensão horrível da existência, tornando-se um deus que cria a vida frente à morte. Clarice termina a crônica dizendo exatamente isso, que a vida deve ser afirmada, e apenas

665 SANTIAGO, 2004, p. 214.
666 LISPECTOR, 1999a, p. 127.
667 LISPECTOR, 1999a, p. 127.

acercando-nos de nossa animalidade é que podemos afirmar essa explosão de vida. Apenas aceitando e acolhendo esse animal que vive dentro do humano é que a brutalidade do mundo poderá ser vivenciada como o neutro, como a vida que nos olha, como o movimento incontido da existência. Afirmar esse animal que nos oferece nossa ferocidade é um gesto alegre, afinal, como ela mesma escreve: "desistir de nossa animalidade é um sacrifício"[668].

Voltamos então às passagens de "O búfalo". A mulher está buscando o ódio, a violência que somente sua ferocidade animal pode lhe dar. "Mas onde, onde encontrar o animal que lhe ensinasse a ter o seu próprio ódio? o ódio que lhe pertencia por direito mas que em dor ela não alcançava? onde aprender a odiar para não morrer de amor? E com quem?"[669] Depois de procurar muito, o olhar da mulher de casaco marrom se depara com o animal- macho, um búfalo negro, que, imóvel no terreno que lhe haviam destinado, alterna o estático e o movimento de seu corpo. Ele passeia um momento ao longe com os quadris estreitos, os quadris concentrados, enquanto a mulher o observa. "Abaixou de novo a cabeça e ficou olhando o búfalo ao longe. Dentro do casaco marrom, respirando sem interesse, ninguém interessado nela, ela não interessada em ninguém."[670] O encontro da "fêmea desprezada" com o macho animal raivoso ocorre por meio de um jogo de olhar fragmentado. A mulher vê o animal ao longe, depois vê partes de seu corpo, ela não consegue enxergar todo o corpo do animal. Depara-se com seu

668 LISPECTOR, 1999a, p. 127.
669 LISPECTOR, 2009, p. 131.
670 LISPECTOR, 2009, p. 132.

próprio medo de olhar/deixar-se ver. A partir daí, o búfalo passa a olhá-la. De longe, no seu calmo passeio, o búfalo olha a mulher por um instante. "No instante seguinte, a mulher de novo viu apenas o duro músculo do corpo. Talvez não a tivesse olhado. Não podia saber, porque das trevas da cabeça ela só distinguia os contornos. Mas de novo ele pareceu tê-la visto ou sentido."[671] As visões fragmentadas vão dando espaço para o desenho completo do animal, para sua presença, que fica cada vez mais nítida, assim como para o seu olhar, com o qual a mulher finalmente se depara: "O búfalo agora maior. O búfalo negro. [...] Mas dessa vez porque dentro dela escorria enfim um primeiro fio de sangue negro. [...] O búfalo voltou-se, imobilizou-se, e à distância encarou-a"[672].

> Eu te amo, disse ela então com ódio para o homem cujo grande crime impunível era o de não querê-la. Eu te odeio, disse implorando amor ao búfalo.
> Enfim provocado, o grande búfalo aproximou-se sem pressa. Ele se aproximava, a poeira erguia-se. A mulher esperou de braços pendidos ao longo do casaco. Devagar ele se aproximava. Ela não recuou um só passo. Até que ele chegou às grades e ali parou. Lá estavam o búfalo e a mulher, frente a frente. Ela não o olhou na cara, nem na boca, nem nos cornos. Olhou seus olhos.[673]

671 LISPECTOR, 2009, p. 133.
672 LISPECTOR, 2009, p. 134.
673 LISPECTOR, 2009, p. 134-135.

A mulher que chega ao zoológico procurando o ódio de um animal encontra-se enfim diante da presença de um ser tão forte que pode lhe devolver sua violência animal. O que há de mais inquietante nessa passagem é o silêncio que perpassa o jogo de olhares entre a mulher e o búfalo. Assim como acontece em *Água viva*, no encontro da narradora com uma pantera, também aqui, nesse texto curto, quando a mulher olha o fundo dos olhos do búfalo, ocorre uma *dupla metamorfose*: de certa forma, a mulher se torna o animal, o animal se torna a mulher. Ocorre simbolicamente um *duplo assassinato*: o animal mata a mulher, e ela mata o animal – eles se transmutam no outro. A mulher se depara com um *mútuo assassinato*. Ao olhar e deixar-se ver pelo búfalo, ela, na verdade, fita os olhos da vida e deixa a vida fitá-la, ela vê o amor-ódio, a suave-brutalidade da existência. Ela se coloca nua diante da presença animal e é recebida pelo animal também despido, num final que se abre para a ambiguidade da possível morte do corpo. "Presa como se sua mão tivesse grudado para sempre ao punhal que ela mesma cravara. Presa, enquanto escorregava enfeitiçada ao longo das grades. Em tão lenta vertigem que antes do corpo baquear macio a mulher viu o céu inteiro e um búfalo." Diferentemente de "Morte de uma baleia", neste conto, dizer sim à existência parece ser abrigar e buscar forças na própria brutalidade da morte.

Todos os textos analisados nesta seção colocam em cena figuras de animais, tema com maior representatividade em *Água viva*, que encena uma linguagem selvagem; a animalidade pela/na própria linguagem. Florencia Garramuño diz que a literatura de Clarice pode ser entendida como "uma espécie de celebração da vida – embora essa celebração não renuncie à crueldade, por vezes inusitada – que é atraída pela figuração dessa comunidade entre o humano e o animal"[674]. Desse modo, ao colocar em cena o corpo como um fio condutor de sua escrita, assim como em evidência o corpo animal-homem, Clarice deseja, sobretudo, abrir-se para "formas diferenciadas – múltiplas e heterogêneas de vida"[675]. A menina Ofélia, a mulher que perdoa Deus, a mulher que encontra o búfalo, a narradora de *Água viva*, G.H., Joana, a mulher que observa a baleia na praia, e tantas outras vozes claricianas, ao se depararem com a presença animal, entendem que pulsa em seus corpos uma *força animal*, uma dimensão neutra, que aproxima o humano da experiência de afirmar a vida em sua crueldade e brutalidade, em seu estado *it*, quebrando as hierarquias entre o humano e o animal. É por isso que Clarice certa vez disse pela personagem Joana que "de qualquer luta ou descanso me levantarei forte e bela como um cavalo novo"[676]. A força do animal que somos estava anunciada já em seu primeiro romance. A imagem do cavalo que sempre se levanta, forte e belo, demonstra aquilo que sua obra confirmaria posterior e reiteradamente, a saber, que, para Clarice, escutar o chamado animal é algo salutar. Sua literatura é uma abertura para a neutralidade desse apelo, pois, para a escritora, como ela mesma diz, "não ter nascido bicho parece ser uma de minhas secretas nostalgias. Eles às vezes clamam do longe de muitas gerações e eu não posso responder senão ficando desassossegada. É o chamado"[677].

674 GARRAMUÑO, 2011, p. 107.
675 GARRAMUÑO, 2011, p.107.
676 LISPECTOR, 1998c, p. 202.
677 LISPECTOR, 1999a, p. 337.

4.3 *It*, o corpo neutro da escritura

O que te escrevo é um "isto". Não vai parar: continua.
Clarice Lispector

Já foi dito que a escritura de Clarice toma como fio condutor o corpo e também que esse corpo precisa ser pensado por sua constituição imprecisa, nem homem, nem animal, mas antes como o corpo clariciano: homem, animal, planta e adornos inorgânicos. Em *Água viva*, esse corpo plural fica ainda mais evidente quando a escritora fala do signo de sagitário que a inquieta[678]. A presença animal aparece como possibilidade de se alcançar ou pelo menos de sentir o universo neutro que a escritora busca em sua literatura e também parece apontar para uma zona compartilhada entre o humano e os outros seres: todos são finitos. Acercar-se da presença animal significa entrar em contato com o *it*, com o elemento puro, com a neutralidade da vida. É por isso que a narradora diz: "preciso sentir de novo o it dos animais. Há muito tempo não entro em contato com a vida primitiva animálica. Estou precisando estudar bichos"[679]. Os animais aparecem como um elemento intenso, como um universo que precisa ser sentido para que se tangencie o neutro da existência[680].

678 "Eu vou morrer: há esta tensão como a de um arco prestes a disparar a flecha. Lembro-me do signo de Sagitário: metade homem e metade animal. A parte humana em rigidez clássica segura o arco e a flecha. O arco pode disparar a qualquer instante e atingir o alvo. Sei que vou atingir o alvo." (LISPECTOR, 1998d, p. 53).
679 LISPECTOR, 1998d, p. 48.
680 "Todos os seres vivos que não o homem são um escândalo de maravilhamento: fomos modelados e sobrou muita matéria-prima – it – e formaram-se então os

A escritura neutra de Clarice aponta para estados e coisas indiscerníveis, incomensuráveis e indetermináveis. Ao contrário do que se pode imaginar, o neutro, assim como disse Barthes, "pode remeter a estados intensos, fortes, inauditos. 'Burlar o paradigma' é uma atividade ardente, candente"[681]. Desse modo, ao escrever num devir-animal, num devir-planta, num devir-coisa, Clarice burla paradigmas, inventando novas passagens numa escrita que rechaça qualquer sistematicidade ou dogmatismo, sendo antes *a-sistemática* e *a-dogmática*. Nessa escritura, além do corpo e do animal, figuras que apontam para a neutralidade que é encenada, outros elementos aparecem e podem direcionar o olhar do leitor para esse neutro clariciano, a saber, a androginia, a cor, o sono e o silêncio[682]. Essas figuras se disseminam por *Água viva*, revelando e reverberando a escritura neutra de Clarice e, ao mesmo tempo, assinalando a constituição neutra do próprio real.

Em *Água viva*, a primeira indefinição, ou, se se quiser, a primeira quebra de paradigma, seria a de esse livro ser escrito como uma escritura-animal. Não se trata mais de falar dos animais, mas de falar como animal. Mas o que seria essa expressão animal? Em "Seco estudo de cavalos", um dos textos que compõem o volume *Onde estivestes de noite*, podemos perceber como a escritora brasileira via nos animais uma espécie de expressão primeira, primária, selvagem. Nesse texto, a escritora fala que o animal cavalo é nu,

bichos." (LISPECTOR, 1998d, p. 55).

681 BARTHES, 2003a, p. 18-19.

682 Roland Barthes (2003a), para acercar-se do seu conceito de neutro, fala de 23 figuras do neutro, dentre as quais se encontram o andrógino, o silêncio, o sono e a cor.

marcando um despojamento desse ser. Além disso, ela ainda enumera outras qualidades do animal, tais como a possibilidade de se expressar com o corpo, a doçura com que acolhe a vida, sua sensibilidade e selvageria, sua capacidade de ser irrequieto e atento. Todos esses atributos, alguns inclusive presentes em outros animais, fazem com que a narradora do texto diga que "se pudesse ter escolhido queria ter nascido cavalo"[683]. Mas completa dizendo que "o cavalo representa a animalidade bela e solta do ser humano? O melhor do cavalo o ente humano já tem? Então abdico de ser cavalo e com glória passo a minha humanidade. O cavalo me indica o que sou"[684].

Na verdade, o texto parece dizer que a humanidade é por si só uma condição animal e que somente pela aceitação de se ser animal é que se pode chegar à indicação do humano. Essa perspectiva se difunde em vários textos de Clarice e tem como ponto máximo *Água viva*. É nesse texto que não só, como foi ressaltado anteriormente, vamos encontrar uma escrita que fala do animal, mas uma escritura-animal em si, ou seja, um modo neutro de escrever de forma que a palavra ganhe um corpo animal, uma expressão animal. Trata-se, portanto, de escrever com uma sintaxe diferente, com a criação de imagens que quebram o antevisto e, sobretudo, colocando em cena determinado teor de selvageria ou truculência nas palavras. Essas imagens também apontam para um desejo de captar o instante, e isso acontece quando a expressão se deixa ser uma expressão animal: "Mas não sei como captar o que acontece

683 LISPECTOR, 1999e, p. 37.
684 LISPECTOR, 1999e, p. 37.

já senão vivendo cada coisa que agora e já me ocorra e não importa o quê. Deixo o cavalo livre correr fogoso de pura alegria nobre. Eu que corro nervosa e só a realidade me delimita"[685].

Falar a partir de "um corpo animal" pode também significar entrar em contato com um universo que está *antes* e *aquém* dos valores humanos, que se aproxima do núcleo do que é vivo, da vida e de sua crueldade, no sentido trágico que a palavra comporta. Assim, podemos pensar e afirmar que a escritura de *Água viva* coloca em questão a forma de um ser que desfigura sempre, já que "a figura do animal em Clarice é também intensamente desfigurante. Antes de tudo, desfigura nossos pré-conceitos para com os animais e para com a diferença em geral"[686]. Nesse sentido, ler Clarice se torna um exercício de se ver confrontado com o neutro, com uma nova forma de pensamento, um pensamento que se faz a partir de um "bestiário ficcional que promove um abalo em certa tradição metafísica, permitindo pensar o que ficou como resto inaproveitável"[687]. Esse pensamento-escritura animal elege aquilo que de certa forma foi rejeitado ou aquilo que poucos conseguem ver como possibilidades de sentido e esse resíduo se torna uma forma de resistência a determinados modelos de pensar, de agir e de sentir. A voz-*it* do romance em questão marca isso quando diz que escreve em desordem e vive em desordem, escrevendo apenas com achados e perdidos[688].

685 LISPECTOR, 1998d, p. 71.

686 NASCIMENTO, 2012, p. 35.

687 NASCIMENTO, 2012, p. 36.

688 "Escrevo-te em desordem, bem sei. Mas é como vivo. Eu só trabalho com achados e perdidos." (LISPECTOR, 1998d, p. 72).

Mais que escrever em desordem, Clarice escreve na ordem de um animal. No ato de escrever, esse corpo-voz que se enuncia em *Água viva* afirma: "também eu estou truculentamente viva – e lambo o meu focinho como o tigre depois de devorar o veado"[689]. Ao escrever *como se fosse* um animal, a escritora rasura verdades acabadas e abre seu texto para o questionamento de fronteiras, sobrepondo nuances e compondo um corpo neutro em sua escritura: nem homem, nem animal, mas sempre esse espaço intervalar. "Às vezes eletrizo-me ao ver bicho. Estou agora ouvindo o grito ancestral dentro de mim: parece que não sei quem é mais criatura, se eu ou o bicho"[690]. A escrita acontece como a entrega a um chamado ancestral. O processo de criação não obedece, assim, apenas a uma lógica racional, mas, antes, à entrega ao desconhecido, que pode, do seu modo, levar à fabricação de uma verdade, à invenção de um mundo, à interpretação da vida, que por não se querer como perspectiva fechada e única, abre a possibilidade de sua própria contradição.

Esse modo de escrever parece ter sido uma espécie de obsessão clariciana, a saber, um modo de captar o mundo pela distração[691], pela irracionalidade, talvez pela loucura[692] ou ainda pela inocência animal, estabelecendo um diálogo entre a razão e a des-

689 LISPECTOR, 1998d, p. 25.

690 LISPECTOR, 1998d, p. 49.

691 "Então escrever é o modo de quem tem a palavra como isca: a palavra pescando o que não é palavra. Quando essa não palavra – a entrelinha – morde a isca, alguma coisa se escreveu. Uma vez que se pescou a entrelinha, poder-se-ia com alívio jogar a palavra fora. Mas aí cessa a analogia: a não palavra, ao morder a isca, incorporou-a. O que salva então é escrever distraidamente." (LISPECTOR, 1998d, p. 219-220).

692 Cf. MACHADO, 2005.

razão[693] e tentando tocar no neutro da vida por meio das palavras, de uma *língua it*. Ser uma voz distraída e alegre é para Clarice escrever como um ruído que porta um componente de loucura[694] e assim se aproxima do núcleo neutro do mundo.

O animal, assim, aponta para uma primeira ruptura de paradigma. Já no texto que dá título ao volume *Onde estivestes de noite* aparece uma figura andrógina, que guia um grupo de pessoas para a subida de uma montanha. Essa figura nos interessa, uma vez que pode ser uma chave de leitura do próprio gesto escritural de Clarice. Ela também parece apontar para o neutro que é encenado em *Água viva*, assim como em outros textos da autora. Mas, o que haveria de diferente nessa figura? Sua diferença está no fato de que ela traz para as outras pessoas a possibilidade de contato com a orgia, com certa *loucura*, com uma libertinagem que também se dá pela devassidão com a palavra. Sua indefinição, poderíamos dizer sua neutralidade, sua indecibilidade, fascina aqueles que a olham: "Ele-ela já estava presente no alto da montanha, e ela estava personalizada no ele e ele estava personalizado no ela. A mistura andrógina criava um ser tão terrivelmente belo, tão horrorosamente estupefaciente que os participantes não poderiam olhá-lo de uma

693 "[...] a loucura é insensatez, desrazão, não-sentido, vazio de sentido, linguagem que transgride as leis da linguagem, a ponto de ser considerada não-linguagem, ou, para empregar termos que acompanharão toda reflexão de Foucault sobre a linguagem, é 'murmúrio', 'ruído', 'rumor', termos que têm origem inegável em Blanchot". (MACHADO, 2005, p. 42).

694 "Mas se eu esperar compreender pra aceitar as coisas – nunca o ato de entrega se fará. Tenho que dar o mergulho de uma só vez, mergulho que abrange a compreensão e sobretudo a incompreensão. E quem sou eu para ousar pensar? Devo entregar-me. Como se faz? Sei porém que só andando é que se sabe andar e – milagre – se anda." (LISPECTOR, 1998d, p. 68)

só vez"[695]. Esse ser belo e indiscernível também aparece, em certa medida, na voz que se anuncia em *Água viva*. Roland Barthes, nas anotações de aulas e seminários ministrados no Collège de France sobre *O neutro*, observa que uma das figuras do neutro seria o andrógino e ressalta:

> O Neutro (inversão estrutural: nossa reviravolta), seria o complexo: mas o complexo inextricável, insimplificável: "sobreposição amorosa" (Nietzsche) das nuances, dos contrários, das oscilações: insuportável para a *dóxa*, deleitável para o sujeito. Portanto, o Neutro não é o que anula os sexos, mas o que os combina, os presentifica no sujeito, simultaneamente, alternadamente etc. E aqui vamos dar num grande mito: o andrógino.[696]

Essa androginia que marca o neutro e sua constituição feita de contrários está presente em *Água viva* como linguagem. No caso do romance em questão, mais que a voz que se enuncia, o que parece legitimamente ser o neutro é o próprio corpo da escritura. Se as personagens que desfilam no decorrer do texto possuem algum teor de indecidibilidade, o texto como corpo é o próprio neutro. Existe assim, sobretudo, um desejo de que a palavra ganhe esse estatuto de neutralidade. É por isso que Clarice escreve que *gregotins* é "a palavra mais difícil da língua"[697]. Não só é a palavra mais "difícil" da língua, como também pode ser uma das palavras

695 LISPECTOR, 1999e, p. 43.
696 BARTHES, 2003a, p. 391-392.
697 LISPECTOR, 1999e, p. 51.

que melhor expressam sua escritura neutra. Escrever é uma tentativa de colocar em palavras a neutralidade, o neutro da vida, a existência e sua brutalidade, sua crueldade, além e aquém de qualquer valor absoluto, uma tentativa de estar com a alegria-dor que a existência demanda. "Sim, quero a palavra última que também é tão primeira que já se confunde com a parte intangível do real."[698] Ainda que o corpo-voz que fala tenha uma espécie de medo[699] de se entregar ao instintivo, sabe que o único modo de buscar aquilo que está atrás do pensamento, aquilo que é o próprio real, a própria vida e sua potência, é deixando-se guiar por uma escritura impensada, por palavras que transgridam a ordem da linguagem, a *dóxa*, o sentido, a razão, a sintaxe, como se fosse a vida vista pela vida, que pode não ter sentido, mas que tem a mesma falta de sentido de uma veia que pulsa[700]. Diante desse projeto de expressão, Clarice faz uma literatura ou antiliteratura com garatujas, com gregotins, com palavras rasuradas, com resíduos que significam somente por não se deixarem apreender por um olhar definitivo. "Não quero ter a terrível limitação de quem vive apenas do que é passível de fazer sentido. Eu não: quero é uma verdade inventada."[701]

O que se encontra em *Água viva* é sempre uma tentativa de escrever a partir de uma linguagem neutra, de uma língua animal, que possibilita reverter as oposições que "estão na base da vontade

698 LISPECTOR, 1998d, p. 13.

699 "Ainda tenho medo de me afastar da lógica porque caio no instintivo e no direto, e no futuro: a invenção do hoje é o meu único meio de instaurar o futuro." (LISPECTOR, 1998d, p. 13).

700 "Esta é a vida vista pela vida. Posso não ter sentido mas é a mesma falta de sentido que tem uma veia que pulsa." (LISPECTOR, 1998d, p. 14).

701 LISPECTOR, 1998d, p. 22.

de saber filosófica, oposições tais como homem/animal, racional/irracional, bem/mal, inteligível/sensível, vivo/morto, presente/ausente, orgânico/inorgânico, masculino/feminino"[702]. Clarice então se aproxima de uma escritura que deseja romper essas oposições simplistas, e assim, fugindo dos paradigmas e enfatizando as intensidades[703], aproxima-se também do núcleo neutro da existência, já que para a escritora a vida é justamente esse complexo, essa sobreposição amorosa de nuances. Apenas quando se escreve arrombando essa lógica do puramente racional, do puramente humano e do puramente vivo é que se pode tocar, ainda que de modo tênue, o neutro do mundo. É preciso então pensar a linguagem de Clarice como uma linguagem-bicho, uma linguagem-planta, uma linguagem-andrógina, uma linguagem-metamorfose, uma linguagem-coisa.

Essa escritura neutra não se deixa apreender. Quando o leitor já está familiarizado com essa expressão animal, o corpo-voz convida-o a entrar em outro reino e a mergulhar novamente no desconhecido. "Preste atenção e é um favor: estou convidando você para mudar-se para reino novo."[704] O convite é feito, e o corpo-voz deixa a expressão animal e se torna paulatinamente uma expressão vegetal. Do chamado animal passamos para o chamado vegetal. Já se está num outro modelo e novamente houve uma quebra

702 NASCIMENTO, 2012, p. 37.

703 "[...] a intensidade diz respeito ao Neutro por ser uma noção que foge ao paradigma. Consideramos então que o Neutro é o campo das intensidades não paradigmáticas (introduzindo uma sutileza no paradigma), e reivindicamos, por conseguinte, que o Neutro não seja concebido, conotado como um achatamento das intensidades, mas, ao contrário, como um fermentador (assim como o mosto na champanha)." (BARTHES, 2003a, p. 403).

704 LISPECTOR, 1998d, p. 57.

de paradigma na escrita. Todas as metáforas animais se convertem agora em metáforas vegetais. Clarice fala de várias flores, da rosa, do cravo, do girassol, da violeta, da sempre-viva, da orquídea, da tulipa, da flor dos trigais, da angélica, do jasmim, da estrelícia, da dama-da-noite, das edelvais, da vitória-régia, do gerânio e do crisântemo. Do paradigma animal ela passa para o paradigma vegetal. Tanto num como noutro, ela busca o que haveria de neutro nesses universos. Parece que, ao falar dessas plantas, o corpo-voz deseja entender a constituição neutra do mundo. Isso fica ainda mais claro quando se nota que existe, em alguns vegetais, um traço maior de indecidibilidade. É por isso que Clarice se pergunta: "O girassol é o grande filho do sol. Tanto que sabe virar sua enorme corola para o lado de quem o criou. Não importa se pai ou mãe. Não sei. Será o girassol flor feminina ou masculina? Acho que masculina"[705].

Depois de estabelecer um novo modo de expressão, a expressão vegetal, o corpo-voz quebra esse novo paradigma, desejando agora a coisa, o inanimado. Nesse sentido, outro texto curto de *Onde estivestes de noite* lança um pouco mais de luz sobre o processo de escrita de *Água viva*. Trata-se de "O relatório da coisa", no qual Clarice fala sobre um relógio, Sveglia. Esse objeto serve como ponto de partida para que a escritora pense no inanimado, num relógio que representa todas as Coisas. "Sveglia é o Objeto, é a Coisa, com letra maiúscula. Será que o Sveglia me vê? Vê, sim, como se eu fosse um outro objeto. Ele reconhece que às vezes a gente também vem de Marte."[706] Ao falar do objeto, Clarice diz que seu jogo

705 LISPECTOR, 1998d, p. 57.
706 LISPECTOR, 1999e, p. 58.

é aberto e que tudo que vai dizer será sem literatura, o relatório é uma antiliteratura da coisa[707]. Dizer que sua escrita é *antiliteratura* da coisa não significa nada mais que marcar uma ruptura com aquilo que os "literatos" entendem por literatura. Ao dizer que sua escrita é antiliteratura, a escritora abaliza seu gesto escritural que sempre foi marcado por inversões, reviravoltas, sobreposições – marcas que indicam o insimplificável ato de se expressar, de não mais reproduzir, mas de produzir, inventar, criar. Nesse sentido, *Água viva* não pode ser entendido como um livro simples a não ser que o significado de livro seja invertido, desconstruído, a partir de novos significados[708]: "Este não é um livro porque não é assim que se escreve. O que escrevo é um só clímax? Meus dias são um só clímax: vivo à beira"[709].

Viver e escrever à beira podem ser um modo de estar noutra margem[710], de se colocar (fora de) ou de arrombar os paradigmas, de alcançar a alegria por meio da criação. Em *Água viva*, essa criação ocorre, sobretudo, quando o corpo-voz que vive seu solilóquio consegue romper o paradigma de escrita e reinventar sua vida e sua arte. É como se esse *eu* declinado no feminino soubesse que só

707 "O meu jogo é aberto: digo logo o que tenho para dizer e sem literatura. Este relatório é a antiliteratura da coisa." (LISPECTOR, 1999e, p. 57).

708 "Também tenho que escrever porque tua seara é a das palavras discursivas e não o direto de minha pintura. Sei que são primárias as minhas frases, escrevo com amor demais por elas e esse amor supre as faltas, mas amor demais prejudica os trabalhos." (LISPECTOR, 1998d, p. 12).

709 LISPECTOR, 1998d, p. 12.

710 Cf. Laura Freixas (2010, p. 17), que, em sua biografia sobre Clarice, *Ladrona de rosas* - Clarice Lispector: una genialidad insoportable, enfatiza na escritora brasileira o caráter de estar e escrever às margens, o que salienta os adjetivos exótica, misteriosa e singular que lhe foram atribuídos.

pode alcançar o real, a vida, enfim, que só pode interpretar o mundo se, por um dispêndio de forças, cria esse mundo. Ela desconfia que só podemos sentir-entender o mundo que nós mesmos criamos. Então, deixa de pintar e passa a escrever, deixa de ser apenas uma mulher (o humano) e passa a se portar como animal, como planta, como coisa. Assim ela instaura um devir-animal, um devir-planta, um devir-coisa para tentar abranger o neutro do mundo. Para alcançar essa palavra neutra, a voz que se anuncia se despersonaliza, entregando-se a um ritual dionisíaco e mergulhando no neutro do mundo:

> Agora de madrugada estou pálida e arfante e tenho a boca seca diante do que alcanço. A natureza em cântico coral e eu morrendo. O que canta a natureza? a própria palavra final que não é nunca mais eu. Os séculos cairão sobre mim. Mas por enquanto uma truculência de corpo e alma que se manifesta no rico escaldar de palavras pesadas que se atropelam umas nas outras – e algo selvagem, primário e enervado se ergue dos meus pântanos, a planta maldita que está próxima de se entregar ao Deus. [...] Eu me aprofundei em mim e encontrei que eu quero vida sangrenta, e o sentido oculto tem uma intensidade que tem luz. É a luz secreta da sabedoria da fatalidade: a pedra fundamental da terra. [...] A liturgia dos enxames dissonantes dos insetos que saem dos pântanos nevoentos e pestilentos. Insetos, sapos, piolhos, moscas, pulgas e percevejos – tudo nascido de uma corrupta germinação malsã de larvas. E minha fome se alimenta desses seres putrefatos em decomposição. Meu rito é purificador de forças. Mas existe malignidade na selva. Bebo um gole de

> sangue que me plenifica toda. Ouço címbalos e trombetas e tamborins que enchem o ar de barulhos e marulhos abafando então o silêncio do disco do sol e seu prodígio. [...] Estou encantada, seduzida, arrebatada por vozes furtivas. As inscrições cuneiformes quase inteligíveis falam de como conceber e dão fórmulas sobre como se alimentar da força das trevas. Falam das fêmeas nuas rastejantes. E o eclipse do sol causa terror secreto que no entanto anuncia um esplendor de coração. Ponho sobre os cabelos o diadema de bronze.[711]

Esse corpo-voz que delira em *Água viva* passa por um ritual dionisíaco. Ele se despersonaliza[712], rompe o princípio apolíneo da individuação, e, em determinada medida, se entrega *embriagado*[713] ao mundo, desejando o impessoal, "um plano mais alto de humanidade. Ou de desumanidade – o it"[714]. "Eu me ultrapasso abdicando de mim e então sou o mundo: sigo a voz do mundo, eu mesma de súbito com voz única."[715] Bichos, plantas, seres diversos, formas cuneiformes e o quase-inteligível são chamados à cena para um ritual que acaba com a coroação. Entregando-se ao mundo, essa voz deixa de ser apenas a mulher (um eu) que se dirige ao homem

711 LISPECTOR, 1998d, p. 42-44.

712 "E eis que o meu mal me domina. Sou ainda a cruel rainha dos medas e dos persas e sou também uma lenta evolução que se lança como ponte levadiça a um futuro cujas névoas leitosas já respiro. Minha aura é de mistério de vida. Eu me ultrapasso abdicando de meu nome, e então sou o mundo. Sigo a voz do mundo com voz única." (LISPECTOR, 1998d, p. 47).

713 "Quero na música e no que te escrevo e no que pinto, quero traços geométricos que se cruzam no ar e formam uma desarmonia que eu entendo. É puro it. Meu ser se embebe todo e levemente se embriaga." (LISPECTOR, 1998d, p. 66).

714 LISPECTOR, 1998d, p. 55.

715 LISPECTOR, 1998d, p. 24.

(um tu) e ganha outro corpo. Às vezes mulher, às vezes homem, outras vezes mulher-homem, ora mulher-animal, ora mulher-planta. "Vou adiante de modo intuitivo e sem procurar uma ideia: sou orgânica. E não me indago sobre os meus motivos. Mergulho na quase dor de uma intensa alegria – e para me enfeitar nascem entre o meus cabelos folhas e ramagens."[716]

O corpo-voz embriagado experimenta o paradigma animal, o paradigma humano, o paradigma vegetal, o paradigma coisa; experimenta o vivo e o morto. Por fim, ele então diz: "O que sou neste instante? Sou uma máquina de escrever fazendo ecoar as teclas secas na úmida e escura madrugada. Há muito já não sou gente. Quiseram que eu fosse um objeto. Objeto sujo de sangue"[717]. O corpo por trás do texto se torna o próprio texto. A voz que se anuncia se transforma no seu próprio objeto de criação. De mulher a animal, de animal a planta, de planta a coisa, de coisa a *objeto gritante*, texto sujo de sangue, texto-corpo, texto-humano. Esse texto sujo de sangue, um objeto que nasce pelo corpo e que se torna também um corpo, com os fluidos humanos, com veia, carne e sangue, fala numa *língua it*. É a tentativa de chegar a essa língua que move o corpo-voz desde o início de sua travessia. O parto que assistimos é o nascimento de um objeto que se expressa na *língua it*: uma expressão neutra que toca o neutro do mundo. Essa *língua it* é, sobretudo, um modo de se expressar pela quebra de paradigmas.

716 LISPECTOR, 1998d, p. 24.
717 LISPECTOR, 1998d, p. 86.

Sobre a *língua it*, poderia ser dito que é uma tentativa de expressão arredia à asserção[718].

Ao escrever numa *língua it*, o corpo-voz de *Água viva* irrompe como uma força ativa que investe contra paradigmas. Talvez o mais importante paradigma estilhaçado seja o do próprio gesto de escrita. *Água viva* não é um livro escrito como os outros. Se ele é um livro diferente dos demais, um antilivro, poderíamos dizer que ele também é um texto diferente dentro do próprio universo clariciano. Sua diferença está, em determinada medida, no fato de que o corpo-voz que escreve não o faz como um criador que lida apenas com palavras. Ao contrário, nesse texto as palavras ganham também o *status* de imagens, formas que antes de serem lidas devem ser ouvidas e, sobretudo, vistas, como se tivessem cores, formando não só um texto, mas um quadro. Ler esse texto de Clarice como se olha um quadro se torna um imperativo, já que ele foi escrito como se a escritora pintasse um quadro. "Entro lentamente na escrita assim como já entrei na pintura. É um mundo emaranhado de cipós, sílabas, madressilvas, cores e palavras – limiar de entrada de ancestral caverna que é o útero do mundo e dele vou nascer."[719]

Assim, esse corpo-voz escreve como um pintor. E, portanto, convida o leitor a ler o texto de outro modo. Ao contrário de *A maçã no escuro*, que exige um leitor ruminante, *Água viva* solicita um leitor que leia de modo rápido, como quem apenas olha: "O que te digo deve ser lido rapidamente como quando se olha"[720].

---

718 "O Neutro é arredio à asserção." (BARTHES, 2003a, p. 97).

719 LISPECTOR, 1998d, p. 15.

720 LISPECTOR, 1998d, p. 17.

Olhar as cores das palavras, olhar um texto como um todo, tentar captar de *relance* sem se concentrar em cada parte ou entendendo cada parte como quem olha o todo. Ler como se se olhasse um quadro significa, então, arrombar a lógica linear de leitura, ou, ainda, romper com uma perspectiva fechada e querer estabelecer sentidos finais para o *objeto gritante* que já não é nem texto, nem pintura, nem música, mas a junção desses ásperos contrários[721]. Esse leitor que olha o texto de relance acaba por ler como um daltônico, que não consegue opor o vermelho ao verde, mas que, por outro lado, consegue distinguir áreas de luminosidade[722] e intensidade diferentes. Ler como quem olha um quadro e olhar o quadro como um daltônico pode ser um paradigma ativo para captar de *relance*, antes de se estabelecer sentido, o texto clariciano, sendo fiel ao seu processo de criação.

Sendo assim, o leitor pode captar a materialidade neutra do texto clariciano, que é criado, para dizer com Barthes, a partir do furta-cor. Trata-se então de não tentar sentir o texto clariciano pelo princípio da oposição simples, mas a partir da ligeira diferença. Barthes diz que "o Neutro é furta-cor: o que muda sutilmente de aspecto, talvez de sentido, segundo a indicação do olhar do sujeito"[723]. Nesse sentido, a ficção clariciana é produzida como um objeto que exige um *olhar perspectivo*. Dizer que seu texto é furta-cor significa dizer que ele é um objeto que admite ser aprendido a partir das nuances de quem o olha, mudando a partir da lu-

721 "Comprazo-me com a harmonia dos ásperos contrários." (LISPECTOR, 1998d, p. 29).

722 Cf. BARTHES, 2003a, p. 198.

723 BARTHES, 2003a, p. 109.

minosidade que recai sobre ele, sendo assim um objeto resistente ao sentido. O texto clariciano tenta falar sobre um mundo onde o sentido é abolido em nome de um mundo neutro. A escritura de Clarice põe em cena uma tática dupla para isentar o mundo de sentido, tentando captar o concreto: ela reivindica o sentido, mas ao mesmo tempo mantém a utopia do sentido abolido[724].

Desse modo, Clarice propõe captar o mundo por uma espécie de arrepio de sentido. Ou seja, por um sentido que não se deixa ser, de todo, atingido. Não significa que não haja sentido, mas antes que ele permanece fluido, tremulando, numa ligeira efervescência. Como afirma também Barthes, um imenso e perpétuo rumorejo anima "sentidos inúmeros que explodem, crepitam, fulguram, sem nunca tomar a forma definitiva de um signo tristemente sobrecarregado de significado: tema feliz e impossível, pois esse sentido idealmente trêmulo se vê impiedosamente recuperado por um sentido sólido"[725]. É por isso que o corpo-voz que se anuncia em *Água viva* diz:

> Mas eternamente é palavra muito dura: tem um "t" granítico no meio. Eternidade: pois tudo o que é nunca começou. Minha pequena cabeça tão limitada estala ao pensar em alguma coisa que não começa e não termina – porque assim é o eterno. Felizmente esse sentimento dura pouco porque não aguento que demore e se permanecesse leva-

724 "Daí uma tática dupla: contra a Doxa, é preciso reivindicar o sentido, pois o sentido é produzido pela História, não pela Natureza; mas contra a Ciência (o discurso paranoico) é preciso manter a utopia do sentido abolido." (BARTHES, 2003b, p. 101).

725 BARTHES, 2003b, p. 113.

ria ao desvario. Mas a cabeça também estala ao imaginar o contrário: alguma coisa que tivesse começado – pois onde começaria? E que terminasse – mas o que viria depois de terminar? Como vês, é-me impossível aprofundar e apossar-me da vida, ela é aérea, é o meu leve hálito. Mas bem sei o que quero aqui: quero o inconcluso. [...] a vida mal e mal me escapa embora me venha a certeza de que a vida é outra e tem um estilo oculto.[726]

Por saber que o sentido da vida é oculto, que ele escapa a qualquer tentativa de apreensão final, Clarice fala a partir de um texto que tenta dizer o mundo pelas fraturas, pelos desvios, por seu aspecto furta-cor. É um texto que se escreve pelo signo trágico daquilo que escapa constantemente, não se deixando fixar: é corpo, movimento, nuance. Assim, o texto clariciano coloca o leitor diante de um pensamento que revela o neutro, "um pensamento-limite, na margem da linguagem, na margem da cor, pois é pensar a não-linguagem, a não- cor"[727]. Trata-se, em Clarice, de tentar captar o mundo numa *língua it*, que é uma espécie de convulsão da linguagem[728]. Dito de outro modo, numa desconfiança da própria linguagem. Ao criar e questionar a linguagem, criando ou pelo menos buscando uma *língua it*, Clarice, em comunhão com a crítica nietzschiana da linguagem, cria um outro mundo e, nesse gesto,

726 LISPECTOR, 1998d, p. 27.

727 BARTHES, 2003a, p. 111.

728 "Este texto que te dou não é para ser visto de perto: ganha sua secreta redondez antes invisível quando é visto de um avião em alto voo. Então adivinha-se o jogo das ilhas e veem-se canais e mares. Entende-me: escrevo-te uma onomatopeia, convulsão da linguagem." (LISPECTOR, 1998d, p. 27).

desconstruindo a linguagem, a sintaxe e a gramática, ela desmonta, na verdade, um edifício conceitual, revelando que por trás dessa metafísica da linguagem é que opera determinada crença e vontade de duração presente em toda palavra[729].

Desse modo, o que é dito em *Água viva* é que as palavras escapam, assim como também escapa o sentido das coisas, revelando o reconhecimento e "a renúncia a toda forma de controle intelectual da existência"[730]. Existe, portanto, nesse livro uma dimensão trágica que se dá pela/na própria linguagem. Segundo Wander Melo Miranda, essa dimensão da escritura de Clarice instaura ou estimula uma "desrealização do ser e da linguagem"[731]. Escrever nessa *língua it* significa sempre ficar entre o sentido e sua ausência. Essa escritura abdica do predicado, sendo antes uma escritura do impredicável ou ainda a escritura de um predicado sempre móvel, espaço transbordante, intemperante, libidinoso e aberto à morte[732]. Não se trata de escrever sem adjetivos, mas de sobrepor adjetivos de modo que nunca um adjetivo seja o bastante. Isso significa que o predicado deve ser aceito como "um simples momento: um tempo"[733]. Ele tem um tempo de vida, que uma vez esgotado abre espaço para um novo predicado e assim infinitamente. A escritura

729 "É preciso, portanto, pôr a claro este sistema de crença, fundado, desde sempre, em uma lógica da identidade; uma gramática onde a palavra, o ser, a verdade, o sujeito são uma autoridade incondicionada. Desconstruir o edifício conceitual, o emaranhado de valores morais que a modernidade sustenta, implica, no fim das contas, em uma desconstrução da pedra, do material com que tal edifício foi construído, e este material é a linguagem." (MOSÉ, 2010, p. 240).

730 ROSSET, 1989b, p. 301.

731 MIRANDA, 1983, p. 224.

732 Cf. MIRANDA, 1983, p. 224.

733 BARTHES, 2003a, p. 128.

neutra de Clarice, assim, aponta para um tecido de aporias que pensa sem nunca concluir. Ela precisa sempre quebrar paradigmas, e um deles, um arrombamento do paradigma, ocorre pelo signo do sono/sonho. "Transfiguro a realidade e então outra realidade, sonhadora e sonâmbula, me cria."[734]

Assim como em *A paixão segundo G.H.*, a escrita se faz por meio de um estado de sonambulismo. Nesse sentido, outras noções ganham força para expressar o neutro: sono/despertar, noite/dia, luz/sombra, vida/morte, razão/sensação. Ao escrever como quem está sonhando, o corpo-voz de *Água viva* sugere ainda mais esse estatuto neutro de sua escritura. "Estou dentro dos grandes sonhos da noite. E canto a passagem do tempo: sou ainda a rainha dos medas e dos persas e sou também a minha lenta evolução que lança como uma ponte elevadiça num futuro cujas névoas leitosas já respiro hoje."[735] O fluxo do texto surge como se estivesse sendo produzido num tempo-suspenso. Esse tempo caracteriza o neutro, uma vez que o tempo entre o sono/sonho e o despertar coloca, ou melhor, embaralha os elementos, fazendo com que o sujeito esteja numa cena, mas fazendo parte de outra.

Escrever numa *língua it* se torna um ato de não entender, ou, pelo menos, de entender a partir de uma lógica outra. Trata-se na verdade de sentir o mundo misturando tempos, espaços e significados. "Estou transfigurando a realidade – o que é que está me escapando? porque não estendo a mão e pego? É porque apenas sonhei

---

734 LISPECTOR, 1998d, p. 22.
735 LISPECTOR, 1998d, p. 24.

com o mundo mas jamais o vi."[736] O entendimento do mundo ou a atribuição de significados para as coisas se faz como quando um sujeito, entrando no universo do sono, não se desliga completamente do que acontece ao seu redor, e/ou quando, despertando do sono, naquele momento intervalar entre o sono e o despertar, não consegue reconhecer completamente aquilo que o cerca. Trata-se de ver o mundo por essa lógica do nem lá nem cá. Desse modo, o mundo só pode ser apreendido sabendo que seu sentido final escapa, e escapa por não existir simplesmente. "Há uma coisa que me escapa o tempo todo. Quando não escapa, ganho uma certeza: a vida é outra. Tem um estilo subjacente."[737] Se o sentido final não existe, resta àquele que escreve tentar captar a sua ausência, que só se materializa pela presença de sentidos vários, num exercício físico de errar e, errando, seguir um caminho. "E eu caminho em corda bamba até o limite de meu sonho. [...] Antes de me organizar, tenho que me desorganizar internamente. Para experimentar o primeiro e passageiro estado primário de liberdade. A liberdade de errar, cair e levantar-me."[738]

A liberdade do sonho se transfigura, em *Água viva*, na liberdade do silêncio. "Estou fruindo o que existe. Calada, aérea, no meu grande sonho. Como nada entendo – então adiro à vacilante realidade móvel."[739] O silêncio seria a última figura da quebra de paradigma que o texto clariciano opera. Esse silêncio comparece

736 LISPECTOR, 1998d, p. 65.
737 LISPECTOR, 1998d, p. 72.
738 LISPECTOR, 1998d, p. 67-68.
739 LISPECTOR, 1998d, p. 74.

como algo a que se chega pelo ato de enunciação. Somente ao dizer o mundo é que aquele que escreve consegue perceber que sua voz lhe dá apenas “a grande medida do silêncio”[740]. Diante da grande pergunta: “o que é?”, existe um enorme silêncio que aponta para o neutro do mundo. Se o mundo pode calar-se diante de uma pergunta, Clarice também encena essa natureza neutra das coisas, do mundo, de si e da própria escritura pelo silêncio, por esse direito ao silêncio[741]. O signo do silêncio, que perpassa todo o texto, ganha maior força quando a escritora fala do objeto espelho:

> Mas agora estou interessada pelo mistério do espelho. Procuro um meio de pintá-lo ou de falar dele com a palavra. Mas o que é um espelho? Não existe a palavra espelho, só existem espelhos, pois um único é uma infinidade de espelhos. Em algum lugar do mundo deve haver uma mina de espelhos? Espelho não é coisa criada e sim nascida. Não são precisos muitos para se ter a mina faiscante e sonambúlica: bastam dois, e um reflete o reflexo do que o outro refletiu, num tremor que se transmite em mensagem telegráfica intensa e muda, insistente, liquidez em que se pode mergulhar a mão fascinada e retirá-la escorrendo de reflexos dessa dura água que é o espelho. Como a bola de cristal dos videntes, ele me arrasta para o vazio que para o vidente é o seu campo de meditação, e em mim o campo de silêncio e silêncios. E mal posso falar, de tanto silêncio desdobrado em outros.[742]

740 LISPECTOR, 1998d, p. 13.
741 Cf. BARTHES, 2003a, p. 52.
742 LISPECTOR, 1998d, p. 77.

A imagem do espelho surge como a materialização do silêncio. É esse objeto que mostra ao corpo-voz que escreve a natureza muda de toda tentativa de falar, enunciar, valorar e pensar-sentir o mundo. Vale também dizer que o espelho serve como analogia ao próprio ato de escrever: um livro talvez seja sobremaneira um espelho que tenta captar o mundo (as coisas que se colocam diante dele). Na verdade, não é mais ele (o espelho) que reflete o mundo, mas é o mundo, no seu movimento, que se deixa apreender em um espelho, deixando-se refletir apenas por partes, adulterando suas formas e mostrando-se por pequenos instantes. Desse modo, o gesto escritural de Clarice, mais que falar das coisas ou dar um sentido final para elas, deseja falar de si mesmo, do próprio ato de escrever-pensar. É por isso que em determinado momento o corpo-voz, ao falar da tentativa de pintar um espelho, diz: "ao pintá-lo precisei de minha própria delicadeza para não atravessá-lo com minha imagem, pois espelho em que eu me veja já sou eu, só espelho vazio é que é o espelho vivo"[743].

Ao escrever dando vazão ao silêncio, Clarice indica que ele é tão importante quanto o som, quanto a palavra. Como disse Barthes, "ele é um som, ou ainda ele é um signo"[744]. Escrever ampliando as zonas de silêncio significa também buscar um sentido, mas trata-se, sobretudo, de afirmar que essa escritura neutra que dá lugar aos silêncios é uma forma de produzir contra os signos, fora dos signos. Para se manter dentro dessa produção que arromba os paradigmas, que investe contra o signo fixo, é preciso também sa-

743 LISPECTOR, 1998d, p. 78.
744 BARTHES, 2003a, p. 58.

ber que aquilo que é "produzido expressamente para não ser signo é bem depressa recuperado como signo"[745]. O silêncio que rompe o paradigma da enunciação precisa então, para continuar tocando o neutro, se deixar romper pela enunciação, que seria uma nova quebra de paradigma. Barthes observa que o neutro não se definiria pelo "silêncio permanente – este seria sistemático, dogmático e se tornaria significante de uma afirmação"[746]. Assim, para contrariar a fala dogmática seria preciso um silêncio que não é dogmático, mas que se abre para a passagem de uma voz.

Isso é o que ocorre em *Água viva*, um texto no qual se tenta captar o núcleo neutro do mundo, o aspecto periclitante da existência, por palavras que convidam também ao silêncio e depois a um novo som. Um livro-quadro, um livro-música. Um livro escrito em outro idioma, na *língua it*, que capta esse teor neutro do que existe. Ao apreender esse neutro do mundo e transfigurá-lo em linguagem, o corpo-voz que se expressa percebe que a vida é impronunciável, mas que pode haver pequenos instantâneos de fenômeno acústico. Talvez seja nos momentos de maior silêncio que se possa também comunicar algo, falar desse núcleo alegre e neutro da vida. "Estou falando é que o pensamento do homem e o modo como esse pensar-sentir pode chegar a um grau extremo de incomunicabilidade – que sem sofisma ou paradoxo, é ao mesmo tempo, para esse homem o ponto de comunicabilidade maior. Ele se comunica com ele mesmo."[747]

745 BARTHES, 2003a, p. 58.
746 BARTHES, 2003a, p. 61.
747 LISPECTOR, 1998d, p. 90.

Ao se comunicar consigo mesmo, esse corpo-voz abre-se também para o mundo e sente a leveza de ser o mundo todo, de ouvir uma única voz, a voz *it* do próprio mundo. Surge dessa experiência uma alegria própria de quem consegue tocar o neutro: "a minha salvação é a alegria. Uma alegria atonal dentro do it essencial"[748]. Esse corpo que escreve se recusa a ficar triste, rompe a melancolia[749] que chegou a sentir e afirma a alegria, já que "viver é isto: a alegria do it. E conformar-me não como vencida mas num allegro com brio"[750]. Ser alegre é, sobretudo, para esse corpo que escreve, não parar de se opor às mortificações, continuar embriagado e enfeitiçado pela escritura e por seu movimento em direção ao neutro. "O que te escrevo continua e estou enfeitiçada."[751]

748 LISPECTOR, 1998d, p. 93.
749 Cf. SANTOS, 2000.
750 LISPECTOR, 1998d, p. 94.
751 LISPECTOR, 1998d, p. 95.

5 NO LIMIAR DA DOR

Estrelas, estrelas, rezo. A palavra estala entre meus dentes em estilhaços frágeis. Porque não vem a chuva dentro de mim, eu quero ser estrela. Purificai-me um pouco e terei a massa desses seres que se guardam atrás da chuva. Nesse momento minha inspiração dói em todo meu corpo. Mais um instante e ela precisará ser mais do que uma inspiração. E em vez dessa felicidade asfixiante, como um excesso de ar, sentirei nítida a impotência de ter mais do que uma inspiração, de ultrapassá-la, de possuir a própria coisa – e ser realmente uma estrela.

Clarice Lispector

Criar a partir da ótica da existência, fazendo de cada palavra um sopro de vida, parece ser uma das marcas da "escrita pulsional"[752] de Clarice Lispector. Sua literatura sempre esteve absorvida com as questões da vida, com o intenso desejo de viver e com a problemática de como é possível transfigurar os componentes reativos da existência em formas ativas, que sirvam para afirmar o mundo. Desse modo, existe um *Sim* que se faz presente nessa obra[753]. Esse *Sim* desenha uma ética e uma estética do afirmativo que podem ser vistas nos mais diversos textos claricianos. Dizer sim à vida em forma de escritura é um gesto que altera o mundo[754], dando a ele a alegria que se pretende testemunhar pelos rastros das palavras. É também o modo como a escritora brasileira decidiu recobrar e acreditar na existência terrena[755]. Se é verdade que nos desapossa-

752 GUIMARÃES, 2010, p. 40.

753 "Sim, meu Deus. Que se possa dizer sim." (LISPECTOR, 1999a, p. 38).

754 "Nada existe que escape à transfiguração." (LISPECTOR, 1998c, p. 181).

755 "O que eu quero é muito mais áspero e difícil: quero o terreno." (LISPECTOR, 1999f, p. 127).

ram do mundo, como declara Deleuze, a escrita pode, por outro lado, ser um meio de "suscitar acontecimentos, mesmo pequenos, que escapam ao controle, ou engendrar novos espaços-tempos, mesmo de superfície ou volumes reduzidos"[756].

O afirmativo em Clarice é essa asseveração da vida. Uma asseveração que parte do privado e se abre para o público, que surge no indivíduo e se desloca para o coletivo. Afirmação de toda forma de vida, da existência entendida como um evento que comporta a dor e a alegria, o sonho e a realidade, a fraqueza e a força, a memória e o esquecimento, o riso e o choro, o movimento e o estático, a leveza e o peso, o corpo e o espírito, a luz e a sombra, o som e o silêncio, o racional e o sensível, o terreno e o estelar. Todos esses elementos se difundem em estado de tensão permanente ou num "sistema complexo de contrastes"[757] que caracteriza a escritura de Clarice. Afirmar a vida, necessariamente, é acolher esses pares opostos e fundi-los de modo que um dependa mutuamente do outro. Dessa forma, na obra de Clarice, o que interessa é sempre o mundo que não foi apaziguado, no qual não existe um triunfo final sobre as adversidades, mas antes o espaço da luta e não da redenção[758]. A vida que se inscreve em seus textos é, sobretudo, algo agônico, perpassado pela dor, pelo sofrimento, pela morte, que são transfigurados (nunca "superados" ou eliminados) em potência. Os resíduos trágicos que se encenam e se disseminam pela sua obra se revelam por essa escritura que coloca em perspectiva

756 DELEUZE, 2010, p. 222.
757 OLIVEIRA, 1985, p. 94.
758 Cf. PIMENTA, 2006.

os antagonismos, que para Nietzsche, assim como para a escritora brasileira, dentro de uma perspectiva trágica, precisam ser fomentados e aprofundados[759].

O *Sim* que dá corpo ao que chamamos de o *teor afirmativo* que se encontra na ficção clariciana mostra o quanto a criação dessa escritora se pautava pela perspectiva da existência. É preciso dizer que para falar da condição humana, além de tantas configurações, aparecem na obra de Clarice três elementos importantes que se associam, de modo particular, à experiência humana. São eles: a criação, a dor e a morte. Assim, é necessário pensar que sua escritura coloca em cena a ideia de que, pela experiência estética, a vida pode se justificar e o mundo ganha, em alguma medida, um sentido, ainda que nunca final. Do mesmo modo, a dor serve como ponto de fortalecimento do sujeito. Em Clarice, a dor nunca é somente um impedimento puro e simples, mas antes um modo de forçar o homem a se confrontar com a ferida trágica da existência e a exercer sua força de transfiguração. Por fim, a morte ou a finitude humana e a precariedade do próprio mundo aparecem como mais um componente que pode fortificar a confiança na vida e na existência[760], ainda que apontem para seu caráter transitório e efêmero. Ao salientarmos esses aspectos da ficção de Clarice, pretendemos, neste capítulo, observar como essas configurações

759 "O que Nietzsche nomeou aqui como sendo apenas possibilidade revela-se, nos mais distintos contextos, como sua convicção: que os antagonismos na cultura e na sociedade precisam ser fomentados e aprofundados, visto que é só através deles que se pode atingir algo superior." (MÜLLER-LAUTER, 2009, p. 34).

760 "E porque a primeira verdade está na terra e no corpo." (LISPECTOR, 1998c, p. 67).

aparecem em sua produção e como eles se associam a esse caráter afirmativo da vida que constitui também um traço residual do trágico, o qual concebemos como dimensão central de sua escritura.

5.1 Hino à vida

> *Eu vos digo: é preciso ter ainda caos dentro de si, para poder dar à luz uma estrela dançante.*
>
> Nietzsche

Nádia Battella Gotlib, em seu livro *Clarice*: uma vida que se conta, retomando os primórdios da vida da escritora brasileira e, em especial, a data de seu nascimento, observa que os registros e documentos sobre a vida de Clarice possuem alguns traços e marcas que colocam em suspenso a tentativa de um encerramento absoluto sobre datas e fatos[761]. Ainda que a biógrafa tome posições a partir de seus estudos, ela deixa claro esse caráter eminentemente fendido sobre a vida da escritora. Na mesma via desses documen-

761 "Nesse documento [a certidão original escrita em ucraniano] consta a data do nascimento: 10 de dezembro de 1920. E a data da emissão da certidão de nascimento: 14 de novembro de 1921. Registra-se também o local de nascimento: Tchetchélnik, na região de Vínnistsia, na Ucrânia. São esses os dados oficiais da data e local de nascimento de Clarice Lispector. São esses dados que têm sido acertadamente adotados pela crítica. É bem verdade que, nesse atestado original, curiosamente, o último número da data de nascimento, o número zero da data de 1920, ganha reforço a tinta e se destaca dos demais... Seria apenas um esforço a tinta do que por baixo já existia? Ou uma possível rasura para eliminar outro registro que ali por baixo assim desaparece, deixando de existir? A dúvida persiste.. (GOTLIB, 2009, p. 32).

tos que deixam sempre uma abertura, não permitindo uma palavra final sobre os eventos da biografia de Clarice Lispector, também é destacada a sua constituição plural, que ganha contornos seja pela figura profissional[762], que exerceu várias atividades, seja pela escritora, que se move sob o signo do mistério, ou ainda pelo ser humano, cujo próprio nome sofre alterações[763]. Nádia Gotlib explica que a escritora, marcada por uma experiência tão plural, era simplesmente uma pessoa: *Haia*. E é o nome de Clarice que pode oferecer um primeiro rastro para pensarmos o *teor afirmativo* de sua literatura.

> Haia. Segundo consta na certidão de nascimento original expedida em Tchetchélnik, na Ucrânia, e no passaporte coletivo da família expedido em Bucareste, na Romênia, a menina chama-se Haia, que em hebraico quer dizer "Vida", e que, devido a semelhanças fonéticas com Clara, suscitou a versão em português do nome da menina: Clarice.[764]

O significado em hebraico do nome de Clarice é aquilo que mais nos interessa, uma vez que ele próprio aponta para uma postura afirmativa: *Vida*. Assim como seu nome, que se fende, que

762 Cf. NUNES, 2006, 2012. Sobre as relações entre a escrita ficcional e o trabalho como jornalista há o trabalho amplo de Aparecida Maria Nunes, *Clarice Lispector jornalista*: páginas femininas e outras páginas, no qual se desenvolve o problema da "ambiguidade" de ser escritora e ser jornalista que perpassa a carreira da escritora brasileira. A mesma autora escreveu outro texto, "A menina de Tchetchelnik", no qual aborda a mesma questão sobre as relações entre escrita literária e jornalística em Clarice Lispector.

763 GOTLIB, 2009, p. 35-38.

764 GOTLIB, 2009, p. 37.

se transforma e que aponta para tudo que existe, assinalando por si só essa afirmação da existência, sabemos que seu nascimento[765], como a escritora explica na crônica "Pertencer", está marcado também pela tentativa de preservação da vida, no caso, da vida de sua mãe. É nessa mesma crônica que Clarice diz que, por ter "falhado"[766] em sua missão de salvar sua mãe, resolve escrever: e então a escrita passa a ser seu local de afirmação. "A vida me fez de vez em quando pertencer, como se fosse para me dar a medida do que eu perco não pertencendo. E então eu soube: *pertencer é viver*."[767] Poderíamos acrescentar que viver para Clarice é escrever, criar, transfigurar. Ela ainda acrescenta, na mesma crônica, que experimentou o gesto de pertencer "com a sede de quem está no deserto e bebe sôfrego os últimos goles de água de um cantil. E depois a sede volta e é no deserto mesmo que caminho"[768].

Essa imagem da sede, que aparece em outros fragmentos como fome, mas, sobretudo, como a imagem de uma falta[769] que

765 "Não se fica sabendo ao certo se a doença [da mãe de Clarice] teria sido provocada, ou pelo menos agravada, pelo parto. Mas, de qualquer forma, Clarice recebe o impacto da doença da mãe como algo que se relaciona com sua própria existência como filha." (GOTLIB, 2009, p. 59).

766 "No entanto fui preparada para ser dada à luz de um modo tão bonito. Minha mãe já estava doente, e, por uma superstição bastante espalhada, acreditava-se que ter um filho curava uma mulher de uma doença. Então fui deliberadamente criada: com amor e esperança. Só que não curei minha mãe." (LISPECTOR, 1999a, p. 111).

767 LISPECTOR, 1999a, p. 111.

768 LISPECTOR, 1999a, p. 111.

769 "Como todas as atividades humanas (a partir da própria fala), a literatura nasce da vivência da falta e da aspiração à completude. Essa completude, a literatura não nos pode dar. O que ela nos pode dar, isso sim, é uma forma de conhecimento que satisfaz: não uma verdade abstrata e dada, mas uma verdade corporificada e em obra." (PERRONE-MOISÉS, 1990b, p. 110).

nunca é aplacada, consegue expressar o impulso vital que move a ficção de Clarice Lispector. A escritora, já no fim de sua vida, ainda tinha muito caos dentro de si; um desejo enorme de afirmar a vida, escrevendo. Em 1977, poucos meses antes de sua morte, concede uma entrevista para o programa "Panorama Especial", da Rede Cultura. Essa última entrevista, já citada em nosso estudo, deixou a todos os interessados pela obra de Clarice uma imagem caótica[770] da escritora, que marca sua própria escritura. Poderíamos dizer, assim como o faz Nádia Battella Gotlib, que a escritora desviava-se do completo, ficando com o "ser quase"[771] que lhe proporcionava a dimensão enigmática daquilo que não se fecha, não se completa, em suma, daquilo sobre o que não se pode dizer uma palavra que seja consensual[772]. Ao afirmar que essas imagens (aquelas que foram registradas pelas câmeras em sua última entrevista) apresentam um componente caótico da escritora – reiterado também em grande parte de sua fortuna crítica –, queremos frisar

770 Cf. ROCHA, 2011, p. 174. Quando perguntada sobre como se caracterizava sua produção inicial, Clarice Lispector responde ao jornalista Júlio Lerner que era "caótica, intensa e inteiramente fora da realidade, da vida". Acreditamos que esses adjetivos, *caótica* e *intensa*, são marcas de toda sua produção, desde os primeiros textos até aqueles finais.

771 "[Clarice] morreu na véspera do seu aniversário. Driblou também a morte libertando-se de uma soma completa. Ficou no 'ser quase', território que lhe foi peculiar, por lhe facultar o fôlego de, mediante agudo olhar crítico que ensaia posicionar-se alheio a sistemas, poder melhor e intensamente questioná-los. Desenvolveu, assim, uma prática perceptiva de múltiplas configurações, da mais abstrata à mais concreta, nesse processo de procura da 'coisa', mediante mergulho na experiência de uma 'matéria viva pulsante', flagrada na mais completa solidão que lhe permitia, paradoxalmente, reconhecer-se na comunhão com o ser coletivo e social." (GOTLIB, 2009, p. 16).

772 "Não me posso resumir porque não se pode somar uma cadeira e duas maçãs. Eu sou uma cadeira e duas maçãs. E não me somo." (LISPECTOR, 1998d, p. 75).

que nessa entrevista mesclam-se imagens que se contradizem, que colocam por si só uma tensão (confirmada pelas respostas e palavras de Clarice Lispector), não deixando o receptor compor uma imagem focada ou final da escritora que se apresenta diante das câmeras. Esse componente caótico, de certa forma, salienta não só a produção clariciana que até então havia vindo à luz, mas parece ser o crivo pelo qual seu último romance publicado em vida foi pensado. Trata-se do livro *A hora da estrela*, escrito sob o signo da desordem. O livro parece ter sido concebido num movimento que, ao invés de organizar o caos interior e exterior, pretende levá-lo aos últimos limites.

Esse romance, escrito assim como *Um sopro de vida* a partir da experiência da vida que se esvai e da morte que nos espreita, é o *Sim* derradeiro de Clarice à existência. *A hora da estrela* é uma narrativa que se pretende exterior e explícita[773], mas que também se faz pelo mergulho introspectivo, como as outras obras da autora. Segundo Berta Waldman, o livro se multiplica em três[774], três narrativas que se coadunam: a história do narrador Rodrigo S. M., que se apresenta como autor do livro, sobrepondo-se à figura de Clarice Lispector, cujo nome figura na capa do livro; ao mesmo tempo em que Rodrigo conta sua história, ele narra outra história, a de uma moça nordestina de 19 anos, Macabéa, que sai de Alagoas e vai parar no Rio de Janeiro, tentando sobreviver; e, além da história de Rodrigo e de Macabéa, temos uma terceira história, a

773 "Escrevo neste instante com algum prévio pudor por vos estar invadindo com tal narrativa tão exterior e explícita." (LISPECTOR, 1998b, p. 12).

774 WALDMAN, 1992, p. 92.

da reflexão sobre a própria narrativa e seus impasses[775]. Essas três camadas do romance se articulam, de modos diversos e complementares, com a questão da afirmação da vida, desse *sim* trágico que abre o romance e ressoa até o seu desfecho.

Logo no início, o narrador declara que "tudo no mundo começou com um sim. Uma molécula disse sim a outra molécula e nasceu a vida. Mas antes da pré-história havia a pré-história da pré-história e havia o nunca e o sim. Sempre houve. Não sei o quê, mas sei que o universo jamais começou"[776]. Poderíamos dizer que é esse *sim* que engendra a vida o que move também a escritura desse livro. Todo livro surge de um sim dado à vida e estendido ao mundo de modo absoluto. O escritor seria o portador de um sim verídico. Um sim em palavras, gesto afirmativo por excelência, mas também um sim que se faz como música, como um hino à vida. E é justamente a música que comparece em *A hora da estrela* como o primeiro componente que configura esse teor afirmativo e como *símbolo maior da criação*. A escritora parece dizer, a seu modo, que seu gesto criador se justifica e se reforça pela experiência musical[777]. Sabe-se que a literatura de Clarice estabelece diálogos com outros campos da arte, e em especial com a música. Basta pensarmos, por exemplo, em *Água viva*, livro em que as referências ao

775 "[...] temos uma terceira narrativa – que situa os leitores diante dos impasses dessa narrativa particular e da narrativa contemporânea de modo geral." (WALDMAN, 1992, p. 92).

776 LISPECTOR, 1998b, p. 11.

777 LISPECTOR, 1999a, p. 51-52. Em muitas crônicas e em vários trechos Clarice fala de sua relação com a música. Vale conferir a crônica "Lição de piano", na qual a escritora fala de seu contato com o universo da música ainda quando criança.

universo da música são amplas e variadas[778]. No entanto, em *A hora da estrela*, além das alusões ao universo musical e ao tema musical que comparecem inúmeras vezes, a escritora faz uma "Dedicatória do autor", na qual ela, travestida de Rodrigo S. M., mas já anunciando que o autor na verdade é ela própria, Clarice Lispector[779], reverencia a música e alguns compositores.

A despeito de todas as diferenças e convergências[780] que essa última obra possui se comparada aos demais textos claricianos, talvez aquilo que primeiro seja notado é justamente seu frontispício e essa dedicatória, que funcionam como uma chave de leitura do romance. Depois de ter criado tantos textos, Clarice consegue inventar sua última "estrela dançante", um romance que aparece à luz da música, e, portanto, mais uma vez, sob o signo do trágico. "Pois que dedico esta coisa aí ao antigo Schumann e sua doce Clara que são hoje ossos, ai de nós. Dedico-me à cor rubra muito escarlate como o meu sangue de homem em plena idade e portanto

778 "O tema de vida em *Água viva* é o instante. Parece até um refrão, num presente finito, que anula o tempo cronológico. Nesse fluxo, ela colhe o devir incessante da realidade e aspira que sua escritura e a leitura de seu texto coincidam com esse presente fecundo, como se fosse uma partitura musical. Lidando com a matéria-prima. O texto se distancia do *cogito*, da lógica. A palavra transforma-se em isca e pesca e "não palavra", nas entrelinhas. Assim nasce sua escritura, que se lê como se ouve música." (SÁ, 2004, p. 281-282).

779 Podemos ler na abertura do romance a dedicatória que é apresentada assim: "Dedicatória do autor (Na verdade Clarice Lispector)". (LISPECTOR, 1998b, p. 9). Essa dedicatória já coloca em questão o jogo escritural que se desenha pelas máscaras entre o escritor (Clarice Lispector) e o narrador (Rodrigo S. M.).

780 "Este livro [*A hora da estrela*] dialoga com todo o universo ficcional de Clarice, repontando, nele, questionadas, ironizadas e sofridas, as perplexidades da narrativa moderna em geral, e as de sua ficção em particular." (WALDMAN, 1992, p. 92).

dedico-me a meu sangue"[781]. O compositor Schumann e sua Clara aparecem como signos da música e da vida, signos esses que vão sendo suplementados por outros no decorrer da dedicatória. O compositor representa a afirmação da vida que se dá pela obra de arte, pelo gesto do artista que deforma o mundo e produz um sentido, ainda que não derradeiro, ao que existe. Clara, por sua vez, aparece como um signo de vida, da fragilidade do que existe e se esvai. Além disso, Rodrigo S. M. diz que dedica seu livro ao seu sangue. Novamente comparece aqui a noção de uma obra escrita com o corpo, dedicada ao sangue que corre nas veias de quem cria, símbolo culminante de uma arte que se faz pela perspectiva da vida e de sua afirmação incondicional. Tanto o artista como sua mulher "anônima" são hoje (no presente em que se escreve) ossos, restos de uma vida que foi, mas já não é mais.

Nietzsche foi quem disse que sem a música a vida seria um engano[782]. Rüdiger Safranski observa que, para o filósofo alemão, "o verdadeiro mundo é a música. A música é o Inaudito. Quando a ouvimos, pertencemos ao Ser. Assim Nietzsche a vivenciava. Era tudo para ele. Não devia cessar nunca"[783]. De modo similar, a música ganha o estatuto do inaudito em *A hora da estrela*. É sobre o signo da música/vida que se abre a dedicatória do livro, que, em determinado alcance, é a maneira que a escritora encontrou para dizer e trazer à tona seu processo de criação. Esse livro se escreve, assim como outros, com o corpo, com a experiência do não

781 LISPECTOR, 1998b, p. 9.

782 "Quão pouco é necessário para a felicidade! O som de uma gaita-de-foles. – Sem a música a vida seria um erro." (NIETZSCHE, 2006, p. 14).

783 SAFRANSKI, 2001, p. 13.

racional e, aqui, a rasura da razão, a *desrazão dionisíaca*, aparece por meio das sensações causadas pela música. O que se encontra já na dedicatória de *A hora da estrela* é o movimento da música (o próprio Dioniso) que aponta, por sua vez, para o universo abissal que o leitor encontrará no decorrer das páginas, o que ainda assim significa uma forma de glorificação. Clarice anuncia pela música que transpassa a dedicatória que "o dionisíaco abre os homens para o abismo titânico, subterrâneo oculto e assombroso deste mundo, suscetível de os engolir a qualquer instante"[784].

Assim, o aspecto *dionisíaco* se faz presente em *A hora da estrela*, inicialmente, pela presença da música[785]. Desse modo, o escritor (Rodrigo S. M./Clarice) anuncia que a história que se conta nesse livro possui o teor do inaudito, do trágico, em consonância com o pensamento nietzschiano. Essa relação entre palavra, vida e música é reatualizada a todo momento. Clarice escreve em *Um sopro de vida*: "Deus é como ouvir música: repleta o ser"[786]. Na busca incessante por um sentido, a escritora compara a experiência musical a

um acesso ao absoluto. Uma imagem parecida ocorre no final de *A hora da estrela*, quando o narrador diz que "se um dia Deus vier à terra haverá silêncio grande"[787]. A perspectiva da música se entrelaça com o silêncio, já que só há som se também houver silêncio[788]. Essa relação música/silêncio parece ser central para se entender o

784 PELBART, 2009, p. 35.

785 "[...] o único sujeito que se exprime musicalmente é Dioniso". (LEFRANC, 2005, p. 83).

786 LISPECTOR, 1999b, p. 132.

787 LISPECTOR, 1998b, p. 86.

788 "Melhor que Carl Orff é o silêncio." (LISPECTOR, 1999b, p. 153).

trágico. Como é sabido, para Nietzsche a tragédia nasce ligada ao elemento musical, ao coro. A própria etimologia da palavra tragédia (*canto de bode*) já faz alusão a isso. Nietzsche considera que a tragédia e, por extensão, o trágico, se dava, sobretudo, pela presença do coro. É por isso que podemos ler em *O nascimento da tragédia* que "*a tragédia surgiu do coro trágico* e que originalmente ela era só coro e nada mais que coro"[789]. Mais que apenas marcar que o trágico surge da música, Nietzsche também mostra que existe uma relação forte entre arte e vida e, dentro dessa primeira relação, outra, entre música e palavra[790].

Essa relação entre música e palavra ocorre claramente no processo de criação de *A hora da estrela*. Um livro que, ao colocar em cena a dimensão trágica da vida, também mostra a dimensão cruel que as palavras não podem alcançar. Trata-se de escrever pelas consonâncias e dissonâncias, pelo som e pelo ruído, pela música e pelo silêncio, tensionando esses pares com a própria palavra opaca, residual e escassa[791] que, de alguma maneira, pode acercar-se da "realidade" que se pretende adivinhar. Na verdade, Rodrigo S. M.

789 NIETZSCHE, 1992a, p. 52.

790 "Arte e vida, música e palavra são pensadas em *O nascimento da tragédia*, principalmente, na perspectiva da tragédia grega, a partir do que Nietzsche chama de 'impulsos artísticos da natureza' – o apolíneo e o dionisíaco. Contrário aos helenistas germânicos, tais como J.J. Winckelmann e Lessing, que derivaram a arte de um único princípio, tomado como origem necessária de toda obra de arte, Nietzsche fixa seu olhar em duas divindades gregas – Apolo e Dioniso –, reconhecendo nelas a evidência de dois mundos distintos da arte. A diferença entre a arte plástica – apolínea – e a música – dionisíaca – tornou-se clara para ele em sua leitura de Schopenhauer, que, embora não fizesse referência ao simbolismo dos deuses, foi o primeiro a sugerir que a música fosse compreendida diferentemente das artes plásticas." (DIAS, 2005, p. 20-21).

791 Cf. RONCADOR, 2002, e SILVA, 2005.

só consegue dizer, em alguns momentos, como se estivesse cantando: "A minha vida a mais verdadeira é irreconhecível, extremamente interior e não tem uma só palavra que a signifique. [...] Então eu canto alto agudo uma melodia sincopada e estridente – é a minha própria dor, eu que carrego o mundo e há falta de felicidade"[792]. A dor desse homem que narra é transfigurada em música, numa melodia estridente e sincopada. Assim, ler esse livro se torna não apenas um exercício do olhar, mas também do ouvido, exigindo do leitor não só atributos racionais, mas também sensíveis. Apenas pela entrega ao inaudito, ao silêncio e ao universo do intensivo é que se pode chegar a uma sensação de comunhão com aquilo que é enquadrado, cantado, narrado e encenado no texto.

Arte e vida, música e palavra: são essas relações que encontramos em *A hora da estrela*. Ao escrever um romance que pretende ser uma arte afirmativa, Clarice diz um sim à vida e essa afirmação se encorpa ainda mais pelo fato de esse *Sim* vir não só como palavra, mas também como música. Ainda que a música seja um modo de expressão que coloca em xeque a palavra, Rodrigo S. M. deixa claro que seu livro ainda é feito por elas. Ele demonstra a consciência de que toda obra literária surge de um trabalho com as palavras, ainda que estas ganhem contornos diferentes se pensadas não mais em seu centro rígido e exclusivo. "Sim, mas não esquecer que para escrever não-importa-o-quê o meu material básico é a palavra. Assim é que esta história será feita de palavras que se agrupam em frases e destas se evola um sentido secreto que ultrapassa palavras e fra-

792 LISPECTOR, 1998b, p. 11.

ses."[793] Fica evidente que para afirmar qualquer coisa é preciso, para o escritor, usar as palavras, mas talvez a mudança seja utilizá-las deixando que se contaminem por outros universos, tais como o da música. Ler essas palavras cujos "sentidos" estão além delas e apontam para um sentido maior. O próprio *sim* inicial é uma dedicatória que Clarice faz aos artistas dos quais ela se sente uma herdeira. Entre tantos nomes e dedicatórias encontramos Beethoven, Bach, Chopin, Stravinsky, Strauss, Debussy e outros músicos aos quais a escritora presta reverência trágica, por meio das palavras, colocando-os na condição de precursores de sua escrita.

> Dedico-me à tempestade de Beethoven. À vibração das cores neutras de Bach. A Chopin que me amolece os ossos. A Stravinsky que me espantou e com quem voei em fogo. À "Morte e transfiguração", em que Richard Strauss me revela um destino? Sobretudo dedico-me às vésperas de hoje e a hoje, ao transparente véu de Debussy, a Marlos Nobre, a Prokofiev, a Carl Orff, a Schönberg, aos dodecafônicos, aos gritos rascantes dos eletrônicos – a todos esses que em mim atingiram zonas assustadoramente inesperadas, todos esses profetas do presente e que a mim me vaticinaram a mim mesmo a ponto de eu neste instante explodir em: eu.[794]

Neste trecho da dedicatória encontramos dois elementos importantes. O primeiro se relaciona ao fato de que a escritora (pela voz de Rodrigo S. M.) deixa claro que escreve um texto que

793 LISPECTOR, 1998b, p. 14.
794 LISPECTOR, 1998b, p. 9.

é criado pela ressonância musical. É como se quem escrevesse, ao fazê-lo, escutasse esses compositores e suas criações. O mesmo procedimento está registrado em *Um sopro de vida*, quando o narrador, ao escrever, diz: "estou ouvindo música"[795]. É por meio dessa experiência musical[796], desse contato com uma alegria vital[797], que o livro ganha corpo e se faz. É também por meio dessa audição no presente da escritura que é possível criar imagens e atingir pela palavra zonas inauditas, fazendo referência a essa tradição que poderíamos chamar de trágica[798]. Além disso, um segundo elemento que comparece no texto é o do passado ou da tradição trágica que esses artistas encenam, que é recuperado, mas por um prisma que o desloca, colocando e exigindo sua manifestação no presente. Por isso eles são chamados de "profetas do presente". Todos esses compositores criaram uma arte, para o narrador de *A hora da estrela*, que não está presa ao passado, mas que serve ao presente[799] e que convém, sobretudo, à sua criação. Trata-se, portanto, de um olhar que evoca essas músicas e esses artistas para servirem ao instante da criação e ao tempo presente. Desse modo, a própria relação que Rodrigo S. M./Clarice estabelecem com essa tradição

795 LISPECTOR, 1999b, p. 15.

796 "Debussy usa as espumas do mar morrendo na areia, refluindo e fluindo. Bach é matemático. Mozart é o divino impessoal. Chopin conta a sua vida mais íntima. Schoenberg, através de seu eu, atinge o clássico eu e todo o mundo. Beethoven é a emulsão humana em tempestade procurando o divino e só o alcançando na morte." (LISPECTOR, 1999b, p.15).

797 "O tempo da música é desse modo assimilado a um tempo de retiro ganho sobre o mundo, um 'tempo de respirar' diante da urgência do real." (ROSSET, 2000, p. 53).

798 Cf. NIETZSCHE, 1999.

799 Cf. NIETZSCHE, 2003b.

musical parece trágica, uma vez que ao olhar para o passado existe uma necessidade primeira de se colocar em seu tempo, pensando no presente e nunca se voltando para o passado pura e simplesmente. Trata-se, antes, de reler essa tradição pelo prisma do agora.

No frontispício do livro há o título do romance, *A hora da estrela*, aquele que figura na capa do livro, e logo abaixo treze títulos, prováveis formas de nomear o texto que o leitor tem em mãos, quais sejam: "A culpa é minha", "A hora da estrela", "Ela que se arranje", "O direito ao grito", "Quanto ao futuro", "Lamento de um blue", "Ela não sabe gritar", "Uma sensação de perda", "Assovio no vento escuro", "Eu não posso fazer nada", "Registro dos fatos antecedentes", "História lacrimogênica de cordel", "Saída discreta pela porta dos fundos". Entre os quatro primeiros títulos, nos quais se repete o título *A hora da estrela*, e os outros nove, há a assinatura da escritora Clarice Lispector. Todos os títulos são grafados em caixa alta e entre cada título existe a conjunção alternativa "ou", que marca a oscilação, a alternância de sentido e a possibilidade aberta de nomear o texto com um ou outro título qualquer, além de apontar sempre para um sentido também suspenso ou aberto[800] de tudo aquilo que é dito.

Esses prováveis títulos do livro ampliam sua interpretação, uma vez que muitos fazem referência direta ao universo da música, tais como "O direito ao grito", "Lamento de um blue", "Ela não sabe gritar", "Assovio no vento escuro" e "História lacrimogênica de cordel". Cada um dos títulos traz para a cena de leitura novas perspectivas das histórias e da escrita do livro e os cinco títulos

800 PERRONE-MOISÉS, 2012, p. 22.

citados evocam uma ressonância desse universo musical que perpassa a escritura de *A hora da estrela*. As ressonâncias musicais não se limitam a esses títulos no frontispício, mas também são confirmadas pela própria relação que Macabéa, a (anti) heroína do livro, mantém com a música. Num dos retratos que Rodrigo S. M. elabora sobre a nordestina, podemos perceber como essa ausência de contato com a música era um fato da vida da datilógrafa que, no desenvolver da narrativa, é rasurado:

> Todas as madrugadas ligava o rádio emprestado por uma colega de moradia, Maria da Penha, ligava bem baixinho para não acordar as outras, ligava invariavelmente para a Rádio Relógio, que dava "hora certa e cultura", e nenhuma música, só pingava em som de gotas que caem – cada gota de minuto que passava. E sobretudo esse canal de rádio aproveitava intervalos entre as tais gotas de minuto para dar anúncios comerciais – ela adorava anúncios.[801]

Esse retrato de Macabéa coloca em foco a vida de uma moça com poucos recursos que vive numa "sociedade do espetáculo"[802] e que adora os anúncios, e tudo aquilo que ela poderia (ou não) consumir[803]. De qualquer forma, ainda é o rádio, esse objeto do qual Macabéa não se separa e que, em determinada medida, serve como canal para que a nordestina reafirme para si mesma algumas ideias

801 LISPECTOR, 1998b, p. 37.

802 O termo "sociedade do espetáculo" foi cunhado por Guy Debord em seu livro *A sociedade do espetáculo* (1997).

803 Sobre a questão da sociedade e do consumo, conferir o livro *Caldo de cultura*: *A hora da estrela* e a vez de Clarice Lispector, de Edgar Cézar Nolasco (2007).

religiosas, mercadológicas e do senso comum[804], que também vinculará seu contato com a música[805]. Assim, o mesmo meio que abre Macabéa para uma repetição de tudo aquilo que ela vê nas vitrines e que ela ouve no dia a dia, também lhe proporciona o contato com o mundo da arte, da música, universo que a faz se sentir como um ser que poderia ter, e que chega a ter, um sentido outro de existir. É numa de suas conversas com o namorado, Olímpico de Jesus, que Macabéa narra seu contato com a música quando conta sobre o que aprendeu: "Sabe o que mais aprendi? Eles disseram que se devia ter alegria de viver. Então eu tenho. Eu também ouvi uma música linda, eu até chorei. – Era samba? – Acho que era. E cantada por um homem chamado Caruso que se diz que já morreu. A voz era tão macia que até doía ouvir"[806].

Quando Macabéa ouve "Una furtiva lacrima", ária da ópera *L'elisir d'amore*, de Donizetti, cantada pelo tenor italiano Caruso, sente pela primeira vez uma justificação para sua vida. Tal justificativa surge e se acende pela própria dor. Nesse momento, o mundo ganha um sentido e, por um instante, toda a sua história se converte num grande *sim*, numa afirmação absoluta. Ao contrário do que

804 "Outra vez ouvira: 'arrepende-te em Cristo e Ele te dará felicidade'. Então ela se arrependera. Como não sabia bem de quê, arrependia-se toda e de tudo. O pastor também falava que a vingança é coisa infernal. Então ela não se vingava." (LISPECTOR, 1998b, p. 37).

805 Cf. o ensaio de Antonio Teixeira de Barros (2001, p. 263-264), "O rádio e a publicidade no cotidiano de Macabéa: Clarice Lispector e algumas observações sobre a recepção de mensagens radiofônicas e publicitárias", no qual o crítico discute a questão de que a personagem clariciana seria uma "receptora ativa", uma vez que ela era "capaz de rejeitar as mensagens que não lhe agradavam, não correspondiam a seus anseios ou não lhe satisfaziam".

806 LISPECTOR, 1998b, p. 50-51.

poderia parecer, a protagonista de *A hora da estrela* não entra em contato com um samba, gênero popular e largamente difundido no Brasil, mas ouve, por outro lado, uma ária de uma ópera famosa, de um compositor universal, com um fundamento musical que existe na essência do humano[807]. Por meio dessa ária, Macabéa entra em contato com uma linguagem universal, que a faz sentir essa alegria vital, transbordante e orgiástica que a música pode proporcionar, evidenciando "uma forma primitiva de apreciação do mundo"[808]. Essa relação com o universo musical que aparece pela presença da ópera e não do samba se justifica pelo fato de que aquela serve como ponto de convergência entre música e palavra[809].

Como se sabe, a ópera surge como uma tentativa de renascimento da tragédia. Rosa Maria Dias observa, em seu livro *Nietzsche e a música*, que a "aglutinação de palavras e música foi considerada pelos criadores da ópera a verdadeira recriação da arte trágica"[810]. No caso de *A hora da estrela*, parece que o livro é escrito como um *recitativo*, estilo meio cantado e meio falado, usualmente acompanhado por um instrumento musical. "Esqueci de dizer que tudo o que estou agora escrevendo é acompanhado pelo rufar enfático de um tambor batido por um soldado"[811]. Essa linguagem trágica que é engendrada "contrapõe literatura e música, desenvolven-

807 BURNETT, 2011, p. 128.

808 BURNETT, 2011, p. 131.

809 Confira o livro de Felipe Mansur (2011), *A sexta história*: a face trágica da narrativa em *A hora da estrela*, no qual o crítico discorre sobre as relações entre palavra e música em Clarice, tendo como foco a questão da presença operística em seu texto.

810 DIAS, 2005, p. 81.

811 LISPECTOR, 1998b, p. 22.

do a ideia de que onde a primeira encerra suas possibilidades de representação, a outra pode suplantar e ampliar a capacidade da arte de interpretar o mundo"[812]. Isso não se opera só em relação à música, mas se amplia para muitas outras expressões artísticas, que vão sendo amalgamadas no texto. É preciso ainda dizer que essa relação com a música, que de diferentes formas comparece na narrativa, não deve ser entendida apenas como uma relação com uma expressão artística, mas antes com toda forma de encontro e afirmação da vida. Jelson Oliveira diz que, para Nietzsche,

> A música é a linguagem da vida em sua plenitude de alegria, uma linguagem simbólica que foge dos contornos conceituais e se deixa revelar nas sonoridades instintuais, daquilo que não tem contorno porque está associado ao impulso dionisíaco da existência. É dessa música originária que Nietzsche vê nascer propriamente a linguagem musical das partituras e dos ritmos. Ou seja, a música não é apenas a composição musical, mas um tipo de linguagem presente na vida como um todo.[813]

Em *A hora da estrela*, a audição da ária também lança Macabéa nessa zona de contornos (racionais) ausentes, própria ao universo da música, uma linguagem que aponta antes para uma "elucidação infinita"[814], que se constitui pela mentira, pela ilusão e pelo velamento. A escritura de Clarice, mergulhada nesse mundo

812 MANSUR, 2011, p. 25.
813 OLIVEIRA, 2011, p. 161.
814 BURNETT, 2011, p. 138.

musical, é antes de tudo uma escritura *embriagada*. Trata-se assim de pensar que a música também funciona nesse romance como signo da excitação. Do mesmo modo que a protagonista se vê excitada para a vida, com um desejo de num momento de encontro afirmar sua vida, sua história e seus desejos, o escritor também se vê, pelo espírito da música, estimulado a abrigar cada coisa. Essa *embriaguez*, que permite uma afirmação integral do mundo, faz com que aquele que escreve seja um *deformador* do real, uma vez que estar embriagado significa sentir-se apoderado pelo "sentimento de acréscimo da energia e de plenitude"[815]. O artista, depois de alcançar esse sentimento, violenta as coisas, o que não consiste em subtrair ou descontar o pequeno, o secundário, mas em "ressaltar enormemente os traços principais de modo que os outros desapareçam"[816]. Essa deformação do real, efetuada pelo estado da *embriaguez*, significa uma excitação que permite apreender, ainda que pela variação, o mundo, o real. Nietzsche fala das categorias da *embriaguez* assim:

> Que significam os conceitos opostos que introduzi na estética, *apolíneo* e *dionisíaco*, os dois entendidos como espécies de embriaguez? – A embriaguez apolínea mantém sobretudo o olhar excitado, de modo que ele adquire a força da visão. O pintor, o escultor, o poeta épico são visionários *par excellence*. Já no estado dionisíaco, todo o sistema afetivo é excitado e intensificado: de modo que ele descarrega de uma vez todos os seus meios de expressão e, ao mesmo tem-

815 NIETZSCHE, 2006, p. 68.
816 NIETZSCHE, 2006, p. 68.

> po, põe para fora a força da representação, imitação, transfiguração, transformação, toda espécie de mímica e atuação. [...] Para o homem dionisíaco é impossível não entender alguma sugestão, ele não ignora nenhum indício de afeto, possui o instinto para compreensão e adivinhação no grau mais elevado. Ele entra em toda pele, em todo afeto: transforma-se continuamente. – A música, tal como a entendemos hoje, é igualmente uma excitação e descarga geral dos afetos, mas, ainda assim, apenas vestígio de um mundo de expressão afetiva bem mais pleno, um mero *residumm* do histrionismo dionisíaco.[817]

Podemos depreender do fragmento que existe não apenas um estado de excitação, e que todo artista pode jogar com essas modalidades de embriaguez. A escritura de Clarice é pautada por uma presença da categoria apolínea que transforma e potencializa o olhar. O próprio livro *A hora da estrela* joga com essa dimensão estética ao pintar retratos da protagonista e exigir uma leitura visual. De qualquer modo, ainda que o universo ficcional clariciano tenha se pautado, em alguns momentos, por essa embriaguez apolínea, em *A hora da estrela* a preponderância da música aponta para o universo dionisíaco, e o que se pode perceber é que o texto em questão é escrito a partir de um jogo fundamental com a embriaguez dionisíaca, uma vez que todo o sistema afetivo está intensificado, levando a inúmeros modos de expressão. É por meio dessa embriaguez que Rodrigo S. M./Clarice deformam o real, buscando apreender esse mundo pelas palavras, pelos sons, pelas imagens,

817 NIETZSCHE, 2006, p. 69.

pelo jogo de cena, pelas sensações, pelo cheiro, ou seja, por essa rede armada de sentidos intensificados próprios ao estado dionisíaco de criação[818]. Essa embriaguez dionisíaca intensifica os sentidos e ao mesmo tempo aponta para o caráter indecidível do texto, revelando-se como "referencialidade aberta, repetição, deslocamento de presença, não-origem, não-essência"[819].

A escritura de Clarice é feita por improvisos e hesitações, por esse deslocamento contínuo. Esse gesto cambaleante de dizer, esse modo residual de apreender os objetos aponta para uma dúvida constante que move a escritura. O próprio gesto de nomear é cambaleante – e entenda-se aqui não só a indecidibilidade do título, mas de toda uma rede de indecidíveis que perpassa a escrita de *A hora da estrela* – e demonstra uma escritura que se abre para a *embriaguez*, própria da música e da arte dionisíaca. Rodrigo S. M. escreve movido pelo espírito da música e isso significa que seu texto, ainda que estabeleça relações com as artes plásticas, possui como perspectiva primeira a música. Esse espírito da música, como diz Nietzsche, é o que mostra uma vida em seu poder indestrutível, em sua afirmação constante, em seu movimento. Rosa Maria Dias observa ainda que,

818 "Assim, o artista é um ser ambivalente, 'sensível, excitável, acessível a toda estimulação' e, 'apesar disto, submetido ao poder de seu trabalho, de sua vontade de autodomínio – um homem de fato comedido e, muitas vezes, um homem casto'. É a embriaguez que torna o artista capaz de perceber mais finamente e mais longe, que lhe permite estender seu olhar 'sobre conjuntos mais vastos e a maiores distâncias, ser mais sensível ao que há de minúsculo e fugitivo'." (LEBRUN, 2006, p. 364).

819 RODRIGUES, 2008, p. 98.

> Ao discutir a cultura, Nietzsche estabelece uma distinção entre cultura trágica e socrática. Caracteriza a trágica pela certeza da indestrutibilidade da vida, e a socrática pelo amor ao saber. A primeira se manifesta através da música, a segunda se exprime pela palavra. Assim, qualquer cultura que assegure a preponderância da música é trágica, qualquer uma que dê à palavra prioridade, socrática.[820]

É essa dimensão trágica que prevalece em *A hora da estrela* pelo jogo de cena no qual não se comprova, mas também não se refuta[821]. Ao falar da sua vida de escritor, da história de uma moça nordestina, que simula outras vidas de tantos outros sertanejos, e, sobretudo, ao falar dos impasses com a palavra, e da dor primordial própria à existência, Rodrigo S. M. decide fazê-lo tomando como ponto de partida a música, e a partir dessa *perspectiva* ele pode contar uma história por meio de um pensamento trágico. Um pensamento que treme e que, segundo Mónica Cragnolini no ensaio "Temblores del pensar: Nietzsche, Blanchot, Derrida", é "o pensamento do nem/nem [que] assusta, já que nos coloca nesse lugar (não-lugar) indiscernível, inidentificável do 'entre'"[822]. Esse pensamento que treme e que se converte numa escrita que vibra permite a Rodrigo S. M. afirmar a vida em todas as suas camadas, afirmar o desejo de criar e, sobretudo, afirmar a partir de um "código" indecidível. Sendo um homem que na verdade é mulher, sendo uma

820 DIAS, 2005, p. 79.

821 Cf. RODRIGUES, 2008.

822 "Un pensamiento del ni/ni asusta, ya que nos ubica en ese lugar (no-lugar) indiscernible, inidentificable, del 'entre'." (CRAGNOLINI, 2003). (Tradução minha)

mulher que na verdade é um homem, esse narrador se abre para a não-compreensão, para o não-entender, para o não-saber, deixando à mostra o indecidível, "a não-verdade da mulher em oposição ao homem da verdade"[823]. Isso se dá pelo fato de Rodrigo S. M./Clarice jogarem com a embriaguez que a música confere àquele que cria.

Mas o que significa dizer que *A hora da estrela* é um livro escrito a partir da *embriaguez*? Significa dizer que é um texto escrito pela intensificação dos sentidos, por uma tentativa de deformar o real e assim captá-lo para além dele, nem ficando no real, nem saindo dele. A embriaguez é o estado estético que corresponde a essa intensificação dos sentidos e, portanto, a uma concepção que deforma o mundo para representá-lo. No próprio frontispício do romance já é revelado um aspecto marcante dos textos de Clarice e, em especial, de *A hora da estrela*, a saber, a *multiplicidade*, princípio trágico que reforça essa rede de indecidibilidade. Os treze títulos colocados em tensão nessa página inicial, antes da dedicatória do autor, mostram esse desejo de perspectivas que se sobrepõem. Tal pressuposto é enfatizado pelo próprio narrador Rodrigo S. M., que deseja se abrir para os outros, dionisiacamente, saindo do seu eu e entrando em comunhão com eles. O que interessa, contudo, é que essa multiplicidade também se torna uma multiplicidade de linguagens. A música, que parece ocupar um lugar de destaque no livro, abre, na verdade, uma rede de relações entre palavra,

823 "Não-compreender, não-entender, não-saber: essa ideia de não-verdade associada à mulher está em *Éperons*, texto no qual Derrida dialoga com Nietzsche e com a interpretação heideggeriana de Nietzsche. É em *Éperons* que o filósofo vai trabalhar a ideia da mulher como indecidível – aquela que carrega a não-verdade em oposição ao homem da verdade." (RODRIGUES, 2008, p. 108).

som, imagem e gesto. Desse modo, o texto de Clarice só pode ser apreendido quando lido por esse circuito que estabelece conexões entre as artes e as expressões. Ao falar desse princípio da multiplicidade em *Seis propostas para o próximo milênio*, Italo Calvino afirma – e sua afirmação vale, sobremaneira, para ler a obra de Clarice:

> Mas a resposta que mais me agradaria dar é outra: quem nos dera fosse possível uma obra concedida fora do *self*, uma obra que nos permitisse sair da perspectiva limitada do eu individual, não só para entrar em outros eus semelhantes ao nosso, mas para falar o que não tem palavra, o pássaro que pousa no beiral, a árvore na primavera e a árvore no outono, a pedra, o cimento, o plástico...
> Não era acaso este o ponto de chegada a que tendia Ovídio ao narrar a continuidade das formas, o ponto de chegada a que tendia Lucrécio ao identificar-se com a natureza comum a todas as coisas?[824]

A literatura de Clarice sempre buscou essa expressão fora do *self* a que se refere Calvino. Se, desde seus primeiros textos, podemos constatar uma espécie de abertura para a experiência do Outro, seja esse outro um animal, um vegetal, uma pedra ou ainda um outro ser humano, em *A hora da estrela* esse desejo de escrever pelo princípio da multiplicidade é levado a cabo pelas sobreposições entre escritor, narrador e personagem[825]. Os três elementos se interpenetram. Existe um anseio de sentir o mundo e de afirmá-lo pelas mais

824 CALVINO, 1990, p. 138.
825 Cf. ARÊAS, 2005 e BUENO, 2001.

variadas perspectivas, sendo aquelas três as mais visíveis. Se, por um lado, Rodrigo S. M. diz que explode em eu ao escrever, por outro lado, ele também destaca que precisa abrir-se para a experiência que se dá pelo rompimento da *individuação* e a entrada no reino da *embriaguez* e da desmesura. Talvez seja por isso, pelo desejo de afirmar tudo pela multiplicidade, pela intensificação dos sentidos, que ele resolve escrever vaticinado pela música, a qual lhe pode dar o sentido da desmedida, como um narrador que deseja escrever jogando com a embriaguez[826]. Esse jogo com a embriaguez pode ser visto no seu modo de sair de si e também na sua tentativa de, estando no registro da literatura, também sair dela, buscando outros meios de expressão ou pelo menos contaminando sua literatura por eles. A música é a primeira forma que ele encontra de atingir esse estado dionisíaco de deslocamento, de contaminação e de afirmação.

Vilém Flusser, no ensaio "Nossa embriaguez", observa que "a arte torna dizível o inefável, e audível o inaudito. [...] O artista é inebriado que emigra da cultura para re-invadi-la"[827]. Rodrigo S. M. é justamente esse narrador inebriado que traz à tona o inefável e inaudito para a cena literária. Trata-se de escrever colocando em foco *várias perspectivas*, encenando uma afirmação do mundo que

826 "Ora, se a embriaguez é o jogo da natureza com o homem, então o criar do artista dionisíaco é o jogo com a embriaguez. Este estado deixa-se conceber somente alegoricamente, se não se o experimentou por si próprio: é alguma coisa de semelhante a quando se sonha e se vislumbra o sonho como sonho. Assim, o servidor de Dioniso precisa estar embriagado e ao mesmo tempo ficar à espreita atrás de si, como observador. O caráter artístico dionisíaco não se mostra na alternância de lucidez e embriaguez, mas sim em sua conjugação." (NIETZSCHE, 2010, p. 9-10).

827 FLUSSER, 2012, p. 381.

se dá pela multiplicidade (de pensamento, de vivências e de linguagens), ou seja, pela intensificação dos sentidos. Ao afirmarmos que a narrativa de *A hora da estrela* produz-se pela *embriaguez*, ressaltamos, na verdade, que existe uma tentativa de dizer e afirmar o mundo por uma multiplicidade de perspectivas. Ainda que as histórias que se contam no livro sejam histórias de aflição, esse absurdo é sempre transfigurado, visto por outra perspectiva, que mostra que o escritor reinvade o mundo e o próprio modo de ver de uma determinada cultura, transformando-o num lugar da afirmação, numa paisagem trágica.

Esse princípio trágico de captar o real violentando-o e abrindo-o para a multiplicidade é próprio da dimensão estética da *embriaguez*: intensificação de sentidos. Assim, a afirmação não se dá apenas pela via da música, mas pela multiplicação de perspectivas que podem ser vistas por uma propagação de formas de expressão. Se a estrutura do real é por si mesma plural, a escritura tenta tocar e afirmar esse mundo a partir de uma estrutura formal também múltipla. Desse modo, se na abertura de *A hora da estrela* é anunciada a relação com a música, arte dionisíaca por excelência, o gesto de escrita desse texto não para por aí. Ainda na dedicatória, na qual a música ocupa um lugar de destaque, vemos o autor fazer referência a outra arte que já é apalavrada no próprio título da obra, o cinema[828]. Além desse, a fotografia, o teatro e outras manifestações artísticas vão sendo sobrepostas umas às outras, evidenciando um texto que não pode ser escrito só pelas palavras, mas

828 "É uma história em tecnicolor para ter algum luxo, por Deus, que eu também preciso." (LISPECTOR, 1998b, p. 10).

que se faz pela constituição de uma estrutura formal plural que revela, por sua vez, o mundo também múltiplo que pretende afirmar.

Escrever um livro vaticinado e constituído pelo campo da música confere ao texto *A hora da estrela* uma possibilidade de atingir o inaudito, de ser uma pergunta, uma interrogação fecunda[829], um livro inacabado e sem encerramento. É por isso que também na dedicatória o autor diz que o texto que escreve trata-se, na verdade, de "um livro inacabado porque lhe falta a resposta"[830]. Essa ausência de resposta ou esse desejo pelo inacabado, tão caro ao universo clariciano, remete a um tipo de escritura pautado pela oscilação, uma escritura que já anuncia sua incapacidade de dizer as coisas[831], um modo de dizer cambaleante e indeciso, em suma, pelo máximo grau de indecidibilidade própria ao universo trágico, que também associa a escrita ao estado de *embriaguez*. Essa trepidação que caracteriza o livro em questão pode ser vista na indeterminação de seu título, na abertura do nome daquele que narra (Rodrigo S. M.), na impossibilidade de revelar o universo de Macabéa, na incapacidade de expressar a dor que constitui o ser humano, na oscilação do que é dito e, sobretudo, na ausência da resposta, que não é dada ao leitor, mas que acaba sendo um convite para outras perguntas.

829 PERRONE-MOISÉS, 2012, p. 22.

830 LISPECTOR, 1998b, p. 10.

831 "Enquanto escritora, Clarice não acreditava nem um pouco na capacidade da linguagem para dizer a coisa, para exprimir o ser, para coincidir com o real. O que ela queria – ou melhor, devia, já que escrever era, para ela, missão e condenação – era pescar as entrelinhas. O que ela buscava não era a ordem da representação ou expressão. Ela operava emergências de real na linguagem, urgências de verdade. Resta ao leitor receber suas mensagens em branco, e ouvir o que de essencial se diz em seus silêncios." (PERRONE-MOISÉS, 1990a, p. 177).

5.2 A dor transfigurada

E reunia toda a sua força para parar a dor. Que dor era? A de existir? A de pertencer a alguma coisa desconhecida? A de ter nascido?

Clarice Lispector

O narrador de *A hora da estrela*, num gesto trágico-dionisíaco, abre a dedicatória do livro pelo espírito da música e assim anuncia ao leitor o universo da alegria na dor; a representação do sofrimento que espera aquele que rompe os limites dessa abertura. Esse narrador escreve depois de sentir a primeira pontada de uma dor que percorre toda a narrativa. "Meu coração se esvaziou de todo desejo e reduz-se ao próprio último ou primeiro pulsar. A dor de dentes que perpassa esta história deu uma fisgada funda em plena boca nossa."[832] Assim, o texto que se lê é produzido a partir da dor, sobre a dor e contra a dor. Clarice Lispector afirma a vida ao se defrontar com a própria aflição inerente àquilo que vive e também afirma um *pensamento trágico*. A história de Rodrigo S. M., assim como a de Macabéa, é a aparição da *dor-homem*, do *homem-dor*[833]. Ao falar dessa dor que pode ser daquele que escreve, daquele que lê ou de outro qualquer que vive, a escritora acolhe a vida no que ela traz de possibilidades. Mais que isso, Clarice volta a um tema recorrente em seus textos: a ferida trágica da existência, a agonia de permanecer. Importa, contudo, ressaltar que a forma como a dor é representada nesse texto é o que parece ser mais significa-

832 LISPECTOR, 1998b, p. 11.
833 Cf. FOGEL, 2010.

tivo. Assim como em outros livros, a dor se torna uma força que impulsiona a escrita; mas talvez, nesse livro, ela ocupe um lugar de maior destaque. Desse modo, interessa entender como essa dor é afirmada pelo olhar, como ela é deslocada pelo narrador e como se cria também uma espécie de resistência a ela.

Para Rodrigo S. M., a representação dessa dor é "o resultado de uma visão gradual"[834]. Ele diz que vem descobrindo os porquês de sua narrativa há dois anos e meio e que ela é a visão de uma iminência[835]. O livro surge de uma visão de Rodrigo. "É que numa rua do Rio de Janeiro peguei no ar de relance o sentimento de perdição no rosto de uma moça nordestina. Sem falar que eu em menino me criei no Nordeste."[836] É a partir desse ar perdido da moça que segue "vivendo à toa"[837], o qual, de certa forma, é a aparição da própria tragédia, que a história da datilógrafa, assim como a da escrita, se inicia. Nesse sentido, *A hora da estrela* se assemelha a outros textos claricianos, como "Amor" e *A paixão segundo G.H.*, cujos enredos adquirem novas configurações depois de determinada visão. De modo similar a G.H., que escreve depois de ver a barata, ou a Ana, que resolve repensar sua experiência depois de ver um cego que masca chicletes, Rodrigo S. M. escreve por força de lei, após o lampejo da imagem de uma moça que vivia à mercê[838].

---

834 LISPECTOR, 1998b, p. 12.

835 "[...] há dois anos e meio venho aos poucos descobrindo os porquês. É visão de iminência de. De quê? Quem sabe se mais tarde saberei. Como que estou escrevendo na hora mesma em que sou lido." (LISPECTOR, 1998b, p. 12).

836 LISPECTOR, 1998b, p. 12.

837 LISPECTOR, 1998b, p. 15.

838 "Ela não era nem de longe débil mental, era à mercê e crente como uma idiota." (LISPECTOR, 1998b, p. 30).

Isso significa que a escrita surge de uma visão. Essa aparição é a presença da própria vida e de sua crueldade que se apresentam aos olhos do escritor. Rodrigo tenta expressar por meio das palavras essa *visão trágica*, esse contato com o real que surge da figura de um ser solitário e que possui como imperativo primeiro a sua própria expressão. "Por que escrevo? Antes de tudo porque captei o espírito da língua e assim às vezes a forma é que faz o conteúdo. Escrevo portanto não por causa da nordestina mas por motivo de 'força maior', como se diz nos requerimentos oficiais, por 'força de lei'."[839] Assim, *A hora da estrela* é uma narrativa que nasce de um lampejo, da visão de um enigma oferecido pelo próprio real. Esse enigma funciona como abertura para um pensamento trágico que perpassa a escritura de Clarice Lispector.

Nietzsche, num dos capítulos mais importantes de *Assim falou Zaratustra*, "Da visão e do enigma", fala do trágico e associa-o à visão de um enigma. Nesse capítulo é narrada a história de um pastor. A visão aludida no título do capítulo é a seguinte: Zaratustra estava em meio a selvagens rochedos, solitário, no mais despovoado lugar. É nesse momento que ele vê um jovem pastor deitado contorcer-se, sufocado em convulsão, com o rosto transtornado, cheio de náusea e horror, pois uma serpente pende de sua boca. Zaratustra, depois de tentar puxar a serpente e não conseguindo arrancá-la da garganta do pastor, grita para que o pastor morda e decepe a cabeça do réptil. O pastor segue os conselhos de Zaratustra e este conclui o relato de sua visão enigmática, descrevendo o pastor logo após tomar a decisão de enfrentar a serpente.

839 LISPECTOR, 1998b, p. 18.

Essa visão do enigma enuncia, inicialmente, a própria fragilidade de toda e qualquer existência, já que qualquer um que vive está em perigo e pode se ver sujeitado à dor que, no capítulo de *Zaratustra*, é representada pelo ataque da serpente. De modo similar, a narrativa de *A hora da estrela* também é a visão gradual dessa condição trágica, na qual Macabéa se encontra, mas que diz respeito a qualquer ser humano. Rodrigo, depois de ver essa figura anônima e subterrânea[840], começa a escrever sobre esse enigma trágico. O narrador encontra-se, na verdade, com uma visão que dialetiza a tautologia e a crença como modos de ver. Trata-se de ver algo que também nos olha. Didi-Huberman, em *O que vemos, o que nos olha*, observa que ver significa também romper com pensamentos binários e que, portanto, é preciso se inquietar com o *entre*[841]. Portanto, ver significa "ser atingido pelo que nos olha – um momento que não impõe nem o excesso de sentido (que a crença glorifica), nem a ausência cínica de sentido (que a tautologia glori-

840 "Embora a moça anônima da história seja tão antiga que podia ser uma figura bíblica. Ela era subterrânea e nunca tinha tido floração." (LISPECTOR, 1998b, p. 30-31).

841 "Os pensamentos binários, os pensamentos do dilema são portanto incapazes de perceber seja o que for da economia visual como tal. Não há que escolher *entre* o que vemos (com sua consequência exclusiva num discurso que o fixa, a saber: a tautologia) e o que nos olha (com seu embargo exclusivo no discurso que o fixa, a saber: a crença). Há apenas que se inquietar com o *entre*. Há apenas que tentar dialetizar, ou seja, tentar pensar a oscilação contraditória em seu movimento de diástole e sístole (a dilatação e a contração do coração que bate, o fluxo e o refluxo do mar que bate) a partir de seu ponto central, que é seu ponto de inquietude, de suspensão, de entremeio. É preciso tentar voltar a seu ponto de inversão e de convertibilidade, ao motor dialético de todas as oposições." (DIDI-HUBERMAN, 1998, p. 77).

fica). É o momento em que se abre o antro escavado pelo que nos olha no que vemos"[842].

Assim, ao tentar falar dessa visão do real, o narrador Rodrigo S. M. o faz arriscando-se, sabendo que não é possível nem atingir essa imagem pelo excesso de sentido, nem pela sua ausência total, mas estabelecendo sua descrição nesse *entremeio*, onde o sentido escapa, mas também pode ser vislumbrado em instantes, ou para dizer como faz o narrador, por meio de retratos e vislumbres. É por isso que a visão que surge na narrativa é uma visão gradual. "Mas não vou enfeitar a palavra pois se eu tocar no pão da moça esse pão se tornará em ouro – e a jovem (ela tem 19 anos) e a jovem não poderia mordê-lo, morrendo de fome. Tenho então que falar simples para captar a sua delicada e vaga existência."[843] Trata-se de uma imagem que vai sendo cortada, entrecortada, interrompida e reatualizada. Apenas desse modo fragmentado o narrador pode oferecer ao leitor essa estranha, aberta e vaga imagem[844] sem lhe conferir um sentido fixo, já que ela é enigmática, mas também sem solicitar que se veja sem estabelecer sentidos. O objeto do olhar de Rodrigo é um objeto complexo, pois ao ver a nordestina o narrador não vê apenas a vida de uma errante órfã, mas "uma vida que

842 DIDI-HUBERMAN, 1998, p. 77.

843 LISPECTOR, 1998b, p. 15.

844 "O ato de dar a ver não é o ato de dar evidências visíveis a pares de olhos que se apoderam unilateralmente do 'dom visual' para se satisfazer unilateralmente com ele. Dar a ver é sempre inquietar o ver, em seu sujeito. Ver é sempre uma operação de sujeito, portanto uma operação fendida, inquieta, agitada, aberta. Todo olho traz consigo sua névoa, além das informações de que poderia num certo momento julgar-se o detentor." (DIDI-HUBERMAN, 1998, p. 77).

contém, como todas as nossas vidas um segredo inviolável"[845]. Ele vê a própria ferida trágica da existência, isto é, ele fita o abismo.

Como Zaratustra, que olha a serpente atacar o pastor, Rodrigo S. M. observa "as fracas aventuras de uma moça numa cidade toda feita contra ela"[846]. Ao ver essas imagens inquietantes, tanto Zaratustra quanto Rodrigo, de certa forma, também são vistos. No gesto de fitar o abismo, eles se tornam objetos visíveis para o abismo. E a dor é o que se revela nesse ato de ver: a visão que se depreende dessas experiências é a presença da dor. O rosto da nordestina, tal como o do pastor visto por Zaratustra, mostra a dor irremediável da existência. Vendo a imagem de Macabéa, Rodrigo começa uma espécie de viagem, que só se materializa pela escrita, em direção ao próprio núcleo da vida. Escrevendo, ele tece o neutro artesanato de sentir a vida[847]. Gilvan Fogel, em *O homem doente do homem e a transfiguração da dor*, fala desse processo de sentir a vida, afirmando que

> "Sentir a vida" é entrar nela. Mais: é nela entrar intensamente. Tão intensamente que nela, à guisa de se ir ao fundo, se afunda. Mais do que nunca, é essa propriamente a viagem, o destino do embarcado na vida. Mas vida, dissemos, enquanto irrupção no finito (o salto que me defronta com o pouco, com o esforço, na necessidade do fazer e na história), é a dor. Sentir a vida é, portanto, entrar, afundar na dor – à busca, talvez de seu sentido (?!), isto é, de sua proveniência

845 LISPECTOR, 1998b, p. 39.
846 LISPECTOR, 1998b, p. 15.
847 LISPECTOR, 1964, p. 89.

ou gênese?! Sentir a vida seria uma viagem em direção ao sentido de dor... E isso, diz o verso, "convalesce e estiola".[848]

Rodrigo S. M. entra na existência à medida que se aproxima dessa *visão enigmática*. Ao mesmo tempo que sente a vida, isto é, escreve, ele se afunda nesse processo de dor. "O seu ritmo [da história que se narra] é às vezes descompassado. E tem fatos. Apaixonei-me subitamente por fatos sem literatura – fatos são pedras duras e agir está me interessando mais do que pensar, de fatos não há como fugir."[849] Encontrar-se com a vida e afirmá-la significa também deparar-se com a dor desse real e não poder se esquivar. Tanto Rodrigo quanto sua criatura – que ele adivinha – são errantes, andarilhos, viajantes que não só saem de suas terras – os sem-pátria –, mas que caminham em direção à dor. Sentir a vida é viajar em direção à dor. A escrita de *A hora da estrela* surge dessa percepção de que aquilo que está fora da dor, está fora da vida[850]. A literatura que se deseja fazer é a da *coragem*, da audácia de se tocar na ferida[851]. A força de ver e deixar ver a dor, mesmo que isso signifique romper com modos antigos e confortáveis[852]. Uma escrita

848 FOGEL, 2010, p. 19-20.

849 LISPECTOR, 1998b, p. 16.

850 FOGEL, 2010, p. 21.

851 "Agora não é confortável: para falar da moça tenho que não fazer a barba durante dias e adquirir olheiras escuras para dormir pouco, só cochilar de pura exaustão, sou um trabalhador manual. Além de vestir-me com roupa velha rasgada." (LISPECTOR, 1998b, p. 19).

852 "Por enquanto quero andar nu ou em farrapos, quero experimentar pelo menos uma vez a falta de gosto que dizem ter a hóstia. Comer a hóstia será sentir o insosso do mundo e banhar-se no não. Isso será coragem minha, a de abandonar sentimentos antigos já confortáveis." (LISPECTOR, 1998b, p. 19).

que pretende ser afirmativa e que afirma quando faz com que vejamos o fundo da vida. Nietzsche dizia que "a coragem é o melhor matador: a coragem mata, ainda a compaixão. Mas a compaixão é o abismo mais profundo, quanto mais fundo olha o homem dentro da vida, tanto mais fundo olha, também, dentro do sofrimento"[853].

Clarice também fala desse sofrimento, desse fundo da vida que aparece em seu texto. Ainda no início, o narrador adverte os leitores dizendo que aquilo que escreve é apenas a vida crua. "Voltando a mim: o que escreverei não pode ser absorvido por mentes que muito exijam e ávidas de requintes. Pois o que estarei dizendo será apenas nu."[854] E ainda acrescenta: "[...] que não se esperem, então, estrelas no que se segue: nada cintilará, trata-se de matéria opaca e por sua própria natureza desprezível por todos"[855]. Essa *visão enigmática* que Rodrigo S. M. experimenta acaba se transformando num grande grito de horror. Quando ele escreve sobre sua visão, afirma para o leitor: "o que escrevo é mais do que invenção, é minha obrigação contar sobre essa moça entre milhares delas. E dever meu, nem que seja de pouca arte, o de revelar-lhe a vida. Porque há o direito ao grito. Então eu grito. Grito puro e sem pedir esmola"[856]. Escrever sobre essa visão trágica significa emitir um grito de horror à vida: "[...] devo dizer que essa moça não tem consciência de mim, se tivesse teria para quem rezar e seria a salvação. Mas eu tenho plena consciência dela: através dessa jovem dou

853 NIETZSCHE, 1998b, p. 192.
854 LISPECTOR, 1998b, p. 16.
855 LISPECTOR, 1998b, p. 16.
856 LISPECTOR, 1998b, p. 13.

meu grito de horror à vida. À vida que tanto amo"[857]. Apenas por amar a vida é que Rodrigo pode dar esse berro de horror. O grito advém do fato de que ele percebe a pobreza, a feiura e a promiscuidade a que nos vemos lançados assim que nascemos. É por isso que ele também diz que cada um deve se reconhecer nessa história da datilógrafa virgem e inócua[858], e ainda mais, deve reconhecer (ver) em si um pouco dessa história, já que "todos nós somos um e quem não tem pobreza de dinheiro tem pobreza de espírito ou saudade por lhe faltar coisa mais preciosa que o ouro – existe a quem falte o delicado essencial"[859].

O grito de horror articulado por Rodrigo não é, assim, apenas contra as injustiças sociais, mas é um grito que fala da miséria de estar vivo, tal como a sabedoria de Sileno ensina. Esse horror é o da pobreza, da carência de existir e, portanto, de estar, aquele que vive, sujeito a toda ordem de infortúnio. Essa visão da penúria humana é aquilo que não deixa o narrador escapar ou afastar o olhar de seu objeto que, de certa forma, se torna ele mesmo. Trata-se de saber que a vida é constituída por uma parcela de alegria que se coaduna com outra de dor e expressar essa adversidade, que não é só social e política, mas existencial, por meio de um grito-asco. "Pois a datilógrafa não quer sair dos meus ombros. Logo eu que constato que a pobreza é feia e promíscua."[860] A feiura da pobreza,

857 LISPECTOR, 1998b, p. 33.

858 "Sei que há moças que vendem o corpo, única posse real, em troca de um bom jantar em vez de um sanduíche de mortadela. Mas a pessoa de quem falarei mal tem corpo para vender, ninguém a quer, ela é virgem e inócua, não faz falta a ninguém." (LISPECTOR, 1998b, p. 13).

859 LISPECTOR, 1998b, p. 12.

860 LISPECTOR, 1998b, p. 22.

dessa miséria de estar vivo e, portanto, sujeito a todo tipo de dor, é que conduz a narrativa para esse gesto de repulsa, para um sentimento de aversão. De todo modo, essa aversão à dor, à pobreza, à fragilidade humana, é apresentada pelo narrador a partir de um procedimento de deslocamento.

Para expressar sua agonia, Rodrigo S. M. não fala dela de modo direto, mas acaba usando a visão que tem da moça nordestina para enfrentar sua própria dor. "Vai ser difícil escrever esta história. Apesar de eu não ter nada a ver com a moça, terei que me escrever todo através dela por entre espantos meus."[861] Nesse sentido, a dor é deslocada para outro sujeito. Ainda que ele se transmute na personagem Macabéa e que em muitos momentos se reconheça na dor vivida por ela, ao falar do sofrimento a partir da experiência de outro[862] Rodrigo, consegue olhar para a ferida da existência por uma perspectiva da distância. "Vejo a nordestina se olhando ao espelho e – um rufar de um tambor – no espelho aparece o meu rosto cansado e barbudo. Tanto nos intertrocamos."[863]

Ricardo Piglia fala desse procedimento de deslocamento próprio do texto literário. Na conferência "Três propostas para o próximo milênio (e cinco dificuldades)", ao analisar a obra de Roberto Walsh, afirma que a literatura desse escritor evidencia aquilo que ele acredita ser uma das qualidades próprias de todo texto literário, essa capacidade de deslocar o prisma da enunciação e, assim,

861 LISPECTOR, 1998b, p. 24.

862 "Mas sei de uma coisa: meu caminho não sou eu, é o outro, são os outros. Quando eu puder sentir plenamente o outro estarei salva e pensarei: eis o meu porto de chegada." (LISPECTOR, 1999a, p. 119).

863 LISPECTOR, 1998b, p. 22.

ser um acercamento da verdade. Piglia comenta também que num texto de Walsh há um homem desconhecido em um trem que diz a outro *sofrer muito*. Walsh diz que escreveu isso para falar pelo homem que sofria, mas também para falar de si mesmo, *da dor que ele sentia*. O mesmo procedimento aparece em *A hora da estrela*, já que Clarice Lispector se vale do narrador Rodrigo S. M. e este da personagem Macabéa para falar do ferimento da existência.

Existe, assim, um *deslocamento duplo*, que ocorre pelo jogo de cena que produz um movimento do autor em direção ao narrador e deste em direção à personagem (Clarice-Rodrigo-Macabéa). É por meio desse deslocamento que é possível expressar a dor inerente à existência. Ricardo Piglia, ainda falando do texto de Walsh, diz que esse movimento, "dar a palavra ao outro que fala de sua dor, [...] quase uma elipse, uma pequena tomada de distância em relação ao que se está dizendo, é uma metáfora do modo como se mostra e se faz ver a experiência do limite"[864]. Assim, Piglia conclui que a segunda proposta ou qualidade de um texto literário seria sua capacidade de deslocamento e de distância[865].

> Me parece que a segunda das propostas que estamos discutindo poderia ser esta ideia de deslocamento e de distância, o estilo é esse movimento em direção a outra enunciação, é uma tomada de distância em relação à palavra própria. Há um outro que diz isso que, talvez, de outro modo não se

864 PIGLIA, 2001, p. 33. (Tradução minha).

865 "Parece-me então que poderíamos imaginar que há uma segunda proposta. A proposta que eu chamaria, então, o deslocamento, a distância. Sair do centro, deixar que a linguagem fale também na beira, no que se ouve, no que chega de outro." (PIGLIA, 2001, p. 37, tradução minha).

> possa dizer. Um lugar de encruzilhada, uma cena única que permite condensar o sentido em uma imagem. Walsh faz ver de que maneira podemos mostrar o que parece quase impossível de dizer.[866]

Esse deslocamento parece fundamental para compreender de que modo a experiência limite da dor se torna manifesta em *A hora da estrela*. Trata-se de falar dessa *visão enigmática*, do sofrimento humano, tomando uma distância, como se ele fosse alheio, deixando o outro falar por nós. Clarice expressa essa ferida da existência se transfigurando em Rodrigo S. M., um escritor que desloca sua dor para as aflições de uma moça ingênua e delicada: Macabéa. A palavra de Clarice se transforma na enunciação de Rodrigo, que se transfigura, por sua vez, no silêncio ou nas parcas palavras da nordestina[867]. Ocorre nessa escrita um movimento de "ir em direção ao outro, fazer que o outro diga a verdade do que sente ou do que aconteceu, esse deslocamento, esta mudança da enunciação, funciona como um condensador da experiência"[868]. Esse deslocamento parece ser uma dimensão central do texto clariciano por possibilitar essa representação da dor por meio de muitas *perspectivas* que vão se entrecortando. A dor é representada com maior complexidade por ser dimensionada por essas perspectivas, nesse jogo de deslocamento e de distância, no qual a enunciação de um se movimenta em direção ao enunciado do outro.

866 PIGLIA, 2001, p. 36. (Tradução minha).

867 "Ela falava, sim, mas era extremamente muda. Uma palavra dela eu às vezes consigo mas ela me foge por entre os dedos." (LISPECTOR, 1998b, p. 29).

868 PIGLIA, 2001, p. 34. (Tradução minha).

Se é verdade que a literatura é o lugar no qual sempre é o outro que fala[869], Clarice, por meio de sua escrita, faz outros se enunciarem, sejam esses outros um escritor marginal[870] ou uma nordestina perdida numa cidade que a ignora. Aqui, cabe dizer que a escrita da autora brasileira toca numa espécie de *política trágica*[871]. Ao dar voz a esses outros, seu texto torna palpável a dor da existência – que também se associa a questões de ordem social e política – e registra esse estado de indigência por meio de uma linguagem que questiona verdades e valores estabelecidos, ou, dito de outra forma, "por uma luta contra os estereótipos e as formas cristalizadas da língua social"[872]. Há algo de político nessa escrita, uma espécie de escrita "a contrapelo"[873], mas é preciso dizer que esse aspecto político, essa resistência à dor engendrada contra as forças gregárias de um tempo reativo, ocorre na linguagem. Como afirma Ricardo Piglia, a literatura atua na linguagem, e, portanto, para um escritor o social está na linguagem[874].

Esse modo de falar da dor, operando a partir desse jogo de deslocamentos que ocorre na linguagem, faz com que o texto clariciano não só fale da dor, mas também exerça um gesto de resistência a essa dor. Nesse sentido, sua escritura possui um teor

869 PIGLIA, 2001, p. 37.

870 "Sim, não tenho classe social, marginalizado que sou. A classe alta me tem como um monstro esquisito, a média com desconfiança de que eu possa desequilibrá-la, a classe baixa nunca vem a mim." (LISPECTOR, 1998b, p. 18-19).

871 Cf. ESCOBAR, 2000.

872 PIGLIA, 2001, p. 41.

873 "Por isso o materialista histórico se desvia dela [da cultura]. Considera sua tarefa escovar a história a contrapelo." (BENJAMIN, 1994, p. 225).

874 PIGLIA, 2001, p. 37.

político que é um aceno afirmativo diante de uma paisagem nebulosa e aterradora. "Estou procurando danadamente achar nessa existência pelo menos um topázio de esplendor. Até o fim talvez o deslumbre, ainda não sei, mas tenho esperança."[875] Sua escrita lança zonas de luminosidade que pretendem afirmar a vida, mesmo em presença de todo horror[876]. Ainda que o contexto a partir do qual se escreva seja nada promissor ("Esta história acontece em estado de emergência e calamidade pública"[877]), a escritora – tal como afirma Georges Didi-Huberman, falando de uma política do que resiste, em *Sobrevivência dos vaga-lumes* – prefere mostrar os brilhos passageiros, mesmo que fracamente luminosos, a postular aquilo que um dado contexto reativo insiste em anunciar, já que postulá-lo seria

> Dar crédito ao que sua máquina quer nos fazer crer. É ver somente a noite escura ou a ofuscante luz dos projetores. É agir como vencidos: é estarmos convencidos de que a máquina cumpre seu trabalho sem resto nem resistência. É não ver mais nada. É, portanto, não ver o espaço – seja ele intersticial, intermitente, nômade, situado no improvável – das aberturas, dos possíveis, dos lampejos, dos *apesar de tudo*.[878]

Ao contrário de postular ou reafirmar esse contexto reativo, a literatura de Clarice se ergue num gesto de recusa e resistência. Ela recusa ver o presente como uma destruição, antes afirma as

875 LISPECTOR, 1998b, p. 39.
876 DIDI-HUBERMAN, 2011, p. 42.
877 LISPECTOR, 1998b, p. 10.
878 DIDI-HUBERMAN, 2011, p. 42.

pequenas luzes, os seres luminosos, que brilham em meio à opacidade de seus corpos. Assim, *A hora da estrela* é um texto que fala dessa capacidade de ver e de fazer ver essas luzes, os vaga-lumes, os homens-vaga-lumes, que brilham apesar de tudo, que continuam resistindo e emitindo zonas de luminosidade, de resistência. Macabéa, ainda que seja uma estrela opaca, brilha de modo frágil, e da visão enigmática de sua dor surge também outra visão. Essa dor é transfigurada pelo olhar que consegue ver em sua agonia, em seu *apesar de*, uma possibilidade de força, de luz, de obstinação. Nesse sentido, Rodrigo S. M. percebe que a resistência que existe em estado de latência na nordestina precisa ser engendrada por ele, por seu ato de escrita que, de algum modo, é um sinal de oposição.

Esse gesto de resistência ocorre, sobretudo, por um uso específico da linguagem. Ao falar da nordestina, Rodrigo sabe que só uma dicção que seja contrária às cristalizações e às fixações sustentadas pela crença na identidade e na essência pode se aproximar e fazer ver essa imagem enigmática da vida: uma moça, um refugo numa cidade que não reconhece seus lampejos. Nesse sentido, a política, a *grande política*, que existe em *A hora da estrela* se localiza num questionamento constante da linguagem[879] que tenta captar esse ser vago.

> Mas desconfio que toda essa conversa é feita apenas para adiar a pobreza da história, pois estou com medo. Antes de

879 Confira o livro de Viviane Moisé (2011b), *Nietzsche e a grande política da linguagem*, no qual a autora observa que, para Nietzsche, o debate político, a grande política, ocorre por meio de um questionamento da linguagem, pelo procedimento de criação de uma linguagem que tente escapar de modelos fixos e cristalizados.

ter surgido na minha vida essa datilógrafa, eu era um homem até mesmo um pouco contente, apesar do mau êxito na minha literatura. As coisas estavam de algum modo tão boas que podiam se tornar muito ruins porque o que amadurece plenamente pode apodrecer.

Transgredir, porém, os meus próprios limites me fascinou de repente. E foi quando pensei em escrever sobre a realidade, já que essa me ultrapassa. Qualquer que seja o que quer dizer "realidade". O que narrarei será meloso? Tem tendência mas então agora mesmo seco e endureço tudo. E pelo menos o que escrevo não pede favor a ninguém e não implora socorro: aguenta-se na sua chamada dor com uma dignidade de barão.[880]

Ao se deparar com esse ser, um resto, um refugo, perdido numa cidade e emitindo uma pequena luminosidade, o escritor, por sua *responsabilidade trágica*, traz à baila essa frágil luminosidade para o horizonte que pode ser visto por um número maior de pessoas. "É. Parece que estou mudando de modo de escrever. Mas acontece que não sou profissional – e preciso falar dessa nordestina senão sufoco. Ela me acusa, e o meio de me defender é escrever sobre ela."[881] Mas apenas por uma transgressão da linguagem, saindo do terreno fixo e entregando-se ao desconhecido, ao estrangeiro, ao outro, na linguagem, é que essa afronta pode irromper. Esse movimento de resistência surge quando Rodrigo consegue se exilar, sair de seu conforto e caminhar em direção à pátria do outro,

880 LISPECTOR, 1998b, p. 17.
881 LISPECTOR, 1998b, p. 17.

ao terreno estrangeiro, o que significa dirigir-se à experiência do outro e, portanto, à experiência de uma linguagem outra. Tatiana Salem Levy, em *A experiência do fora*, fala desse gesto da escrita dizendo que o escritor é aquele que "pertence ao exílio, não apenas por estar fora do mundo, mas também por se colocar fora de si. O exílio é esse não lugar, o deserto, onde aquele que aí está se encontra tanto fora de casa quanto ausente de si. Estar no exílio é estar no lado de fora, numa região totalmente privada de intimidade"[882]. Para Tatiana Levy, o escritor é um errante e errar significa não permanecer onde se está, não pertencer a lugar nenhum. O escritor é, portanto, "um exilado em sua própria cultura, em seu próprio ambiente. Ao mesmo tempo em que está no mundo, está fora do mundo, pois precisa estar do lado de fora para poder tornar as suas palavras palavras de todos"[883].

É por esse movimento de errância, de não permanecer onde se está, que podemos falar numa *política trágica* ou numa zona de resistência que irrompe em Clarice, ou melhor, em sua linguagem, que sempre é colocada sob suspeita. Em *A hora da estrela*, esse movimento de resistência significa oferecer ao campo de visão essa estrela opaca que, paradoxalmente, continua emitindo brilhos. Essa linguagem não cansa de errar tentando captar a luminosidade de Macabéa, cuja existência representa o próprio espaço da *atopia*. Ela é um ser *atópico*. Assim, a personagem que Rodrigo tenta mostrar também resiste a seu modo, posto que ela é o próprio *não-lugar*, aquilo que não pode ser visto, a não ser por lampejos,

882 LEVY, 2011, p. 42.
883 LEVY, 2011, p. 41-42.

que não se pode tocar, a não ser com a ponta dos dedos, e que portanto continua aberto, não podendo ser fixado num único horizonte. Sua resistência é contra toda tentativa de nomeação. Desse modo, a personagem se constitui como esse lugar que não pode ser alcançado, esse *não-lugar*, uma imagem que se dá a ver, mas que também escapa. Um vaga-lume que atravessa a noite escura marcando o seu estar *não estando*, sua presença que é ausência, seu brilho que é obscuridade. Uma luz que se acende e se apaga, como os pirilampos. É exatamente sua indecidibilidade que faz com que ela também resista. Ela resiste a qualquer cristalização. Ao pintar seus retratos, Rodrigo oferece ao leitor um refugo, um resto, que resiste. Esse homem se aproxima de uma mulher, no que há de mais velado nesse outro.

Nádia Battella Gotlib, em ensaio intitulado "Macabéa e as mil pontas de uma estrela", observa que a personagem clariciana ocupa ou se move nesse lugar de difícil acesso, que acreditamos ser o lugar não acessível e o espaço a partir do qual ela exerce toda sua força vital[884]. Nas palavras de Gotlib, Macabéa, essa 'coisa', "permanece sempre num lugar neutro, utópico, insustentável, num vácuo, que é ao mesmo tempo o lugar da exclusão – fora dos sistemas, ser rejeitado; e o lugar em que, enquanto ser vivo, se basta enquanto pulsão vital, na 'vida primária que respira, respira,

884 "Macabéa é, assim, um objeto a ser tocado, mas para mostrar que é intocável, ou seja, que sua realidade está tão imanentemente grudada na sua condição, que não há o que consiga essa separação, ou representação. Ela é. Ela é 'a coisa' desprezível que rejeitamos: 'cabelo na sopa'. Mas é também o ser imune às adversidades que gostaríamos de ser: 'flor fresca'." (GOTLIB, 2001, p. 317).

respira'"[885]. Essa dimensão da *atopia* que constitui a personagem pode ser elucidada por uma cena muito revista pela crítica clariciana[886]. Trata-se do trecho em que Macabéa se depara com o livro *Humilhados e ofendidos*, de Dostoiévski.

> Outro retrato: nunca recebera presentes. Aliás não precisava de muita coisa. Mas um dia viu algo que por um leve instante cobiçou: um livro que seu Raimundo, dado à literatura, deixara sobre a mesa. O título era *Humilhados e ofendidos*. Ficou pensativa. Talvez tivesse pela primeira vez se definido numa classe social. Pensou, pensou e pensou! Chegou à conclusão que na verdade ninguém jamais a ofendera, tudo que acontecia era porque as coisas são assim mesmo e não havia luta possível, para que lutar?[887]

Nesse retrato aparece, precisamente em um lampejo, a dimensão *atópica* de Macabéa. Sua maior resistência está no fato de ela mesma não se definir (potência de não ser[888]). Olhando o livro

885 GOTLIB, 2001, p. 317.

886 São muitos textos críticos que revisitam esse trecho de *A hora da estrela*. A maioria o lê partindo da ideia de que ele expressa a alienação e a fragilidade completa da personagem, leitura à qual nos contrapomos. Vale conferir o trecho ilustrativo dessa tendência crítica no livro de Vilma Arêas (2005, p. 85-86), *Clarice Lispector*: na ponta dos dedos: "Desse modelo o texto também nos oferece uma verdadeira radiografia centrada na pobreza urbana, conforme vimos nos 'retratos': suas vinculações com o campo, sua mescla com a escravidão, seu cotidiano saqueado, a alienação programaticamente produzida. Em suma, é o retrato de uma classe que só pode se espelhar nos *Humilhados e ofendidos*, livro que em malévolo suspense o narrador coloca furtivamente à vista de Macabéa, mas fora de seu alcance, pois pertence ao patrão, supostamente inclinado à literatura".

887 LISPECTOR, 1998b, p. 40.

888 "É uma espécie de inocência que desbanca a lógica humana e divina, e que

de Dostoiévski, ela sente que de algum modo pertence a esses signos (humilhados e ofendidos), mas num gesto de oposição, ao dizer que não há sentido em lutar, ou pelo menos colocando essa luta em suspenso, a personagem, de certa forma, também não se vitimiza e acaba afrontando do seu modo. Ao não se reconhecer como *humilhada* e *ofendida* ela, em alguma medida, deixa de ser (passa a ser de outro modo). Não se trata aqui de apenas ver esse trecho como uma espécie de resistência. Existe um teor de ironia e a constatação da alienação da personagem, mas há, ao mesmo tempo, um questionamento maior que coloca em suspenso o lugar dessa nordestina. Ela é "alienada", mas, além disso, extremamente "sabida". Dizer que o trecho apenas mostra esse alheamento parece repetir uma fala gasta, que elimina outra possibilidade, a de ver a potência de resistência de um idiota, de um bobo. Existe nesse trecho uma *potência do não*. Macabéa se recusa a dizer sim para os signos *humilhados* e *ofendidos*, e nesse sentido o *não* vira uma potência afirmadora. Tal como Bartleby[889], ela *prefere não* se reconhecer. Não se trata de não conseguir se reconhecer, mas de *preferir não fazê-lo*.

Rodrigo, por meio desse retrato, deixa ver uma perspectiva dessa vida pautada pela dor, como são todas. Ele deixa a própria personagem se construir nesse retrato, já que se ele ou o leitor podem ver nela uma humilhada e uma ofendida, por outro lado, ela mesma prefere não fazê-lo. Deleuze, falando do personagem de Melville – e estendemos sua fala para Macabéa –, diz que "Bartleby é o homem sem referências, sem posses, sem propriedades, sem

equivale a um suplemento de potência." (PELBART, 2008, p. 18).

889 MELVILLE, 2005.

qualidades, sem particularidades: é liso demais para que nele se possa pendurar uma particularidade qualquer. Sem passado nem futuro, é instantâneo"[890]. Macabéa também só pode ser vista por instantâneos. Essa vida que ocorre no presente de um instante, num tempo que desliza sobre uma linha, não pode assim ser classificada, fixada ou cristalizada. É por meio de uma linguagem que joga com a intermitência que Rodrigo tenta capturar retratos, imagens dessa moça que escapa a qualquer essência. Parece, assim, que Macabéa desarticula toda tentativa de classificação. Ela é excluída não apenas por ser um refugo de uma metrópole, mas sobretudo por, tal como Bartleby, mas a partir de sua fórmula, (deixar de) reproduzir. Na sua conveniência de ser boba, acaba criando, e nesse gesto, resiste sem resistência. Desse modo, Rodrigo cava uma "zona de indeterminação na linguagem"[891].

Essa resistência, que desarticula e desbanca a lógica do que está estabelecido, só pode ocorrer por meio de um personagem bobo, meio idiota, que vive, interpreta e des-cria aquilo que está mais ou menos estabelecido como consensual.

> Maca, porém, jamais disse frases, em primeiro lugar por ser de parca palavra. E acontece que não tinha consciência de si e não reclamava nada, até pensava que era feliz. Não se tratava de uma idiota mas tinha a felicidade pura dos idiotas. E também não prestava atenção em si mesma: ela não sabia.

---

890 DELEUZE, 1997, p. 86.

891 DELEUZE, 1997, p. 85.

(Vejo que tentei dar a Maca uma situação minha: eu preciso de algumas horas de solidão por dia senão "me muero").[892]

Essa possibilidade de resistência, que ocorre por um *não saber*, aparece numa crônica intitulada "Das vantagens de ser bobo" quando Clarice diz que "o bobo tem a oportunidade de ver o que os espertos não veem"[893]. Isso significa que ser bobo pode trazer a vantagem de vi-ver por outra perspectiva: "[...] ser bobo às vezes oferece um mundo de saída porque os espertos só se lembram de sair pela esperteza, e o bobo tem originalidade, espontaneamente lhe vem a ideia"[894]. Macabéa, assim como a galinha de *A vida íntima de Laura* e outras personagens que aparecem em fragmentos e crônicas da escritora, faz parte desse perfil inocente. É por meio dessa espontaneidade pura, quase infantil, que a nordestina consegue sobreviver e emitir seu *sim* para a vida. Ao desconjuntar aquilo que está instituído com gestos que rompem a expectativa, Macabéa consegue resistir à dor da existência e consegue também transfigurá-la. Nesse sentido, outro trecho demonstra essa *potência do não*, de não se reconhecer por meio de formas reativas. Trata-se do episódio em que Glória, a amiga que rouba o namorado de Macabéa, conversa com ela.

— Você endoidou, criatura? Pintar-se como uma endemoniada? Você até parece mulher de soldado.
— Sou moça virgem! Não sou mulher de soldado e marinheiro.
— Me desculpe eu perguntar: ser feia dói?

892 LISPECTOR, 1998b, p. 69.
893 LISPECTOR, 1999a, p. 310.
894 LISPECTOR, 1999a, p. 310.

— Nunca pensei nisso, acho que dói um pouquinho. Mas eu lhe pergunto se você que é feia sente dor.

— Eu não sou feia!!!, gritou Glória.[895]

Depois de pintar os lábios porque queria se parecer com Marylin Monroe[896], Macabéa volta para a sala de trabalho no escritório, onde encontra Glória. A dor aparece aqui pela perspectiva de uma representação que deixa a nordestina próxima ao ridículo, ao grotesco[897]. De qualquer forma, ainda que ela tente se aproximar de um modelo muito distante do dela (as estrelas de cinema)[898], ela não se reconhece, novamente, como uma mulher feia. No diálogo existe uma desarticulação da violência exercida por Glória. Macabéa acaba colocando Glória no lugar em que a amiga havia tentado inseri-la: o lugar do abjeto. Num gesto de *preferir não* ser feia, ela simplesmente não toma para si o adjetivo e ainda, numa pergunta que torce toda a lógica do diálogo, devolve o adjetivo para a amiga.

895 LISPECTOR, 1998b, p. 62.

896 "No banheiro da firma pintou a boca toda e até fora dos contornos para que os seus lábios finos tivessem aquela coisa esquisita dos lábios de Marylin Monroe. Depois de pintada ficou olhando no espelho a figura que por sua vez a olhava espantada. Pois em vez de batom parecia que grosso sangue lhe tivesse brotado dos lábios por um soco em plena boca, com quebra-dentes e rasga-carne (pequena explosão)." (LISPECTOR, 1998b, p. 62).

897 Sobre a questão do grotesco, cf. *A experiência do grotesco em Clarice Lispector*, de Joel Rosa de Almeida (2004).

898 "Em compensação se conectava com o retrato de Greta Garbo quando moça. Para minha surpresa, pois eu não imaginava Macabéa capaz de sentir o que diz um rosto como esse. Greta Garbo, pensava ela sem se explicar, essa mulher deve ser a mulher mais importante do mundo. Mas o que ela queria mesmo ser não era a altiva Greta Garbo cuja trágica sensualidade estava em pedestal solitário. O que ela queria, como eu já disse, era parecer com Marylin." (LISPECTOR, 1998b, p. 64).

De qualquer modo, mesmo diante dessa resistência pela *potência do não*, a figura de Macabéa traz à tona a imagem dessa dor de existir.

Na sequência desse diálogo há outro, no qual Glória pergunta por que Macabéa toma tanta aspirina:

> — Por que é que você me pede tanta aspirina? Não estou reclamando, embora isso custe dinheiro.
> — É para eu não me doer.
> — Como é que é? Hein? Você se dói?
> — Eu me doo o tempo todo.
> — Aonde?
> — Dentro, não sei explicar.[899]

Tentando escapar dessa angústia de existir, Macabéa toma aspirinas como se os remédios pudessem eliminar a dor inerente ao que vive. De todo modo, ela também sente certo prazer em sentir agonia. A dor lhe coloca numa espécie de lugar mais amplo, como se lhe desse a própria dignidade de ser gente. Essa mesma dor é aquilo que ela não pode explicar, mas somente experimentar. "Aliás cada vez mais ela não se sabia explicar. Transformara-se em simplicidade orgânica."[900]

Ao fazer visíveis esses instantes de luminosidade na vida da nordestina, Rodrigo S. M. consegue expressar a sua dor (a dele e a de sua personagem), mas também consegue transfigurar essa dor. Assim como Macabéa, que irrompe do mundo da subalternidade[901],

899 LISPECTOR, 1998b, p. 62.

900 LISPECTOR, 1998b, p. 63.

901 "Consideremos agora as margens (pode-se meramente dizer o centro silencioso e silenciado) do circuito marcado por essa violência epistêmica, homens e

da feiura e da indigência, e ataca quem a violenta, Rodrigo escreve um grito de resistência, afirmando a vida desse ser de existência rala. Essa resistência se constrói por meio de uma escrita que não tenta fixar a nordestina, mas que, ao contrário, permite que sua voz apareça nas palavras que tentam capturá-la, sem que ela seja completamente assimilada. Dessa forma, escrever se torna uma ação que é resistência não resistindo. Rodrigo escreve como um jogador e nunca é o jogador que se opõe a uma ordem ou resiste a uma força, mas, inversamente, "é uma certa ordem do mundo ou uma estrutura social dada que, como um rochedo, constitui uma força de resistência contra a corrente da vida"[902]. Desse modo, a resistência que se desenha em *A hora da estrela* parece ser algo que está ligado à ideia de destino, e que não é nem aceitação absoluta, nem recusa absoluta[903]. Significa, antes, que o escritor é aquele que resiste de muitas formas, mas resiste, sobretudo, à dor da existência, construindo "um monumento que fala ao futuro"[904]. Em uma passagem de *O que é a filosofia?*, Deleuze diz isso assim:

> O escritor torce a linguagem, fá-la vibrar, abraça-a, fende-a, para arrancar o percepto das percepções, o afecto das afecções, a sensação da opinião – visando, esperamos, esse povo que ainda não existe. [...] Precisamente, é a tarefa de toda arte: e a pintura, a música não arrancam menos das cores e dos sons acordes novos, paisagens plásticas ou melódicas,

---

mulheres entre os camponeses iletrados, os tribais, os estratos mais baixos do subproletariado urbano." (SPIVAK, 2010, p. 54).

902 DUMOULIÉ, 2007, p. 1.

903 FEITOSA, 2007, p. 26.

904 RANCIÈRE, 2007, p. 128.

> personagens rítmicos, que os elevam até o canto da terra e o grito dos homens – o que constitui o tom, a saúde, o devir, um bloco visual e sonoro. Um monumento não comemora, não celebra algo que se passou, mas transmite para o futuro as sensações persistentes que encarnam o acontecimento: o sofrimento sempre renovado dos homens, seu protesto recriado, sua luta sempre retomada. Tudo seria vão porque o sofrimento é eterno, e as revoluções não sobrevivem à sua vitória? Mas o sucesso de uma revolução só reside nela mesma, precisamente nas vibrações, nos enlaces, nas aberturas que deu ao homem no monumento em que se fazia, e que compõem em si um monumento sempre em devir, como esses túmulos aos quais cada novo viajante acrescenta uma pedra.[905]

Clarice Lispector, travestida de Rodrigo S. M., torce a linguagem e, torcendo as palavras, cria em *A hora da estrela* um monumento de palavras que testemunham a dor sempre renovada do homem. Esse texto se dirige a um leitor futuro, que consegue reconhecer em si um pouco da frágil nordestina e consegue reconhecer nela um pouco de um povo ainda por vir. Existe uma revolução que ocorre no próprio texto, que pode ser reatualizada a cada nova leitura. Rodrigo escreve com a leveza de sua própria criatura Macabéa, com a leveza que afirma, antes de tudo. Diante dessa dor irremediável que se descobre, o narrador diz sim, e prefere mostrar por meio de imagens também afirmativas a luminosidade de sua estrela opaca. Talvez fosse necessário dizer que Rodrigo escreve por meio de "imagens-vaga-lumes", que são vistas como testemu-

905 DELEUZE, 1992, p. 208-209.

nhos de um dado real. Com essas palavras ele pode emitir lampejos e tornar os lampejos de sua criatura visíveis, e assim asseverar a vida no que ela tem de indestrutível. Outra cena de *A hora da estrela* parece evidenciar esse gesto de resistência (alegre), que significa, por meio da escrita, fazer aparecer não só a dor da existência, mas também seus momentos de transfiguração:

> Pois não é que quis descansar as costas por um dia? Sabia que se falasse isso ao chefe ele não acreditaria que lhe doíam as costelas. Então valeu-se de uma mentira que convence mais que a verdade: disse ao chefe que no dia seguinte não poderia trabalhar porque arrancar um dente era muito perigoso. E a mentira pegou. Às vezes só a mentira salva. Então, no dia seguinte, quando as quatro Marias cansadas foram trabalhar, ela teve pela primeira vez na vida uma coisa mais preciosa: a solidão. Tinha um quarto só para ela. Mal acreditava que usufruía o espaço. E nem uma palavra era ouvida. Então dançou num ato de absoluta coragem, pois a tia não a entenderia. Dançava e rodopiava porque ao estar sozinha se tornava: l-i-v-r-e! Usufruía de tudo, da arduamente conseguida solidão, do rádio de pilha tocando o mais alto possível, da vastidão do quarto sem as Marias. Arrumou, como pedido de favor, um pouco de café solúvel com a dona dos quartos, e, ainda como favor, pediu-lhe água fervendo, tomou tudo e diante do espelho para nada perder de si mesma. Encontrar-se consigo própria era um bem que ela até então não conhecia. Acho que nunca fui tão contente na vida, pensou. Não devia nada a ninguém, ninguém lhe devia nada.[906]

906 LISPECTOR, 1998b, p. 41-42.

Esse trecho, assim como muitos outros, revela que a dor sentida por Rodrigo S. M. e por sua personagem é transfigurada. Macabéa desenha seu movimento de resistência à dor, mas sua resistência é justamente não resistir, deixar a vida se movimentar e pelos desvios fazer com que sejam os outros que resistam ao movimento da vida, que não para. Ela, ainda que seja por um único dia, escapa da mortificação de um contexto de trabalho, de repetição e de tristeza (também escapa de um passado de opressão e de condenação do corpo), e, sozinha, inaugura um movimento criativo que expressa "a suprema alegria que se revela na compreensão da vida como festa"[907]. Ela dança e nessa dança transfigura tudo[908]. Essa cena da dança frenética de Macabéa parece revelar um de seus momentos de maior luminosidade, entendendo seu lampejo como signo vital.

Ao escrever essa alegria que invade a personagem, Rodrigo S. M., o senhor da música e da dança, revela que vivemos em um mundo que se divide em dois: o primeiro está inundado de luz, o segundo atravessado por lampejos. Como declara Didi-Huberman, "no centro da luz, como nos querem fazer acreditar, agitam-se aqueles que chamamos hoje – por uma cruel e hollywoodiana antifrase – alguns poucos *people*, ou seja, as *stars* – as estrelas que, como se sabe, levam o nome de divindades"[909]. Por outro lado, "nas margens, isto é, através de um território infinitamente mais extenso,

907 OLIVEIRA, 2011, p. 151.

908 "A dança é um dos signos de expressão do 'espírito livre' em sua celebração do humano. Ela se liga à festividade e à alegria, já que é 'cantando e dançando' que o humano se apresenta como 'membro de uma comunidade superior'." (OLIVEIRA, 2011, p. 151).

909 DIDI-HUBERMAN, 2011, p. 155.

caminham inúmeros povos sobre os quais sabemos muito pouco, logo para os quais uma contrainformação parece sempre mais necessária"[910]. Macabéa: nesse nome não cabe nenhuma divindade, mas cabe, como Clarice sabia, a força dos *macabeus* e de tantos outros *Povos-vaga-lumes* que, "quando se retiram na noite, buscam como podem sua liberdade de movimento, fogem dos projetores do 'reino', fazem o impossível para afirmar seus desejos, emitir seus próprios lampejos e dirigi-los a outros"[911]. Ao dançar de modo alegre, Macabéa emite seus lampejos ao futuro e do seu modo diz sim e diz não, transfigurando sua dor e a de todos aqueles espíritos livres que conseguem nela se reconhecer.

5.3 O escritor diante da morte

> *Viver é mágico e inteiramente inexplicável. Eu compreendo melhor a morte.*
>
> Clarice Lispector

Nenhuma dor e nenhuma visão são mais incômodas que as da morte[912]. Essa *visão trágica*, a de que todos vamos morrer, a perspectiva de que somos finitos, parece no entanto ser algo que precisa ser enfrentada. Clarice Lispector sempre se preocupou em sua obra com essa dimensão da existência, mas em seus últimos textos como *A hora da estrela* e *Um sopro de vida*, essa ferida não só está

910 DIDI-HUBERMAN, 2011, p. 155.
911 DIDI-HUBERMAN, 2011, p. 155.
912 OLIVA, 2012, p. 9.

na cena literária como parece ser o centro da busca pela palavra. "Estou absolutamente cansado de literatura, só a mudez me faz companhia. Se ainda escrevo é porque nada mais tenho a fazer no mundo enquanto espero a morte. A procura da palavra no escuro."[913] A responsabilidade ou o desafio da escrita é não só mostrar a dor, mas indicar que essa dor caminha em direção à maior aflição: o fim, que por isso mesmo pode ser também o maior prazer. Nesse sentido, ao falar da morte, decidindo se colocar diante dela, ainda que como escritor, ou seja, por meio da *ficção*, Clarice pretende elaborar um *pensamento sobre a morte*. A escritora então, para afirmar a vida, fita a morte, que é o horizonte último de cada um, a hora, o instante, em que um último limiar da dor parece ser atravessado, o momento em que a existência se justifica[914]. Esse último limiar, sendo a visão mais horrível, pode, dentro de um pensamento trágico, se tornar a mais bela.

A literatura de Clarice, desse modo, tenta ser um testemunho sobre esse limiar da dor, esse limite da vida. Aquela *visão do enigma*, que era a dor de existir, se transmuta na própria morte. Se vivemos com nosso corpo, pagamos com nosso corpo. A qualquer momento, podemos ter que pagar a conta. E é também sobre esse incômodo que *A hora da estrela* fala. Não apenas do mal-estar de uma dor qualquer, mas do mal-estar maior da morte, da efemeridade. Em um aforismo intitulado "O pensamento da morte", de *A gaia ciência*, Nietzsche fala desse pensamento (sobre a) da morte. O filósofo diz

913 LISPECTOR, 1998b, p. 70.

914 "Só não inicio pelo fim que justifica o começo – como a morte parece dizer sobre a vida – porque preciso registrar os fatos antecedentes." (LISPECTOR, 1998b, p. 12).

que o próprio cotidiano pode produzir sede de embriaguez de vida a cada instante[915]. A agitação do suceder dos dias acaba "enganando" os homens, já que esses pensam sempre na vida, quando é a morte que está se anunciando nos silêncios que entrecortam os sons e a agitação[916]. Assim, parece que pensar na morte é um meio para se produzir um pensamento da vida. Isso ocorre em Clarice. Ao escrever textos que engendram um pensamento sobre a morte, a escritora acaba instituindo o pensamento "mil vezes mais digno de ser pensando", o *pensamento da vida*. Se Rodrigo S. M. pensa na morte e na vida, sua criatura, também a seu modo, o faz. Esse pensamento aparece num rápido diálogo entre Macabéa e seu namorado, Olímpico de Jesus. "Ela disse: – Eu vou ter tanta saudade de mim quando morrer. – Besteira, morre-se e morre-se uma vez. – Não foi o que minha tia me ensinou. – Que tua tia se dane."[917]

Esse pequeno diálogo evidencia a preocupação de Macabéa com a morte, mostra que ela se pergunta, se interroga sobre a existência[918] e sobre o que é a morte, que de certa forma, seu próprio

---

915 "Em mim me produz uma melancólica felicidade viver nessa profusão de vielas, de necessidades, de vozes: quanta fruição, quanta impaciência e cobiça, quanta sede de embriaguez de vida não se manifestam aí a cada instante! Mas logo haverá tanto silêncio para todos esses viventes ruidosos e sequiosos de vida! Como atrás de cada um está sua sombra, sua obscura companheira de viagem!" (NIETZSCHE, 2001, p. 189).

916 "Estranho que essa única certeza [a da morte] e elemento comum quase não influa sobre os homens e que nada esteja *mais distante* deles do que se sentirem irmãos na morte! Fico feliz em ver que os homens não querem ter o pensamento da morte! Eu gostaria de fazer algo para lhes tornar o pensamento da vida mil vezes *mais digno de ser pensado*." (NIETZSCHE, 2001, p. 189).

917 LISPECTOR, 1998b, p. 53.

918 "Só uma vez se fez uma trágica pergunta: quem sou eu? Assustou-se tanto que parou completamente de pensar." (LISPECTOR, 1998b, p. 32).

nome carrega[919]. Macabéa nasceu sobre o signo da morte, mas como capim resiste e vai transformando essa coisa rala de sua existência em algo que luta e brota. A resposta de Olímpico também deixa certo mal-estar. Em sua fala aparece a ideia de que contra a morte, contra o tempo que destrói tudo, nada se pode fazer, "morre-se e morre-se". O próprio título do romance já traz essa dimensão do tempo. A passagem das horas, os barulhos do tempo pingando na Rádio Relógio, a dimensão do futuro e do instante, tudo isso se mistura no texto para, no fim, chegarmos à hora da estrela. Essa hora fatal é anunciada desde o início e de modo um pouco mais doloroso em uma cena em que ocorre uma *pequena queda* de Macabéa, prenúncio da outra queda maior, o *gran finale*. Olímpico propõe levantar Macabéa do chão com um só braço, para provar que, apesar de ser magro, é forte. Ela reluta, mas acaba aceitando. "E lá foram para a esquina. Macabéa estava muito feliz. Realmente ele a levantou para o ar, acima da própria cabeça. Ela disse eufórica: – Deve ser assim viajar de avião. É. Mas de repente ele não aguentou o peso num só braço e ela caiu de cara na lama, o nariz sangrando."[920] Depois da queda, num gesto de delicadeza, Macabéa diz para ele não se incomodar, que havia sido uma *queda pequena*[921].

Essa pequena queda prenuncia a queda maior que Macabéa terá no final do livro. A queda da personagem mostra não apenas

919 "– Eu também acho esquisito [o seu nome] mas minha mãe botou ele por promessa a Nossa Senhora da Boa Morte se eu vingasse, até um ano de idade eu não era chamada porque não tinha nome, eu preferia continuar a nunca ser chamada em vez de ter um nome que ninguém tem mas parece que deu certo." (LISPECTOR, 1998b, p. 43).

920 LISPECTOR, 1998b, p. 52-53.

921 "Não se incomode, foi uma queda pequena." (LISPECTOR, 1998b, p. 53).

a fragilidade dela, mas, sobretudo, a fragilidade de Olímpico, que não conseguiu detê-la no ar durante muito tempo. Essa cena, no entanto, se contrapõe a outras, como a da dança de Macabéa, por exemplo. Se em outras cenas há algo da ordem do gracioso e da leveza, nesta, além do mal-estar, há uma espécie de peso, evidenciado pelo próprio peso da magricela que se estatela no chão. Esse tombo, portanto, não é apenas a queda de uma moça que cai no chão, mas uma queda que demonstra o fim, o término de um voo, a volta para o estático. O movimento que se desenhava no ar acaba de modo desajeitado. O sangue que também sai de seu corpo no final, quando ela é atropelada, sai agora pelo nariz. Enquanto ela voava (vivia), surge a queda (a morte) e esta aparece de súbito. O trecho pode ser lido como a visão de que enquanto vivemos a morte pode surgir, sem aviso. Nessa queda, parece que existe a constatação de que "tudo, que é grande, é de repente. Tudo é de repente. Por exemplo, de repente se nasce. De repente se é criança e de repente se é adolescente e de repente se é jovem. De repente se deixa de ser jovem e de repente se é maduro, adulto. De repente se é velho e de repente se morre!"[922].

Se é verdade que a morte surge sempre de repente, ela não existe fora da vida. Ela é ainda acontecimento da vida. Não se experimenta a morte fora do viver, mas como vida. A morte é, portanto, "um acontecimento da vida, um fenômeno *dentro* da vida, que, é de novo, é o acontecimento *absoluto*"[923]. E ainda, se a morte está dentro da vida, como acontecimento de vida, é preciso então

922 FOGEL, 2010, p. 106.
923 FOGEL, 2010, p. 106.

afirmá-la, ainda que seja doloroso. É exatamente essa afirmação da morte que ocorre em *A hora da estrela*. A morte, mesmo que apareça e seja prenunciada desde o início do texto, surge efetivamente no final do romance. Rodrigo S. M. se ocupa em falar da morte nas últimas oito páginas do texto. Macabéa, depois de ser abandonada por Olímpico, que queria ficar com Glória, aceita a sugestão da amiga de ir procurar madama Carlota, uma cartomante que prevê o futuro e jamais falha[924]. Então a nordestina decide procurar a cartomante em busca de ajuda. Chegando lá, madama Carlota diz que a vida de Macabéa sempre foi horrível[925], mas depois anuncia que vê um futuro cheio de alegria, dizendo que sua vida iria mudar completamente[926]. Assim que saísse de sua casa, iria conhecer um estrangeiro que se apaixonaria por ela e se casariam[927]. Além do casamento, Macabéa não seria mais despedida do emprego e assim

924 "– Olímpico é meu mas na certa você arranja outro namorado. Eu digo que ele é meu porque foi o que minha cartomante me disse e eu não quero desobedecer porque ela é médium e nunca erra. Porque você não paga uma consulta e pede pra ela te pôr cartas? [...] – É muito caro? – Eu lhe empresto. Inclusive madama Carlota também quebra feitiço que tenham feito contra a gente. Ela quebrou o meu à meia-noite em ponto na sexta-feira treze de agosto, lá para lá de S. Miguel, num terreiro de macumba. Sangraram em cima de mim um porco preto, sete galinhas brancas e me rasgaram a roupa que estava toda ensanguentada. Você tem coragem?" (LISPECTOR, 1998b, p. 70-71).

925 "Macabéa empalideceu: nunca lhe ocorrera que sua vida fora tão ruim." (LISPECTOR, 1998b, p. 76).

926 "É coisa muito séria e muito alegre: sua vida vai mudar completamente! E digo mais: vai mudar a partir do momento em que você sair da minha casa! Você vai se sentir outra. Fique sabendo, minha florzinha, que até seu namorado vai voltar e propor casamento, ele está arrependido! E seu chefe vai lhe avisar que pensou melhor e não vai mais lhe despedir!" (LISPECTOR, 1998b, p. 76).

927 "Agora estou vendo outra coisa (explosão) e apesar de não ver muito claro estou ouvindo a voz do meu guia: esse estrangeiro parece se chamar Hans, e é ele quem vai se casar com você!" (LISPECTOR, 1998b, p. 77)

acaba se enchendo de esperança. De certo modo, pela primeira vez, ela deixa de confiar na vida e passa a ter esperança no futuro[928].

Nesse momento, ao sair da cartomante, Macabéa anda cheia de vida, mas essa gravidez está num horizonte que ainda não é o do instante, antes, situa-se num destino maravilhoso. Mudada pelas palavras da cartomante, a nordestina se torna uma pessoa grávida de futuro. "Sentia em si uma esperança tão violenta como jamais sentira tamanho desespero. Se ela não era ela mesma, isso significava uma perda que valia um ganho. Assim como havia sentença de morte, a cartomante lhe decretara sentença de vida"[929]. Desde seu nascimento, Macabéa cresce com uma sentença de morte, mas ela resiste a essa morte. Agora, ironicamente, quando pela primeira vez ouve uma sentença de vida, é a morte que está à sua espreita. Enquanto vivia uma existência parca e miserável, ela confiava na vida – e de certa forma se realizava, se construía "a partir dos limites fáticos"[930] – como um ser alegre. No momento em que ouve a promessa de uma vida realmente "alegre", seus olhos anunciam seu fim: "Tudo de repente era muito e muito e tão amplo que ela sentiu vontade de chorar. Mas não chorou: seus olhos faiscavam como o sol que morria"[931]. A sentença de vida se torna sentença de morte. Só se vive plenamente se se puder morrer plenamente. Enquanto Macabéa vivia sob uma sentença de morte, confiava na

928 Seus olhos estavam arregalados por uma súbita voracidade pelo futuro (explosão). E eu também estou com esperança em fim." (LISPECTOR, 1998b, p. 77).

929 LISPECTOR, 1998b, p. 79.

930 CASANOVA, 2006, p. 20.

931 LISPECTOR, 1998b, p. 79.

vida e fazia dela uma arte alegre[932], a partir de seu poder de escolha e de suas possibilidades de atuação. Quando a sentença de vida é anunciada, a morte cumpre sua tarefa, a de fazer da vida algo que engendra o seu próprio crepúsculo.

Se a morte pode acolher cada viajante a qualquer momento, é preciso viver intensamente cada instante e nunca projetar toda alegria no futuro. É preciso que cada dia seja um dia de vida, mas também possa ser um dia da morte. Na verdade, sabemos que cada dia vivemos e morremos, pois há muitas mortes, antes da derradeira. "E eu mesma não entendia por que tanto susto ao quase tocar a morte – se a morte faz parte da nossa vida. Não se entende vida sem morte."[933] Isso significa que é preciso viver tão bem e estar tão realizado com o que se viveu que a morte, vindo quando vier, não nos pegue desprevenidos no sentido de que deixamos algo por fazer, ainda que sempre haja algo para se fazer. Nietzsche, no aforismo já citado de *A gaia ciência*, "O pensamento da morte", fala dos homens que antes da partida de um navio colocam toda sua confiança no futuro: "É sempre como no último minuto antes da partida do navio de emigrantes: as pessoas têm mais a se dizer do que nunca, a hora urge, o oceano e sua desolada mudez esperam impacientes por trás de todo o ruído – tão cobiçosos e seguros de sua presa"[934]. Diante do barulho da vida, existe um silêncio que espreita cada homem e anuncia que o horizonte último de cada um

932 "O que sei é que melodrama era o ápice de sua vida, todas as vidas são uma arte e a dela tendia para o grande choro insopitável como chuva e raios." (LISPECTOR, 1998b, p. 82).

933 LISPECTOR, 1999a, p. 169.

934 NIETZSCHE, 2001, p. 189.

é o encontro com a morte: "E todos, todos acham que o Até-então foi pouco, muito pouco, e o futuro iminente será tudo: daí toda presa, gritaria, o atordoar-se e avantajar-se! Cada um quer ser o primeiro nesse futuro – mas a morte e seu silêncio são a única coisa certa e comum a todos nesse futuro!"[935].

A escrita sobre a morte de sua criatura se desenvolve tentando evidenciar essa relação com o tempo. Ele busca expressar essa relação que cada homem parece manter com a temporalidade. De maneira geral, somos "formados" ou deformados para vivermos o *agora* de modo reativo, sem sentir esse instante de forma plena, ou educados para projetarmos a alegria no que ainda não está, no que ainda não é. Quando Macabéa projeta sua alegria no futuro e se pergunta quanto ao futuro, esse futuro lhe tira a vida. "Então ao dar o passo de descida da calçada para atravessar a rua, o Destino (explosão) sussurrou veloz e guloso: é agora, é já, chegou minha vez!"[936]. A hora que parecia ser dela se revela como o tempo de um destino. A estrela da morte brilha e ofusca tudo. "E enorme como um transatlântico o Mercedes amarelo pegou-a – e neste mesmo instante em algum único lugar do mundo um cavalo como resposta empinou-se em gargalhada de relincho"[937]. Rodrigo, depois de escrever sobre o atropelamento, ainda continua a narrativa deixando Macabéa agonizante caída no chão. Ele reza de modo paródico e celebra a vida pedindo que o leitor deva soprar vida para Macabéa.

935 NIETZSCHE, 2001, p. 189.
936 LISPECTOR, 1998b, p. 79.
937 LISPECTOR, 1998b, p. 79.

> Acho com alegria que ainda não chegou a hora de estrela de cinema de Macabéa morrer. Pelo menos ainda não consigo adivinhar se lhe acontece o homem louro e estrangeiro. Rezem por ela e que todos interrompam o que estão fazendo para sopra-lhe vida, pois Macabéa está por enquanto solta no acaso como a porta balançando ao vento no infinito. Eu poderia resolver pelo caminho mais fácil, matar a menina-infante, mas quero o pior: a vida. Os que me lerem, assim, levem um soco no estômago para ver se é bom. A vida é um soco no estômago.[938]

Rodrigo escreve um livro que pretende ser um soco no estômago do leitor. Trata-se dessa literatura do incômodo, que expressa um *pensamento sobre a morte*, um *pensamento de vida*. Só pode afirmar a vida aquele que é capaz de acolhê-la depois de levar um soco no estômago, de sentir a maior dor, e ainda assim conseguir transfigurá-la. Clarice, Rodrigo e o leitor, todos, levam um soco com a história de Macabéa. A vida é feita de dores e estas são acumuladas até a dor maior da morte. E todos estão esperando por essa dor maior. Rodrigo, depois de afirmar que seu leitor deve levar um soco no estômago para sentir a vida, diz ainda que tudo é sempre véspera, e que de um modo ou de outro a vida é a morte que uma hora vem. "As coisas são sempre véspera e se ela não morre agora está como nós na véspera de morrer, perdoai-me lembrar-vos porque quanto a mim não me perdoo a clarividência."[939] A *visão enigmática* da dor humana, numa clarividência, se revela como

938 LISPECTOR, 1998b, p. 83.
939 LISPECTOR, 1998b, p. 84.

a visão do tempo que consome tudo. "Sim... o tempo muitas vezes nos provoca horror; não nos deixa esquecer que tudo passa, que tudo acaba. Mas, por outro lado, ele também é considerado o responsável pela geração de todas as coisas e é igualmente aquele que nos liberta das dores e aflições."[940] Ele nos libera porque é de sua natureza "não permitir que nada dure para sempre (nem a alegria nem a tristeza). Nesse caso, ele sempre nos impulsiona para frente, para o porvir (tão aberto e imprevisível quanto os mais sinuosos movimentos da vida)"[941].

Nada existe fora do tempo, nada existe fora da vida: a morte é um acontecimento do tempo e da vida e, sendo uma ocorrência dentro da vida, é um acontecimento de vida. Desse modo, Rodrigo sabe que é necessário suportar essa dor, a dor da morte de outrem que aponta para a nossa própria fugacidade[942]. Suportar, no sentido de transfigurar, essa dor e assim *celebrar a morte*, fazer dela uma festa. *Celebrar a própria vida*, mesmo no seu último momento, em seu último limiar. Desse modo, ao celebrar, ao acolher o acaso, compreendemos que "o tempo da existência é o tempo trágico por excelência, e ele só tem sentido quando associado ao eterno retorno. Tudo retorna e nada retorna"[943]. O tempo do eterno retorno é aquele que foi transformado em obra de arte, numa ficção, o que significa que cada instante de vida foi aprovado, foi transfigurado em instantes de alegria e que, portanto, poderiam ser momentos

940 SCHÖPKE, 2009, p. 10-11.
941 SCHÖPKE, 2009, p. 11.
942 "Macabéa me matou." (LISPECTOR, 1998b, p. 86).
943 SCHÖPKE, 2009, p. 42.

perpetuados, aqueles que são eternamente desejados por quem os viveu como experiência artística, afirmando tudo que existe com um único *Sim*.

Dizer esse *Sim* significa transfigurar a *visão enigmática* da existência, esse soco no estômago. Ao escrever a história de Macabéa, Rodrigo S. M. pensa sobre a morte para incitar o *pensamento de vida*. Seu texto é uma "máquina de guerra" contra os pregadores da morte[944]. Esses "seres amarelos" são os homens que pregam o afastamento da vida, afirmando que ela está refutada e enxergando apenas uma face da existência: a de que viver é sofrer[945]. Ao contrário desses pregadores da morte, que se afastam da vida e que incitam a pensar numa vida eterna depois desta, o pensamento de vida que Rodrigo engendra em *A hora da estrela* é aquele que, mesmo diante da dor, ergue-se para dizer que a morte sempre vem no tempo certo, ainda que isso seja tão estranho de acreditar[946]. Como afirma Nietzsche em "Da morte voluntária", "Muitos morrem demasiado tarde e alguns, demasiado cedo. Ainda soa estranha a doutrina: 'Morre a tempo!'"[947]. Isso significa que a morte como mais um acontecimento da vida vem no tempo certo. "Morre a tempo: é o que ensina Zaratustra. Sem dúvida, quem nunca vive a tempo,

944 Cf. o capítulo "Dos pregadores da morte", de *Assim falou Zaratustra*.

945 "Se deparam com um enfermo ou um velho ou um cadáver, dizem logo: 'A vida está confutada'. Mas só eles estão confutados, e os seus olhos, que veem apenas *essa* face da existência." (NIETZSCHE, 1998a, p. 71).

946 "E às vezes, por mais absurdo, acho lícito escrever assim: nunca se inventou nada além de morrer. E me acrescento: deve ser um gozo natural, o de morrer, pois faz parte essencial da natureza humana, animal, vegetal, e também as coisas morrem. [...] E de novo volta o assunto morrer. E vem a ideia de que, depois de morrer, não se vai ao *paraíso*, morrer é que é o *paraíso*." (LISPECTOR, 1999a, p. 197).

947 NIETZSCHE, 1998a, p. 98.

como iria morrer a tempo? Antes não tivesse nascido! – É assim que aconselho os supérfluos."[948] Para se morrer no tempo certo, basta que se tenha vivido no tempo certo. Rodrigo, o senhor da morte, fala do andamento de cada coisa que gera vida e concomitantemente a consome, um tempo da destruição que vem a tempo.

> Pergunto eu: conheceria ela algum dia do amor o seu adeus? Conheceria algum dia do amor os seus desmaios? Teria a seu modo o doce voo? De nada sei. Que se há de fazer com a verdade de que todo mundo é um pouco triste e um pouco só. A nordestina se perdia na multidão. Na praça Mauá onde tomava o ônibus fazia frio e nenhum agasalho havia contra o vento. Ah mas existia os navios cargueiros que lhe davam saudades quem sabe de quê. Isso só às vezes. Na verdade saía do escritório sombrio, defrontava o ar lá fora, crepuscular e constatava então que todos os dias à mesma hora fazia exatamente a mesma hora. Irremediável era o grande relógio que funciona no tempo.[949]

Essa ideia de que o tempo se repete e de que, contra essa repetição – que aqui significa somente o passar das horas, dias, estações –, nada se pode fazer implica pensar que existe um movimento de perfeição nisso tudo[950]. Um movimento vital que signi-

948 NIETZSCHE, 1998a, p. 98.

949 LISPECTOR, 1998b, p. 41.

950 "Mais uma vez, nas suas hesitações confusas, o que a tranqüilizou foi o que tantas vezes lhe servia de sereno apoio: é que tudo que existia, existia numa precisão absoluta e no fundo o que ela terminasse por fazer ou não fazer não escaparia dessa precisão; aquilo que fosse do tamanho da cabeça de um alfinete, não transbordava nenhuma fração de milímetro além do tamanho de uma cabeça de alfine-

fica que, por uma perspectiva trágica, "a vida é sempre *toda* e *tudo*, isto é, tudo e todo o possível *no passo dado*, *no ato cumprido*. No passo dado, na ação cumprida, não se ficou *devendo* nada, não se ficou *aquém*, *deficiente*, *carente*, pois fez-se *todo o possível*"[951]. Essa parece ser a perspectiva a partir da qual Rodrigo S. M. escreve sua história e a da nordestina Macabéa. Uma perspectiva do afirmativo que faz ver a existência conforme disse João Cabral: como "a vida que se desdobra/ em mais vida.../"[952], como "a vida que se luta/ cada dia/ (como a ave/ que vai cada segundo/ conquistando seu voo)"[953]. Macabéa conquista seu voo. Ela vive o voo de um pássaro delicado; vive o voo que foi possível realizar. Ao mostrar esse pequeno voo, Rodrigo, mensageiro sátiro, precisa falar também de uma pequena queda. Ele faz ver o espesso, o real[954]. Mas como um Sátiro, ele mostra a vida e a morte transfiguradas em riso. Só rindo, mesmo diante da morte, é que se pode dizer um extremo *Sim*. Se existe um grande e irremediável relógio do tempo, existe também um *tempo trágico* que todo escritor pode evidenciar. Diante da morte, da finitude humana, do tempo que tudo devora, *Kronos*[955], e mais

te: tudo o que existia era de uma grande perfeição." (LISPECTOR, 1998a, p. 18).

951 FOGEL, 2010, p. 163.

952 MELO NETO, 2012, p. 31.

953 MELO NETO, 2012, p. 31.

954 "Aquele rio/ é espesso/ como o real mais espesso./ Espesso/ por sua paisagem espessa,/ onde a fome estende seus batalhões de secretas/ e íntimas formigas./ [...] Porque é muito mais espessa/ a vida que se desdobra/ em mais vida,/ como uma fruta/ é mais espessa/ que sua flor;/ como a árvore/ é mais espessa/ que sua semente;/ como a flor/ é mais espessa/ que sua árvore,/ etc. etc." (MELO NETO, 2012, p. 31).

955 "Ora, sabemos que Zeus, com ajuda de Gaia vai destronar *Kronos*, mas o importante aqui é reter a ideia de o deus *Kronos* é aquele que *devora* seus filhos." (RUBIRA, 2010, p. 56).

próximo do *Aion*[956], tempo *atópico*[957], que pode expressar o caráter liminar de Macabéa e de sua própria morte[958], Rodrigo engendra ainda outro tempo, o do eterno retorno, ou, dito de outro modo,

---

956 "A noção de 'vida eterna' faz parte, assim de um longo processo de inversão sobre a compreensão da relação entre *Aion* e o tempo. Um processo de inversão, pois, como vimos, entre os antigos gregos o 'tempo de vida', a duração da vida individual, estava submetida ao tempo, e o tempo, do ponto de vista do cosmos, era considerado como em transcurso contínuo, de duração ilimitada, infinito. Mas da 'duração de vida' individual, a reflexão filosófica alçou voo para pensar a 'duração de vida' do todo e dele excluiu o tempo. Assim, se entre os antigos, os deuses tinha uma 'duração de vida' ilimitada no tempo, com Platão e Aristóteles a substância divina, o Inteligível ou o Motor Imóvel, passou a ficar fora do tempo. Em outras palavras, ao conferir primazia ao Ser em detrimento do vir-a-ser, a reflexão filosófica acabou por fornecer uma chave de compreensão para a interligação *Kronos*-tempo e *Aion*-eternidade." (RUBIRA, 2010, p. 71).

957 "Em primeiro lugar, toda a linha do Aion é percorrida pelo Instante, que não para de se deslocar sobre ela e faz falta sempre em seu próprio lugar. Platão diz muito bem que o instante é *atopon*, atópico. Ele é a instância paradoxal ou o ponto aleatório, o não-senso de superfície e a quase-causa, puro momento de abstração cujo papel é, primeiro, dividir e subdividir todo presente nos dois sentidos ao mesmo tempo, em passado-futuro, sobre a linha do Aion. Em segundo lugar, o que o instante extrai assim do presente, como dos indivíduos e das pessoas que ocupam o presente, são as singularidades, os pontos singulares duas vezes projetados, uma vez no futuro, outra no passado, formando sobre essa dupla equação os elementos constituintes do acontecimento puro: à maneira de um saco que abandona seus espórios. Mas, em terceiro lugar, a linha reta de dupla direção simultânea traça a fronteira entre os corpos e a linguagem, os estados de coisas e as proposições. A linguagem ou sistema das proposições não existiria sem essa fronteira que a torna possível. Eis pois que a linguagem não cansa de nascer, na direção futura do Aion em que é fundada e como esperada, embora ela deva dizer também o passado, mas justamente o diz como aquele dos estados de coisas que não cessam de aparecer e desaparecer na outra direção." (DELEUZE, 2009, p. 171).

958 Outros críticos (cf. MONTEIRO, 2012, p. 82) sugeriram ligações entre a escrita de Clarice Lispector e essa dimensão do *Aion*. Tanto Macabéa como sua própria morte parecem ser objetos atópicos, cuja apreensão escapa. Ainda que concordemos com esses críticos, queremos pensar a escrita de Clarice ligada ao tempo trágico do eterno retorno, o tempo de uma afirmação incondicional da existência.

o *tempo trágico*[959] que, por meio de uma alegria dionisíaca, instiga cada um a amar e afirmar sua existência.

O narrador Rodrigo escreve sobre a vida e sobre a morte. Ele desloca a dor e transfigura tudo num grande riso. É por meio do burlesco que tudo pode ser afirmado: sua escrita *ri da morte*, *ri para a vida*. Em "Da visão e do enigma", parte do Zaratustra que citamos no início deste capítulo, Nietzsche mostra que a dor deve ser enfrentada, e, quando resistimos a ela, encontramos o riso que torna tudo leve. O pastor, depois de decepar a serpente que o atacava, encontra-se com a transfiguração da dor, o riso trágico. "– O pastor, porém, mordeu, como o grito lhe aconselhava; mordeu com rija dentada! Cuspiu bem longe a cabeça da cobra – e levantou-se de um pulo. – Não mais pastor, não mais homem – um ser transformado, translumbrado, que *ria*!"[960] O narrador de *A hora da estrela*, ainda no início de sua narrativa, diz que ao escrever queria ter "um acesso incontrolável de riso vindo do peito"[961]. Diante da *visão enigmática* da nordestina e de sua morte, ele ainda assim quer ser capaz de afirmar a vida, rindo do absurdo da existência. O tempo trágico é o tempo do riso transfigurador, que afirma a dor e a alegria. Um tempo que expressa que "a própria dor é uma felicidade"[962], como sugeriu Mário de Andrade em seu poema "Lo-

959 "É nesse sentido que o tempo do eterno retorno é um *tempo trágico*, porque ele é apenas o tempo da existência, a duração do próprio mundo e de cada coisa em particular. Tudo o que existe tem um tempo, uma duração. O mundo (uno e múltiplo concomitantemente) é eterno... O devir é eterno." (SCHÖPKE, 2009, p. 351).

960 NIETZSCHE, 1998a, p. 195.

961 LISPECTOR, 1998b, p. 20.

962 ANDRADE, 1979, p. 82.

sango cáqui", ou que "todo prazer toca no limiar da dor"[963], como declarou Clarice.

Se nada escapa à transfiguração[964], se cada dor pode ser uma felicidade e se a própria morte pode ser um paraíso[965], Rodrigo S. M., esse escritor que se vê diante da morte da moça nordestina que, em certa medida, é a sua própria morte, acaba elegendo o riso como força plástica de seu texto. Ele escreve como quem funda um *elogio ao riso* e assim se afirma como um escritor trágico, aquele que consegue *rir da morte*, *rir para a vida*. Ao escrever sobre e a partir do riso, ele também tenta captar a vida da nordestina, uma vez que, como sua criatura, o riso "é algo breve, fugaz. A sua beleza é trágica como a música: não dura, mas brilha como um relâmpago instantâneo"[966]. Essa capacidade do riso diante das adversidades é aquilo que indica se um texto é ou não trágico. Nietzsche, no aforismo 24, intitulado "L'art pour L'art" [arte pela arte], de *Crepúsculo dos ídolos*, afirma que "a arte é o grande estimulante para a vida: como poderíamos entendê-la como sendo sem finalidade, sem objetivo, como *l'art pour l'art?*"[967]. Estimular a vida, enfrentar tudo aquilo que se opõe a ela é justamente a tarefa desse homem heroico que produz a arte. O que comunica de si um artista trágico?,

963 LISPECTOR, 1999a, p. 142.

964 "– Você tem razão, Joana: tudo o que nos vem é matéria bruta, mas nada existe que escape à transfiguração – começou e imediatamente seu rosto cobriu-se de vergonha diante das sobrancelhas erguidas de Joana. Forçou-se a continuar. – Não lembra que um dia você me disse: 'a dor de hoje será amanhã tua alegria; nada existe que escape à transfiguração'." (LISPECTOR, 1998c, p. 180).

965 "Será que morrer é o último prazer terreno?" (LISPECTOR, 1999a, p. 142).

966 BRUM, 2008, p. 56.

967 NIETZSCHE, 2006, p. 77.

pergunta-se Nietzsche, e acrescenta que ele comunica e glorifica o que há de guerreiro em nossas almas:

> A valentia e liberdade de sentimento ante um inimigo poderoso, ante uma sublime adversidade, ante um problema que suscita horror – é esse estado *virtuoso* que o artista trágico escolhe, que ele glorifica. Diante da tragédia, o que há de guerreiro em nossa alma festeja suas saturnais; aquele que está habituado ao sofrimento, aquele que busca o sofrimento, o homem *heroico* exalta sua existência contra a tragédia – apenas a ele o artista trágico oferece o trago desta dulcíssima crueldade.[968]

Rodrigo S. M., movido pelo espírito carnavalizador de Dioniso, escolhe o riso como um estimulante para a vida. Diante da crueldade do real, ele consagra o riso e convida à paródia[969], que, paradoxalmente, são anúncios do trágico. Nesse sentido, cabe dizer que ler a obra de Clarice sem observar que existe um grande riso mascarado pelos temas sérios parece ser lê-la de modo equívoco, ou pelo menos, contra a ideia de um texto que estimula e fortalece a vida, que incita à afirmação e ao *Sim*. Parece que aquilo que Deleuze diz dos textos de Nietzsche vale para pensar a literatura de Clarice, a saber, o fato de que é preciso rir ao ler um escritor trágico: "Aqueles que leem Nietzsche sem rir, e sem rir muito, sem rir frequentemente, e sem dar gargalhadas às vezes, é como se não

968 NIETZSCHE, 2006, p. 78.
969 Cf. TEIXEIRA, 2006.

lessem Nietzsche"[970]. Deleuze ainda acrescenta a sua fala a ideia de que isso "não é verdade somente em relação a Nietzsche, mas em relação a todos os autores que fazem precisamente este horizonte de nossa contracultura"[971].

Assim, a literatura trágica teria como uma de suas máscaras não apenas a seriedade, mas o cômico[972]. Somente um texto que permite o riso, que permite o *rir de si mesmo* pode ser considerado trágico. O riso aqui significa, sobretudo, essa capacidade de tornar flexível uma determinada forma ou estrutura, de fazer movimentar, de permitir ao corpo um conjunto de movimentos. O riso faz de um rosto estático algo que dança de modo leve. Nietzsche, num dos principais aforismos sobre o riso, "O vício olímpico", em *Além do bem e do mal*, diz que faria uma hierarquia dos filósofos capazes do riso[973]. Clarice Lispector está, sem dúvida, entre os primeiros escritores que entram numa hierarquia do riso, de um riso trágico, que afirma o espetáculo da existência. Ao escrever *A hora da estrela*, ainda que existam muitos outros textos da escritora com

970 DELEUZE, 2006, p. 325.

971 DELEUZE, 2006, p. 325.

972 "Não há comicidade fora daquilo que é propriamente humano. Uma paisagem poderá ser bela, graciosa, sublime, insignificante ou feia; nunca será risível. Rimos de um animal, mas por termos surpreendido nele uma atitude humana ou uma expressão humana. Rimos de um chapéu; mas então não estamos gracejando com o pedaço de feltro ou de palha, mas com a forma que os homens lhe deram, com o capricho humano que lhe serviu de molde. Como um fato tão importante, em sua simplicidade, não chamou mais a atenção dos filósofos? Vários definiram o homem como 'um animal que sabe rir'. Poderiam também tê-lo definido como um animal que faz rir, pois, se algum outro animal ou um objeto inanimado consegue fazer rir, é devido a uma semelhança com o homem, à marca que o homem lhe imprime ou ao uso que o homem lhe dá." (BERGSON, 2007, p. 2-3).

973 NIETZSCHE, 1992b, p. 195.

grande potencialidade para o riso, Clarice Lispector mostra que é capaz de escarnecer de maneira nova à custa de coisas sérias[974]. Essa capacidade de zombar do sério é que determina o grau de tragicidade de seu texto. Não se trata, é claro, de negar a dor, o problemático e todas as adversidades que atravessam seus textos e em especial *A hora da estrela*, mas da capacidade de, mesmo diante de algo tão sério e doloroso, ser capaz de esboçar o riso.

A leitura de *A hora da estrela* parece ser incômoda justamente nessa combinação inquietante entre um rosto que se paralisa diante da dor e do absurdo da existência, mas que ao mesmo tempo é convidado para o riso. Rodrigo S. M. é esse bufão clariciano que acena para o riso. Diante de cada dor, da dele ou da de sua criatura, ele atrai tudo para o riso. Esse narrador sabe que só se pode suportar a maior dor se junto a ela nos for concedida a maior gargalhada. Portanto, ele não escreve apenas como um escritor, mas antes como um ator[975]. Em outro aforismo de *Além do bem e do mal*, Nietzsche, atacando tudo que é grave, arrastado, solenemente canhestro, se pergunta: "Como poderia até mesmo um Platão suportar a vida – uma vida grega, à qual ele disse 'não' – sem um Aristófanes?". Ao aproximar a filosofia de um cômico, de certo modo,

974 "E supondo que também os deuses filosofem, como algumas deduções já me fizeram crer, não duvido que eles também saibam rir de maneira nova e sobre-humana – e à custa de todas as coisas sérias! Os deuses gostam de gracejos: parece que mesmo em cerimônias religiosas não deixam de rir." (NIETZSCHE, 1992b, p. 195).

975 "Pois como eu disse a palavra tem que parecer com a palavra, instrumento meu. Ou não sou um escritor? Na verdade sou mais ator porque, com apenas um modo de pontuar, faço malabarismos de entonação, obrigo o respirar alheio a me acompanhar o texto." (LISPECTOR, 1998b, p. 23).

Nietzsche diz que todo conhecimento é perspectivo, não há senão um saber perspectivo. Portanto, o sério e o cômico são apenas duas perspectivas, apenas isso. Mas vale lembrar que são também duas "faces da mesma máscara com que enfeitamos a vida"[976]. Rodrigo S. M. mostra que sua escrita se relaciona a essas faces ao dizer que escreve como um ator. Quando o narrador de *A hora da estrela* diz fazer malabarismos, ele nos conduz para o entendimento de que sua escrita é jogo, brincadeira, representação, atuação. Em suma, sua escrita é um espetáculo que deve ser acompanhado e visto por um espectador que precisa aprender a rir.

Nessa tarefa, a de fazer seu leitor rir, Rodrigo, o senhor malabarista, desloca cada cena de dor para um contexto de riso e rasura a alegria com outra cena de dor. Na escrita que ganha movimento – ela é dança, equilibrismo, acrobacia –, esse narrador coaduna esses dois elementos, a dor e o riso, para expressar que o homem superior é aquele que consegue rir em meio à dor, ou melhor, aquele que consegue transfigurar a dor em alegria[977]. Como ensina Zaratustra em "Do homem superior", é preciso ver o abismo com altivez, ou seja, ver o medo, mas vencer o medo. Isso significa saber mentir na hora exata, como diz Rodrigo, o senhor da mentira: "E

976 "Dioniso é o deus do teatro, patrono da comédia e da tragédia. Será então que Nietzsche valoriza com a mesma intensidade o cômico e o trágico, ótica de sua filosofia que testemunha a dor e, mesmo assim, afirma o perene recomeçar da vida, o amor ao destino? Trágico e cômico se mostrariam faces da mesma máscara com que enfeitamos a vida para realçá-la, mas, também, para nos proteger de seus reflexos mais penosos, para poder nela persistir e, sobretudo, louvá-la?" (SUAREZ, 2007, p. 17).

977 "De onde tirarei a solução trágica? – Devo começar a imaginar uma solução cômica?" (NIETZSCHE, 2001, p. 162).

só minto na hora exata da mentira. Mas quando escrevo não minto". Mentir, representar, atuar, tudo isso significa transfigurar o real e afirmar a comédia da existência. Significa ser capaz de dizer um sim que é portador do riso. É Zaratustra ainda quem diz que tudo na existência ainda é possível e que cada um deve aprender a rir. "*Aprendei*, portanto, a rir para além de vós mesmos! Levantai vossos corações, ó exímios dançarinos, bem alto, mais alto! Sem esquecer-vos, tampouco, do bom riso!"[978]

Esse bom riso é o que Rodrigo nos ensina. Ele é uma espécie de palhaço; todo escritor, a seu modo, é. Algumas vezes, Macabéa é que foi comparada a um *clown*[979] a partir da cena em que diante do espelho ela se vê como um palhaço ou na própria cena em que pinta a boca com batom para ficar como Marylin Monroe.

> Olhou-se maquinalmente ao espelho que encimava a pia imunda e, cheia de cabelos, o que tanto combinava com sua vida. Pareceu-lhe que o espelho baço e escurecido não refletia imagem alguma. Sumira por acaso a sua existência física? Logo depois passou a ilusão e enxergou a cara toda deformada pelo espelho ordinário, o nariz tornado enorme como o de um palhaço de nariz de papelão.[980]

Parece importante dizer que, se é verdade que Macabéa pode ser aproximada desse universo do *clown*[981], não se pode es-

978 NIETZSCHE, 1998b, p. 346.

979 ARÊAS, 2005, p. 103.

980 LISPECTOR, 1998b, p. 25.

981 "Ora, nessa história exterior e explícita, Macabéa personifica o verdadeiro *clown*, a estrela do show, embora esse show seja o da morte." (ARÊAS, 2005, p. 101).

quecer que o verdadeiro palhaço que é dado a ver é o próprio Rodrigo, o escritor, o artista. Ao se mostrar como um *clown* por meio do reflexo de Macabéa, Rodrigo pensa sobre esse lugar que o artista ocupa na sociedade, um lugar, de certa forma, marginal. Examinando a linguagem de *A hora da estrela*, Vilma Arêas diz que à falação do narrador travestido "acrescentam-se momices e caretas, improvisações resolvidas sempre em inacabamento, material remendado [...] capaz entretanto de puras e inesperadas cintilações. Tudo isso acaba por se organizar numa clara figuração circense, alternando comicidade e dor"[982]. Esse contexto do circo, das caretas e momices, sejam as de Macabéa, sejam as de Rodrigo, remete a escrita para uma encenação cômica, ou melhor, para um *pathos tragicômico*[983]. Talvez aquilo que mais provoca o riso no leitor seja as tiradas que ora são do narrador, ora são da própria nordestina. Tanto Rodrigo como Macabéa, ainda que tenham em si algo da tristeza do *clown*, também possuem esse jeito alegre de resistir à dor pelas tiradas[984].

Existe um *saber trágico* que atravessa esses corpos. Esse saber advém do riso e é um modo de combater abonado pela própria vida: "Também sei das coisas por estar vivendo. Quem vive sabe, mesmo sem saber que sabe. Assim é que os senhores sabem mais

982 ARÊAS, 2005, p. 100-101.

983 "A funcionalidade da brincadeira [...] sustenta-se na referencialidade poética e crítica ao contexto, criando ambas o *pathos* tragicômico, às vezes sinistro, que é o verdadeiro tom de *A hora da estrela*." (ARÊAS, 2005, p. 105).

984 "Adequadamente, a simplicidade do enredo de *A hora da estrela* é menos trama que, às vezes, sucintas direções de palco, e funciona como mero suporte a *tiradas* que ficam a um passo do nonsense, mas com funcionalidade dupla: humor e sátira social."

do que imaginam e estão fingindo de sonsos"[985]. Essa fala de Rodrigo tem algo de jocoso porque desvela algo já cristalizado de modo irônico. Ele declara uma ideia e afronta as possíveis recusas. Mais que isso, mostra que existe um saber que é dado pela vida, como se a própria existência fosse um meio de conhecimento[986]. Do mesmo modo, Macabéa também de maneira sinistra e cômica, afronta as mais variadas situações por meio de suas tiradas. Dentre tantas cenas em que Macabéa exerce gestos quase circenses, destacamos o trecho em que madama Carlota diz a ela que, depois que se casar com o estrangeiro, terá muito dinheiro e até casacos de pele: "Macabéa começou (explosão) a tremelicar toda por causa do lado penoso que há na excessiva felicidade. Só lhe ocorreu dizer: – Mas casaco de pele não se precisa no calor do Rio... – Pois vai ter só para se enfeitar. Faz tempo que não coloco cartas tão boas".[987] Esses diálogos nos quais existe algo de sinistro e de cômico e nos quais se desarticula o esperado, rompem com a tensão e criam um movimento que permite o riso. Esse efeito faz com que o livro distancie o leitor do sofrimento que é representado e da sensação de claustro que de outro modo seria a palavra de ordem.

Diante da dor e da morte, Clarice Lispector escreve um de seus textos mais trágicos, e talvez a tragicidade desse texto esteja exatamente nessa capacidade de falar da maior dor e ainda assim

985 LISPECTOR, 1998b, p. 12.

986 "*A vida como meio de conhecimento* – com este princípio no coração pode-se não apenas viver valentemente, mas até *viver e rir alegremente!* E quem saberá rir e viver bem, se não entender primeiramente da guerra e da vitória?" (NIETZSCHE, 2001, p. 215).

987 LISPECTOR, 1998b, p. 77.

fazer rir. Clarice parece saber que "talvez, se nada do presente existir no futuro, justamente nossa risada tenha futuro"[988]. Ao arquitetar um narrador que de algum modo é um bufão, ao se projetar como um escritor saltimbanco e, sobretudo, ao rir e fazer rir com a história da virgem que gostava de coca-cola, Clarice cria imagens afirmativas da vida. A escritora afiança a vida a partir dos brilhos mais fracos porque é paradoxalmente nesses brilhos que se pode perceber a força e a potência da existência. Quando a autora decide adiar, disfarçar e silenciar-se acerca da morte de Macabéa, de algum modo, nesse espaço intervalar, no branco da página, a morte escapa e abre-se uma nova brecha para a força da vida que se afirma. Mesmo que seja a afirmação de uma vida como a de Macabéa; ainda que seja por meio daquilo que João Cabral de Melo Neto disse ser a "explosão de uma vida severina"[989]. Diante da extinção, o escritor recua, não para negá-la mas para nesse pensamento sobre a morte encontrar mais uma vez o *pensamento da vida*. Recua para dizer que a literatura é esse espaço que pode afirmar e nos ensinar coisas insubstituíveis:

988 NIETZSCHE, 1992b, p. 128.

989 "– Severino, retirante,/ deixe agora que eu lhe diga:/ eu não sei bem a resposta:/ da pergunta que fazia,/ se não vale mais saltar/ fora da ponte e da vida;/ nem conheço essa resposta,/ se quer mesmo que lhe diga;/ é difícil defender,/ só com palavras, a vida,/ ainda mais quando ela é/ esta que se vê, severina;/ mas se responder não pude/ à pergunta que fazia,/ ela, a vida, a respondeu/ com sua presença viva./ E não há melhor resposta/ que o espetáculo da vida:/ vê-la desfiar seu fio,/ que também se chama vida,/ ver a fábrica que ela mesma,/ teimosamente, se fabrica,/ vê-la brotar como há pouco/ em nova vida explodida;/ mesmo quando é assim pequena/ a explosão, como a ocorrida;/ mesmo quando é uma explosão/ como a de há pouco, franzina;/ mesmo quando é a explosão/ de uma vida Severina." (MELO NETO, 2012, p. 121).

> As coisas que a literatura pode buscar e ensinar são poucas, mas insubstituíveis: *a maneira de olhar o próximo e a si próprios*, de relacionar fatos pessoais e fatos gerais, de atribuir valor a pequenas ou a grandes, de considerar os próprios limites e vícios e os dos outros, de encontrar as proporções da vida e o lugar do amor nela, e sua força e seu ritmo, e *o lugar da morte, o modo de pensar ou de não pensar nela*; a literatura pode ensinar a dureza, a piedade, a tristeza, *a ironia, o humor e muitas outras coisas assim necessárias e difíceis*. O resto, que se vá aprender em algum outro lugar, da ciência, da história, *da vida, como nós todos temos de ir aprender continuamente*.[990]

A literatura de Clarice parece estar neste campo: o da afirmação do universo humano. Em *A hora da estrela*, a escritora decide dizer seu último sim, recuando diante da morte e se voltando para a vida; saindo da literatura pela porta dos fundos e incitando todos a viverem também para além dos livros. Nietzsche, num aforismo de *A gaia ciência*, diz: "De que vale um livro que não nos transporte além dos livros?"[991] Rodrigo S. M., um sujeito mundano, acaba se perguntando também sobre isso e no final decide ir viver, pois, como ele mesmo diz, "o melhor negócio é ainda o seguinte: não morrer, pois morrer é insuficiente, não me completa, eu que tanto preciso"[992]. É por isso que ele nos estimula a pensar também nas nossas vidas; vivê-las e realizar nossa própria afirmação, mesmo diante de um mundo que se descortina cheio de nada: "Nada

990 CALVINO, 2006, p. 21. (Grifos meus).
991 NIETZSCHE, 2001, p. 181.
992 LISPECTOR, 1998b, p. 86.

a caminho com tantas coisas no caminho. Nada a caminho com uma profusão cada vez maior de caminhos. A princípio, paradoxal. Mas somente a princípio. É preciso, enfim, se pôr a caminho desse nada"[993] e, diante dele, "não esquecer que por enquanto é tempo de morangos. Sim"[994].

993 CASANOVA, 2006, p. 8.
994 LISPECTOR, 1998b, p. 87.

6 QUE PAISAGENS ALEGRAM CONTINUAMENTE

Talvez estejamos apenas construindo os alicerces sobre os quais os homens futuros edificarão novamente o templo da alegria.

Nietzsche

No ensaio "A aula inaugural de Clarice Lispector", Silviano Santiago fala que a literatura dessa escritora brasileira funda uma nova expressão e exige, portanto, um novo leitor[995]. Além disso, ao discorrer sobre o universo ficcional da autora, o crítico utiliza a imagem de "um rio que inaugura o seu próprio curso"[996]. Nosso trabalho de interpretação da ficção de Clarice levou em conta tal fato, a saber, o de que sua escrita surge como uma provocação, uma tentativa de renovação[997], operando uma ruptura na literatura brasileira e solicitando, a seu modo, um olhar que percebesse a condição trágica – da autora e de sua obra – de se estar num lu-

995 SANTIAGO, 2005, p. 233.

996 SANTIAGO, 2005, p. 233.

997 Cf. o ensaio de Antonio Candido (2004b, p. 93), "Uma tentativa de renovação", no qual o crítico assinala, ao ler o primeiro romance de Clarice Lispector, que "a intensidade com que sabe escrever e a rara capacidade da vida interior poderão fazer desta jovem escritora um dos valores mais sólidos e, sobretudo, mais originais da nossa literatura, porque esta primeira experiência já é uma nobre realização". O que o crítico diz a respeito de *Perto do coração selvagem* seria reatualizado a cada novo texto escrito por Clarice, a saber, o fato de que sua linguagem sempre buscou renovar o olhar para o que estava estabelecido como verdade.

gar particular nas letras brasileiras, ou como disse certa vez Alceu Amoroso Lima, a de sua ficção se inserir "numa trágica solidão nas nossas letras modernas"[998]. Isso não significa que Clarice não tenha estabelecido diálogos com seus precursores e muito menos que não tenha vaticinado novos escritores, que surgiriam tempos depois. Ademais, ela também, como leitora-criadora, estabeleceu relações de amizade, conscientes ou não, com grande parte do pensamento filosófico do século XX e também de séculos anteriores, como é o caso das relações entre sua literatura e a filosofia trágica de Nietzsche.

Se, ao lermos Clarice, estamos diante dessa potência criadora, que parece sempre pedir novas leituras e novos leitores, nada pode ser mais anticlariciano que tentar concluir um trabalho que se debruça sobre seus textos. A escritora, que valorizava tanto o fluxo, o instante, o incompleto, o inacabado[999], só pode ser apreendida também pela interrogação e nunca pela declaração. Essa tentativa se torna ainda mais problemática quando trabalhamos com uma perspectiva comparativa que coloca em questão as relações de proximidade entre essa escritura e a filosofia nietzschiana, que, por sua vez e a seu modo, também rechaça qualquer tentativa de se ater a um limite ou de se chegar a uma certeza[1000]. Assim, nesta se-

998 LIMA *apud* ROCHA, 2011, p. 83.

999 "[...] julgo não haver dúvidas de que as estratégias textuais utilizadas pela escritora em toda a sua obra são basicamente as mesmas: textos fragmentados, mesmo quando escritos a fio, e muitas vezes revelando um surpreendente inacabamento ou indiferença a composições rematadas." (ARÊAS, 2004, p. 226).

1000 "Em Nietzsche, o trabalho de solapamento de verdades supostamente intangíveis, ou de fatos últimos, não se detém em nenhum limite, não reconhece certezas imediatas, não admite qualquer apaziguamento, para ele, permanente é

ção destinada a colocar um ponto final nas reflexões apresentadas ao longo deste texto, que se caracterizaram justamente por tentar captar a figura ímpar dessa escritora a partir de uma perspectiva reticente, fragmentada, corporal e dionisíaca, sabemos que a única possibilidade será, na verdade, marcar algumas respostas provisórias que, a todo momento, desvendam novas aberturas e transfiguram-se em perguntas[1001]. Tal como Clarice, que parecia não gostar de respostas e preferir sempre as perguntas, o movimento aqui traçado aponta algumas afirmações que são, antes de tudo, afirmativas porosas, que se permitem a contradição[1002] e que acolhem a perspectiva contrária, fazendo-as coexistirem na tensão[1003] própria ao universo clariciano.

É justamente essa tensão de contrários[1004] que faz do texto clariciano um lugar de expressão do trágico[1005], um espaço de transgressão[1006]. Um lugar do não determinado, daquilo que conti-

---

apenas o transitório e o fugaz, o jogo das máscaras que não encobrem a rigidez de um rosto." (GIACOIA JÚNIOR, 2005, p. 94-95).

1001 Cf. FERREIRA, 1999.

1002 "A discordância não decorre de um homem que esteja mais próximo da verdade que outro. 'A verdade não é algo que um teria e outro não teria'. Cada perspectiva tem sua própria verdade, que, em vista da efetividade fluida, não pode ser verdade no sentido pretendido e que, em relação com outras interpretações que se lhe contrapõem, torna-se mais uma vez inverdade, acima de seu fundamental 'simplificar e falsear' da efetividade fluida." (MÜLLER-LAUTER, 2009, p. 173).

1003 Cf. o ensaio "Clarice Lispector", de Vilma Arêas (1995, p. 433), no qual a crítica observa e retoma a ideia de que a literatura de Clarice está marcada por uma tensão que se deve ao fato de surgir e se manter num entre-lugar, num lugar intervalar, ressaltado pela situação de bilinguismo de sua infância.

1004 "Eu sou um sim. Eu sou um não. Aguardo com paciência a harmonia dos contrários. Serei um eu, o que significa também vós." (LISPECTOR, 1999a, p. 279).

1005 Cf. GUMBRECHT, 2001.

1006 "Talvez seja necessário destruir para retomar a gênese, desconquistar um

nua em guerra e fluxo. Talvez seja necessário então dizer que é por essa constituição que se abre para uma infinidade de perspectivas que sua obra pode ser interpretada como trágica, na medida em que entendemos o trágico como uma afirmação dessas contradições, como uma zona de proliferação dos paradoxos. Desse modo, podemos afirmar que sua escritura é antes de tudo uma tentativa de dar corpo ao *afirmativo*, uma literatura que diante do mundo, do real, transfigura tudo em formas da alegria, numa escritura do sim à vida. É essa alegria que perpassa toda a obra de Clarice; às vezes, como acolhimento do mundo tal qual ele se manifesta; outras vezes, como uma força que se opõe a toda e qualquer adversidade, crescendo e se fortalecendo nos contextos mais antagônicos. Essa alegria também pode manifestar-se pela deificação do neutro, do mundo visto e acolhido como o lugar de um sentido suspenso, como afirmação do corpo, do movimento e da busca, que não cessa numa lógica ultraterrena. Por fim, essa alegria difícil é aquela força maior que a própria vida engendra, a força da obra de arte, do mundo visto por um artista embriagado. Força que transfigura a maior das dores e afirma a vida mesmo diante da morte.

A ficção de Clarice pode ser vista como uma expressão da alegria, e talvez o primeiro romance que demonstre isso de manei-

---

sentido para retomá-lo; e, para se colocar numa perspectiva em que as coisas se mostrem, talvez seja necessário deslocar-se, e isso, de algum modo, pode se tornar um crime, uma fuga, uma negação de um determinado modo de ser: um ir-além. Para interagir, seria preciso então se distanciar e não agir. Para ir além. Para estar aquém: tornar-se uma coisa solitária, um espírito em estado de sonho, aberto ao que irrompe. Transgredir é poder ser atravessado e tocado por algo que se mostra. Nesse movimento, vibra mais inocência do que crítica, mas vibra também algo de desejo materializado, vontade realizada num fazer, mesmo que esse fazer seja assunção de um lugar deslocado." (ALBERNAZ, 2008, p. 195).

ra mais bem acabada seja *A paixão segundo G.H.* É nesse romance que a alegria aparece de modo inquestionável como aspecto central da escritura clariciana. Nele, a escritora brasileira fala de uma alegria dionisíaca do criador, daquele que consegue amar mais a existência do que a si mesmo[1007]. Amar a existência significa celebrar o mundo tal como ele se apresenta ao olhar de quem o observa e nele vive. E, sobretudo, acolher o mundo como se ele fosse o objeto amado por um amante incondicional. Por meio da escrita, pode-se afirmar que a alegria significa estar no mundo, estar imundo. Ou seja, experienciar "o vivo", a vida em sua dimensão integral, não apenas em partes, não excluindo ou amputando mesmo os aspectos mais terríveis. Essa alegria também é a aceitação da própria crueldade inerente ao real. Só se pode chegar à alegria quando se está disposto a encarar o mundo, a barata, a vida. E a, quando for preciso, deslocar o olhar, engendrando modos criativos de fitar o mundo[1008]. É esse jogo entre olhar diretamente, olhar aquilo que está nu – que se despe e que nos despe frente à existência – e desfocar a imagem que permite a presença da alegria. Essa perspectiva ainda permite suspeitar de toda tentativa de construir verdades absolutas. A vida alegre existe na medida em que cada ser, como

1007 "Lembrei-me de outra doação a si mesmo: a da criação artística. Pois em primeiro lugar por assim dizer tenta-se tirar a própria pele para enxertá-la onde é necessário. Só depois de pegado o enxerto é que vem a doação aos outros. Ou é tudo misturado, não sei bem, a criação artística é um mistério que me escapa, felizmente. Não quero saber muito." (LISPECTOR, 1999a, p. 305).

1008 "Foi apenas como se ele tivesse tirado os óculos, e a miopia mesmo é que o fizesse enxergar. Talvez tenha sido a partir de então que pegou um hábito para o resto da vida: cada vez que a confusão aumentava e ele enxergava pouco, tirava os óculos sob o pretexto de limpá-los e, sem óculos, fitava o interlocutor com uma fixidez reverberada de cego." (LISPECTOR, 1998f, p. 24).

um artista, inventa suas verdades e, por meio dessa invenção, descobre que a alegria pode surgir da destruição do conhecimento racional e da instituição de um saber trágico que eclode no mundo visto por uma infinidade de perspectivas, que se presentificam e se ausentam ao mesmo tempo.

Essa *alegria difícil* que perpassa *A paixão segundo G.H.* surge com outra aparência em *A maçã no escuro*. Nesse último romance, a alegria se transfigura em *força plástica*. O esquecimento passar a existir como fator essencial do homem trágico. Somente esquecendo o passado, ou seja, sendo capaz de se afirmar no presente é que a alegria pode ser alcançada. Assim, o homem trágico, para Clarice, é aquele que, como o Martim de *A maçã no escuro*, consegue viver no *instante-já*, fazendo de todas as adversidades e feridas do passado fontes de fortalecimento. Esse gesto de se colocar no presente, de viver plenamente no instante significa sair da companhia do rebanho e habitar os próprios cumes de si mesmo, ou, dito de outro modo, fazer da solidão um meio para a criação. Não

se trata, em Clarice, de qualquer criação, mas, sobretudo, do engenho do próprio homem, da construção de si como obra de arte e, desse modo, da invenção da própria alegria em si, dando estilo ao seu caráter.

Ao lermos *Água viva*, a *alegria difícil* e a *força plástica*, que configuram estruturas do trágico, cedem espaço para outra forma do afirmativo na escritura de Clarice. Nesse texto, a palavra é vista e constituída pela sua máscara maior, o *neutro*. Trata-se, nesse livro, assim como em outros textos claricianos, de uma tentativa de escrever por palavras que suspendem o sentido. Elas significam sempre de modo esquivo. O leitor não consegue ler as palavras fechando-as num significado absoluto, mas apenas captando-as por um sentido deslizante, como se elas tremessem em vibração pura. Esse modo sensível de ler rechaça a racionalidade socrática, abrindo o texto para seu aspecto dionisíaco. *Água viva*, nesse sentido, é um livro escrito com o corpo, contra os processos racionais de criação[1009]. É também um livro que coloca a perspectiva animal como forma de expressão. Isso significa que o humano abre espaço para outros modos de pensar-sentir que não só o *logos*. Esse modo estranho de criação é a busca por uma *língua it*, a língua que representa a neutralidade do próprio real, do mundo, cujos valores são criações e nunca dados preestabelecidos.

A *alegria*, a *força* e o *neutro* são perspectivas que aparecem na escritura de Clarice Lispector como formas do afirmativo, como estruturas que falam a partir da ótica da vida. Nesse sentido, para a escritora, criar significa produzir formas que tonificam a existência. É exatamente essa afirmação da vida que se encontra, a partir de outras configurações, em *A hora da estrela*. Se *A paixão segundo G.H.* fala de uma alegria que existe na dor, *A maçã no escuro* trata de uma adversidade que é incorporada como tônico e *Água viva* aborda as possibilidades de escrever a partir do neutro, o último romance de Clarice volta ao tema da dor para falar da existência. Para Clarice, a existência é trágica pela dor que perpassa cada vida.

1009 "A obra de arte é um ato de loucura do criador. Só que germina como não-loucura e abre caminho. [...] A loucura dos criadores é diferente da loucura dos que estão mentalmente doentes. Estes, entre outros motivos que desconheço, erraram o caminho da busca. São casos para médicos, enquanto os criadores se realizam com o próprio ato de loucura." (LISPECTOR, 1999a, p. 305).

O escritor é aquele que precisa afirmar o real a partir da embriaguez, da vida entendida como música, e, portanto, como algo que pode se justificar por si. A dor é então transfigurada. Se existe uma parcela de dor na experiência humana, ela precisa ser acolhida e vista com olhos de artista e assim transformada. A dor maior, a de ser finito, também precisa ser entendida como mais um aspecto a ser aprovado. Diante da morte de si ou/e do outro, o narrador de *A hora da estrela* diz sim à morte[1010] e, assim, afirma a vida, até em seu último sopro.

Nesse instante, quando concebemos a escritura de Clarice Lispector como um corpo afirmativo, que se ergue com força e produz uma *alegria difícil*, podemos ver que esse rio que inaugura seu próprio curso deságua em outro rio, o da filosofia de Nietzsche. É ainda nesse instante, por meio de uma epifania, que se pode ler os textos de Clarice pelo fulgor de Nietzsche e que se pode também ressignificar a filosofia trágica nietzschiana pelos lampejos dos textos claricianos. Não se trata apenas de um jogo de luz, mas também de sombras, incertezas, obscuridades e miopias, que do mesmo modo são produzidas por essa confluência de duas vozes que ousaram pensar-sentir contra seus tempos e para além deles, produzindo textos eruptivos[1011]. A leitura intensiva[1012] da obra de Clarice a partir de Nietzsche, com Nietzsche e contra Nietzsche,

1010 "E eu mesma não entendia por que tanto susto ao quase tocar na morte – se a morte faz parte de nossa vida. Não se entende vida sem morte, no entanto eu quase desmaiara ao tocar no que também era minha." (LISPECTOR, 1999a, p. 169).

1011 Cf. o ensaio "Nietzsche y el siglo XIX", de Ricardo Forster (1997).

1012 "A leitura intensiva é portanto a produção de novas intensidades, diferentes." (LYOTARD, 1985, p. 47).

permite pensar que os textos dos dois foram produzidos como "experimentos sem verdade"[1013] por criadores que quiseram falar da alegria e falar com alegria. Permite, sobretudo, falar de autores que desejaram ser os portadores alegres[1014] de novos valores. Suas palavras-alicerces poderão ser utilizadas por cada um que queira construir em si mesmo um templo da alegria.

1013 PELBART, 2005, p. 139.

1014 Cf. Antonio Candido (1978, p. 415) no ensaio "O portador", no qual observa que a filosofia nietzschiana – e, por extensão, ampliamos aqui o que ele disse para a literatura de Clarice – é portadora de valores alegres e nela "o conhecimento se encarna e flui no gesto de vida".

SOBRE O AUTOR

Luiz Lopes, especializado em Teoria Literária e Literatura Comparada, professor do Centro Federal de Educação Tecnológica de Minas Gerais (CEFET-MG), onde ministra aulas de Língua Portuguesa, Literatura e Cultura para vários cursos técnicos, disciplinas de Teoria Literária no curso de Letras – Tecnologias da Edição, além de cursos no Programa de Pós-graduação em Linguagens, da mesma instituição. Possui vários capítulos e artigos publicados em revistas da área de Letras que, quase sempre, versam sobre a obra de Clarice Lispector. É pesquisador dos grupos *Atlas* e *Mulheres na edição*. *Clarice Lispector:* formas da alegria é seu primeiro livro publicado pela Quixote+Do.

REFERÊNCIAS

AGAMBEN, Giorgio. *Lo abierto*: el hombre y el animal. Buenos Aires: Adriana Hidalgo, 2007.

ALBERNAZ, Bia. *Claricidade*: a cidade segundo Clarice. Rio de Janeiro: Beco do Azougue, 2008.

ALMEIDA, Joel de. *A experiência do grotesco em Clarice Lispector*. São Paulo: Nankin, 2004.

ALMEIDA, Rogério Miranda de. *Nietzsche e o paradoxo*. São Paulo: Loyola, 2005.

ALVES JÚNIOR, Douglas Garcia (Org.). *Os destinos do trágico*: arte, vida, pensamento. Belo Horizonte: Autêntica, 2007.

ANDRADE, Mário de. *Poesias completas*. São Paulo: Livraria Martins Editora, 1979.

ANSELL-PEARSON, Keith. *Nietzsche como pensador político*. Trad. Mauro Gama. Rio de Janeiro: Zahar, 1997.

ARÊAS, Vilma. Clarice Lispector. In: PIZARRO, Ana (Org.). *América Latina*: palavra, literatura e cultura. v. III: Vanguarda e

Modernidade. São Paulo: Memorial; Campinas: UNICAMP, 1995. p. 429-446.

ARÊAS, Vilma. *Clarice Lispector:* com a ponta dos dedos. São Paulo: Companhia das Letras, 2005.

ARÊAS, Vilma. Bichos e flores da adversidade. *Cadernos de Literatura Brasileira*, São Paulo, Instituto Moreira Salles, n. 17/18, p. 224-240, dez. 2004. (Edição Especial: Clarice Lispector).

ARTAUD, Antonin. *O teatro e seu duplo*. Trad. Teixeira Coelho. São Paulo: Martins Fontes, 1999.

BACHELARD, Gaston. *O ar e os sonhos*: ensaio sobre a imaginação do movimento. Trad. Antonio de Pádua Danesi. São Paulo: Martins Fontes, 2001.

BADIOU, Alain. *Pequeno manual de inestética*. Trad. Marina Appenzeller. São Paulo: Estação Liberdade, 2002.

BAILEY, Cristinna Ferreira-Pinto; ZILBERMAN, Regina (Orgs.). *Clarice Lispector*: novos aportes críticos. Pittsburgh: Instituto Internacional de Literatura Iberoamericana/Universidad de Pittsburgh, 2007.

BARRENECHEA, Miguel Angel de. O aristocrata nietzschiano: para além da dicotomia civilização/barbárie. In: LINS, Daniel; PELBART, Peter Pál (Orgs.). *Nietzsche e Deleuze:* bárbaros, civilizados. São Paulo: Annablume, 2004. p. 159-178.

BARRENECHEA, Miguel Angel de. Nietzsche: a memória, o esquecimento e a alegria da superfície. In: FEITOSA, Charles; BARRENECHEA, Miguel Angel; PINHEIRO, Paulo (Orgs.). *Nietzsche e os gregos*: arte, memória e educação – Assim falou Nietzsche V. Rio de Janeiro: DP&A, 2006. p. 27-48.

BARRENECHEA, Miguel Angel de. Nova era trágica e grande política para além do niilismo. In: KANGUSSU, Imaculada *et al*. (Orgs.). *O cômico e o trágico*. Rio de Janeiro: 7 Letras, 2008a. p. 131-148.

BARRENECHEA, Miguel Angel de. *Nietzsche e a liberdade*. Rio de Janeiro: 7 Letras, 2008b.

BARRENECHEA, Miguel Angel de. *Nietzsche e o corpo*. Rio de Janeiro: 7 Letras, 2009.

BARROS, Antonio Teixeira de. O rádio e a publicidade no cotidiano de Macabéa: Clarice Lispector e algumas observações sobre a recepção de mensagens radiofônicas e publicitárias. In: BARROS, Antonio; DUARTE, Jorge; MARTINEZ, Regina (Orgs.). *Comunicação*: discursos, práticas e tendências. São Paulo: Ridel, 2001. p. 260-280.

BARTHES, Roland. *O neutro*. Trad. Ivone Castilho Benedetti. São Paulo: Martins Fontes, 2003a.

BARTHES, Roland. *Roland Barthes por Roland Barthes*. Trad. Leyla Perrone-Moisés. São Paulo: Estação Liberdade, 2003b.

BARTHES, Roland. *A preparação do romance*. v. II: A obra como vontade. Trad. Leyla Perrone-Moisés. São Paulo: Martins Fontes, 2005.

BATAILLE, Georges. *O erotismo*. Trad. Cláudia Fares. São Paulo: Arx, 2004.

BENJAMIN, Walter. *Magia e técnica, arte e política*: ensaios sobre literatura e história da cultura. Trad. Sérgio Paulo Rouanet. São Paulo: Brasiliense, 1994. (Obras escolhidas, v. I)

BENJAMIN, Walter. [Teoria do conhecimento, teoria do progresso]. In: BENJAMIN, Walter. *Passagens*. Trad. Irene Aron e Cleonice

Paes Barreto Mourão. Belo Horizonte/São Paulo: Editora UFMG, 2006. p. 499-530.

BENOIT, Blaise. Meio-dia; instante da mais curta sombra. In: MARTON, Scarlett (Org.). *Nietzsche, um "francês" entre franceses*. São Paulo: Barcarolla/Discurso Editorial, 2009a. p. 115-133.

BERGSON, Henri. *O riso*: ensaio sobre a significação da comicidade. Trad. Ivone Benedcetti. São Paulo: Martins Fontes, 2007.

BLANCHOT, Maurice. *O livro por vir*. Trad. Leyla Perrone-Moisés. São Paulo: Martins Fontes, 2005.

BLANCHOT, Maurice. *A parte do fogo*. Trad. Ana Maria Scherer. Rio de Janeiro: Rocco, 2011a.

BLANCHOT, Maurice. *O espaço literário*. 2011b.

BORELLI, Olga. *Clarice Lispector*: esboço para um possível retrato. Rio de Janeiro: Nova Fronteira, 1981.

BRAGA JÚNIOR, Luiz Fernando Lima. Clarice e o *it* interior. In: ALVES, Aline *et al*. (Orgs.). *A escritura no feminino*: aproximações. Florianópolis: Ed. Mulheres, 2011. p. 129-134.

BRUM, José Thomaz. O instante – Nietzsche e Jankélévitch. In: BARRENECHEA, Miguel Angel (Org.). *As dobras da memória*. Rio de Janeiro: 7 Letras, 2008. p. 48-50.

BRUSOTTI, Marco. Tensão: um conceito para o grande e o pequeno. *Dissertatio*, Revista de Filosofia, Universidade Federal de Pelotas, n. 33, p. 35-62, 2011.

BUENO, Luís. Guimarães, Clarice e antes. In: *Teresa*. Revista de Literatura brasileira do Depto. de Letras Clássicas e Vernáculas. Faculdade de Filosofia, Letras e Ciências Humanas – USP, número 2. São Paulo: Editora 34, 2001. p. 249-261.

BURNETT, Henry. *Nietzsche, Adorno e um pouquinho de Brasil*: ensaios de filosofia e música. São Paulo: Editora Unifesp, 2011.

CADERNOS DE LITERATURA BRASILEIRA. São Paulo, Instituto Moreira Salles, n. 17/18, dez. 2004. (Edição Especial: Clarice Lispector).

CALOMENI, Tereza Cristina B. A redenção da temporalidade: a trágica intuição do *eterno retorno* em Nietzsche. In: MARTON, Scarlett (Org.). *Cadernos Nietzsche*, São Paulo, GEN, n. 18, p. 93-110, 2005.

CALVINO, Italo. *Seis propostas para o próximo milênio:* lições americanas. Trad. Ivo Barroso. São Paulo: Companhia das Letras, 1990.

CALVINO, Italo. *Assunto encerrado*: discursos sobre literatura e sociedade. Trad. Roberta Barni. São Paulo: Companhia das Letras, 2006.

CANDIDO, Antonio. *Vários escritos*. São Paulo: Livraria Duas Cidades, 1977.

CANDIDO, Antonio. O portador. In: NIETZSCHE, Friedrich. *Obras incompletas*. Trad. Rubens Rodrigues Torres. Seleção de textos Gerard Lebrun. São Paulo: Abril Cultural, 1978. p. 411-416.

CANDIDO, Antonio. O direito à literatura. In: CANDIDO, Antonio. *Vários escritos.* São Paulo: Duas Cidades; Rio de Janeiro: Ouro sobre Azul, 2004a. p. 169-192.

CANDIDO, Antonio. Uma tentativa de renovação. In: CANDIDO, Antonio. *Brigada ligeira.* São Paulo: Duas Cidades; Rio de Janeiro: Ouro sobre Azul, 2004b. p. 87-93.

CARVALHAL, Tania Franco. *Literatura* comparada. São Paulo: Ática, 2003.

CASANOVA, Marco Antônio. *O instante extraordinário*: vida, história e valor na obra de Friedrich Nietzsche. Rio de Janeiro: Forense Universitária, 2003.

CASANOVA, Marco Antônio. *Nada a caminho*: impessoalidade, niilismo e técnica na obra de Martin Heidegger. Rio de Janeiro: Forense Universitária, 2006.

CAVALCANTI, Anna Hartmann. Arte como experiência: a tragédia antiga segundo a interpretação de Nietzsche. In: FEITOSA, Charles; BARRENECHEA, Miguel Angel; PINHEIRO, Paulo (Orgs.). *Nietzsche e os gregos*: arte, memória e educação – Assim falou Nietzsche V. Rio de Janeiro: DP&A, 2006. p. 49-63.

CIXOUS, Hélène. *A hora de Clarice Lispector*. Trad. Rachel Gutiérrez. Rio de Janeiro: Exodus, 1999.

CLERC, Thomas. Prefácio. In: BARTHES, Roland. *O neutro*. Trad. Ivone Castilho Benedetti. São Paulo: Martins Fontes, 2003. p. 13-25.

COHEN-HALIMI, Michèle. Nietzsche e a volta do *agon*. In: LINS, Daniel; GIL, José (Orgs.). *Nietzsche/Deleuze*: jogo e música. Rio de Janeiro: Forense Universitária, 2008. p. 155-171.

COMPAGNON, Antoine. *Literatura para quê?* Trad. Laura Taddei Brandini. Belo Horizonte: Editora UFMG, 2009.

CRAGNOLINI, Mónica B. Temblores del pensar: Nietzsche, Blanchot, Derrida. *Pensamiento de los confines*, Buenos Aires, n. 12, p. 11-119, jun. 2003. Disponível em: <http://www.jacquesderrida.com.ar/comentarios/temblores.htm>. Último acesso em: 12 dez. 2012.

CRAGNOLINI, Mónica B. Tragedia y superficie – el saber de la superficie y el abismo de la nada. In: FEITOSA, Charles; BARRENECHEA, Miguel Angel; PINHEIRO, Paulo (Orgs.).

Nietzsche e os gregos: arte, memória e educação – Assim falou Nietzsche V. Rio de Janeiro: DP&A, 2006a. p. 65-80.

CRAGNOLINI, Mónica B. Nietzsche por Heidegger: contrafiguras de uma perda. In: MARTON, Scarlett (Org.). *Nietzsche abaixo do Equador*: a recepção na América do Sul. São Paulo: Discurso Editorial, 2006b. p. 87-102.

CRAGNOLINI, Mónica B. Nietzsche como pensador do resto: uma travessia pelos cinco prefácios para cinco livros já escritos. In: SILVA JÚNIOR, Ivo da (Org.). *Filosofia e cultura*: Festschrift em homenagem a Scarlett Marton. São Paulo: Editora Barcarolla, 2011. p. 75-114.

DELEUZE, Gilles. *O que é a filosofia?* Trad. Bento Prado Jr. e Alberto Alonso Muñoz. São Paulo: Editora 34, 1992.

DELEUZE, Gilles. *Crítica e clínica.* Trad. Peter Pál Pelbart. São Paulo: Editora 34, 1997.

DELEUZE, Gilles. *A ilha deserta e outros textos*. Edição preparada por David Lapoujade. São Paulo: Iluminuras, 2006.

DELEUZE, Gilles. *Lógica do sentido*. Trad. Luiz Roberto Salinas Fortes. São Paulo: Perspectiva, 2009.

DELEUZE, Gilles. *Conversações.* Trad. Peter Pál Pelbart. São Paulo: Editora 34, 2010.

DERRIDA, Jacques. *O animal que logo sou* (a seguir). Trad. Fábio Landa. São Paulo: Editora UNESP, 2002.

DERRIDA, Jacques. *A farmácia de Platão*. Trad. Rogério da Costa. São Paulo: Iluminuras, 2005.

DETIENNE, Marcel. *Dioniso a cielo abierto*. Barcelona: Gedisa, 1997.

DIAS, Rosa Maria. *Nietzsche e a música*. São Paulo: Discurso Editorial, 2005.

DIAS, Rosa Maria. Nietzsche e Foucault: a vida como obra de arte. In: KANGUSSU, Imaculada *et al.* (Orgs.). *O cômico e o trágico*. Rio de Janeiro: 7 Letras, 2008. p. 41-55.

DIAS, Rosa Maria. *Nietzsche, vida como obra de arte*. Rio de Janeiro: Civilização Brasileira, 2011.

DIDI-HUBERMAN, Georges. *O que vemos, o que nos olha*. Trad. Paulo Neves. São Paulo: Editora 34, 1998

DIDI-HUBERMAN, Georges. *Sobrevivência dos vaga-lumes*. Trad. Vera Casa Nova e Márcia Arbex. Belo Horizonte: Editora UFMG, 2011.

DUMOULIÉ, Camille. A capoeira, arte e resistência e estética da potência. In: LINS, Daniel (Org.). *Nietzsche/Deleuze*: arte, resistência. Rio de Janeiro: Forense Universitária, 2007. p. 1-16.

ESCOBAR, Carlos Henrique. *Nietzsche ... (dos "companheiros")*. Rio de Janeiro: 7 Letras, 2000.

ESPINOSA, Benedictus de. *Ética*. Trad. Tomaz Tadeu. Belo Horizonte: Autêntica, 2009.

FEITOSA, Charles. A escrita sonâmbula de Clarice Lispector. In: LINS, Daniel (Org.). *Nietzsche/Deleuze*: imagem, literatura e educação. Rio de Janeiro: Forense Universitária, 2007. p. 58-69.

FERRAZ, Maria Cristina Franco. *Nietzsche, o bufão dos deuses*. Rio de Janeiro: Relume Dumará, 1994.

FERRAZ, Maria Cristina Franco. *Nove variações sobre temas nietzschianos*. Rio de Janeiro: Relume Dumará, 2002.

FERRAZ, Maria Cristina Franco. *Homo deletabilis*: corpo, percepção, esquecimento do século XIX ao XXI. Rio de Janeiro: Garamond, 2010.

FERREIRA, Teresa Cristina Montero. *Eu sou uma pergunta*: uma biografia de Clarice Lispector. Rio de Janeiro: Rocco, 1999.

FLUSSER, Vilém. Nossa embriaguez. In: DUARTE, Rodrigo (Org.). *O belo autônomo*: textos clássicos de estética. Belo Horizonte: Autêntica/Crisálida, 2012. p. 375-384.

FINAZZI-AGRÒ, Ettore; VECCHI, Roberto (Org.). *Formas e mediações do trágico moderno*: uma leitura do Brasil. São Paulo: Unimarco, 2004.

FINAZZI-AGRÒ, Ettore; VECCHI, Roberto; AMOROSO, Maria Betânia (Org.). *Travessia do pós-trágico*: os dilemas de uma leitura do Brasil. São Paulo: Unimarco, 2006.

FOGEL, Gilvan. *O homem doente do homem e a transfiguração da dor:* uma leitura de Da visão e do enigma em *Assim falava Zaratustra*, de Frederico Nietzsche. Rio de Janeiro: Mauad X, 2010.

FOGEL, Gilvan. Corpo como realidade imediata. In: BARRENECHEA, Miguel Angel de *et al*. (Orgs.). *Nietzsche e as ciências*. Rio de Janeiro: 7 Letras, 2011. p. 81-85.

FORNAZARI, Sandro Kobol. A diferença e o eterno retorno. In: MARTON, Scarlett (Org.). *Cadernos Nietzsche*, São Paulo, GEN, n. 20, p. 19-32, 2006.

FORSTER, Ricardo. Nietzsche y el siglo XIX. In: CASULLO, Nicolás; FORSTER, Ricardo; KAUFMAN, Alejandro (Orgs.). *Itinerarios de la modernidad*: corrientes del pensamiento y tradiciones intelectuales desde la Ilustración hasta la posmodernidad. Buenos Aires: Oficina de publicaciones del CBC/UBA, 1997. p. 343-368.

FOUCAULT, Michel. *História da sexualidade*. v. 3: O cuidado de si. Trad. Maria Thereza da Costa Albuquerque. Rio de Janeiro: Graal, 1985.

FOUCAULT, Michel. *Nietzsche, Freud e Marx*. Theatrum philosoficum. Trad. Jorge Lima Barreto. São Paulo: Princípio, 1997.

FRANCK, Didier. As mortes de Deus. In: MARTON, Scarlett (Org.). *Cadernos Nietzsche*, São Paulo, GEN, n. 19, p. 7-42, 2005.

FREIXAS, Laura. *Ladrona de rosas* – Clarice Lispector: una genialidad insoportable. Madrid: La Esfera de los libros, 2010.

FREUD, Sigmund. O inquietante. In: FREUD, Sigmund. *História de uma neurose infantil: ("O homem dos lobos")*: Além do princípio do prazer e outros textos (1917-1920). Trad. Paulo César de Souza. São Paulo: Companhia das Letras, 2010. p. 328-376.

FRONCKOWIAK, Angela. O ato de narrar em *A paixão segundo G. H.* In: ZILBERMAN, Regina *et al*. (Orgs.). *Clarice Lispector*: a narração do indizível. Porto Alegre: Artes e Ofícios/EDIPUC/Instituto Cultural Judaico Marc Chagall, 1998. p. 65-74.

GAGNEBIN, Jeanne-Marie. *Lembrar escrever esquecer*. São Paulo: Editora 34, 2006.

GARRAMUÑO, Florencia. Região compartilhada: dobras do animal-humano. In: MACIEL, Maria Esther (Org.). *Pensar/escrever o animal*: ensaios de zoopoética e biopolítica. Florianópolis: Editora UFSC, 2011. p. 105-116.

GIACOIA JÚNIOR, Oswaldo. *Nietzsche*. São Paulo: Publifolha, 2000.

GIACOIA JÚNIOR, Oswaldo. Antigos e novos bárbaros. In: LINS, Daniel; PELBART, Peter Pál (Orgs.). *Nietzsche e Deleuze*: bárbaros, civilizados. São Paulo: Annablume, 2004. p. 189-202.

GIACOIA JÚNIOR, Oswaldo. De Nietzsche a Foucault: impasses da razão? In: PASSETTI, Edson (Org.). *Kafka-Foucault, sem medos*. São Paulo: Ateliê Editorial, 2005. p. 89-101.

GLENADEL, Paula. "Poesia e verdade" da animalidade nietzschiana. In: MACIEL, Maria Esther (Org.). *Pensar/escrever o animal*: ensaios de zoopoética e biopolítica. Florianópolis: Editora UFSC, 2011. p. 75-84.

GOTLIB, Nádia Battella. Macabéa e as mil pontas de uma estrela. In: Mota, Lourenço Dantas; JUNIOR, Benjamin Abdala (Org.). *Personae*: grandes personagens da literatura brasileira. São Paulo: Editora SENAC, 2001. p. 285-318.

GOTLIB, Nádia Battella. *Clarice fotobiografia*. São Paulo: Edusp/ Imprensa Oficial, 2008.

GOTLIB, Nádia Battella. *Clarice*: uma vida que se conta. São Paulo: EDUSP, 2009.

GOTLIB, Nádia Battella (Org.). *Retratos antigos (esboços a serem ampliados)*. Belo Horizonte: Editora UFMG, 2012.

GRLIC, Danko. Nietzsche e o eterno retorno do mesmo ou o retorno da essência artística na arte. In: MARTON, Scarlett (Org.). *Nietzsche hoje?* São Paulo: Editora Brasiliense, 1985. p. 31-43.

GROB-LIMA, Bernadete. *O percurso das personagens de Clarice Lispector*. Rio de Janeiro: Garamond, 2009.

GUIMARÃES, Rodrigo. *"E"* (ensaios de literatura e filosofia). Rio de Janeiro: 7 Letras, 2010.

GUMBRECHT, Glenn. Os lugares da tragédia. In: ROSENFIELD, Kathrin H. (Org.). *Filosofia & Literatura*: o trágico. Rio de Janeiro: Jorge Zahar, 2001. p. 9-19.

GURGEL, Gabriela Lírio. *A procura da palavra no escuro*: uma análise da criação de uma linguagem na obra de Clarice Lispector. Rio de Janeiro: 7 Letras, 2001.

HELENA, Lucia. *Nem musa, nem medusa*: itinerários da escrita em Clarice Lispector. Niterói: EdUFF, 2010.

IANNACE, Ricardo. *A leitora Clarice Lispector.* São Paulo: Edusp, 2001.

IANNACE, Ricardo. *Retratos em Clarice Lispector*: literatura, pintura e fotografia. Belo Horizonte: Editora UFMG, 2009.

JOYCE, James. *Ulisses*. Trad. Bernardina da Silveira Pinheiro. Rio de Janeiro: Objetiva, 2005.

KANGUSSU, Imaculada *et al.* (Org.). *O cômico e o trágico*. Rio de Janeiro: 7 Letras, 2008.

KOFMAN, Sarah. O/Os "conceitos" de cultura nas Extemporâneas ou a dupla dissimulação. In: MARTON, Scarlett (Org.). *Nietzsche hoje?* São Paulo: Brasiliense, 1985. p. 77-109.

KOSSOVITCH, Leon. *Signos e poderes em Nietzsche*. Rio de Janeiro: Azougue, 2004.

LEBRUN, Gérard. Quem era Dioniso? In: LEBRUN, Gérard. A filosofia e sua história. São Paulo; Cosac Naify, 2006. p. 355-378.

LEFRANC, Jean. *Compreender Nietzsche*. Trad. Lúcia M. Endlich Orth. Petrópolis: Vozes, 2005.

LESTEL, Dominique. A animalidade, o humano e as "comunidades híbridas". In: MACIEL, Maria Esther (Org.). *Pensar/escrever o animal*: ensaios de zoopoética e biopolítica. Florianópolis: Editora UFSC, 2011. p. 23-54.

LEVY, Tatiana Salem. *A experiência do fora*: Blanchot, Foucault e Deleuze. Rio de Janeiro: Civilização Brasileira, 2011.

LINS, Álvaro. *Os mortos de sobrecasaca*: obras, autores e problemas de literatura brasileira – ensaios e estudos 1940-1960. Rio de Janeiro: Civilização Brasileira, 1963.

LINS, Daniel. Nietzsche e Artaud: escrita e poética do túmulo. In: FEITOSA, Charles; BARRENECHEA, Miguel A. (Orgs.). *Assim falou Nietzsche II*: memória, tragédia e cultura. Rio de Janeiro: Relume Dumará, 2000. p. 21-30.

LINS, Daniel. Clarice Lispector: a escrita bailarina. In: LINS, Daniel; PELBART, Peter Pál (Orgs.). *Nietzsche e Deleuze*: bárbaros, civilizados. São Paulo: Annablume, 2004. p. 45-60.

LINS, Daniel. A alegria como força revolucionária: ética e estética da alegria. In: FURTADO, Beatriz; LINS, Daniel (Orgs.). *Fazendo rizoma*: pensamentos contemporâneos. São Paulo: Hedra, 2008. p. 45-57.

LISPECTOR, Clarice. *A paixão segundo G.H.*. Rio de Janeiro: Editora do Autor, 1964.

LISPECTOR, Clarice. São Paulo, fev. 1977, vídeo. Entrevista a Júlio Lerner para o programa "Panorama Especial", levada ao ar pela primeira vez em 28 dez. 1977.

LISPECTOR, Clarice. *Uma aprendizagem ou O livro dos prazeres*. Rio de Janeiro: Rocco, 1998a.

LISPECTOR, Clarice. *A hora da estrela*. Rio de Janeiro: Rocco, 1998b.

LISPECTOR, Clarice. *Perto do coração selvagem*. Rio de Janeiro: Rocco, 1998c.

LISPECTOR, Clarice. *Água viva*. Rio de Janeiro: Rocco, 1998d.

408

LISPECTOR, Clarice. *A via crucis do corpo*. Rio de Janeiro: Rocco, 1998e.

LISPECTOR, Clarice. *Felicidade clandestina*. Rio de Janeiro: Rocco, 1998f.

LISPECTOR, Clarice. *A cidade sitiada*. Rio de Janeiro: Rocco, 1998g.

LISPECTOR, Clarice. *A descoberta do mundo*. Rio de Janeiro: Rocco, 1999a.

LISPECTOR, Clarice. *Um sopro de vida* (pulsações). Rio de Janeiro: Rocco, 1999b.

LISPECTOR, Clarice. *A maçã no escuro*. Rio de Janeiro: Rocco, 1999c.

LISPECTOR, Clarice. *A legião estrangeira*. Rio de Janeiro: Rocco, 1999d.

LISPECTOR, Clarice. *Onde estivestes de noite*. Rio de Janeiro: Rocco, 1999e.

LISPECTOR, Clarice. *Para não esquecer*. Rio de Janeiro: Rocco, 1999f.

LISPECTOR, Clarice. *A mulher que matou os peixes*. Rio de Janeiro: Rocco, 1999g.

LISPECTOR, Clarice. *A vida íntima de Laura*. Rio de Janeiro: Rocco, 1999h.

LISPECTOR, Clarice. *Como nasceram as estrelas*. Rio de Janeiro: Rocco, 1999j.

LISPECTOR, Clarice. *O mistério do coelho pensante*. Rio de Janeiro: Rocco, 1999k.

LISPECTOR, Clarice. *Quase de verdade*. Rio de Janeiro: Rocco, 1999l.

LISPECTOR, Clarice. *Correspondências*. Organização de textos de Teresa Monteiro. Rio de Janeiro: Rocco, 2002.

LISPECTOR, Clarice. *Outros escritos*. Organização de Teresa Monteiro e Lícia Manzo. Rio de Janeiro: Rocco, 2005.

LISPECTOR, Clarice. *Laços de família*. Rio de Janeiro: Rocco, 2009.

LISPECTOR, Elisa. No exílio. Rio de Janeiro: José Olympio, 2004.

LOURENÇO, Eduardo. Da literatura brasileira como rasura do trágico. In: LOURENÇO, Eduardo. *A nau de Ícaro e imagem e miragem da lusofonia*. São Paulo: Companhia das Letras, 2001. p. 197-206.

LYOTARD, Jean-François. Notas sobre o retorno e o Kapital. In: MARTON, Scarlett (Org.). *Nietzsche hoje?* São Paulo: Editora Brasiliense, 1985. p. 44-55.

MACEDO, Iracema. *Nietzsche, Wagner e a época trágica dos gregos*. São Paulo: Annablume, 2006.

MACEDO, Iracema. Sobre a noção de jovialidade/serenidade no pensamento de Nietzsche. In: KANGUSSU, Imaculada *et al*. (Orgs.). *O cômico e o trágico*. Rio de Janeiro: 7 Letras, 2008. p. 188-197.

MACIEL, Maria Esther. Poéticas do animal. In: MACIEL, Maria Esther (Org.). *Pensar/escrever o animal*: ensaios de zoopoética e biopolítica. Florianópolis: Editora UFSC, 2011. p. 85-102.

MACHADO, Roberto. *Nietzsche e a verdade*. São Paulo: Graal, 1999.

MACHADO, Roberto. *Zaratustra, tragédia nietzschiana*. Rio de Janeiro: Jorge Zahar, 2001.

MACHADO, Roberto. *Foucault, a filosofia e a literatura*. Rio de Janeiro: Jorge Zahar, 2005.

MACHADO, Roberto. *O nascimento do trágico*: de Schiller a Nietzsche. Rio de Janeiro: Jorge Zahar, 2006.

MACHADO, Roberto. A alegria e o trágico. In: DIAS, Rosa; VANDERLEI, Sabina; BARROS, Tiago (Org.). *Leituras de Zaratustra*. Rio de Janeiro: Mauad X: FAPERJ, 2011. p. 239-244.

MAFFESOLI, Michel. *O instante eterno*: o retorno do trágico nas sociedades pós-modernas. Trad. Rogério de Almeida e Alexandre Dias. São Paulo: Zouk, 2003.

MAFFESOLI, Michel. *Elogio da razão sensível*. Trad. Albert Chistophe Migueis Stuckenbruck. Petrópolis: Vozes, 2005.

MAFFESOLI, Michel. *O ritmo da vida*: variações sobre o imaginário pós-moderno. Rio de Janeiro: Record, 2007.

MANSUR, Felipe. *A sexta história*: a face trágica da narrativa em *A hora da estrela*. São Paulo: Annablume, 2011.

MARQUES, António. *A filosofia perspectivista de Nietzsche*. São Paulo: Discurso Editorial/ Editora Unijuí, 2003.

MARTINS, André. Nietzsche e a negação do Mal. In: MARTINS, André (Org.). *O mais potente dos afetos*: Spinoza e Nietzsche. São Paulo: Martins Fontes, 2009. p. 287-305.

MARTON, Scarlett. A terceira margem da interpretação. In: MÜLLER-LAUTER, Wolfgang. *A doutrina da vontade de poder em Nietzsche*. Trad. Oswaldo Giacoia Junior. São Paulo: Annablume, 1997. p. 7-48.

MARTON, Scarlett. Só acreditaria num deus que soubesse dançar. In: BARRENECHEA, Miguel Angel de; FEITOSA, Charles (Orgs.). *Assim falou Nietzsche II:* memória, tragédia e cultura. Rio de Janeiro: Relume Dumará, 2000. p. 143-154.

MARTON, Scarlett. O eterno retorno do mesmo: tese cosmológica ou imperativo ético? In: NOVAES, Adauto (Org.). *Ética*. São Paulo: Companhia das Letras, 2007. p. 289-317.

MARTON, Scarlett. *Nietzsche, seus leitores e suas leituras*. São Paulo: Barcarolla, 2010a.

MARTON, Scarlett. *Nietzsche*: das forças cósmicas aos valores humanos. Belo Horizonte: Editora UFMG, 2010b.

MELÉNDEZ, Germán. Homem e estilo em Nietzsche. In: MARTON, Scarlett (Org.). *Nietzsche abaixo do Equador*: a recepção na América do Sul. São Paulo: Discurso Editorial, 2006. p. 39-64.

MELO NETO, João Cabral. *O rio*. Rio de Janeiro: Objetiva, 2012.

MELVILLE, Herman. *Bartleby, o escrivão*: uma história de Wall Street. Trad. Irene Hirsch. São Paulo: Cosac Naify, 2005.

MILLIET, Sérgio. *Diário Crítico*. v. II. São Paulo: Martins Fontes, Edusp, 1981.

MIRANDA, Wander Melo. *Água viva*: autorretrato (im)possível. *Ensaios de Semiótica: cadernos de linguística e teoria da literatura,* Belo Horizonte, ano V, n. 10, p. 200-220, dez. 1983.

MONTEIRO, Rebecca. *Em função do agora:* aproximações entre literatura e política em Clarice Lispector. São Paulo: Annablume, 2012.

MOSÉ, Viviane. Nietzsche e a genealogia do sujeito. In: BARRENECHEA, Miguel Angel de; PIMENTA, Olímpio (Orgs.). *Assim falou Nietzsche*. Rio de Janeiro: 7 Letras, 1999. p. 188-200.

MOSÉ, Viviane. A linguagem, nosso primeiro *outro-mundo*. In: MARTINS, André; SANTIAGO, Homero; OLIVA, Luís César (Orgs.). *As ilusões do eu:* Spinoza e Nietzsche. Rio de Janeiro: Civilização Brasileira, 2010. p. 227-242.

MOSÉ, Viviane. *O homem que sabe*: do *homo sapiens* à crise da razão. Rio de Janeiro: Civilização Brasileira, 2011a.

MOSÉ, Viviane. *Nietzsche e a grande política da linguagem*. São Paulo: Editora Vozes, 2011b.

MOSER, Benjamin. *Clarice, uma biografia*. Trad. José Geraldo Couto. São Paulo: Cosacnaify, 2009.

MOTTA, Leda Tenório. *Roland Barthes*: uma biografia intelectual. São Paulo: Iluminuras/FAPESP, 2011.

MÜLLER-LAUTER, Wolfgang. *A doutrina da vontade de poder em Nietzsche*. Trad. Oswaldo Giacoia Junior. São Paulo: Annablume, 1997.

MÜLLER-LAUTER, Wolfgang. *Nietzsche*: sua filosofia dos antagonismos e os antagonismos de sua filosofia. Trad. Clademir Araldi. São Paulo: Editora Unifesp, 2009.

NASCIMENTO, Evando. Rastros do animal humano – a ficção de Clarice Lispector. In: MACIEL, Maria Esther (Org.). *Pensar/escrever o animal*: ensaios de zoopoética e biopolítica. Florianópolis: Editora UFSC, 2011. p. 117-148.

NASCIMENTO, Evando. *Clarice Lispector*: uma literatura pensante. Rio de Janeiro: Civilização Brasileira, 2012.

NEHAMAS, Alexander. *Nietzsche, la vida como literatura*. Madrid: Turner Fondo de Cultura Económica, 2002.

NIETZSCHE, Friedrich. *O nascimento da tragédia ou helenismo e pessimismo*. Trad. Jacó Guinsburg. São Paulo: Companhia das Letras, 1992a.

NIETZSCHE, Friedrich. *Além do bem e do mal*: prelúdio a uma filosofia do futuro. Trad. Paulo César de Souza. São Paulo: Companhia das Letras, 1992b.

NIETZSCHE, Friedrich. *A filosofia na época trágica dos gregos*. Trad. Maria Inês de Andrade. Lisboa: Edições 70, 1995.

NIETZSCHE, Friedrich. *Assim falou Zaratustra*: um livro para todos e para ninguém. Trad. Mário da Silva. Rio de Janeiro: Civilização Brasileira, 1998a.

NIETZSCHE, Friedrich. *Genealogia da moral*: uma polêmica. Trad. Paulo César de Souza. São Paulo: Companhia das Letras, 1998b.

NIETZSCHE, Friedrich. *O caso Wagner*: uma polêmica para músicos/ *Nietzsche contra Wagner*: dossiê de um psicólogo. Trad. Paulo César de Souza. São Paulo: Companhia das Letras, 1999.

NIETZSCHE, Friedrich. *A gaia ciência*. Trad. Paulo César de Souza. São Paulo: Companhia das Letras, 2001.

NIETZSCHE, Friedrich. *Escritos sobre educação*. Trad. Noéli Correia de Melo Sobrinho. Rio de Janeiro: Ed. PUC-Rio; São Paulo: Loyola, 2003a.

NIETZSCHE, Friedrich. *Segunda consideração intempestiva*: da utilidade e desvantagem da história para a vida. Trad. Marco Antônio Casanova. Rio de Janeiro: Relume Dumará, 2003b.

NIETZSCHE, Friedrich. *Aurora*: reflexões sobre os preconceitos morais. Trad. Paulo César de Souza. São Paulo: Companhia das Letras, 2004.

NIETZSCHE, Friedrich. *O livro do filósofo*. São Paulo: Centauro, 2005.

NIETZSCHE, Friedrich. *Crepúsculo dos ídolos ou como se filosofa com o martelo*. Trad. Paulo César de Souza. São Paulo: Companhia das Letras, 2006.

NIETZSCHE, Friedrich. *O anticristo e ditirambos de Dionísio*. Trad. Paulo César de Sousa. São Paulo: Companhia das Letras, 2007a.

NIETZSCHE, Friedrich. *Cinco prefácios para cinco livros não escritos*. Trad. Pedro Sussekind. Rio de Janeiro: 7 Letras, 2007b.

NIETZSCHE, Friedrich. *Escritos sobre política*: as ideologias e o aristocracismo. v. I. Trad. Noéli Correia de Melo Sobrinho. Rio de Janeiro: Ed. PUC-Rio; São Paulo: Loyola, 2007c.

NIETZSCHE, Friedrich. *Ecce homo*: como alguém se torna o que é. Trad. Paulo César de Souza. São Paulo: Companhia das Letras, 2008a.

NIETZSCHE, Friedrich. *Humano, demasiado humano*: um livro para espíritos livres. v. II. Trad. Paulo César de Souza. São Paulo: Companhia das Letras, 2008b.

NIETZSCHE, Friedrich. *Wagner em Bayreuth*: quarta consideração extemporânea. Rio de Janeiro: Jorge Zahar, 2009.

NINA, Cláudia. *A palavra usurpada*: exílio e nomadismo na obra de Clarice Lispector. Porto Alegre: EDIPUCRS, 2003.

NOLASCO, Edgar Cézar. *Restos de ficção*: a criação biográfico-literária de Clarice Lispector. São Paulo: Annablume, 2004.

NOLASCO, Edgar Cézar. *Caldo de cultura*: *A hora da estrela* e a vez de Clarice Lispector. Campo Grande: Ed. UFMS, 2007.

NUNES, Aparecida Maria. *Clarice Lispector jornalista*: páginas femininas e outras páginas. São Paulo: Editora Senac, 2006.

NUNES, Aparecida Maria. A menina de Tchetchelnik. In: NUNES, Aparecida Maria (Org.). *Clarice na cabeceira*: jornalismo. Rio de Janeiro: Rocco, 2012. p. 13-19.

NUNES, Benedito. *O dorso do tigre*. São Paulo: Perspectiva, 1976.

NUNES, Benedito. *O drama da linguagem*: uma leitura de Clarice Lispector. São Paulo: Ática, 1995.

NUNES, Benedito. *O Nietzsche de Heidegger*. Rio de Janeiro: Pazulin, 2000.

NUNES, Benedito. A narração desarvorada. *Cadernos de Literatura Brasileira*, São Paulo, Instituto Moreira Salles, n. 17/18, p. 292-301, dez. 2004. (Edição Especial: Clarice Lispector).

NUNES, Benedito. A escrita da paixão. In: NUNES, Benedito. *A clave do poético*. São Paulo: Companhia das Letras, 2009. p. 217-229.

NUNES, Benedito. O animal e o primitivo: os outros de nossa cultura. In: MACIEL, Maria Esther (Org.). *Pensar/escrever o animal*: ensaios de zoopoética e biopolítica. Florianópolis: Editora UFSC, 2011. p. 13-22.

OLIVA, Luís César. *A existência e a morte*. São Paulo: Martins Fontes, 2012.

OLIVEIRA, Jelson. *Para uma ética da amizade em Friedrich Nietzsche*. Rio de Janeiro: 7 Letras, 2011.

OLIVEIRA, Solange Ribeiro de. *A barata e a crisálida*: o romance de Clarice Lispector. Rio de Janeiro: José Olympio, 1985.

ONFRAY, Michel. *Teoria da viagem*: poética da geografia. Trad. Paulo Neves. Porto Alegre: L&PM, 2009.

ORTEGA, Francisco. *Amizade e estética da existência em Foucault*. Rio de Janeiro: Graal, 1999.

PAULA, Marcos Ferreira de. O problema do desinteresse na filosofia de Spinoza. In: MARTINS, André (Org.). *O mais potente dos afetos*: Spinoza e Nietzsche. São Paulo: Martins Fontes, 2009. p. 233-246.

PELBART, Peter Pál. O corpo, a vida, a morte. In: PASSETTI, Edson (Org.). *Kafka-Foucault, sem medos*. São Paulo: Ateliê Editorial, 2005. p. 139-155.

PELBART, Peter Pál. A potência do não. In: FURTADO, Betariz; LINS, Daniel (Org.). *Fazendo rizoma*: pensamentos contemporâneos. São Paulo: Hedra, 2008. p. 11-24.

PELBART, Peter Pál. *Da clausura do fora ao fora da clausura*: loucura e desrazão. São Paulo: Iluminuras, 2009.

PENNA, João. O nu em Clarice Lispector. In: Lispector. Alea, Rio de Janeiro, v. 12, n. 1, jun. 2010. Disponível em: <http://www.scielo.br/scielo.php>.

PERRONE-MOISÉS, Leyla. A fantástica verdade de Clarice Lispector. In: PERRONE-MOISÉS, Leyla. *Flores da escrivaninha*: ensaios. São Paulo: Companhia das Letras, 1990a. p. 159-178.

PERRONE-MOISÉS, Leyla. A criação do texto literário. In: PERRONE-MOISÉS, Leyla. *Flores da escrivaninha*: ensaios. São Paulo: Companhia das Letras, 1990b. p. 100-110.

PERRONE-MOISÉS, Leyla. *Com Roland Barthes*. São Paulo: Martins Fontes, 2012.

PIGLIA, Ricardo. *Tres propuestas para el próximo milênio (y cinco dificultades)*. Buenos Aires: Fondo de Cultura Económica, 2001.

PIGLIA, Ricardo. *O último leitor*. Trad. Heloisa Jahn. São Paulo: Companhia das Letras, 2006.

PIMENTA, Olímpio. *A invenção da verdade*. Belo Horizonte: Editora UFMG, 1999.

PIMENTA, Olímpio. O lugar da verdade na literatura. In: MARTON, Scarlett (Org.). *Cadernos Nietzsche*, São Paulo, GEN, n. 15, p. 31-42, 2003.

PIMENTA, Olímpio. *Livro de filosofia*: ensaios. Belo Horizonte: Tessitura, 2006.

PONTIERI, Regina. *Clarice Lispector*: uma poética do olhar. São Paulo: Ateliê, 2001.

POTKAY, Adam. *A história da alegria*: da *Bíblia* ao Romantismo tardio. Trad. Eduardo Henrik Aubert. São Paulo: Globo, 2010.

RANCIÈRE, Jacques. Será que a arte resiste a alguma coisa? In: LINS, Daniel (Org.). *Nietzsche/Deleuze*: arte, resistência. Rio de Janeiro: Forense Universitária, 2007. p. 126-140.

RANCIÈRE, Jacques. *O inconsciente estético*. Trad. Mônica Costa Netto. São Paulo: Editora 34, 2009.

ROCHA, Sílvia Pimenta Velloso. *Os abismos da suspeita*: Nietzsche e o perspectivismo. Rio de Janeiro: Relume Dumará, 2003.

ROCHA, Evelyn (Org.). *Clarice Lispector*. Rio de Janeiro: Azougue Editorial, 2011.

RODRIGUES, Carla. Mulher, verdade, indecidibilidade. In: DUQUE-ESTRADA, Paulo César (Org.). *Espectros de Derrida*. Rio de Janeiro: NAU Editora/Ed. PUC-Rio, 2008. p. 91-120.

RONCADOR, Sônia. *Poéticas do empobrecimento*: a escrita derradeira de Clarice. São Paulo: Annablume, 2002.

ROSENBAUM, Yudith. *Metamorfoses do mal*: uma leitura de Clarice Lispector. São Paulo: Edusp/Fapesp, 1999.

ROSENBAUM, Yudith. *Clarice Lispector*. São Paulo: Publifolha, 2002.

ROSENBAUM, Yudith. No território das pulsões. *Cadernos de Literatura Brasileira*, São Paulo, Instituto Moreira Salles, n. 17/18, p. 261-279, dez. 2004. (Edição Especial: Clarice Lispector).

ROSENFIELD, Katrhrin (Org.). *Filosofia e literatura*: o trágico. Rio de Janeiro: Jorge Zahar, 2001.

ROSSET, Clément. *O princípio de crueldade*. Rio de Janeiro: Rocco, 1989a.

ROSSET, Clément. *A antinatureza*: elementos para uma filosofia trágica. Trad. Getulio Puell. Rio de Janeiro: Espaço e Tempo, 1989b.

ROSSET, Clément. *Alegria*: a força maior. Trad. Eloisa Araújo Ribeiro. Rio de Janeiro: Relume Dumará, 2000.

ROSSET, Clément. *Lo real*: tratado de la idiotez. Valencia: Pre-Textos, 2004.

ROSSET, Clément. *El objeto singular*. Madrid: Sexto Piso, 2007.

ROSSET, Clément. *O real e seu duplo*: ensaio sobre a ilusão. Trad. José Thomaz Brum. Rio de Janeiro: José Olympio, 2008a.

ROSSET, Clément. *Materia de arte*: homenajes. Valencia: Universidad Politécnica de Valencia, 2008b.

RUBIRA, Luís. *Nietzsche*: do eterno retorno do mesmo à transvaloração de todos os valores. São Paulo: Barcarolla, 2010.

SÁ, Olga de. Título do livro. Cidade: editora, 1979.

SÁ, Olga de. *Clarice Lispector:* a travessia do oposto. São Paulo: Annablume, 1993.

SÁ, Olga de. *A escritura de Clarice Lispector*. Petrópolis: Vozes, 2000.

SÁ, Olga de. Uma metafísica da matéria ou uma poética do corpo. *Cadernos de Literatura Brasileira*, São Paulo, Instituto Moreira Salles, n. 17/18, p. 280-291, dez. 2004. (Edição Especial: Clarice Lispector).

SAFRANSKI, Rüdiger. *Nietzsche*: biografia de uma tragédia. Trad. Lya Luft. São Paulo: Geração Editorial, 2001.

SANTIAGO, Silviano. Bestiário. *Cadernos de Literatura Brasileira*, São Paulo, Instituto Moreira Salles, n. 17/18, p. 192-223, dez. 2004. (Edição Especial: Clarice Lispector).

SANTIAGO, Silviano. A aula inaugural de Clarice Lispector: cotidiano, labor e esperança. In: SANTIAGO, Silviano. *O cosmopolitismo do pobre*: crítica literária e crítica cultural. Belo Horizonte: Editora UFMG, 2005. p. 232-241.

SANTOS, Jeana Laura da Cunha. *A estética da melancolia em Clarice Lispector*. Florianópolis: Editora UFSC, 2000.

SCHWARZ, Roberto. *A sereia e o desconfiado*: ensaios críticos. Rio de Janeiro: Paz e Terra, 1981.

SCHÖPKE, Regina. *Matéria em movimento*: a ilusão do tempo e o eterno retorno. São Paulo: Martins Fontes, 2009.

SELIGMANN-SILVA, Márcio. Mal-estar na cultura: corpo e animalidade em Kafka, Freud e Coetzee. In: MACIEL, Maria Esther (Org.). *Pensar/escrever o animal*: ensaios de zoopoética e biopolítica. Florianópolis: Editora UFSC, 2011. p. 149-168.

SILVA, Sérgio Antônio. *A hora da estrela de Clarice*. Belo Horizonte: Autêntica, 2005.

SILVA, Cintia Vieira da. Crueldade e inocência: novos valores para um novo pensamento. In: MARTON, Scarlett (Org.). *Cadernos Nietzsche*, São Paulo, GEN, n. 20, p. 33-45, 2006.

SOUSA, Carlos Mendes de. A revelação do nome. *Cadernos de Literatura Brasileira*, São Paulo, Instituto Moreira Salles, n. 17/18, p. 140-191, dez. 2004. (Edição Especial: Clarice Lispector).

SOUSA, Carlos Mendes de. *Clarice Lispector*: figuras da escrita. São Paulo: Instituto Moreira Salles, 2011.

SOUZA, Eneida Maria de. *Crítica cult*. Belo Horizonte: Editora UFMG, 2002.

SPIVAK, Gayatri Chakravorty. *Pode o subalterno falar?* Trad. Sandra Regina Goulart Almeida, Marcos Pereira Feitosa e André Pereira Feitosa. Belo Horizonte: Editora UFMG, 2010.

SUAREZ, Rosana. *Nietzsche comediante*: a filosofia na ótica irreverente de Nietzsche. Rio de Janeiro: 7 Letras, 2007.

SUAREZ, Rosana. Nietzsche: a arte em *O nascimento da tragédia*. In: HADDOCK-LOBO, Rafael (Org.). *Os filósofos e a arte*. Rio de Janeiro: Rocco, 2010. p. 125-150.

SUAREZ, Rosana. *Nietzsche e a linguagem*. Rio de Janeiro: 7 Letras, 2011.

SZONDI, Peter. *Ensaio sobre o trágico*. Trad. Pedro Süssekind. Rio de Janeiro: Jorge Zahar, 2004.

TANNER, Michael. *Nietzsche*. Trad. Luiz Paulo Rouanet. São Paulo: Loyola, 2004.

TEIXEIRA, César Mota. *Narração, dialogismo e carnavalização*: um estudo de *A hora da estrela*, de Clarice Lispector. 2006. 269f. Tese

(Doutorado em Literatura Brasileira) - Universidade de São Paulo, São Paulo, 2006.

VARIN, Claire. *Línguas de fogo*: ensaio sobre Clarice Lispector. Trad. Lúcia Peixoto Cherem. São Paulo: Limiar, 2002.

VASQUEZ, Carlos. A aparência embriagada. In: MARTON, Scarlett (Org.). *Cadernos Nietzsche*, São Paulo, GEN, n. 18, p. 111-135, 2005.

VATTIMO, Gianni. *Diálogo com Nietzsche*: ensaios 1961-2000. Trad. Silvana Cobucci Leite. São Paulo: Martins Fontes, 2010.

VISBAL, Marta de la Vega. Ética e política. Genealogia e alcance do "último homem" na filosofia de Nietzsche. In: MARTON, Scarlett (Org.). *Cadernos Nietzsche*, São Paulo, GEN, n. 17, p. 57-88, 2004.

WALDMAN, Berta. *Clarice Lispector:* a paixão segundo C. L. São Paulo: Escuta, 1992.

WALDMAN, Berta. Uma cadeira e duas maçãs: presença judaica no texto clariciano. *Cadernos de Literatura Brasileira*, São Paulo, Instituto Moreira Salles, n. 17/18, p. 241-260, dez. 2004. (Edição Especial: Clarice Lispector).

WASSERMAN, Renata R. Mautner. Clarice Lispector e o misticismo da matéria. In: BAILEY, Cristinna Ferreira-Pinto; ZILBERMAN, Regina (Orgs.). *Clarice Lispector*: novos aportes críticos. Instituto de Literatura Pittsburgh: Iberoamericana/ Universidad de Pittsburg, 2007. p. 73-93.

WEINRICH, Harald. *Lete*: arte e crítica do esquecimento. Trad. Lya Luft. Rio de Janeiro: Civilização Brasileira, 2001.

WILLIAMS, Claire. Cidadã do mundo: as viagens de Lispector. In: BAILEY, Cristinna Ferreira-Pinto; ZILBERMAN, Regina (Orgs.). *Clarice Lispector*: novos aportes críticos. Pittsburgh:

Instituto Internacional de Literatura Iberoamericana/ Universidad de Pittsburgh, 2007. p. 129-150.

WOTLING, Patrick. As paixões repensadas: axiologia e afetividade no pensamento de Nietzsche. In: MARTON, Scarlett (Org.). *Cadernos Nietzsche*, São Paulo, GEN, n. 15, p. 7-30, 2003.

WOTLING, Patrick. *Vocabulário de Friedrich Nietzsche*. Trad. Claudia Berlinner. São Paulo: Martins Fontes, 2011.

ZOURABICHVILI, François. Sobre a sentença de Nietzsche: "É preciso deixar a vida tal como Ulisses a Nausícaa – antes abençoando-a do que apaixonado por ela". In: FEITOSA, Charles; BARRENECHEA, Miguel Angel; PINHEIRO, Paulo (Orgs.). *Nietzsche e os gregos*: arte, memória e educação – Assim falou Nietzsche V. Rio de Janeiro: DP&A, 2006. p. 13-26.

MISTO
Papel proveniente de fontes responsáveis
FSC® C092828
FSC
www.fsc.org

PRINTED WITH
SOY INK®